"엘레인,
당신은 나에게 내 생명과 같은 의미를 가진 사람이오.
그러나 내 생명보다 더 소중한 일이
조국에서 나를 기다리고 있소."

– 사샤 프레오브라젠스키(주인공)

모스크바 룰

moscow rule

1

로버트 모스 지음 | 박성기 옮김

철의 장막에서 국민 구해낸 젊은 장군의 숨 가쁜 반란

모스크바 룰 1권

발행 / 2018년 5월 23일
2 쇄 / 2018년 6월 12일

지은이 / 로버트 모스
옮긴이 / 박성기
펴낸이 / 박국용

편집 / 곽 창
교열 / 신인영

펴낸 곳 / 도서출판 금토
주소 / 경기도 용인시 수지구 태봉로 17, 205-302
전화 / 070-4202-6252
팩스 / 031-264-6252
e메일 / kumtokr@hanmail.net

1996년 3월 6일 출판등록 제 16-1273호

ISBN 978-89-86903-38-6   03840

* 값 / 12,000원

CONTENTS

'날리바이(nalivay)'는 라시아어로 '한잔 하자', '건배' 등의 뜻.

'비밀경찰이 74년을 지배한 나라'

러시아는 광대한 나라다. 지구 표면의 6분의 1을 차지하고, 미국 영토의 3배에 가까운 규모를 자랑한다. 자원도 종류와 양이 엄청나 석유, 석탄, 천연가스, 희토류, 다이아몬드, 목재 등 다양한 천연자원을 보유하고 있다. 지구 위에 남은 마지막 천연자원의 보고라는 시베리아가 이 나라에 있다. 이런 자연의 축복을 받은 러시아가 세계 선두 국가의 번영을 누릴 운명이라는 것은 자명한 이치다.

그러나 위도가 높아 국토의 대부분이 얼어붙은 땅이어서 경지 면적은 전국토의 8분의 1에 불과하고, 서쪽 국경에서 중앙아시아 알타이 산맥까지 이어진 광활한 곡창지대는 토양은 비옥하고 기후는 따뜻하지만 강수량이 낮고 일정치 않아 곡물을 충분히 생산하지 못했다.

또한 역사적으로는 초기 키예프 공국으로부터 몽골 제국, 모스크바 공국, 로마노프 왕조에 이르기까지 끊임없는 내란과 외환에 휩싸인 고난의 연속이었다. 1917년 3월 혁명으로 니콜라이 2세가 권좌에서 물러나 300년의 로마노프 왕조는 막을 내리고 임시정부가 들어섰다. 이어서 같은 해 11월, 레닌이 볼셰비키들을 이끌고 수도 상트페테르부르크의 주요 권력 중심지를 장악해 사회주의 체제의 소비에트 제국인 소련(蘇聯), 정확히 말하면 '소비에트 사회주의 공화국 연방'을 탄생시켰다.

레닌이 사망하자 치열한 후계 경쟁을 거쳐 스탈린이 공산당 서기장으로 취임하고, 1953년 세상을 떠날 때까지 최고지도자 자리를 지켰다. 그는 2차 세계대전을 승리로 이끌고, 원자폭탄 실험을 성공시켜 소련을 미국의 라이벌 국가로 만들었다.

하지만 이런 업적 뒤에서 수많은 반체제인사들을 강제수용소로 보내거나 숙청시키는 무자비한 공포정치를 강행해, 그에 희생되어 사망한 국민이 무려 1500만 명을 넘었다. 전 국민이 비밀경찰 KGB의 철통같은 감시를 받으며 언제 무슨 일을 당할지 모르는 혹독한 공포에 떨었다.

그가 사망하고 흐루쇼프가 서기장으로 선출된 후 스탈린 치하의 잔혹상이 드러나자 스탈린 격하 운동이 잇따랐다. 그러나 조금씩 훈훈해지던 모스크바에는 1964년 브레즈네프가 서기장으로 선출되면서 다시 찬바람이 불어왔고, 반체제 인사들에 대한 제재가 가혹해졌다. 스탈린 격하 운동은 사라지고, 수용소와 정신병동으로 보내지는 비판자 수가 늘어났다.

1982년 69세의 안드로포프가 서기장으로 선출되었으나 16개월 만에 심장병으로 사망하고, 후임인 72세의 체르넨코도 1년 만에 폐기종으로 세상을 떠났다. 1985년 47세의 고르바초프가 서기장으로 선출되었으나 이미 소비에트 제국은 정치적, 경제적으로 감내할 수 없는 문제들로 흔들리고 있었고, '페레스트로이카'라는 개혁개방 정책으로 난국을 돌파하려 했지만 결국 1991년 붕괴하고 말았다. 레닌부터 시작해 74년간 계속된 사회주의 체제가 막을 내린 것이다.

옐친이 러시아연방 대통령으로 당선되면서 국가 수장의 명칭도 서기장에서 대통령으로 변경되었고, 정치사회 제도도 민주주의 체제로 전환되었다. 1999년 8월 옐친이 푸틴을 총리로 임명하고, 12월 대통령직에서 물러나면서 그를 대통령 대행으로 임명해 오늘에 이르렀다.

오스트레일리아 출신 미국 작가 로버트 모스가 이 책을 발표한 것은 체르넨코 서기장이 병원에서 임종을 기다리던 때였다.

당시 나는 자동차 전용운반선 파라마운트 에이스(Paramount Ace)의 선장이었다. 미국 뉴저지 주의 항구도시 뉴어크에 갔다가 시내 서점에서 이 책을 발견하고, 표제와 서문을 읽고 구입했다.

소설책이 대개 그러하듯이 차례와 서문을 보면 전체 내용에 대한 느낌이 오게 마련이다. 책장을 넘겨보니 장면마다 극적인 내용이 흥미진진했고, 따분하거나 진부한 내용은 과감히 생략해 독자의 상상에 맡기면서, 속도감 넘치게 진행되는 스토리 전개가 파란만장했다. 그래서 선박이 일본에 들렀을 때 원고지를 구입해, 틈틈이 우리말로 번역했다. 그리고 캐나다 선사 페드네이브(Fednav) 선장, 부산항 도선사(導船士) 등의 현역 일을 마친 후 이 책을 펴내기로 작정하고 다시 원고를 정리했다.

*

소비에트 제국의 붕괴에서 보듯이 마르크스—레닌 이념에 근거한 사회주의 체제로는 국가의 영속적인 존립이 불가능하다는 것이 증명되었다. 그리하여 거의 모든 사회주의 국가들이 소련 붕괴 이후 시장경제 민주주의로 체제를 바꾸었다. 그런데도 유일하게 그 체제를 유지하면서, 스탈린식의 공포정치를 계속해 국민 전체를 테러의 공포와 굶주림에 떨게 하는 국가가 아직도 우리 한반도 북쪽에 존재한다는 것은 정말로 믿기 어려운 현실이다.

난세가 영웅을 부른다고 했다. 영웅은 태어나는 것이 아니고 길러지고 만들어지는 것이다. 이 소설에 나오는 주인공 '프레오브라젠스키'와 같은 인물이 그 마지막 남은 나라에서 이 소설과 같이 자신의 사명을 성공적으로 수행할 수 있다면, 그는 전대미문의 위대한 영웅이 될 것이다.

모든 인간은 완급의 차이는 있지만 반드시 죽는다. 하지만 이 소설의 주인공과 같은 사명이 주어진다면 하나밖에 없는 귀중한 인생을 걸어볼 만하지 않을까?

시대는 그런 영웅이 출현할 무대를 제공하고 있고, 우리는 그를 기다리고 있다.

부산 연제에서 _ 박성기

■ 국가보안위원회(KGB)

　　소련이 국가권력을 유지하기 위해 소련 국민과 외국인의 활동을 감시하고 통제하던 비밀경찰 및 첩보조직이다. 1917년 12월 20일 체카(Cheka, 러시아반혁명태업단속비상위원회)라는 비밀경찰기구로 발족해 베체카(Vecheka, 러시아비상위원회)라는 중앙집권적 행정조직으로 확대되었다. 그 후 게페우(GPU, 국가정치보안부), 오게페우(OGPU, 연방국가정치보안부) 등으로 개칭, 1934년 7월 10일 엔카베테(NKVD, 내무인민위원회)에 흡수되었다. 엔카베테 국가보안국에 흡수된 비밀경찰은 1940년대 초반에 분리와 통합을 거듭하면서 개편되어 오다 1943년 4월 엔카게베(NKGB, 국가보안 인민위원부), 엠게베(MGB, 국가보 안부)로 개칭되고, 1954년 4월 27일 이후 국가보안위원회가 이를 담당하 게 되었다.

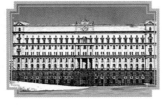

　　국가보안위원회는 공식적으로 정부기구로 되어 있으나, 당서기국과 직접 연결되어 있어서 수백만 명의 협력자를 가진 거대 조직으로 막대한 실권을 갖게 되었다. 예하에 10개 부서와 국경경비대를 관장하고, 첩보와 방첩 활동을 비롯해 고위간부와 중요시설에 대한 경호, 군대 내의 보안활동 감시와 통제, 통신과 암호 해독, 경비 등 국가안보에 관련된 모든 분야를

취급했다.

레오니트 일리치 브레즈네프 치하에서는 안드로포프가 의장으로 장기간 재직했고, 체브리코프를 거쳐 1988년 크류츠코프가 의장에 임명되었다. 그후 1991년 8월 소련연방이 붕괴되면서 연방안전사무소를 거쳐 1992년 1월 러시아안전부로, 1993년 연방방첩국으로 격하 해체되었다.

그 후 체첸사태 등으로 정보강화의 필요성이 제기되자 당시 대통령 보리스 니콜라에비치 옐친은 1995년 러시아연방안전국으로 개편, 정보기관으로서의 성격을 강화했다. 러시아 대통령 블라디미르 블라디미로비치 푸틴도 동독에서 오랫동안 KGB 요원으로 활동한 바 있다.

소련군 참모총장 보좌관실

'생쥐는 고양이를 공포에 떨게 하는 꿈을 꾸고 있었다.'
―아르메니안 격언

경주마가 좁은 마구간에 갇힌 것처럼 그의 책상 뒤쪽이 매우 비좁아 보였다. 큰 키와 강인한 체구에 눈동자는 깊이를 알 수 없는 발트바다처럼 푸르렀다. 또한 카키색 군복에 소련군 준장 계급장을 달기에는 나이가 너무 젊어 보였다.

그리 많지 않지만 그와 절친한 사람들은 그를 '사샤'라 불렀고, 그 외의 사람들은 '알렉산드르 세르게이요비치', 또는 정중하게 '프레오브라젠스키 장군'이라고 불렀다.

그는 책상 위에 쌓인 보고서를 읽고 있었다. 확인된 것들은 자동 용지공급 장치를 이용해 클립으로 정리했는데, 그

작업도 거의 끝나가고 있었다. 마지막 보고서는 레닌그라드 군구에서 올라온 군기에 관한 것으로, 거기에 서명을 하고 책상 맞은편 엷은 황색 벽을 바라보았다.

벽에는 전임 서기장의 초상화가 걸려 있었는데, 서기장이 사망하자 초상화를 떼어내고 그 자리에 생긴 장방형 얼룩에 페인트를 칠해 아무 흔적도 남지 않았다. 당국은 이와 같은 일에는 지나치게 세심했다.

그 사무실에는 신임 서기장의 초상화도 걸려 있지 않았다. 크렘린병원이 있는 쿤트세포에서 흘러나온 정보에 의하면 신임 서기장의 초상화는 다른 어느 곳에도 그리 오래 걸려있지 않을 것임이 분명했기 때문이다. 쿤트세포에서는 모스크바에서도 최고를 자랑하는 심장병 전문의들이 신임 서기장의 병상을 지키고 있었다.

대신 그 자리에는 레닌의 표준 규격 초상화와 국방장관의 오래된 사진이 걸려 있었는데, 국방장관은 사진을 찍을 당시에도 목이 굵고 목살이 쳐져 있었다. 사무실에는 책도 없고 기념품도 없었으며, 바르샤바조약국 군부대로부터 받은 감사패 하나 전시되어 있지 않았다.

이로써 사무실을 쓰는 주인의 성격을 대충 알 수 있겠는데, 그에게는 바로 앞 프룬즈 거리를 내려다볼 수 있는 창문과 참모총장과 연결된 직통전화, 샤워를 할 수 있는 화장실과 침대 하나, 그리고 군복을 걸 수 있는 옷걸이만으로 충분했던 것이다. 옷걸이에는 특별한 옷이 한 벌 걸려 있었다. 그가 가진 유일한 사복인데 말쑥한 회색의 양모와 폴리에스텔 혼방 제품으로, 캐나다 회사에서 만들어 뉴욕의 브룩스브라더 회사에 납품된 것이었다.

비서인 육군 소령이 새로 들어온 보고서와 청원서를 한아름 안고 들어왔다. 서류들은 거의 수신인이 참모총장 조토프 원수로 되어 있었다. 원수는 문서 업무를 그리 좋아하지 않아 보좌관인 프레오브라젠스키가 모두 처리했다. 원수의 서명으로 나가는 명령의 대부분은 프레오브라젠스키가 초안을 만드는데, 때로는 자신이 서명을 하고 원수의 친필 서명이 있어야 할 자리에 P/P라고 휘갈겨 써 넣었다. 러시아에서 이런 머리글자 P/P는 참모총장이 서명한 원본은 금고에 보관되어 있다는 뜻이었다.

프레오브라젠스키는 새로운 보고서를 하나 훑어보고 숨을 들이쉬며 부드럽게 욕설을 내뱉었다. 보고서는 어떤 군사령관의 정신병 분석에 관한 내용인데, 그 사령관은 아프가니스탄에서 반군 게릴라들과 싸울 때 알게 된 장군이었다. 그는 현재 직위해제 되어 악명 높은 세르브스키 정신병원에 감금되어 있었다. 그곳은 반체제 인사들을 미친 자로 몰아, 진짜로 미치게 만드는 곳이었다.

장군이 정신병자로 몰린 것은 모스크바에서 960킬로미터 떨어진 토글리아티의 거대한 자동차공장에서 노동자 소요가 일어났을 때, 그가 지휘하는 사단이 비무장 노동자들에게 발포를 해서라도 소요를 진압하라는 당의 명령에 복종하지 않았다는 사실 때문이었다.

보고서는 강력한 약물 처방을 권하면서, 그 처방을 이틀 안에 시작하는 것으로 계획이 잡혀있었다. 처방된 약물은 아미나진인데 그도 약효를 잘 알고 있었다. 기억을 블랙 홀로 대체시키고, 모든 인식기능을 서서히 파괴시키는 약이었다. 아미나진 투여 후에는 노벨문학상을 수상한 사람이라도 모국어 신문의 기사 제목을 읽는 데에 상당한 장애를 느끼게 될 것이다.

파벨 레이부틴 장군에게 처방된 치료는 그를 희죽거리는 식물로 만들 것이다. 그렇게 되면 이 처방을 승인한 자들은 그의 불복종이 비무장 국민을 향해 총을 쏠 수 없다는 원칙 때문이 아니라 그의 머리가 돌았기 때문이라는 것을 세상에 보여줄 수 있을 것이다.

프레오브라젠스키는 그 새로운 약물치료를 일주일간 연

기하라는 참모총장의 요청을 메모로 첨부했다. 그 장군이 맡았던 사단의 '반 소비에트 행위'에 대해 총참모부가 더 조사할 시간을 갖기 위해서라는 주석을 달고, 끝에 P/P를 써넣고 서명했다. 총참모부가 이런 방식으로 간섭하는 것은 물론 규정에 어긋나는 것이었다. 레이부틴 장군은 현재 국가보안위원회, KGB 소관이었다. 그러나 프레오브라젠스키가 필요한 것은 사태를 잠시만 이대로 묶어두자는 것이었다.

'일주일이면 충분할 것이다, 그 개놈들이 동의해 준다면.'

그가 중얼거렸다. 그의 기다란 이름이 북극의 얼어붙은 수평선처럼 보고서에 휘갈겨지자 비서를 불러 넘겨주었다.

"일리야, 담배 한 개비만 주겠어?"

소령은 눈썹을 쫑긋 올렸다. 프레오브라젠스키 장군의 비서로 근무한 지 몇 개월이 되었지만 그가 담배를 피우는 것을 본 적이 없었다. 소령은 값싼 러시아제 담뱃갑을 꺼내면서 송구스러워했다.

"불도 주어야겠는데."

마음이 초조한 장군이 책상에서 일어나 비서 옆에 섰는데, 키가 훨씬 컸다. 소령이 너무 긴장해서인지 첫 번째 성냥불은 바지직 소리를 내며 꺼져버렸다. 장군이 성냥갑을 넘겨받아 직접 담배에 불을 붙이고 지시했다.

"저 보고서가 제대로 처리되는지 확인하라."

그는 책상과 창문 사이를 천천히 배회했다. 7층 아래 프룬즈 거리에서 좁은 길을 따라 검정색 참모용 차량들이 거대한 그리스 식 현관이 있는 총참모부 빌딩으로 구불구불 들어오고 있었다.

오른쪽으로는 레닌 도서관의 견고한 콘크리트 건물이 크렘린 궁의 돔형 지붕을 가리고 있었고, 왼쪽으로는 별 모양의 아르바츠카야 전철역이 보였다. 그 역사는 반들반들한 석조 건물이었다. 폭주하는 차량 건너편으로는 칼리닌 대로를 따라 보기 흉한 고층 주택 건물들이 2열로 늘어서 있었다. 어느 재담꾼은 이 빌딩들을 '모스크바의 틀니'라고 불렀다.

고골 대로의 잎 떨어진 단풍나무 아래에는 연금생활자들이 두세 명씩 벤치에 앉아 옅은 가을 햇빛 아래 1루블을 놓고 체스를 즐기거나 칼리닌 대로와 강을 향해 양쪽으로 윙윙거리며 달리는 차량들을 바라보고 있었다.

프레오브라젠스키는 책상 위에 놓인 검정색 전화기 옆을 왔다 갔다 맴돌았다. 전화기는 아래쪽에 한 줄의 버튼이 달린 구형 회전식이었다. 그가 중얼거렸다.

'무슨 말이 있겠지.'

멀리 자작나무 숲속, 한때는 스탈린의 사냥터 숙소였던

현대식 병원에서 외과 해부용 메스 아래 누워 있을 서기장을 그려보았다. 서기장은 수 주일째나 공식석상에 나타나지 않았다. 그 전에 국민들은 숨을 헐떡이는 그의 연설에 귀를 기울이기가 어려웠다. 그는 연설문 단어를 건너뛰기도 하고 틀리기도 하면서 뒤죽박죽으로 읽다 의식을 잃었다.

모스크바에는 소문이 무성했다. 대중들의 맥줏집에서도 서기장은 이미 죽었다고 속삭이는 이야기를 들을 수 있었다. '그 사람들'이 후임자 선출에 합의가 이루어질 때까지 시신을 냉동시켜 놓았다는 것이다. 프레오브라젠스키도 잘 알고 있었다. 그런 소문들이 어떤 면으로는 사실이었다. 지금쯤 후계자 결정에 눈이 시뻘건 자들은 의사가 서기장의 사망을 발표할 때까지 기다리지도 않고 전리품인 권력을 나누어 갖기 시작했던 것이다.

전화기가 사르르 떨었다. 반짝이는 신호가 외부에서 직통으로 온 것임을 알려 주었다. 전화벨이 두 번 울리고 나서야 수화기를 들었다.

"사샤?"

저쪽 음성은 굵고 풍부한 바리톤이었다. 언제라도 노래를 부를 준비가 되어 있는 것 같은 목소리였고, 노래를 한다면 그렇게 나쁠 것 같지도 않았다.

"그래, 펠릭스."

"사샤, 시간이 되었네. 방글라데시!"

음성이 꽤나 유쾌한 것으로 보아 아마도 한잔 걸친 듯했다.

"뭐라고?"

"그래, 방글라데시에 문제가 좀 있어." 저편 음성이 커지면서 덧붙였다. "더구나 벌써 네 시나 되었는데 자네는 아직 한잔도 사지 않았잖아. 사무실을 빨리 나오는 게 좋겠네."

"그 말이 옳구먼." 프레오브라젠스키도 농담조로 대답했다. "리도츠카에게 말할 핑계거리를 찾아야겠네."

"외입 한번 안하겠어?"

펠릭스가 부추겼다. 이 말은 한잔 하러 가자고 할 때 그가 즐겨 쓰는 초대의 말이었다.

"그쪽으로 가지. 좋아, 날리바이!"

프레오브라젠스키도 웃으며 응수했다. 장군은 수화기를 내려놓고 담배의 마지막 모금을 길게 빨아들인 후 남은 꼬투리를 전화기 옆에 있는 재떨이에 비벼 껐다. 그의 얼굴에는 표정이 없었다.

방글라데시의 상황을 알아보기 위해 군 정보총국인 수족관에 근무하는 친구 콜랴에게 전화를 걸 필요는 없었다. 아시아 남쪽에 있는 그 나라에서 어떤 강자가 다른 자를 내쫓았다든가 하는 문제와는 전혀 다른 일이었다. 조금 전 통화에서 언급한 방글라데시는 먼 나라 방글라데시와는 아무 관련이 없었다.

그는 아내 리디아에게 전화해 저녁에 기다리지 말라고 했다. 언제 집으로 돌아갈 수 있는지도 말할 수 없었다. 지금 다가오고 있는 어떤 일로 인해 사무실에서 밤을 새워야할지도 모르기 때문이었다.

리디아는 불평하는 시늉을 했다. 그녀는 늘 그랬다. 프레오브라젠스키는 전에도 그런 경우가 자주 있어서 그녀가 그런 일에 대해서는 별로 개의치 않는다는 것을 잘 알고 있었다. 확실히 그런 대화는 엿듣고 있을 KGB 감청요원에게는 그냥 평범한 대화로 들리기에 충분했다.

프레오브라젠스키는 다음 전화를 하면서 조금 전의 검정색 전화기를 사용하지 않고 금고 문을 열었다. 금고 안에는 3일 전에 군 기술병이 설치한 별도 회선의 전화기가 있었다. 카프로프 주둔 특전여단 사령관 자이체프 장군 자택과 직통으로 연결된 것이었다. 카프로프는 모스크바 동쪽 철도에 위치한 매연이 자욱한 산업도시였다.

프레오브라젠스키가 수화기를 들자 부인 올가가 바로 응

답했다. 그녀의 목소리에 약간 떨림이 있었지만 그는 그녀를 잘 알고 있었다. 그녀도 남편처럼 아주 충실하고 순박해 자신의 역할을 잘 수행하고 있었다.

"페디야와 통화하려고 합니다." 프레오브라젠스키는 거짓말을 했다. "만일 부인께서 나보다 먼저 그와 통화를 하게 되면 사샤가 전화했다고 전해 주시고, 우리 동지가 지금 바로 방글라데시로 떠나야 하기 때문에 예정했던 회의는 열수 없게 되었다고 전해 주세요."

그는 생소한 단어 '방글라데시'를 특히 강조해서 말했는데, 그녀가 이 말을 바르게 알아들었는지 확인하기 위해서였다. 그녀는 어떤 말도 되묻지 않았고, 그가 말을 끝내자 인사도 없이 수화기를 내려놓았다.

그의 세 번째 전화는 검정색 전화기로 카프로프 주둔 특전여단 기지에 연결되는 것이었다. 그 기지에서 수신, 발신되는 모든 메시지는 전화든 텔렉스든 전보든 KGB가 모두 감청하고 있었다. 몇 분이 지나서야 자이체프가 전화에 나왔다. 그는 자신이 직접 혹독한 훈련에 참가했는지 거칠게 숨을 몰아쉬고 있었다.

프레오브라젠스키는 그의 힘찬 모습을 그려보았다. 황소 같은 목과 넓은 가슴으로 소나무 숲속을 달리는 거친 장애물 코스를 돌아오며 굵은 땀을 흘리면서도 팔을 피스톤처럼 일정하게 흔들며, 자신이 직접 수행할 준비가 되어 있지 않으면 부하들에게 아무것도 요구하지 않는 것을 상기시키는 모습이었다.

자이체프에게 말할 때 프레오브라젠스키는 엄격하고 정중했다. 그의 음성은 하급 장교를 대하는 것 같은 높은 권위를 가지고 있었다. 두 사람 다 준장 계급장을 달고 있었지만 그는 참모총장의 오른팔이었고, 자이체프는 육군의 다른 부대에서는 대령으로 보임되는 자리인 여단장이었기 때문이다. 그렇지만 두 사람의 대화를 들어보면 친구 사이라는 것은 의심할 여지가 없었다.

"총장께서 훈련 준비가 어떻게 진행되고 있는지 궁금해하십니다."

그가 묻자 자이체프도 똑 같이 딱딱하고 낮은 음성으로 대답했다.

"장군 동지, 모든 것은 계획대로 순조롭게 진행되고 있습니다. 오늘부터 일주일 후, 지정된 시각에 훈련을 참관하실 수 있다고 원수 동지께 보고 드려도 됩니다."

"좋습니다. 총장께서는 오늘부터 일주일 후, 그 기동훈련이 차질 없이 실행되는 것에 지대한 관심을 가지고 계신다는 것을 명심하시기 바랍니다."

프레오브라젠스키는 상대의 말을 되풀이 복창했다. KGB 감청요원이 그 말을 놓치지 않게 하려는 것이었다.

전화는 교통편에 관한 짤막한 논의가 있은 후 끝났다. 그의 전화기에 다른 신호가 들어와 버튼을 누르고 대답했다.

"옛, 원수 각하!"

"지금 이곳으로 오라!" 조토프 원수의 으르렁거리는 목소리였다. "방문객이 있다. 위원회에서 온 사람이다."

연속으로 이어진 형광등 아래 티끌 하나 없이 깨끗하고 기차 폭 만큼이나 넓은 복도를 따라가면서 프레오브라젠스키는 KGB가 참모총장을 방문한 이유가 무엇일까 생각했다. 그가 가장 두려워하는 것 이외에 다른 어떤 것이 있단 말인가? 원수의 집무실 앞까지 도착했지만 만족할 만한 답변을 찾지 못했다.

오크나무로 만든 문은 거대하고 뒤에 사람이 앉아 있기라도 하듯 육중했으며, 도청을 차단하기 위해 문틈에 검정 가죽을 씌운 것이었다. 가죽은 고풍의 소파처럼 감촉이 대단히 부드러웠다. 원수의 부관이 문을 밀어 열자 프레오브라젠스키는 마치 복병을 만난 듯 온 몸이 긴장되었다. 조토프 원수는 그의 책상 뒤에 앉아 있었고 거대한 팔은 가슴에 포개져 있었다. 그의 표정은 과격한 행동을 하지 않으려고 참고 있다는 것을 여실히 드러냈다.

집무실 저쪽 편 안락의자에 늘어져 앉아 얼굴을 창문으로 돌리고 있는 자는 제복에 KGB의 파란색 금장과 대령 계급장을 단 중키 정도의 사내였다. 그는 방금 들어온 프레오브라젠스키는 전혀 아랑곳하지 않았다.

프레오브라젠스키는 이 자를 전에 한 번 본 적이 있는데, 그곳은 모스크바 경마장에 있는 식당 베가에서였다. 그 식당에서는 돈을 딴 자들은 기뻐서 마시고, 잃은 자들은 잊어버리기 위해 마셨다.

대령의 얼굴은 산성 용액이 묻은 아마처럼 그의 기억에 뚜렷이 새겨져 있었다. 그 얼굴은 두드러진 곳이 없어서 보통 정보원 이상의 어떤 특징도 없었다. 눈은 작고 반짝이며 단단한 것이 갈까마귀 같았고, 몸은 매달린 머리통을 감당하기에 충분할 만큼 커 보이지 않았다. 그의 몸과 머리는 눅눅한 점토로 만들어진 듯 했다. 귀가 크기는 했지만 두개골에 단단히 붙어 있는 것이 마치 인생의 대부분을 열쇠구멍에 귀를 대고 엿듣다가 납작하게 눌려 버린 것 같았다.

얼굴에서 나이를 읽을 수는 없었지만 프레오브라젠스키는 이 자가 60은 넘었을 것으로 짐작했다. 일반적인 상황에서 두려움 같은 것을 느끼게 하는 얼굴은 아니었고, 약간 기분 나쁜 인상을 주었다. 다른 사회에서라면 시간제로 방을 빌려주는 간이숙박업소에서 야간근무를 하는 사람 모습이었다.

그러나 평범하게 보이는 이 사람이 바로 프레오브라젠스키의 젊음을 일그러지게 하고, 정상적인 삶을 빼앗았으며, 머지않아 상상을 초월하는 사태로 그를 몰아넣을 비극의 상징이었다. 상상을 초월하는 사태란 온 러시아를 진동시키는 어마어마한 거사가 되든지 아니면 자신이 체포당해 처형되는 사건이 되든지 둘 중의 하나인 중대한 일이었다.

토프치 대령을 바라보는 순간 프레오브라젠스키는 이 자가 치명적인 무기를 지니고 자기를 겨냥하고 있다는 것을 알았다. 아드레날린이 솟구치는 것을 내면으로 억제하고 젊은 장군은 어떤 감정도 밖으로 드러내지 않았다.

조토프 원수가 그를 소개했다.

"아, 그래요, 프레오브라젠스키 장군, 총참모부 특수임무 담당." 토프치가 그의 공식 직함을 다시 언급하면서 굳이 비아냥거림을 감추려하지 않았다. "당신은 제3국에서 굉장한 명성을 얻고 있소."

KGB 제3국은 토프치가 일하는 부서인데, 군부에 대한 첩보활동을 맡고 있었다. 프레오브라젠스키의 전화를 감청하는 자들도 토프치의 부하들이었다. 그의 권한이 어느 정도인가는 일개 대령인 그가 육군 참모총장을 불시에 방문하는 데에 아무 거리낌이 없는 것으로도 잘 알 수 있었다.

"토프치 대령이 아주 민감한 업무로 이곳에 왔다."

원수가 설명했다. 그는 원수의 얼굴을 자세히 쳐다보면서 무슨 영문인지 알아보려고 했다. 거사 계획이 누설되었단 말인가? 자이체프의 집으로 전화를 걸어 확정시킨 작전이 탄로되었단 말인가? 원수는 그의 책상 뒤에 앉아 아주 자신만만했고, 신체적으로도 당당했으며 상당히 험상궂은 표정이었다.

"위원회에서 나온 우리 동지가," 조토프가 곁눈으로 토프치를 흘겨보는데 호의적인 표정이라고는 없다. "카프로프 특전여단에 신임 과장을 발령했다고 한다. 그 신임은 주의가 깊고 술도 마시지 않는다고 한다."

토프치의 부서에는 '특별부대'가 있어서 소련 전역의 군사령부에 밀착되어 군부의 동향을 파악하는 임무를 수행했다. 카프로프 주둔 스페츠나츠 여단의 자이체프 사령관도 자기 부대에 KGB과를 두고 있었다.

몇 주일 전, 카프로프에서 이상한 사건이 발생했다. 자이체프의 부대원들을 감찰하는 KGB 과장이 목이 부러진 것이다. 외관상으로는 낙하훈련 때 올라가는 탑에서 추락한 것인데 상황이 매우 의심스러웠다. 그 자는 운동을 좋아하는 사람이 아니었고, 술고래로 상당한 명성을 날리고 있었다. 검시결과는 사고 전에 보드카를 1리터 이상이나 마신 것으로 나타났다. 임시 판정은 알코올로 인한 사고사였다.

토프치가 원수의 집무실을 찾은 것은 제3국으로서는 이 검시결과에 동의할 수 없다는 이유 때문이었다. 그러나 카프로프에 있는 KGB 신임 과장의 지명은 통상적인 것이어서 참모총장이나 그 보좌관을 만날 필요는 없는 일이었다.

대화의 흐름이 프레오브라젠스키의 우려를 더 깊게 했다. 토프치 대령은 카프로프에서 발생한 사건에 대해서는 길게 이야기하지 않았다. 그 건에 대해서는 그의 관심이 원수나 프레오브라젠스키보다 훨씬 적다는 것이 느껴졌다.

그가 프레오브라젠스키에게로 고개를 돌릴 때, 그의 머리에서 기계 작동 소리가 들리는 것 같았다. 처음에는 차갑고 빈정거리던 태도가 지나치게 정중하게 변하는 것이었다. 프레오브라젠스키가 미국에서 정보 업무에 근무하던 시절의 업적과 임무에 대해 지나칠 만큼 찬사를 늘어놓고는 미국에 대한 이상하고 즉흥적인 질문을 던지며 의견을 물었다. 그리고는 프레오브라젠스키의 대답에 표면적으로는 동의한다고 했지만 그 밑으로는 정반대의 흐름이 감지되었다.

조토프 원수는 이 회합에 정확히 15분을 주겠다면서 벽시계로 분을 헤아렸다. 시간이 되자 그는 책상 앞에서 벌떡 일어서며 방문객을 무시하는 듯 했다. 그의 책상은 녹색 천으로 덮여있었고, 모형 탱크와 비행기, 바르샤바조약국 군부대로부터 받은 트로피가 빼곡하게 들어차 있었다.

거대한 어깨와 무거운 턱으로 주먹을 쥐고 버티어 선 조토프는 하얀 자작나무 숲속에 있는 그의 별장을 지키는 늙은 맹견과 흡사했다.

"나 일찍 퇴근한다."

원수가 프레오브라젠스키에게 말했다. 토프치는 카프로프 신임 KGB 과장 임명에 관련된 몇 가지 서류를 참모총장 보좌관에게 넘겨주었다.

"내일 늦게까지 돌아오지 못할 것이다. 정치국 특별 확대회의에 참석하라는 통보를 받았다. 그래서 이 요새를 지키는 임무를 귀관에게 위임한다."

원수는 말을 하면서 프레오브라젠스키의 시선을 피했다. 토프치는 웃으면서 고개를 끄덕였다. 마치 자신도 그 정치국회의의 비밀에 관련이 있다는 것을 암시라도 하는 것 같앉다. 프레오브라젠스키도 그 정치국회의의 의제를 알고 있었다. 조금 전 암호명 '방글라데시'로 전화를 건 사람이 알려 주었다.

회의에서는 서기장의 사망을 발표하고, 새 서기장을 뽑기로 되어 있었다. 쿤트세포에 격리되어 있는 서기장에게서 생명유지 장치들을 이미 떼어냈는지, 아니면 후에 그렇게 할 것인지는 알 수 없었다.

프레오브라젠스키가 제일 먼저 원수 집무실을 떠났다. 토프치는 잠시 머뭇거리다 보좌관이 아직 들을 수 있는 거리 안에 있다는 것을 확인하고 조토프에게 말했다.

"알고 계시겠지만 사위를 총참모부 고위직에 임명했다고 원수를 비난하는 사람들이 있습니다."

조토프가 얼굴을 찌푸리자 KGB 대령은 얼른 덧붙였다.

"물론, 그 사람들이 잘못입니다. 프레오브라젠스키는 아주 뛰어난 장교니까요."

다시 그의 목소리에 묘하게 끝을 맺는 것이 있었다.

"아, 그래. 그는 아주 뛰어나지!"

조토프 원수는 그의 비아냥거림을 무시하고 이 불쾌한 방문자를 빨리 쫓아버리고 싶어 내뱉었다.

이런 대화는 프레오브라젠스키에게 위험이 임박했음을

확신시켜 주었다. 그날 오후 총참모부를 방문한 토프치의 주요 동기는 죽음으로 몰고 가기 전에 벌인 고양이와 쥐의 장난이었던 것이다. 토프치는 사람을 죽이는 일에 미숙한 자가 아니었다. 그제야 프레오브라젠스키는 확연히 깨달았다. 자기를 레포르토포 군 형무소로 연행할 영장을 가지고 다시 찾아오는 순간을 기다리면서 토프치는 상황을 즐기고 있었던 것이다.

자신의 사무실로 돌아와 곰곰이 생각해보니 원수의 집무실에서 KGB 대령이 내뱉은 말들은 분명히 서로 연결되지 않는 것이었다. 뉴욕과 미국인에 대한 질문들이 우연인 것처럼 보이지만 그를 가장 불안하게 했다.

사무실 창문을 열어젖히자 차가운 바깥 공기와 함께 고골 대로를 마주한 빌딩 왼쪽에서 교통소음이 몰려왔다. 그 빌딩의 사무실들은 대부분 창문에 구멍이 큰 철망이 설치되어 있었는데, 이것은 곤충의 침입을 막으려는 것이 아니라 급작스러운 바람에 날아가는 중요한 서류들을 붙잡기 위한 것이었다. 이것은 매우 합리적인 조치였다. 소수의 장군들과 원수의 집무실에만 에어컨이 설치되어 있어서 그 이외의 사무실은 여름이 깊어가고 숨 막히는 더위가 기승을 부리면 창문을 열어놓아야 했다.

프레오브라젠스키는 철망 구멍을 통해 밖을 내다보았다. 구멍은 손가락이 들어갈 만큼 넓었는데 그때 문득 미국에 대한 KGB 요원의 질문에 숨은 뜻을 깨달았다. 순간적으로 그의 위장이 주먹처럼 안쪽으로 꽉 엉겼다.

금고로 가서 문을 열고 같은 선반에 보관하고 있던 권총과 실탄 한 상자를 끄집어냈다. 권총은 P-6였고 소음장치가 되어 있었으며, 스페츠나츠 특공대가 사용하는 것이었다. 차분하게 탄창을 끼우고, 잠시 손바닥으로 권총의 무게를 재어 본 다음 주머니에 찔러 넣고 금고 문을 닫았다.

그날 밤 무슨 짓을 해서라도 사태가 토프치 방식으로 끝나게 하지는 않을 것이다.

제**1**장

발견

'나는 조국을 사랑한다. 너무나 특이한 사랑이라 그 깊이를 측정할 수 없다.'

··

– 미하일 레몬토프(러시아 시인·소설가)

1.

이야기는 25년 전, 어머니, 할머니와 함께 살던 볼품없는 회색빛 아파트 5층에서 있었던 우연한 일에서 시작되었다.

그때 갓 열여섯 살인데도 사샤는 더 숙성해 보였다. 어느 토요일, 근처에 있는 식료품점 가스트로놈에 가서 먹을거리를 사오라는 할머니의 심부름을 하러 갔다. 그 가게의 커다란 유리 진열장에는 먼지 덮인 플라스틱 모조품 고깃덩이와 푸르고 은색 빛깔이 나는 캐비아 캔을 피라미드처럼 쌓아놓고 있었다.

물건을 사서 집에 돌아왔지만 할머니는 그를 얼른 놓아주지 않고, 평소와 같이 사온 것들에 코를 대고 냄새를 맡으며 불평을 했다. 발효생크림은 예전처럼 두껍고 걸쭉하지 않다, 소고기는 파리들이 실컷 맛을 보도록 며칠이나 놓아둔 것 같다.

마침내 풀려나자 사샤는 스케이트를 어깨에 둘러매고 엘리베이터 통로 주위의 나선형 계단을 뛰어 내려가면서 아이스하키 게임에 늦을까봐 걱정했다. 두 층 아래 통로에 멈추어 선 엘리베이터의 철제 지붕이 보였다. 그게 고장이 나서 작동하지 않거나 수리공이 장비를 옮기고 있을 것이라고 생각했다. 많은 주민들이 누수를 호소하며 양동이와 대야를 여기저기 놓아두었다. 아파트 관리위원회에서는 어떻게 해보려고 여러 달째 노력하고 있었다.

사샤의 키는 벌써 6척이 넘었지만 몸이 날렵하고 단단해, 아이스하키 경기에서 상대팀을 압도하는 강한 선수였다. 5층을 돌아내려가는 순간, 몸이 꾸부정하고 뼈만 앙상한 사람이 책을 한 다발 안고 엘리베이터에서 나왔다.

사샤가 그 사람을 피하려고 비켜서는데 그 늙은이도 같은 방향으로 걸음을 옮기다 두 사람의 다리가 엉키게 되었다. 둘 다 넘어지고 책이 날아가 떨어졌다. 사샤가 벌떡 일어나 얼굴을 붉히면서 죄송하다는 말을 하고 늙은이를 부축해 일으켰다. 그 사람은 적어도 50세는 넘어 보였는데, 뼈가 피부에 붙은 듯해 상처 입은 새처럼 약하고 부러질 것 같았다. 머리칼과 성성한 수염은 불그스름했고, 눈은 콧잔등에 걸친 조그만 안경알 너머에서 녹갈색과 청회색의 중간인 애매한 빛으로 반짝이고 있었다.

사샤의 예상대로 그 사람은 소리를 지르지 않고 자기를 주의 깊게 바라보았다.

"다치지 않으셨어요?"

사샤가 물었다.

"괜찮다, 괜찮아."

그 사람이 흩어진 책을 주워 모으는데 오래 된 양피지를 다루듯이 조심스러웠다.

"도와드리지요."

사샤도 함께 책을 모으면서 보니 대부분이 역사책이었다. 어떤 것은 프랑스와 기타 외국어였는데 사샤가 모르는 것들이 많았다.

그 사람을 따라가 아파트 문을 열고 문턱에 섰다. 책들이 창문턱 위까지 들쑥날쑥 꽂혀있고, 벽으로는 좁은 철제 침대에 담요가 덮여 있었다. 전면에는 낡은 유리가 달린 캐비닛이 튀어나와 있는데 지금은 찾아보기 어려운 것이었다.

"그걸 이리 줘."

그 사람의 목소리는 또렷했고, 사샤가 들고 있는 것을 받으면서 자기의 귀중한 책이 손상이라도 될까봐 조심했다. 그가 내미는 손은 떨렸고, 손가락은 마디까지 전부 짙은 황갈색으로 물들어 있었다. 숨을 헐떡이면서 가슴에서 새어나오는 소리는 기침이라기보다는 문이 삐걱거리는 소리였다. 그는 책상에 걸터앉으며 담배를 입에 물었다. 방에 담배 냄새가 차기 시작했다. 그것은 보통 담배가 아니고 냄새가 아주 고약한 검정색 살담배였다.

"오랜 습관이다."

그가 소년의 주의를 의식하고 중얼거렸다. 사샤가 곧 돌아서 나가려 하자 그가 불렀다.

"잠시만! 너, 이곳에 살지?"

사샤가 고개를 끄덕이자 그가 말했다.

"그럼 우리 서로 소개를 해야겠다. 나는 아르카디 보리소비치 레빈이다."

그가 손을 내밀자 사샤가 잡았다. 늙은이의 손아귀에는 놀랄 만큼 힘이 있었다. 소년은 점점 늘어나는 호기심으로 그를 쳐다보았다. 사샤는 이 아파트에서 다른 유태인 가족을 딱 하나 알고 있었다. 그 집 아들 유리는 사샤의 학교 급우였는데, 그 무렵 유태인들이 국부인 위대한 스탈린을 암살하려 한다는 소문이 돌기 시작했다. 그때부터 쉬는 시간마다 학생들이 유리를 두들겨 패는 것이었다.

코피가 터지고 안경이 깨졌지만 유리는 날마다 학교에 나왔다. 사샤는 구타에는 가담하지 않았지만 유리와 함께 등교하는 일은 중단했다. 다른 학생들처럼 그도 유태인들이 이 나라 지도자를 죽이려 한다는 생각에 분노와 두려움이 가득 차 있었다.

스탈린이 없으면 국민들에게 어떤 일이 일어날지 누가 알겠는가? 그러나 어쨌든 스탈린은 죽었고, 일상은 전과 같이 계속되었다. 지금은 학교에서 더 이상 스탈린의 이름은 언급되지 않았고, 유리는 외톨이로 남아 있었다.

레빈이 기대에 찬 시선으로 그를 바라보았다.

"프레오브라젠스키," 소년이 정중하게 말했다. "알렉산드르 세르게이요비치입니다."

그의 진지함이 재미있어 보였는지 레빈이 미소를 짓는데, 엉망이 된 치아를 다 감추지는 못했다. 튀어 나온 뼈, 망가지고 있는 폐, 부러진 이빨, 이 사람은 이전에 엄청난 곤경을 겪었을 것이라고 사샤는 생각했다.

그러나 레빈에게는 그를 끌어당기는 신비함이 있었다. 그것이 꼭 책을 말하는 것은 아니었다. 정리가 안 된 서가, 곰팡내와 좀약 냄새가 조잡한 담배 악취와 뒤섞여 유혹하는데도 얼른 내키지 않는 곳, 참으로 묘한 분위기의 방이었다.

"프레오브라젠스키?" 레빈은 그의 이름을 반복하면서 눈살을 찌푸렸다. "무언가 있는데."

그는 중얼거리면서 책들을 뒤지기 시작했다. 오랫동안 쌓인 먼지를 불어가면서 한 더미에서 다른 더미로 책을 찾았다. 사샤는 조바심이 났다. 더 지체되면 경기에 늦을 것이 분명했다.

레빈은 두꺼운 고서 한 권을 찾아냈다. 표지는 찢어졌지만 대리석 무늬가 있고, 옆면은 물론 상하면도 금박이 입혀져 있었다. 사샤는 그런 책을 본 적이 없었다.

"여기다. 여기."

레빈이 한 페이지를 잡고 반듯하게 펴놓았는데, 그 페이지의 사진에는 진한 녹색 재킷을 입고 곱슬곱슬한 턱수염을 한 장교가 일렬로 서 있는 병사들을 사열하는 모습이었다.

"네 성씨와 같다. 프레오브라젠스키 경비대, 표트르대제의 근위대다. 너도 들었겠지?"

"조금은 압니다."

사샤가 조심스럽게 말하면서 그 사진을 응시했다. 수염을 깎는다면 도도하고 잘생긴 장교의 모습은 아파트 벽에 걸어놓은 사진 속의 아버지와 너무도 닮았다.

"같은 성씨를 가진 네 아버지도 군인인 것 같은데."

레빈이 넌지시 말하자 사샤의 얼굴이 침울해졌다.

"아버지는 돌아가셨어요." 사샤가 설명했다. "독일군과 싸우다 돌아가셨습니다."

"안 됐구나."

그 사람이 의아스러움과 놀라움이 뒤섞인 묘한 표정으로 바라보자 사샤는 그 표정이 무언가 이상하다고 생각하는데,

레빈이 또 한마디 했다.

"네 아버지도 매우 용감한 분이셨을 거다."

"소련의 영웅이셨습니다."

사샤가 자랑스럽게 말했다.

"아, 그래, 러시아에서 돌아가셨나?"

"종전 무렵, 독일전선에서 돌아가셨어요."

레빈은 안경을 벗고 눈을 비볐다. 눈썹 언저리에 걸쳐 있는 손이 바람에 흔들리는 창문처럼 심하게 떨었다.

"어디 안 좋으세요?"

사샤가 물었다.

"아니다, 이것이."

그가 손바닥으로 책상을 찰싹 때리는데, 마치 그 손 떨림을 가라앉히려는 듯이 보였다.

"나를 이해해라. 그래, 좋은 사람들이 너무 많이 죽었다. 광란의 시대였지."

사샤는 다시 그를 측은한 시선으로 쳐다보았다. 분명히 그도 전쟁 중에 가까운 친지들, 어쩌면 자기 전 가족을 잃었는지도 모른다.

"뵙게 되어 반갑습니다."

사샤가 정중하게 인사하고 떠나려 하자 그가 잡았다.

"조금만 더 있어라. 아버지가 근무하던 부대 이름 알고 있나?"

"포병부대였다고 들었습니다."

사샤는 아버지가 어떻게 소련 영웅 칭호를 얻게 되었는지 이야기를 시작했다. 그의 할머니도 그 이야기를 할 때면 지치는 법이 없었다.

그의 아버지가 동 프러시아 국경에서 대전차포병부대 중대장으로 있을 때, 독일 장갑차중대가 필사적인 반격을 가해왔다. 선두 탱크가 발포를 시작하자 프레오브라젠스키 포대장만 빼고 포대의 전 중대원들이 죽거나 부상을 당했다. 포대장은 홀로 남아 포를 조준하고 발사했다.

조준경을 통해 목표물을 보아야 하기 때문에 포신에 몸을 바짝 붙인 상태로 발사코드를 당겨야 했다. 포의 반작용을 피하기 위해 뒤로 물러설 수가 없어서 발포할 때마다 포의 방패가 무딘 면도날처럼 얼굴을 스쳤다. 얼굴이 찢기는 아픔이 죽을 듯이 고통스럽고 피가 쏟아졌으나 적의 탱크 여덟 대가 모두 파괴될 때까지 계속 포를 쏘았다.

그때 총참모부에서 내려온 고위 장군이 후방 참호에서 망원경으로 그 전투를 지켜보고 있었다. 전투가 끝나자 장군은 사샤의 아버지를 붕대로 휘감아 야전병원으로 후송시켰고, 아버지의 가슴에 자랑스러운 별 모양의 훈장을 달아주었다.

사샤는 그 이야기를 할 때 목소리가 격앙되었다. 레빈도 안타까운 표정으로 담배쌈지에서 살담배를 또 하나 꺼내 입에 물었다. 그의 얼굴은 사샤의 아버지와 아픔을 나누기라도 하듯이 고통스러워 보였다.

"그러면, 너는 전쟁 전에 태어났니?"

레빈이 다시 물었다.

"전쟁이 끝날 때입니다." 사샤가 정정했다. "그래서 아버지를 전혀 모릅니다."

그렇게 말하면서 사샤는 바닥의 해진 카펫을 바라보았다. 문득 레빈이 아버지에 대해 자기보다 더 많이 알고 있는 것 같은 느낌이 드는 것은 무슨 이유일까?

"프레오브라젠스키라, 그 이름은……." 레빈이 말을 시작하더니 그쳤다가 생각이 바뀐 듯하더니 잠시 후 계속했다. "책임이라는 뜻이다."

뒤의 말은 심하게 나오는 기침 속에 묻혀 버렸다.

"육군에 계셨습니까?"

사샤가 묻자 레빈은 빠르게 대답했다.

"나는 당의 일에만 종사했다. 그 후 대학에 있었고, 역사학 교수였다. 아니, 지금도 그렇고."

"아, 네."

사샤의 음성은 실망감을 드러내고 말았다. 당 업무와 역사의 실천, 이것은 지금 훌륭한 조화를 이루는 것이었다. 학교에서 역사학은 그가 가장 안 좋아하는 과목이었다. 어학을 좋아했다. 어학에는 천부적인 재능이 있었다. 다음은 수학인데 공정하고 정확하기 때문이었다. 역사는 기계적인 암기를 해야 하는 것으로 연대와 인물을 외우고, 교리문답처럼 그것들을 반복해야 했다.

조금 더 어렸을 때 잠깐 동안 사샤는 역사를 확실한 것으로 알고 있었다. 모든 역사는 사회주의의 승리를 향해 냉엄하게 움직여왔다고 선생님은 말씀하셨고, 스탈린은 그 사회주의 이념의 화신이라고 가르쳤다. 역사는 확실한 무엇이 있으므로 단단한 오크나무 둥치와 같이 믿고 기댈 수 있는 것이었다. 그런데 그 나무 둥치가 경고도 없이 쪼개져버린 것이다. 밤사이에 스탈린은 형편없는 폭군으로 격하되었고, 여자 역사 선생님은 학생들에게 배워야 할 새로운 선을 설정해 주었다.

앞에 앉은 교수가 갑자기 탈진해 보여서, 그가 사샤의 생각을 읽더라도 그것을 문제 삼을 만한 정열이나 신념은 없는 듯 했다.

"좋다면, 이 책을 빌려가거라." 그는 표트르대제에 관한 책을 내밀었다. "좀 더 많은 이야기를 할 수 있겠지, 이제 우리는 이웃이니까."

2.

사샤의 아파트는 7층 14호실로 한 채를 다른 세 가족과 나누어 살고 있었다. 밤에는 냄비가 부딪치고, 문이 쾅쾅 닫히고, 다투는 소리와 공동으로 사용하는 주방에서 흥얼거리는 노래 소리 때문에 머릿속에서 종이 울릴 지경이었다.

다른 가족들을 괴롭히는 후프코프라는 자가 있었는데, 언제나 얼굴이 불콰한 땀투성이였다. 다른 가족들은 냉장고를 자기네 방에 두고 쓰는데, 그 집은 공동으로 사용하는 주방에 냉장고를 설치해 공용면적을 가로챘다. 그는 늘 술에 취해 들어와서는 어디 피해갈 곳도 없는 다른 가족들에게 스탈린이 죽은 뒤로는 모든 게 개판이라고 떠들어대곤 했다.

저 아래 마당에서는 이웃 여자들이 싸우는 날카로운 목소리가 들려오고, 운동장에서는 아이들이 어울려 떠드는 소리도 들려왔다. 그 운동장에는 널판자로 만든 탁구대도 있었다. 그러나 표면이 울퉁불퉁해 공의 움직임을 예측할 수 없어서 기절할 만큼 실력이 좋은 프로선수가 아니면 게임을 포기해야 했다.

어느 곳을 가든지 사람들이 많아 혼자 있을 만한 장소는 없었다. 당국은 주거문제가 해결되었다고 주장했지만 모스크바는 사람들로 솔기가 터져나가고 있었다. 그러나 페스차나야 거리에 있는 주거단지는 코딘스크 공군기지의 항공기 제작공장이 가깝고, 대규모 개발이 이루어져서 사샤가 기억하는 주거지로는 1급이었다.

2차 세계대전이 일어나기 전, 사샤의 할머니 베라 알렉산드로브나는 모스크바 구 도심지인 아르바트 뒤편 꾸불거리는 거리에 있는 황색벽돌 건물의 아파트 한 채를 통째로 소유하고 있었다. 그 아파트에 대한 사샤의 첫 번째 기억은 전쟁이 끝나갈 무렵의 일인데, 러시아 인구 전체가 모스크바로 이동하는 것처럼 보이던 일이었다. 베라 알렉산드로브나는 전쟁지역에서 피난 온 여섯 가구가 자기 아파트를 무단 점령하고 비워줄 생각을 하지 않는 것을 알았다.

당분간 그들과 함께 기거하면서 할머니는 가장 좋은 옷가지들을 부엌의 등유 난로 위에 걸어놓고 말리는 것에도 익숙하게 되었고, 아끼는 도자기 그릇들이 마룻바닥에 떨어져 깨지는 소리에도 덤덤해졌다. 그러다가 할머니는 마침내 조금 더 나은 곳을 찾기로 하고, 밖에 나가 온 시내의 초인종을 울리고 다니다가 드디어 이곳 페스차나야에서 찾아냈던 것이다. 그것이 할머니가 세상을 살아가는 방식이었다. 할머니는 여러 번 쓰러졌지만 다시 일어서셨다.

14호 아파트의 그들 방에 있는 물품들은 모두 베라 알렉산드로브나가 장만한 것이었다. 그곳에는 색이 짙은 둥근 테이블 위에 할머니가 자랑스러워하는 오래 된 싱거 재봉틀이 있었다. 그것은 러시아혁명 이전에 만들어진 것으로 할머니의 할머니로부터 물려받았는데, 그때까지도 온전히 제 기능을 다하고 있었다. 할머니는 그 재봉틀로 사샤의 옷을 수선해 주기도 하고 자기 옷을 만들기도 했다. 언제나 똑 같은 모양으로 맵시도 없고 빛깔도 검정이나 브라운으로 단조로웠으며, 입으면 텐트처럼 종아리까지 내려오는 것이었다.

할머니는 가족사진도 모아 놓았다. 그중에는 성벽 위에서 할머니의 학교친구들과 찍은 희미한 사진도 있고, 사샤가 본 적도 없는 아버지 사진도 두 장 있었다. 하나는 전쟁 전 강변에서 목이 터진 셔츠를 입고 웃는 얼굴이었고, 또 하나는 전선으로 가는 도중에 찍은 것으로 육군 중위의 제복을 입은 당당하고 자랑스러운 모습이었다.

방의 면적은 정확히 24평방미터였다. 테이블 위의 높은 천정 가운데에는 천으로 만든 등갓을 씌운 등이 달려 있고, 벽지는 연한 녹색으로 금빛 꽃이 그려져 있었다. 베라 알렉산드로브나는 왼쪽에 있는 낙타 등 모양의 등받이가 있는 소파에서 잤고, 그 옆으로는 접시와 주방용품을 보관하는 무거운 찬장이 놓여 있었다.

밤에 할머니는 접고 펼 수 있는 칸막이를 쳤는데, 늙었지만 그래도 약간의 사생활은 있었기 때문이다. 사샤의 어머니 니나는 다른 쪽인 옷장 옆에서 잤다. 사샤의 침대는 방의 맨 끝, 조그만 발코니로 나가는 문 옆에 있었다. 문틀에 머리를 대면 지붕 위로 하늘이 보였다. 그는 어머니가 불을 끄고 밤의 정막이 숨 쉬는 시간에는 그렇게 누워 하늘을 쳐다보곤 했다.

어머니는 베개 쪽으로 얼굴을 돌리고 죽은 듯이 엎드려 잤다. 어머니는 알기 어려운 여자였다. 날마다 무궤도 전차를 타고 소콜 전철역으로 가서, 다시 전철을 타고 시내로 출근하는데, 그곳에 있는 정부의 어떤 기관에 근무했다.

어머니는 보기에 못마땅한 모습은 아니었다. 보통 키에 적당히 살이 오른 몸매와 검은 머리, 커다란 갈색 눈을 가졌지만 스스로 그런 아름다움을 최소한으로 줄이려고 했다. 머리는 위로 올려 핀을 꽂고, 수수하고 남자 같은 검정색 재킷과 스커트를 입고, 화장을 하는 경우는 거의 없었다.

그녀의 생활태도는 자신의 삶에서 불성실이라고는 찾아볼 수 없는 아주 진실한 사람이라는 것을 선포하는 듯이 보였다. 그녀는 종종 밤늦게 돌아왔는데, 이럴 때는 당 회의가 있었기 때문이라는 것을 사샤는 어릴 때부터 알고 있었다. 그들의 관계는 모자 사이로는 아주 이상할 정도였다. 그녀는 사샤에게 뽀뽀를 하거나 어루만져 주는 일이 없었고, 학교 성적에 관한 일상적인 질문 외에는 거의 대화도 없었다.

그가 아주 어렸을 때는 이따금 푸시킨이나 네크라소프 또는 그림의 동화를 읽어주기도 했지만 극적인 재미는 전혀 없었다. 기계적으로 하는 집안 허드렛일처럼 이야기도 처음부터 끝까지 자기 방식대로 이어졌다. 그러나 이런 이야기를 할머니가 읽어줄 때는 재미가 넘쳐났다. 할머니는 모든 특징에 흉내를 잘 냈기 때문이다. 무엇보다 듣기 좋았던 것은 사샤의 아버지와 할아버지, 그리고 그 이전 프레오브라젠스키 가문의 조상들에 관한 이야기를 들려줄 때였다.

"이 가문의 조상들은," 앨범을 한 장씩 넘기면서 할머니는 이야기를 이어갔다. "언제나 나라를 지키는 분들이셨다."

사진에는 할아버지와 그의 큰아저씨가 각기 자기 신부와 함께 당당하게 포즈를 취하고 있었다. 두 분은 투르키스탄

모슬렘 반도들인 바스마치와의 내전에서 소련의 붉은 군대를 위해 싸우다 돌아가셨다.

또 베라 알렉산드로브나는 유명한 책《전쟁과 평화》를 꺼내, 모스크바의 관문에서 나폴레옹 군대를 저지시킨 보로디노의 황금들판 전투에 관한 구절을 되풀이해 읽어 주셨다. 사샤의 가문이 프레오브라젠스키라는 이름을 얻게 된 것은 이 보로디노 전투에서였다.

사샤의 선조 한 분이 포병하사로, 래프스키 요새로 알려진 야산에서 포대를 지휘했다. 부하들이 포탄을 다 쏘아버리자 여러 개의 포도 알 같이 생긴 포탄까지 모두 발사하게 했다. 푸른 군복의 프랑스군이 보루를 기어 올라와 번쩍이는 군도와 대검으로 러시아군 진지를 유린할 때까지도 그는 포대를 지키고 있었다. 그는 연대기를 구하려고 깃발을 접어 속옷 안에 감추었는데, 후에 그 하사관의 시신을 찾고 보니 깃발에 열다섯 군데나 총탄구멍이 나 있었다.

할머니가 톨스토이를 읽어 주실 때면 사샤는 눈을 감고 그 전투의 전 장면을 조금 더 선명하게 그려보곤 했다. 숲속의 어두운 그림자들, 솜 타래처럼 피어오르는 자욱한 포연, 탄약상자를 끌고 가는 놀란 말들의 무리가 차례로 눈앞에 펼쳐졌다.

현장을 둘러본 러시아군 장군은 포병하사의 용맹에 크게 감동해, 자세한 전황을 황제에게 보고했고, 황제는 하사의 유족에게 약간의 사은금과 함께 프레오브라젠스키라는 새로운 성씨를 하사했다. 그 성씨는 표트르대제가 그의 근위대에 지어준 이름이었다.

사샤의 어머니는 가문의 역사에 대해 이처럼 되풀이해 이야기하는 것을 좋아하지 않았다. 무엇보다 사샤의 아버지에 관한 이야기를 싫어했다. 그래서 할머니는 강둑 제방을 따라 사샤와 둘이서 긴 산책을 할 때, 또는 크렘린 성벽의 그림자가 드리워진 알렉산드르 공원을 걸을 때, 소년에게 아버지 이야기를 들려주었다.

사샤의 어머니는 아들과 함께 다정하게 시간을 보낸 적이 없었다. 사무실 근무가 없는 날에도 당의 회의나 다른 일로 나갔다.

그러던 어머니가 5월 어느 일요일, 파이오니어 경기장에서 열리는 운동경기에 그를 데려가기로 약속했다. 이런 일이 한 번도 없었기 때문에 사샤는 너무 좋아 들떠 있었다. 그들이 전철역으로 가는 도중에 검은 옷에 얼굴이 좁다란 남자를 만났는데, 사샤가 전에 본 적이 없는 사람이었다.

"안녕하세요, 크리소프 동무."

어머니가 그에게 인사를 했다. 사샤는 어머니가 그 남자에게 그런 태도를 보이는 것이 마음에 들지 않았다. 어머니는 억지웃음을 짓고 있었던 것이다. 크리소프는 그곳 거리 모퉁이에서 소년의 존재는 완전히 무시한 채, 높은 코맹맹이 소리로 어떤 위원회에 관한 이야기를 족히 20분은 넘게 지껄였다. 어머니는 웃으면서 고개를 끄덕였는데 집에서는 결코 보이지 않던 태도였다. 그들은 경기장에 늦게 도착했고, 제일 나쁜 자리에 앉게 되었다.

"크리소프 동무는 우리 부서의 당 서기이셔."

어머니가 들려준 설명의 전부였다.

그 이후부터 사샤에게는 당의 이념과 크리소프의 좁다란 얼굴이 동의어가 되었다. 그에게서 어머니를 빼앗아간 당이 원망스러웠고, 자기보다 당을 먼저 생각하는 어머니도 못마땅했다. 그녀는 당의 업무에 관해서는 어떤 이야기도 해주지 않았다.

"나는 우리 가족을 부양해야 한다."

이렇게 말할 뿐 더 이상의 설명은 없었다.

"네가 좀 더 나이가 들면 이해하게 될 거야." 어머니에게는 할 수 없는 불평을 하면 할머니가 해주시던 말이었다. "네 어미도 어려운 삶을 살고 있단다, 불쌍한 것."

할머니와 나눈 대화에서, 그리고 자신이 조금씩 주워들은 이야기에서 사샤는 어머니의 어려움을 어느 정도는 이해하게 되었다.

그녀는 전시에 군인인 아버지를 만나 짧은 연애를 했다. 만난 지 2주일 만에 청혼을 하고, 결혼을 하고, 스냅사진을 찍고, 그리고 아버지가 전선으로 가기 전에 임신을 했다. 그 후로는 끝없는 기다림의 연속이었다. 불확실함, 죽음과 재난에 관한 소문들, 그리고 겁에 질린 피난민들과 뒤섞여 식량과 안전을 찾아 진창길을 따라가는 고난의 여정이 잇따랐다. 어머니 니나가 받은 몇 장의 편지는 이미 몇 달 전에 쓴 것이어서 그녀가 편지를 읽을 때는 그가 살아 있는지 죽었는지 확인할 방법도 없었다.

결혼할 때 그녀는 어린 소녀로서 군복에 마음이 휩쓸렸고, 당시 만연하던 애국적인 열정에 사로잡혀 있었다. 그런데 갑자기 혼자가 되어 아이를 낳았고, 아이를 돌보아야 하는 짐이 어깨에 지워졌다. 아이 아버지의 안부에 대해서는 거의 모른다는 사실에 앞이 막막했다. 그런데 바로 그때 베라 알렉산드로브나가 바위처럼 든든한 할머니로 나타나, 그녀가 공장에 일하러 가있는 동안 아이를 먹이고, 기저귀를 갈아 주고, 자장가도 불러 주었다.

공장에서 그녀는 자신이 형편없는 공원으로 취급당하는 데에 분노를 감추지 않았다. 남편의 사망 소식을 들었을 때는 처음부터 자기에게는 행복에 역행하는 운명의 장벽이 쌓여있지 않았나 하는 의구심이 사실로 확인되었을 뿐이었다.

그래서 슬퍼하는 일에 시간을 낭비하지 않았다. 아기는 할머니에게 맡기고 야간학교에 다니며 정식 당원이 되더니 기계적으로 아침에 집을 나가고 저녁에 들어오는 것이, 마치 자신의 감정을 깨끗이 청소해야만 다시는 누구도 자신을 괴롭히거나 상처를 입힐 수 없게 하는 것이라고 믿는 것 같았다.

*

사샤가 아이스하키 게임을 마치고 집으로 돌아오니 주방에서 언쟁이 벌어지고 있었다. 주정뱅이 후프코프가 온 종일 보드카나 항공기용 아교를 마신 게 분명했다. 그는 인근 공장에서 일을 하게 된 이후, 알코올이 들어있는 것이면 무엇이라도 냄새를 맡거나 들이켰고, 돈이 떨어지면 심지어 페인트 시너까지 마시고 치료를 받기도 했다.

할머니는 난로 위에 닭을 졸이고 있었다. 닭조림은 할머니가 특별히 잘하는 요리의 하나인데 닭을 반으로 잘라 반 시간 정도 마늘을 넣고 졸여 두었다가 자루 달린 냄비에 담아 뚜껑을 덮고 요리했다.

그런데 후프코프가 할머니를 가로막고 앉아 장광설을 늘어놓았다. 그가 떠드는 소리는 그 집에 사는 사람들이 모두 들을 수 있었다.

"모스크바에 식량이 부족한 것은 니키타 탓이지요. 그가 우리 입에 들어갈 식량을 쿠바의 검둥이 놈들에게 보내고 있단 말입니다. 그러고도 그 자리에 앉아 살찐 돼지처럼 웃고 있어요, 안 그래요, 어머님? 그 빌어먹을 놈의 사회주의 형제국가라니!"

자기 말의 요점을 강조라도 하듯이 난로 옆의 테이블을 주먹으로 쾅 내려치자 할머니가 끓이던 냄비의 뚜껑이 튀어 달아나고 부글부글 끓고 있던 국물도 바닥으로 튀었다. 할머니가 조림을 젓던 주걱을 들고 후프코프를 쫓아갈 때 사샤가 들어왔다. 후프코프는 술 취한 사람으로서는 놀라울 정도로 기민하게 할머니를 피하더니 사샤에게로 의기양양하게 걸어왔다.

"안녕하세요, 각하!"

그는 모자를 벗고 듬성듬성한 머리를 잡아당기며 사샤에게 인사를 했다. 그의 얼굴은 홍당무처럼 벌겋고 땀이 베어났다. 후프코프는 아침에 일어나서도 취해 있어서 머리로 벽을 부딪치기 시작하면 의식을 잃고 쓰러질 때까지 그러는 것이었다.

"자, 한번 해 보자."

그는 주방에 놓인 네 개의 테이블 중 하나 앞 의자에 걸터앉으며 팔씨름을 도전해 왔다. 팔꿈치를 테이블에 세우고 주먹을 쥐었다.

"네가 남자인가 보자!"

"저리 가지 못해?"

할머니가 그를 노려보며 주걱을 위협적으로 들어 올리자 후프코프는 너털웃음을 터트렸다.

"이런 제길, 다 큰 녀석이 할머니 치마 뒤에 숨다니. 내가 네 나이였을 때는 요령소리가 나도록 돌아다녔다."

사샤는 조용하게 운동화를 벗고 가방을 벽에 세웠다. 그런데 가방이 넘어지면서 레빈이 빌려준 책이 밖으로 튀어나왔다.

"저런, 저 애송이 교수 좀 보게." 후프코프가 빈정거렸다. "내가 네 비밀을 알고 있지."

그는 할머니에게 고개를 돌려 속삭이듯이 말했다.

"얘가 이 아파트로 이사 온 유태인과 허물없이 지낸다니까요. 내가 말했듯이 스탈린이 죽은 후로는 모든 게 개판이 되어가고 있단 말입니다."

그는 손가락으로 코를 아래위로 만지작거리면서 곁눈질로 사샤를 쳐다보았다.

"잘 비벼주면 너도 큰 코를 가질 수 있어."

후프코프가 앉아서 히죽거리자 사샤도 반대편 의자에 앉았다. 후프코프의 얼굴이 붉어졌고 사샤도 그 열기를 느낄 수 있었다. 사샤는 팔꿈치를 테이블에 세우고 팔을 내밀어 손가락으로 후프코프의 손가락을 꽉 움켜잡았다.

처음에는 후프코프가 압도했다. 사샤는 팔뚝이 꺾여 테이블 위 2센티 정도까지 내려갔다. 후프코프의 악취 나는 호흡을 얼굴에서 느낄 수 있었다. 그러자 사샤는 힘껏 버티면서 온 힘을 오른팔에 모아 위로 밀어 올려 원래의 위치로 되돌렸다. 그 동작이 너무 빨라 두 사람 다 깜짝 놀랄 정도였다. 그리고는 갑자기 비틀면서 후프코프의 팔을 테이블 위에 내리꽂았다.

취한은 하도 놀라 자리에서 굴러 떨어졌는데, 다시 일어섰을 때 그의 눈에는 불그스레한 살기가 어려 있었다. 할머니가 그들 사이에 서서 후프코프를 나무랐다.

"자네 처에게 가보게. 처가 자네를 보면 뭐라고 하겠나?"

후프코프는 비틀거리며 나갔고, 할머니는 혀를 끌끌 차면서 사샤를 쳐다보았다.

"네 애비가 보았으면 실망했겠다."

사샤는 할머니와 다투지 않았다. 그렇게 말하는 할머니도, 사샤도 그 말을 믿지 않았기 때문이다.

식사 후 설거지를 하고 나서 사샤가 할머니와 어머니에게 물었다.

"아버지가 어떻게 돌아가셨는지 알고 싶어요."

어머니의 입은 꽉 닫힌 것이 마치 자를 대고 그린 듯 했다.

"차를 준비해야겠구나."

할머니는 덜컹거리면서 주전자를 가져왔다.

"내가 이미 말했잖니." 어머니의 말은 한마디 한마디가 가위로 자르듯 했다. "너의 아버지는 전선에서 죽었다. 그것이 내가 알고 있는 전부다."

"그곳에 무슨 사연이 있는 게 분명하죠?"

사샤가 끈질기게 물었다.

"그렇겠지."

어머니 말은 시큰둥한 어감이었다. 어머니는 서류들을 보관하는 상자로 갔다. 상자 안에는 몇 개의 서류함이 있었고, 제일 아래쪽 것을 꺼내 테이블로 가져와 노란색 문서를 사샤에게 던졌다.

"여기 있다. 네가 읽어봐."

사샤는 그것이 사망통지서라는 것을 알았다. 그것은 표준서식으로, 신문지보다 나을 게 없는 값싼 종이에 조잡하게 인쇄되어 있었다. 담당자가 해야 할 일이라고는 빈칸에 이름과 날짜를 채우는 것이었다. 사샤는 거미줄처럼 휘갈겨 쓰인 아버지의 이름을 보았다. 내용은 이러했다.

'귀하의 부군 세르게이 미하일로비치 프레오브라젠스키 포병대위는 소련의 영웅으로서 조국을 방위하다 1945년 4월 17일 전사하였습니다. 그는 전우의 묘역에 안장되었습니다. 삼가 조의를 표합니다.'

그 통지서는 알아볼 수 없게 휘갈겨 쓴 글자로 서명되어 있었다.

"전우의 묘역이 뭐예요?"

사샤가 물었다.

"전쟁터를 말하는 거란다." 할머니가 부드럽고 낭랑한 목소리로 교회에서 성경을 읽듯 설명해 주셨다. "수많은 시체를 찾을 수도 없고, 찾더라도 알아볼 수 없다는 뜻이지."

사샤의 시선은 굳은 어머니의 얼굴에서 함에 남아 있는 다른 편지로 옮겨갔다.

"아버지가 편지도 보내셨네요."

묻는 것이 아니라 그냥 나오는 말이었다.

"그건 안 돼!" 사샤가 편지 뭉치를 들추자 어머니가 외치면서 손으로 덮었다. "너는 이 편지를 읽을 권한이 없어."

어머니는 놀란 표정이었다. 어머니가 그렇게 자연스러운 감정을 나타내는 것이 사샤에게는 충격적일 만큼 오랜만이었다.

"그 애도 읽을 권한이 있지." 할머니가 참견하셨다. "사샤도 이제 다 자랐으니까."

어머니는 함을 뒤져 가운데가 접힌 편지 몇 통을 찾아냈다. 봉투는 얼룩이 지고 때가 묻어 있었다. 편지지는 얇고 투명한 것이 고급 종이였다. 사샤는 편지들을 발코니 옆 침대로 가져가서 편히 앉아 사소한 내용이라도 다 알아야겠다는 듯이 시선을 집중했다.

할머니는 재봉틀 일을 시작했고, 어머니는 화장실에 갔다가 돌아왔을 때는 잠옷 차림이었다. 침대로 올라가서는 누구에게 잘 자라는 인사도 없이 얼굴 위로 이불을 끌어당겼다. 어머니가 늘 보여주는 모습이었다. 세상이 어떻게 되든, 주위에서 무슨 극적인 일이 일어나든, 어머니는 전등 스위치처럼 간단하게 자신을 끌 수 있었다.

사샤는 편지를 다 읽고 오랫동안 잠을 이루지 못했다. 편지에는 개인적인 감정을 전한 내용도 있었다. 전선에 나간 군인이 아내를 그리워하는 것이어서 어머니를 여성으로 생각해본 적이 없는 사샤로서는 좀 당황스럽기도 했다.

그러나 무엇보다 이상한 것은 초기의 편지에서 전한 전쟁 분위기가 다음 편지에서는 달라지는 것이었다. 편지는 대량 학살이 최악에 다다를 때와 러시아군이 철저한 파괴자의 위치에 있을 때 쓴 것이고, 마지막 편지는 점령군인 붉은 군대가 베를린 교외를 돌파할 때 쓴 것이었다.

첫 편지에서 세르게이 프레오브라젠스키는 아내에게 전쟁의 참상을 전했다. 시 몇 구절도 인용하고 집안 안부를 물었으며, 크리미아로 갔던 여름여행을 회상하기도 했다. 그러나 전쟁영웅으로 훈장을 받고 보낸 마지막 편지는 아주 절망적인 심정에서 쓴 것이었다.

'이 편지를 친구 편으로 보내오. 까다로운 검열을 통과할 수 있을지 의문이고……. 사람이 최악의 궁지에 몰리면 도덕관념은 마비되고 살아남는 것만이 최고의 목적이 됩니다. 다른 것은 모두 지옥이오. 나무토막처럼 흩어진 수많은 시체를 쳐다보지도 않고 뛰어 넘어갑니다. 점점 더 감당하기 어려운 승리가 되고 있소. 독일군도 우리에게 하지 않은 짓을 우리 군이 우리 자신에게 자행하고 있답니다. 우리가 우리 자신의 적이 되어가고 있소.'

그는 강간과 약탈, 민간인의 살육에 대해서도 적었다.

'우리 정치군관들은 그런 일들을 염려하다가는 부르주아적 인도주의의 희생자로 전락하게 된다고 말하고 있소. 내가 우려하는 일은 지금 이 전쟁과 고난이 단순히 내일의 수용소가 붉은색이 될지, 회색이 될지를 결정하는 데에 바쳐지지나 않을까 하는 것이랍니다.'

사샤는 등을 돌렸다. 커튼을 통해 들어오는 달빛에 방안의 모든 것이 흐릿한 형체로 떠올랐다.

그는 편지에 있는 내용을 모두 이해하지는 못했다. 그렇지만 왜 어머니가 편지를 감추려고 했는지는 명백해졌다. 사샤는 화도 나고 부끄럽기도 했다. 편지의 내용은 자신이 전쟁에 대해 배운 사실들과는 모든 면에서 달랐다.

할머니와 책, 박물관과 학교에서 학생들은 이 나라의 용감한 영웅들에 대해 '성스러운 추모'를 하도록 배웠다. 자신의 조상들도 보로디노와 그 이전의 전쟁 때부터 군인이었다. 아버지 편지는 그분들을 배신하는 것으로 느껴졌다. 험악한 말이 마음에 떠올랐다. 아버지는 반역자가 아닌가?

'제기랄,' 사샤는 본 적도 없는 그 사람을 나직하게 욕했다. *'왜 자세히 설명해주지 않았단 말인가?'*

*

다음날 사샤는 그분이라면 설명해 줄 수 있으리라 기대하고 아래층 교수를 찾아갔다. 레빈은 반가워하면서도 조금 더 안전한 화제로 대화를 돌리는 것을 미안해했다. 사샤에게 더 많은 책을 주면서 읽어보게 했고, 러시아 초기의 역사에 관해서도 이야기해 주었다.

러시아 원주민인 바이킹 해적들의 모험과 타타르의 침공, 표트르대제의 서방국가 침략을 현실감 있게 설명해 주면서 사샤에게 배우고 싶은 욕망을 불러 일으켰다.

"과거를 지배하는 자가 현재도 지배한다."

이야기 도중에 교수가 말했다.

"누가 그런 말을 했습니까?"

"조지 오웰의 《1984년》에 나오는 말이다. 그 책이 금서가 된 것이 유감이다. 사샤, 너는 역사학 탐구에 타고난 재능을 지닌 것 같다. 대학에서 이 과목을 전공하도록 해봐라."

"저도 그렇게 하고 싶습니다."

레빈과의 대화는 사샤에게 역사학은 학교 교실에서처럼 연대와 표제를 지루하게 반복해 외우는 것과는 전혀 다른 학문임을 깨닫게 해주었다. 역사 탐구는 모험이고, 자기가 물려받아 살고 있는 이 세상은 물론, 자신을 발견하는 수단이었다.

그때 문에 가벼운 노크 소리가 나더니 한 소녀가 들어왔다. 그녀는 자연스럽고 꾸밈없는 우아함을 가지고 있었고, 고양이처럼 경쾌하게 움직였다. 한 순간에 방을 가로질러가더니 레빈의 목을 껴안았다. 검정색 양모 스웨터를 입었는데 사이즈가 너무 커서 엉덩이 아래까지 늘어져 있었다.

사샤에게로 고개를 돌리는데, 눈썹이 쫑긋 올라가고 약간 조롱기가 있는 까만 눈동자가 반짝이면서 쳐다보자 사샤의 시선은 이내 닳아빠진 장화코로 향했다. 그는 또래의 소녀 아이들을 생각하는 사춘기에 접어들었지만, 그런 소녀들과 한 방에 있으면 왠지 마음이 편치 않았다.

"내 딸 타냐다."

레빈의 말에 사샤는 놀랐다. 가족이라고 하기에는 닮은 곳이 너무도 없었던 것이다. 자신감이 넘치고 몸매가 이토록 아름다운 소녀는 이런 허약한 교수나 좁은 방과는 전혀 다른 세상에 있는 것으로 보였다.

타냐는 곧바로 대화에 끼어들었다. 그녀는 사샤에게 묻기 시작했는데, 마치 새로운 놀이라도 발견한 듯 했다. 사샤도 곧 수줍음을 잊고 이야기를 나누기 시작하자 두 사람은 함께 자란 친구인 듯 친숙해졌다. 그녀는 빠르게 지껄이고, 조숙한 면을 내보이고, 잘 웃으면서 사샤를 스스럼없이 웃게 만들었다.

"내가 깜박했는데, 너는 어느 손으로 글을 쓰니?"

"물론, 이 손이지."

사샤가 오른손을 들었다.

"보셨죠?" 타냐가 아버지에게 의기양양하게 말했다. "모든 사람들 말이 똑같아요. 둘 중 누구라도 소련에는 왜 왼손잡이가 없는지 설명해 줄 수 있나요?"

레빈은 조용하게 한숨을 쉬었다. 이전에도 늘 이런 주제의 대화가 있었던 모양이다.

"그런데 나는 지금 왼손잡이가 되어가고 있는 중이야."

타냐가 사샤에게 말했다.

"놀라지 마, 내 잘못이 아니니까. 그건 뇌성마비처럼 뇌에서 시작하는 거야. 그런데 학교에서는 나한테 오른손으로 글을 쓰라고 하는 거야, 너처럼. 그리고는 내 글이 바르지 못하다고 불평을 해요. 그것은 옳지 않지. 좌익 이념으로 살아가는 사회에서는 모든 사람들이 왼손잡이가 되어야 하는 것 아니니?"

차를 다 마시자 레빈이 말했다.

"네 엄마가 기다리겠구나."

타냐는 정색을 하고 새아버지를 욕하기 시작했다. 사샤가 알게 된 사실은 그녀의 새아버지가 작가협회의 중요한 회원이고, 그의 글이 〈문학공보〉에 실리기도 했다는 것이다.

타냐가 갑자기 일어서더니 말했다.

"좋아요, 가는 게 좋겠어. 그런데 사샤가 집까지 바래다주었으면 좋겠어요."

"그렇다면 네가 사샤에게 정중하게 요청을 해야 하지 않겠니?"

교수가 말했다. 타냐는 어머니와 새아버지와 함께 아르바트 거리와 강 사이에 있는 스몰렌스카야 거리의 고급주택가에 살고 있었는데, 그곳에서 한 코너만 돌면 외무성 빌딩이 있었다.

그들은 전철을 탔다. 사샤는 코트를 입지 않았고, 타냐는 미국제로 보이는 양가죽코트를 팔에 걸쳤다. 바깥 공기에는 봄기운이 있었다. 2월이나 3월, 모스크바에 이따금 찾아오는 거짓 봄은 대지를 속여 새싹을 돋게 하고, 과수원에 활기를 불어넣고는 서리를 내려 전부 죽여 버리곤 했다. 그런 거짓 봄이 지나고 늦게야 다시 봄이 왔고, 먼 숲속에서 블루베리를 볼 수 있었다.

"언제 부모님이 이혼하셨지?"

스몰렌스카야 역에서 내리며 사샤가 물었다.

"아빠가 이야기를 안 해주셨구나." 그녀는 긴장하면서 양쪽 옆을 돌아보았다. "위대한 스탈린이 묻힌 지금은 부끄러운 일이 아니겠지. 아버지는 소비에트에 반대한다는 혐의로 수용소에 계시다 풀려났어요. 강의 중에 하신 말씀이 문제가 되었다는 거야. 대학에 폭탄을 심으려고 기도했다는 건데, 나는 믿지 않아. 아버지는 7년이나 수용소 생활을 하다 거의 돌아가실 뻔 했어. 스탈린이 죽고 복권이 되셨는데, 그 개들이 석방한 첫 번째 정치범이지. 아버지는 대학으로 돌아가 복직이 되셨지만 내면은 완전히 파괴되어 버리셨어."

그들은 거리에 나와 있었다. 그녀는 열을 지어 서있는 아파트 건물을 위에서 아래로 조심스럽게 훑어보았다.

"알고 있는지 모르지만 아버지는 마르크스주의자야, 골수시지."

"그래, 알고 있었어. 우리는 꽤 많은 대화를 나누었거든."

"저쪽이 우리 집이야."

그녀가 집이 있는 쪽을 가리켰다.

"엄마는 자신을 보호하는 방법을 알고 계셨어. 놈들이 아버지를 끌고 가면서 엄마에게, 선량한 시민은 반 소비에트 범죄자에게는 이혼을 청구해야 한다고 했다는 거야. 그래서 엄마는 이혼을 청구하고 바로 풀려나셨지. 그 후 엄마는 문단의 거성 에린슈테인과 같은 침대를 사용하게 된 거고. 에 린슈테인은 당국이 요구하는 것은 무엇이든 다 응해 주었기 때문에 생활이 아주 윤택했지. 그는 베리야의 손에서 나오 는 것으로 먹고 살았는데, 이젠 베리야가 영국간첩이었다는 원고를 탈고했다더라."

그녀의 집 앞에 이르자 타냐가 진지하게 물었다.

"너 친구 많니?"

"그래, 그런데 진정한 친구는 많지 않아."

사샤는 학교에서는 이와 같은 대화를 해 본 적이 없었다.

"우리 친구 하기로 하자."

그녀는 대답을 기다리지도 않고 그의 볼에 빠르게 키스를 하고는 집으로 뛰어갔다. 그녀의 입술은 도톰하고 얇은 보 라색으로 멍이 든 듯 했다. 그녀의 얼굴과 머리에서 나오는 냄새는 백단향 같은 아련함이 있었고, 여학생 냄새 같은 것 은 전혀 없었다.

3.

그 거짓 봄 이후 그들은 빠르게 가까워졌다. 교수의 아파 트에서도 자주 만났지만 시내의 다른 곳, 미술관이나 박물 관, 동물원, 또는 고르키 공원의 깊숙한 숲속에서도 만났다.

타냐의 어머니와 새아버지가 공식행사에 참석하러 외출하면 스몰렌스카야 거리의 그녀 아파트에서도 만나곤 했다.

타냐는 언제나 돈이 많은 듯 했고 저명한 인사들을 알고 있었으며, 아파트에서 전축에 록앤롤을 틀기도 했다. 이런 미국 재즈나 록앤롤 판은 암시장에서 구할 수 있었다. '미국의 소리'나 BBC방송의 테이프를 오래 된 엑스레이 판에 복사한 것이었다. 이 판을 불빛에 대보면 어떤 환자의 흉부사진이 어렴풋이 보였다. 당시에는 모스크바 전 지역에서 창문만 열면 떠돌아다니는 서양 음악을 들을 수 있었다.

고등학교 마지막 여름 어느 날, 스몰렌스카야의 아파트 거실 소파에서 미국 모던 재즈의 원조라는 디지 길레스피의 트럼펫 연주가 흐르는 가운데, 두 사람은 연인이 되었다. 사샤는 긴장했고, 그녀는 차분하면서도 착잡한 듯 했다. 자신도 그렇지만 그녀 또한 첫 경험이라는 것을 알았을 때 사샤는 무척 기뻤다. 자기도 서툴렀고, 그녀가 고통으로 숨을 들이키는 소리를 들으며 그 일은 너무 빨리 끝났다. 그러나 처음이 지나자 그는 그녀와 자신의 리듬을 알게 되었고, 그녀의 길고 나긋나긋한 몸 위에 포개어 오랫동안 머물 수 있었다.

레빈은 두 사람이 무슨 일을 저질렀는지 바로 눈치 챘다. 그들이 방문했을 때 레빈이 타냐를 쳐다보는 시선에서 사샤는 알 수 있었다. 교수는 두 사람에게 아무 말도 하지 않았지만 사샤가 혼자 찾아가 자기들이 성년이 되면 결혼할 생각이라고 말하자 분명히 말했다.

"그 따위 사소한 문제로는 나를 찾아오지 마라. 너희가 대학을 졸업하고 장래가 결정되면 그때 가서 보자. 그러나 사샤, 잘 들어라." 그의 목소리가 떨렸다. "네가 그 애를 잘 보살펴 주었으면 한다. 그 애는 너처럼 차분하지 않아. 타냐가 말하는 걸 보았지? 자기 생각을 곧바로 말로 내뱉는 아이다. 참아야할 게 아무것도 없다는 듯이 어휘를 사용하는데, 매우 위험한 일이다."

"지금은 모든 게 변하고 있습니다."

사샤가 반론을 폈다. 이제 록 음악을 듣고, 아이들이 좁고 끝이 쪽 빠진 바지를 입고 다녀도 문제가 되지 않는다고 생각했다.

사람들은 수위가 높은 발언을 하는데, 특히 시인들이 그러했다. 그런 사람들의 발언이 타자기로 얇은 종이에 찍혀 조그만 잡지로 제작되어, 10부, 20부, 또는 50부씩 회람되고 있었다. 사람들은 이것을 '사미즈다트'라고 불렀다. 개인이 제작비를 대는 자비출판이므로 국영출판인 '고시즈다트'를 조롱하는 풍자적인 명칭이었다.

저녁이면 사람들이 그의 이름을 붙인 광장에 새로 세워진 시인 블라디미르 마야코프스키 동상 주위에 모여 자신들의 운문시를 낭독했다. 그러면서 유태계 시인 오시프 만델스탐, 레닌의 명령으로 총살된 구밀레프, 소설 《의사 지바고》로 노벨 문학상 수상이 결정되었으나 정부의 방해로 받지 못한 작가이자 시인 보리스 파스테르나크, 저항시인 알렉산드르 갈리치 등의 시를 읽기도 했으나 당국은 그대로 두었다.

　이는 니키타 흐루쇼프 때문이라고 했다. 흐루쇼프는 자신의 말에 걸려 넘어지는 익살꾼처럼 보였지만 작가들에게는 부드러운 입장을 취하고 있었다. 심지어 솔제니친의 수용소 생활을 그린 소설 출판도 허용했다.

　"얼마나 변했는지 곧 보게 될 것이다." 레빈은 회의적인 표정이었다. "지금이라도 타냐를 마야코프스키 광장에 나가지 못하게 해야 한다."

　그러나 타냐는 쉽게 굽히지 않았다. 두 사람은 모스크바 대학교에 들어갔고, 마르크스 대로 20번가에 있는 오래된 황색 건물 교실에 출석했다. 남학생들은 그 건물을 '신부의 캠퍼스'라고 불렀다. 모스크바에서 가장 예쁜 여학생들을 만날 수 있는 곳이라는 평판 때문이었다.

　그 대학의 위치가 두 사람에게는 매우 편했다. 그들은 가족들과 같이 살기 때문에 기숙사에 들어가지 않아도 되었는데, 기숙사는 레닌 힐에 있었고, 웨딩 케이크 모양의 건물이었다.

타냐는 철학과에 등록하고, 사샤는 역사학과를 지망했다. 레빈의 영향 때문이었다. 타냐는 모든 일에 자신을 던졌다. 그들은 교수의 금지령에도 불구하고 마야코프스키 광장의 시 낭송회에 참석해, 얼굴이 창백한 일리야 주코프스키라는 학생이 읽는 민요시를 들었다. 그 민요시는 일종의 구호가 되었다.

> 유골이 되는 것을 두려워 말고
> 험담을 두려워 말라
> 지옥의 유황불을 두려워 말고
> 분노한 사람을 역병처럼 두려워하라
> 너희에게 말하노니
> 나는 무엇이 필요한지 알고 있다
> 너희에게 말하노니
> 뭉쳐서 나를 따르라
> 너희가 소망하는 천국이 여기 있다

사람들은 주코프스키가 수위 높은 과장된 언어로 자신의 시 몇 편을 읽는 것을 들었다. 그는 시가 총보다 얼마나 더 강한지를 말했다. 그때 타냐는 주코프스키에게 매료당한 듯

했다. 후에 그들의 한 그룹이 좁은 아파트에 끼어 앉아 커피를 마시면서 자신들이 이 나라를 어떻게 개혁해야 하는가에 대해 열렬한 논쟁을 벌였다. 사샤는 이런 논의가 점점 견디기 어려웠다. 특히 주코프스키가 손가락을 끊임없이 흔들면서 강의하듯 높은 목소리로 말하는 것이 싫었다.

그 광장에는 야유도 하고 협박도 하는 일단의 깡패 같은 무리들이 있었다. 어느 날 저녁, 사샤는 그들 중에 자기 학부의 공산당청년동맹, 콤소몰의 간부가 끼어있는 것을 보았다. 그 폭력배들은 빼곡히 모인 청중들 주위를 으르렁거리고 다니면서 겁을 주어 해산시키려고 했다.

시 낭송이 끝나고 청중이 떠나자 야유하던 폭력배들이 시를 낭송한 사람들을 덮쳤다. 주코프스키는 땅바닥에 내던져졌고, 놈들이 구둣발로 밟는 것을 보았다. 광장에 있던 경찰은 다른 곳으로 가버렸다. 그 폭행은 주코프스키를 더욱 강경하게 만들었다. 그는 자신의 반정부활동에 참여하지 않는 사람들을 관대하게 대하지 않았다.

"나는 그들이 듣기 거북한 핑계를 대는 소리를 들었다."

어느 날 밤, 사샤가 타냐를 따라 다른 모임에 참석하자 그가 사샤를 비난했다.

"바위에서 피를 얻을 수는 없다, 그렇지 않은가?" 일리야 주코프스키가 수사학적으로 물었다. "어쨌든 우리 러시아인은 명령 받은 대로 움직이는 것을 좋아한다. 우리는 민주주의에 대한 자질이 없다. 너희가 말하는 것이 그것인가? 아, 그래, 저항은 강경론자들을 더 강하게 만들 뿐이다. 그것은 스탈린주의자들을 우리 머리 위로 불러올 것이다. 어찌되었든 때가 아니다. 시험은 다가오고 있고, 어머니는 아프시고, 너의 여자 친구는 가족에게 돌아가게 해야 한다. 그래, 나는 다 듣고 있다. 그런데 프레오브라젠스키, 네놈은 이상한 녀석이다. 너는 우리를 지켜보기만 할 뿐 무엇을 주장하지도 않고 적극적으로 참여하지도 않는다."

"채찍으로는 도끼를 감당하지 못한다." 사샤가 조용한 목소리로 러시아 격언을 인용했다. "네가 지금 하고 있는 짓거리는 많은 사람들을 다치게 할 뿐이다."

그때 주코프스키가 그에게 말 폭탄을 한 방 날렸고, 그들은 상스러운 욕설로 한 판 붙었다. 그때 사샤는 타냐가 주코프스키 편을 드는 것을 보고 화가 나고 당황했다. 사샤가 타냐보다 먼저 집으로 돌아갔다. 처음으로 질투라는 말의 의미를 깨달았다.

그러나 여름이 오면서 둘 사이의 의견 차이는 잠잠해졌다. 레닌그라드 행 야간열차의 침대칸에서 기차의 부드러운 흔들림 속에 사랑도 나누었다. 차를 빌려 모스크바 주위의 '황금 관광권'을 둘러보고, 블라디미르와 노브고로드의 유서 깊은 도시까지 여행을 했다.

두 사람이 대학 3학년이 끝나가는 어느 날, 레빈 교수가 마르크스 대로의 캠퍼스 로비에서 사샤를 만났다. 그들 위의 계단에는 레닌의 흉상 밑으로 붉은 천이 한 쪽으로 내려져 있었는데, 흉상 좌대의 아랫부분이 합판으로 되어 있는 것을 알았다.

"오늘 밤, 집에서 좀 보세."

교수는 숨쉬기도 어려운 듯 했다. 사샤는 죄송하다고 대답했다. 타냐와 극장에 가기로 약속했던 것이다.

"그 애한테는 자네 모친이 아프다고 하게." 레빈이 말했다. "자네가 싫든 좋든 오늘 밤에 꼭 해야 할 이야기가 있네. 타냐는 모르는 게 좋겠고."

사샤는 교수의 눈을 쳐다보고 다툼을 멈추었다. 눈에는 마음의 상처가 드러나 있었다.

*

저녁 7시에 사샤는 레빈의 아파트에 도착했다. 교수는 문을 잠그고 보드카 두 잔을 따랐다. 좋지 않은 징조였다. 사샤는 레빈이 술을 마시는 것을 본 적이 없었다. 교수가 그에게 말을 시작했다.

"자네는 바보가 아니니까 지금 무엇이 어떻게 돌아가는지 알 수 있겠지. 우리는 한동안 젊은이들이 희망을 가질 수 있는 시대를 살아왔다. 솔제니친이 모스크바에서 출판도 했다. 그런데 지금 솔제니친이 어디 있는지 말해 보게. 월간 문예지 〈노비미르〉에서 그의 작품을 출판한 편집장은 지금 어디 있나? 이 모든 자유화 바람에 책임이 있다고 생각되는 흐루쇼프 동지는 또 어디에 있나? 나는 물론이고 자네도 알고 있다. 그 늙은 깡패들은 자기들 밥통을 빼앗기지 않을까 걱정한 것이다. 이제 그만큼 했으면 충분하다고 니키타를 차버렸다네. 지금 어디라도 가서 스탈린의 범죄에 관한 책이 아직도 팔리고 있는지 알아보게. 요즘 지도자들의 연설을 들어보면, 전시에 위대한 스탈린에게 빚을 졌다고 언급하면서 슬금슬금 과거로 돌아가고 있는 것을 알 수 있다네. 심지어 다음 당 대회에서 그를 복권시키려는 움직임도 있다네."

"그것은 가능하지 않습니다."

"물론, 가능하네." 레빈이 되받았다. "타냐에게 이것을 설명해주게. 그 애는 지금 자기가 아주 매력적인 생활을 선도하고 있다고 여기고 있다네."

그는 안경을 벗고 눈을 비볐다. 그리고 계속했다.

"내가 수용소에 있었다는 것을 알고 있나?"

"예, 알고 있습니다."

"타냐가 이야기했구먼." 사샤의 침묵은 수긍한다는 뜻이었다. "좋아, 자네가 그곳에 관해 묻지 않은 것을 고맙게 생각하네. 그러나 그곳에는 자네가 반드시 알아야 할 사연이 있다네."

그가 비틀거리기 시작했다. 너무 심해 사샤가 일어나 부축하려 했으나 레빈이 손사래를 치면서 자리에 앉으라고 했다.

"내가 오늘 어떤 사람을 만났네." 그는 입을 열더니 잠시 생각에 잠기는 듯 했다. "아니지, 그 사람을 설명하려면 처음부터 이야기를 시작해야겠지."

[역자 주] 1924년 레닌 사망 후, 스탈린, 트로츠키, 지노비에프, 카메네프 등이 서로 경쟁하면서 후계 투쟁이 이어지다 1929년에야 스탈린이 당과 국가의 최고지도자로 부상했다. 그는 1953년 사망할 때까지 소련공산당 서기장이었는데, 그의 권력기반은 당 조직과 비밀경찰(Cheka, GPU, OGPU, NKVD, KGB)이었다. 반체제인사와 비판자 등이 비밀경찰에 의해 특별정착촌, 집단노역장, 강제수용소, 집단거주지에 끌려가 처형되거나 노역 중 사망한 숫자가 1500만~2000만 명이라고 한다. 그러나 아직까지 스탈린의 범죄행위와 정확한 사망자 수가 밝혀진 적은 없다. 당시 정치범수용소에 끌려간 레빈은 그곳에서 겪은 생지옥 같은 생활을 사샤에게 털어놓았다

4.

"소나무 숲 냄새를 싫어하고, 소나무 태우는 연기 냄새는 더 싫어하는 경우를 생각이나 해 본 적이 있나? 나는 쿠치노라는 토굴 인근의 페름 지역에 있는 소나무 원목 노동수용소로 보내졌지. 그곳에는 우리 같은 정치범들이 많았네. 겨울에는 영하 45도 이하까지 내려갔지만 겨울이든 여름이든 할당된 양을 다 채울 때까지는 작업이 끝나지 않았다. 놈들은 눈이 가슴까지 쌓인 날도 숲속으로 우리를 내몰았지. 눈을 밟아 다지고, 나무를 베어 넘어뜨리고, 눈 속을 더듬어 가지를 쳐 낸 뒤, 나무 둥치를 둘러매고 철도차량이 있는 곳까지 끌고 갔네. 저녁에는 먹다 남은 음식찌꺼기가 배식되고 막사에 가두는데, 젖은 땔나무에서 나오는 연기에 질식할 것 같은 곳이었지. 수용자들은 너무 절망적이라 병원으로 후송되려고 무슨 짓이든 다 했다네. 손발을 부러뜨리거나 손가락을 자르거나 결핵을 앓는 것처럼 보이려고 코를 쿵쿵거리기도 했지. 나는 지금도 숲 냄새를 맡으면 그 기억이 모두 되살아난다네."

사샤는 대답할 말을 찾지 못했다.

"형사범들은 우리 같은 정치범을 미워했고, 간수 놈들이 그들을 충동질했다네. 소위 모범수라는 자들은 전부 이들

잡범들 중에서 뽑혔는데 우리는 그놈들을 독사라고 불렀다. '고가'라는 짐승 같은 놈이 우리 막사를 지배하고 있었는데, 이놈은 간수들에게 담배와 보드카를 뇌물로 바쳤다네. '나는 도둑놈이고 진짜 남자다!' 고가라는 놈이 날마다 부르짖는 말이었네. 처음으로 그 놈이 나를 때리면서 하는 말이 유태인이기 때문에 무조건 맞아야 한다는 거야. 유태인은 러시아의 적이자 수용소 전체의 적이 되었다네. 간수들은 그런 놈들의 행위를 쳐다보며 좋다고 낄낄거렸고."

레빈은 잠시 숨을 고르고 계속했다.

"우리 같은 정치범들에게는 깊이 몰두할 수 있는 개인적인 그 무엇이 있어야 했다. 어떤 사람은 먹다 남은 빵조각에 침을 섞어 체스 판을 만들었고 나는 시를 암송했는데, 어떤 구절이 생각나지 않으면 내 자신이 만든 구절을 맞추어 넣었지. 그것도 쉽게 되지 않아 한마디 한마디가 통나무처럼 무거웠다네. 우리 중에 최고는 이바노프라는 중위로, 연필의 납 조각을 모아 대포를 만들었지. 온갖 괴상한 장식을 갖추고 자체 추진 장치도 있는 괴물이었네. 포병 이바노프는 힘이 세어 고가가 경의를 표하는 유일한 인물이었지. 이바노프는 언제나 혼자였는데 어느 날 나에게 와서, 내가 다른 수감자들의 영어 공부를 도와준다는 이야기를 들었다면서 자기도 영어를 배우고 싶다는 거야. 그 후 우리는 조금씩 대화를 나누었다네."

레빈은 이바노프에 대한 이야기를 계속했다.

*

그는 베를린으로 진격할 당시 포병부대 소속이었다고 했어. 그도 우리처럼 58조법 위반으로 잡혀왔는데 진짜 죄는 부르주아적 인도주의자였다는 거야. 적의 민간인 처리에 과도한 관심을 나타냄으로써 소련군의 명예를 더럽혔다는 것이 그의 죄목이었지.

어느 날 아침 우리는 평소와 같이 새벽이 오기 두 시간 전에 일어나 막사를 청소하라는 지시를 받았네. 늘 하는 청소 검열은 간수들이 수색을 통해 수감자들의 귀중품이나 돈과 옷을 훔치는 수단이었지. 비밀경찰 대위인 수용소장은 수용자들이 숨겼을지도 모르는 불온서적과 서류를 찾겠다고 코를 킁킁거리며 돌아다녔다네.

그 날 아침 우리는 검열에 대비해 복장을 단정히 하라는 지시를 받았지. 얼마나 웃기는 일인가! 우리는 낡은 넝마조각을 기운 더러운 외투를 입고 허수아비처럼 서서 벌벌 떨고 있었고, 장화라는 것은 닳아빠진 누비 웃옷에서 찢어낸 천 조각에 고무조각을 붙여 만든 것이었는데 말이야.

어쨌든 우리는 연병장에 소집된 병사들처럼 정렬해서 모스크바에서 온 고위 검열관들의 따가운 시선을 받았는데, 검열관들은 우리에게는 그렇게 많은 시간을 소비하지 않았다네. 그들은 수용소 관리자들의 식당에 차려놓은 음식과 마실 것에 더 관심이 있었던지 검열사항에는 대충 고개를 끄덕였거든.

나는 처음부터 그들 중 한 사람을 주시하고 있었네. 그자는 다른 사람들보다 더 세밀히 우리를 관찰하는 것 같았고, 수용소장이 후한 팁을 바라는 웨이터처럼 굽실거리며 그를 수행하고 있었기 때문이야. 그 자 역시 비밀경찰인 체키스트였는데 엉덩이에 권총을 차고 천천히 걸으면서 수용자 하나하나의 얼굴을 유심히 째려보는 것이 마치 그의 기억에 확실하게 저장하려는 것처럼 보였네.

나는 그 자가 내 앞에 멈추었을 때 무서웠네. 내가 다른 수감자와 정치적 논쟁을 벌인 것을 어느 놈이 고자질했나 싶어서 겁이 났지. 나는 그 비밀경찰 앞에서 벌벌 떨면서 모피로 감싼 그의 장화를 내려다보고 있었다네. 그런 신발을 신은 사람은 그 수용소에서 수십 명이라도 마음대로 죽일 수 있었거든.

그 자가 나로부터 바로 옆 사람에게로 발길을 돌리는 것을 보고 놀라운 안도감을 느꼈다네. 내 옆에 서있던 사람은 바로 그 포병중위였지. 나는 *'그 사람이야 어찌되든'* 하고 속으로 중얼거렸는데, 이런 생각이 자네를 놀라게 했나? 아무리 가까운 형제 같은 우애도 공포나 굶주림 속에서는 살아남을 수 없는 것이라네. 수용소 당국도 그런 사실을 너무도 잘 알고 있었지.

그 체키스트가 엄지손가락을 벨트에 걸치고 물었네.

"이바노프?"

시험 삼아 물어보는 듯했어. 그런데 이바노프가 바짝 경직되면서 나머지 이름을 대는 거야.

"파벨 미하일로비치입니다, 소령 동지!"

그는 어떻게 해서 체키스트의 계급을 금방 알아보았을까? 두 사람 사이에는 과거에 무슨 일이 있었던 게 분명했어. 체키스트는 장갑 낀 손가락으로 콧구멍이 큰 뭉툭한 코의 한쪽을 쓰윽 문질렀네. 그가 무슨 말을 하려고 입을 열자 그의 호흡이 수증기로 응축되는 것이 보였지. 그러나 그는 조금 생각하더니 소장을 데리고 종종걸음으로 가버렸네.

나는 그들이 수용소 저편에 서있는 것을 보았는데 그들은 우리, 아니, 이바노프를 돌아보고 있었네. 수용소장은 소령의 말은 무엇이든 다 옳다는 듯이 열심히 고개를 끄덕이고 있었고.

그 후로는 다시 일상적인 날이 계속되었다네. 어두워질 때까지 원목을 끌다 돌아와 묽은 죽을 먹는데, 시커먼 배추와 썩은 감자, 음식 찌꺼기로 끓인 것이었지. 나는 이바노프가 죽을 먹지 않는 것을 보고 관심이 쏠렸네. 살아남으려면 손에 들어오는 것은 무엇이든 먹어야 했거든. 심지어 바위에 낀 이끼마저도 긁어서 먹을 수 있는지 살폈을 정도니까.

이바노프는 죽사발을 내 앞으로 밀었고 나는 그것을 깨끗이 비웠다네. 늘 그런 식이었네. 굶주려 보지 않은 사람은 모르네. 굶주림은 멈출 수 없는 치통처럼 언제나 수용소에서 맥동치는 신경이었다네.

내가 짐작하건데, 이바노프는 이미 자기가 죽게 될 것을 알고 있었던 것 같았어. 막사에서 그가 괴상한 대포 만드는 것도 포기하고 침상에 힘없이 기대앉아 있는 것을 보고 짐작했지. 그때 고가는 밀반입한 보드카 남은 것을 팔고 있었는데, 그날 나는 타냐의 생일을 위해 병속에 숨겨 두었던 돈을 다 털었네. 고가의 보드카는 반 이상이 물이라는 것을 알면서도 한 컵 사서 포병에게 권했네. 나에게도 인간애라는 것이 조금은 남아있었던 거야.

다음날 우리는 강둑 근처에서 나무를 베다가 잠시 이바노프와 함께 쪼그리고 앉아 담배를 피웠지. 그는 겁에 질린 표정이었어. 그의 아래쪽 눈꺼풀이 사냥개의 그것처럼 축 처져 있었고, 눈언저리는 충혈 되어 있었거든.

"무슨 일인지 이야기해 주겠소?"

내가 직선적으로 물었네. 결코 혼자 있을 수 없는 장소에서는 다른 사람의 눈치를 보지 않아도 되니까.

"그 체키스트는 이전부터 알고 있던 자입니다. 내가 이곳에 끌려온 것도 그 놈 때문인데, 내가 어떤 사람이 죽는 장면을 목격했거든요."

이바노프는 주위를 둘러보았네. 고가가 막사 문에 기대어 간수와 지껄이면서 모닥불을 쪼이고 있었지만 우리 대화를 엿들을 수 있는 거리 밖이어서 이바노프는 설명을 이어갔네.

"사건은 종전이 임박할 무렵 발생했어요. 같은 부대에 세리오자라는 동료가 있었는데, 나에게는 형님 같은 분이었습니다. 당시 독일군이 반격을 감행했는데, 적의 포격으로 그의 소대 장병들이 다 죽었지만 혼자 남아 끝까지 포대진지를 지켰답니다. 그는 내가 알고 있는 군인 중에는 최고였고 보수적인 장교였습니다. 그러나 세리오자도 약점을 가지고 있었는데, 그것은 그가 부르주아적 인도주의자라는 것이었죠. 나보다 훨씬 죄질이 나쁜 사람이었어요."

이바노프의 입이 뒤틀렸는데, 그것을 웃음이라고 할 수는 없었지. 그 모습이 지금도 기억에 생생하다네.

"고백하건데 나는 그 사람을 이해하지 못했어요. 나는 우리 군인들이 독일에서 자행한 행위를 용납할 수는 없었지만 우리가 나치에게 잔혹한 행위를 당한 후라 크게 개의치 않았거든요. 독일 놈들이 자초한 일이라고 생각했지요. 살육을 너무 많이 목격하면 살인에 대한 감정이 무디어집니다. 얼마나 많은 독일인이 학살을 당하든, 얼마나 많은 여자가 강간을 당하든 내가 상관할 바가 뭐야, 그들은 나에게 더 이상 인간이 아니야, 그렇게 생각했는데 세리오자는 달랐습니다. 그는 우리 가운데 가슴에서 도덕적인 분노를 잃지 않은 마지막 사람이었어요. 어느 날 어두워질 무렵, 우리는 동 프러시아의 어느 이름 모를 마을에 진입했고, 그곳은 이미 한 차례 파도가 휩쓸고 갔는지 곳곳이 찢겨 있었어요. 우리는 거리 한가운데에 죽어서 누워있는 노파의 시신을 목격했는데, 국부에 전화수화기가 박혀있었어요. 그 노파가 전화하는 것을 보고 아군 병사들이 적의 스파이라고 생각했던 것입니다. 그런데 다른 병사의 말을 들어보면 할머니는 소련군을 보자 볼에 눈물을 흘리면서 '환영합니다, 동무들'이라고 외쳤다는 것입니다. 그녀는 공산당원인 것 같다고 했어요. 그 장면이 세리오자를 극도의 분노로 몰아갔지만 그때 우리 둘은 피로로 거의 쓰러질 지경이었지요. 그런데도 그는 나를 데리고 엉망으로 망가진 마을의 도로를 오르내리면서 미친 듯이 날뛰는 아군 병사들에게 이것이 사회주의에 근거한 것이냐며 호통을 쳤습니다. 나는 그를 진정시키려고 했어요. 체키스트가 후방 경비대에 잠복해 곳곳에서 군의 동태를 정찰하면서, 입 바른 장교들을 처형대로 보내려고 벼르고 있었으니까요. 그렇지만 그는 지금 러시아 군대가 어떻게 무너지고 있는지 계속 깨우쳐주었어요. 그는 또 오스트리아 정부가 제1차 세계대전 말기 러시아 전범에 관한 편람을 발행할 때, 오직 두 건의 강간사건만을 실었다는 이야기도 했지요. 내 신경은 아주 예민해졌어요. 체키스트는 물론이고 독일군 저격병도 주위 어딘가에 있을 수 있었기 때문이죠. 그때 어떤 건물에서 유일하게 불빛이 흘러나오는 것이 보였지만 나는 그를 데리고 숙소로 돌아가려고 했어요. 우리가 막 발길을 돌리는데 찢어지는 듯한 여자의 비명소리가 들려왔습니다. 높고 날카로운 비명은 그녀의 목이 뽑히는 것 같은 느낌을 주었지요. 세리오자는 그 불빛에서 어떤 직감을 느꼈던지 욕설을 내뱉으며 그쪽 방향으로 달리기 시작했습니다. 내가 팔을 붙잡았지만 그는 뿌리쳤고, 내가 뒤따라 코너를 돌면서 보니 세리오자는 이미 그 집 문 안으로 뛰어 들어가고 있었습니다. 좋은 집이었어요. 창가에 화초상자가 달려 있고, 독일 녀석들이 좋아하는 요란한 장식들이 많았지요. 내가 창문을 통해 안을 들여다보았어요."

바로 그때 호루라기 소리가 들려 이바노프의 이야기는 중단되었고, 독사들이 수용자들을 작업장으로 몰아넣었다네. 그 이야기의 끝은 저녁이 되어 수용소로 돌아오는 도중에 다른 수인들의 뒤를 따르면서 속삭이는 소리로 듣게 되었는데, 이바노프가 창문으로 들여다보니 안에는 피를 뒤집어쓴 시체들이 뒹굴고 있었다는 거야.

"모든 상황을 이해하기가 정말 어려웠습니다. 겨우 걸음마를 할 만한 아기가 구석에 처박혀 있는데 얼굴은 벽 쪽으로 향해 있었어요. 그곳에 테이블이 있는데, 그 위에 7~8세쯤 되는 여자아이가 있었지요. 나는 지금도 그 아이의 얼굴을 기억하는데 둥글고 바닷가의 자갈처럼 부드러워 보였답니다. 그 아이는 테이블 위에 사지가 벌려진 채 누워 있다가 겨우 허리를 구부리고 피 묻은 옷을 움켜쥐었습니다. 테이블 밑에 러시아 장교가 하나 있는데, 세리오자가 쳐들어가자 놀라서 테이블에서 굴러 떨어진 게 분명했습니다. 그가 벽을 향해 몸을 구부리면서 한 손으로는 팬티를 끌어올리고, 다른 손으로는 권총을 더듬어 찾고 있었어요. 그 자는 정규군이 아니라 소련군 방첩부대에서 나온 체키스트였습니다. 세리오자가 그에게 고함을 질렀는데, 그 자는 비틀거리는 것으로 보아 술에 취해 있었던 것 같아요. 세리오자는 권총은 꺼내지 않고 주먹을 움켜쥐고 그에게 다가갔습니다. 나는 총싸움이 있기 전에 그를 데리고 나오는 것이 좋겠다 싶어서 문으로 돌아갔죠. 그때 다른 사람을 보았어요. 한 사람이 방의 반대편 문으로 들어와 세리오자 뒤편에 섰는데, 세리오자는 그 자를 보지 못했어요. 그 자 역시 취해 있었는데, 한 손에는 네덜란드 산 진 술병을, 다른 손에는 권총을 쥐고 있었습니다. 내가 세리오자에게 고함을 질렀지만 너무 늦었어요. 고함소리는 그 체키스트가 발사한 총소리에 묻히고 말았거든요. 총알은 세리오자를 정통으로 맞혔는데, 그 개자식들이 항상 조준하는 목 뒤쪽 뒤통수였습니다."

이런 회상이 이바노프를 오싹하게 했는지 그는 잠시 동안 침묵했네.

"내 고함소리에 그 체키스트가 돌아섰는데, 내가 그를 뚜렷이 쳐다보자 그 자 역시 나를 뚜렷이 바라보았습니다."

그때 그 집에서 총을 쏜 체키스트가 며칠 전 수용소 검열 때 이바노프 앞에서 멈추어 섰던 바로 그 자였다는 거였네. 이바노프가 쓰러진 친구를 위해 할 수 있는 것이라곤 아무것도 없어서 그는 바로 달아났다네. 그렇지만 체키스트는 자신의 범행 현장을 목격한 증인을 찾는데 혈안이 되었고, 그가 이바노프를 찾아내고 혐의를 조작해 58조법을 적용해 그를 처벌하는 것은 전혀 어려울 게 없는 일이었지. 범죄혐의는 적과 내통해 스탈린의 명성을 더럽혔다는 것이었다네. 체키스트는 사형을 원했지만 이바노프는 10년의 강제노동에 처하는 것으로 재판이 종결되었다네.

가엾게도 이바노프는 그때 형기의 절반을 지나고 있었는데, 그 체키스트가 바로 그의 코 밑에서 숨을 쉬며 아직도 그의 처벌에 만족하지 못하고 피에 굶주려 있었던 것이지. 그는 재차 공격하기 전에 이바노프가 방심하기에 충분할 만큼의 긴 시간을 기다려 왔다는 거야.

나는 이바노프에게 돈을 받아, 수용소 주위에서 행상을 하는 여자들로부터 따뜻하고 신선한 빵을 둘이 먹을 만큼 구입했지. 여자들은 빵뿐 아니라 이따금 자신의 몸도 팔았다네.

그 날은 아주 화창한 날이었지. 창공은 푸르렀고 바람이 살랑거렸으며, 눈 위에서 반사되는 빛이 사람의 눈을 부시게 했네. 비록 당시에는 우리 누구도 그러한 날씨에 눈을 돌릴 사람은 없었지만 말일세. 고가가 이전에는 보지 못한 사람들을 데리고 왔는데, 그들은 전문적인 살인자들처럼 보였어. 그것은 이상한 일이었지. 우리는 수용소에 있는 사람들은 전부 다 알고 있었고, 새로운 수감자를 실은 열차가 도착했다는 소식은 듣지 못했으니까.

고가가 이바노프에게 통보하기를, 작업조가 조정되었으니 기존의 작업조 대신 새로 도착한 사람들과 작업하라는 것이었어. 나는 그 말에 매우 불길함을 느꼈지만 무어라 말을 하겠는가? 그런 것은 질문거리가 되지 못했지. 이바노프가 그들과 같이 가면서 빵의 마지막 조각을 입에 집어넣는 것을 보았네.

그 날 늦게 우리 모두가 숲속에 나와 있을 때, 나는 그리 멀지 않은 곳에서 작업하는 이바노프를 쳐다보고 있었다네. 그는 새로 온 자들과 같이 거대한 소나무에 도끼질을 하고 있었고, 다른 자들은 받침대로 그 나무 둥치를 밀고 있었지. 나는 그 소나무가 흔들리고 넘어지기 시작하는 것을 보았다네. 그러나 아무것도 들을 수는 없었지. 나무 쓰러지는 소리가 온통 주위를 다 메우고 있었거든. 그런데도 나는 바보같이 이바노프에게 조심하라고 고함을 쳤네. 소나무가 그를 향해 쓰러지고 있었거든.

물론 그는 내 고함 소리를 듣지 못했을 테지만 나는 그가 위험을 피하려고 게걸음으로 허둥대며 나오는 것을 보았다네. 나는 그 장면을 지금 여기서 사샤 자네를 보듯이 또렷이 보고 있었지. 새로 온 작업조 한 놈이 발을 내밀자 이바노프는 그놈의 발에 걸려 넘어지고 말았다. 그것은 분명히 고의였지. 이바노프가 몸을 굴리면서 기어 나오려고 하는데 그놈이 군화발로 차서 쓰러지는 소나무 밑으로 밀어 넣어버렸다네.

이바노프가 비명을 질렀는지는 모른다. 그렇게 순식간에 끝나버렸다. 간수 놈들이 달려오고, 시체처리반이 구성되었다. 그날 밤, 새로 온 작업조는 막사에서 보이지 않았으니, 곧바로 짐을 싸서 떠났거나 간수 놈들과 술을 마셨겠지. 내가 확신하건대, 이바노프 처리 건은 수용소를 방문했던 그 체키스트의 명령에 따라 수용소장이 실행했다는 것이다.

이렇게 하여 자네 아버지를 살해한 그 자는 유일한 목격자를 이 세상에서 제거해 버렸다네.

5.

이야기를 마친 레빈은 의자에 등을 기대고 깊숙이 앉아 탈진한 것처럼 보였다. 사샤는 호흡이 가빠지고 고통스럽게 헐떡이는 것이 바람을 마주 받고 달려온 모습이었다.

레빈의 이야기가 끝나기 이전부터 사샤는 독일 소녀를 구하려다 뒤통수에 총을 맞고 죽은 세리오자라는 장교가 자기 아버지라는 것을 깨달았다.

"처음 저를 만난 날부터 알고 계셨죠?"

"그래, 알고 있었지, 이바노프가 말한 사람이 자네 부친이라는 것을. 그가 이름을 말해 주었거든. 그는 자기 대신 누군가가 꼭 기억해 주기를 바라고 있었다네."

"왜 진작 말씀해 주시지 않았습니까?"

"진작 알았더라도 무엇을 할 수 있겠는가?"

"저는 알아야 할 권리가 있습니다."

이해되지 않는 아버지의 편지를 읽던 그 날 밤을 생각하면서 사샤는 신랄한 어조가 되었다.

"아마 그렇겠지," 레빈은 팔과 손바닥을 앞으로 쭉 뻗었는데, 마치 무엇을 제안하는 표정이었다. "그렇지만 자네는 그 사실을 알만한 준비가 되어 있지 않았네. 그것은 백선 피부병처럼 자네를 갉아먹을 수도 있었던 거야."

"그렇다면 지금은 왜 말씀해 주시는 것입니까?"

"지금은 자네가 알아야 하기 때문이지, 타냐에게도 설명해 주어야 하고. 역사는 완전한 원을 그리고 있네. 모든 것이 전과 똑같이, 스탈린 통치와 똑같이 될 것이다. 오늘 아침 무궤도 전차를 탔는데……."

레빈이 다시 몸을 떨기 시작했다.

"그래서요?"

사샤가 재촉했다.

"그 자가 있더라. 수용소에서 보았던 그 체키스트가."

"여기, 모스크바에서 그 자를 보셨단 말입니까?"

"그 자는 바로 내 옆에 있었네, 자네가 여기 있듯이 말일세. 심지어 나와 시선이 마주치기까지 했지만 그는 나를 알아보지 못했어. 수용소에서 너무 많은 얼굴을 보았기 때문인지도 모르지. 그는 파란 휘장이 달린 제복을 입고 있더군."

"KGB란 말입니까?"

"놈들은 그를 대령으로 진급시켰더라고. 자, 이제 보이지 않나? 자네는 그자들과 싸울 수 없다는 것을."

"그 놈의 이름을 말씀해 주십시오."

"모른다…… 아니, 기억나지 않아."

"믿을 수 없군요."

사샤가 일어나 레빈이 앉은 의자로 가서 교수와 전등 사이에 섰다. 그림자 속에서 레빈은 작고 허약해 보였다. 그는 한 방 얻어맞을 것을 예상한 듯이 몸을 웅크렸다. 교수가 입을 열었다.

"자네는 그를 절대로 찾을 수 없네."

"그러니 말씀해 달라는 것입니다."

한 차례의 전율이 그의 몸을 스치고 지난 뒤에 이름을 말하는데, 그의 목소리가 너무 약해 사샤는 반복해 확인했다.

"토프치."

"토프치." 사샤가 그 이름을 기억 속에 각인시키면서 물었다. "우크라이나 사람입니까?"

"아마 그럴 거다."

"또 알고 계시는 게 있습니까? 그가 어느 부서에 근무한다든지, 모든 것을 알고 싶습니다."

교수는 담배를 말았다. 모든 것을 털어놓고 나니 몸 떨림이 멈춘 듯 했다. 교수가 다시 말을 이었다.

"그것 말고는 모른다, 사샤. 내 말을 명심하게. 자네는 절대로 그 자를 감당하지 못한다. 복수 같은 것은 생각지도 말게. 그래, 내 말을 믿어. KGB 대령을 상대로 자네가 할 수 있는 일이 무엇인지 생각해 보았나?"

"그를 찾아내 죽이겠습니다."

사샤가 아주 침착한 어조로 말했다.

"그리고는 잡혀서 처형당하겠다, 그 말인가? 그것이 자네

부친이 원하는 것일까? 하나에 두 사람의 목숨이라?"

"모르겠습니다."

"게다가 그를 어떻게 찾아내겠다는 건가? 루비얀카에 들어가 토프치 대령에게 면회를 신청하겠나?"

사샤는 대꾸할 말이 없었다.

"우리는 오랫동안 친하게 지내왔네. 자네에게 하고 싶은 말은 감정의 노예가 되어서는 절대 안 된다는 걸세. 자네의 적은 어느 개인이 아니고, 심지어 토프치도 아닐세. 국가의 전 체제가 적이라는 말일세. 내가 이 모든 것을 분명히 깨닫기까지는 상당히 오랜 시간이 걸렸네. 나를 수용소로 보냈을 때, 처음에는 무엇인가 그럴만한 이유가 있을 것이라고 생각했다네. 내가 체포당한 것이 마르크스−레닌주의의 어느 조항을 위반해 그렇게 되었는지 합리화시키려고 수 백 시간을 고민했지. 나에게 내려진 처분들이 사회주의의 최상의 이념을 실현시키기 위한 것이라고 내 자신을 납득시키려 했단 말일세. 이것은 내가 내 자신에게 했던 말인데, 옛날 볼셰비키를 외국첩자로 몰아 처형대로 보낸 것은 마땅히 그렇게 했어야 했네. 우리의 무력하고 순수한 이념을 분열시킨 자들을 인민들이 알도록 해야 하기 때문이었지. 나는 실샘이 말라버려 더 이상 실을 뽑을 수 없는데도 실을 뽑는데 필요한 동작을 수 천 번이나 계속하는 거미와 같은 사람일세."

사샤는 창문으로 가서 팔짱을 끼었다.

"사샤, 내가 깨달은 게 무엇인지 알겠나?" 레빈은 계속했다. "자네가 토프치 같은 사람들을 다루고 싶어 한다면 그 사람들과 같은 조건으로 상대해야 한다는 것일세. 자네는 그들로부터 배워야 한다. 아니, 놀랄 것 없네. 그것만이 유일한 방법이니까. 열정만으로는 그들을 이기지 못하네. 한 방의 총알이나 마야코프스키 광장에서 시를 낭송하는 따위의 행위를 말하는 걸세. 그들을 이기는 유일한 방법은 그들의 수법을 빌려오는 것일세. 그들의 수법이란 거짓말을 하고, 속이고, 타협하고, 정상에 오르기 위해 철저히 잔인해야 한다는 것일세. 이제 보이기 시작하는가?"

두 사람 다 말을 하지 않아 침묵이 납덩이처럼 가라앉았다. 한참이 지나서야 사샤가 입을 열었다.

"말씀하신 것을 생각해 보겠습니다."

"타냐에게도 이야기할 텐가?"

"아닙니다."

그는 주저 없이 대답했다. 토프치는 자신만의 짐이다.

"하지만 자네가 설득해서 그 애가 주코프스키 같은 얼간이들과 어울리지 않도록 해주게."

그가 약속할 수 있는 것은 노력하겠다는 말뿐이었다.

*

사샤는 아버지의 편지를 다시 읽었다. 그리고 처음으로, 미래의 수용소가 적색이 될 것인지 회색이 될 것인지를 결정하기 위해 러시아 군대가 전쟁에 내몰리고 있다는 것이 무엇을 의미하는지 이해할 수 있었다.

토프치를 찾겠다는 불같은 감정이 가라앉자 여러 면에서 레빈의 말이 옳다는 것을 깨달았다. 토프치가 어느 곳에 있든 그는 분리되어 있는 개인이 아니었다. 그도 체제의 일부분이고, 자신의 아버지와 친구를 죽인 것도 바로 그 체제였던 것이다. 아버지는 러시아의 장래를 내다보고 있었다.

아버지의 죽음에 보복하기 위해서는 보복행위 이상의 무엇이 요구된다는 것이었다. 그것은 체제를 바꾸어야 한다는 의미였다. 그것은 타냐의 동료들이 생각하는 방법, 유인물을 뿌리고, 자살한 시인의 동상 옆에서 시를 낭독하는 따위의 행위들로는 절대로 이루어질 수 없는 것이었다.

러시아는 거리에서 혁명이 이루어진 적은 한 번도 없었다. 그는 레빈과의 빈번한 대화에서, 러시아 역사상 선악을 불문하고 모든 위대한 개혁은 절대 권력에서 이루어졌다는 사실을 알게 되었다. 매년 가을, 붉은 광장에서 기념식을 거행하는 그 혁명도 아래로부터 일어난 것이 아니었고, 쿠데타 기술에 정통한 1000명도 안 되는 볼셰비키들에 의해 이루어진 것이었다.

이런 모든 것을 생각하면서 사샤는 교수의 권고에 따르기로 결심했다. 그것은 자신의 감정을 억제하고 토프치들에게 배우는 것이었다.

그는 타냐를 설득하려고 노력했으나 그녀는 주코프스키 그룹의 로맨틱한 게임을 고집하며 여전히 시내에서 사미즈다트를 나누어 주었다. 시간이 갈수록 그녀에게 말하는 것조차 어려워졌다.

6.

슈코는 역사학부에서 그리 인기 있는 학생이 아니었다. 널찍하고 기름기 흐르는 얼굴은 사샤에게 버터를 바른 러시아식 팬케이크 블리니를 연상케 했다. 그는 자신을 위엄 있게 보이려고 눈꺼풀 사이로 눈을 가늘게 뜨고 얼굴을 꼿꼿이 세우고 다녔다. 그런 태도는 상당한 효과가 있었다. 그것은 하수구 악취 같은 냄새를 풍기는 그의 호흡 때문이 아니라 그가 그 학부의 공산당청년동맹, 콤소몰의 서기였기 때문이었다.

슈코는 공부하는 학생이 아니었다. 그가 시험을 통과할 수 있었던 것은 순전히 담당교수가 합격점을 주었기 때문이라는 소문이 이미 널리 퍼져 있었다. 그는 당 고위인사들의 비위를 잘 맞추었다.

그의 아버지는 우크라이나 중부 중공업지대에 있는 항구도시 드니프로페트롭스크의 하급 관리였다. 이것이 브레즈네프가 정상으로 올라가고 있는 지금은 아주 유용한 연줄이 되었다. 브레즈네프는 그의 경력을 몰다비아 제1서기로 시작했고, 그의 옛 동지들 모임인 '반다'는 모스크바에서 좋은 자리를 기대할 수 있었다.

모든 학생은 콤소몰에 가입해야 하는 것은 물론이고 회의에도 반드시 참석해야 했다. 이것은 아주 중요한 일이었다. 수긍할 만한 이유 없이 두어 번만 회의에 참석하지 않으면 콤소몰에서 추방되고, 이어서 대학생활도 종지부를 찍게 되었다.

그래서 슈코는 사샤에게 낯선 자가 아니었다. 콤소몰 서기는 열성적인 연설가였는데, 외세의 영향을 비난할 때는 입에 게거품이 일었다. 사샤는 그런 경우 대체로 침묵을 지켰다. 그러나 레빈 교수와 대화를 나누고 몇 주일이 지나 슈코가 두 반체제작가 신야프스키와 다니엘을 공격할 때 지원

발언을 했다. 그러자 슈코가 그의 어깨를 툭 쳤다.

"좋았어, 알렉산드르 세르게이요비치! 너 그것 알아? 너는 좀 더 능동적이어야 한다고. 너는 머리가 좋으니까 장차 큰일을 맡을 수 있을 거다. 여기 이것 좀 봐 줄래? 연설문 초안인데 네가 훑어보고 다듬어 주었으면 한다."

사샤는 되는대로 대충 말을 짜 맞추어 한 시간도 안 되어 슈코의 연설문을 다시 썼다. 슈코는 당위원회로부터 격려의 찬사를 듣고 자신의 대필 작가에게 감사했다.

"사샤, 내가 신세졌으니 한잔 하자."

슈코의 방은 얼룩진 시트에서 기름에 전 냄새가 났다. 그들은 맥주에 보드카를 섞어 사샤가 토할 만큼이나 마셨다.

"내가 친구 돌보아줄 줄은 알지." 슈코는 그를 안심시켰다. "이런 두꺼운 책들을 탐구하는데 시간 낭비할 필요 없어. 중요한 사람들에게 네 이름을 말해놓았다. 콤소몰 사무국에서 너를 뽑기로 했지. 너는 말을 조리 있게 잘하니까 이념 담당으로 사상검증 임무를 맡는다. 자, 무어라 한 말씀 하지 않겠나?"

그것은 계획에 따른 작업이었지만 예상보다 빠르게 진행되었다. 사샤는 별 관심 없다는 듯이 대답했다.

"시시한 소리 하지 마라," 슈코가 그의 말을 막았다. "누구를 주목해야 하는지 알려주겠다. 그 지저분한 주코프스키 같은 쓰레기들이다. 나는 그들의 숫자도 파악하고 있다."

그는 속 편하게 트림을 하고 덧붙였다.

"나는 네가 우리 일원이라고 장담한다. 모든 문제의 원인인 그 빌어먹을 유태인들과는 다르지."

7.

사샤는 알렉산드르 공원에서 타냐를 만났다. 그녀는 낯설어 보였고 포옹에도 반응하지 않았다.

"뭐 안 좋은 일이라도 있어?"

그가 물었다.

"추한 이야기가 떠돌고 있던데?"

타냐는 다른 말을 했다.

"무슨 이야기?"

"사람들이 그러는데 네가 그 개새끼들하고 어울리고 있다며?"

"개새끼들이라니?" 사샤가 곱지 않은 단어를 그녀에게 다시 던졌다. "누가 그런 이야기를 해? 잠깐만, 알겠다! 주코프스키, 그렇지?"

그는 무서운 증오심을 가지고 그 '시인'을 생각했다. 주코프스키는 겉모양이 멋진 놈이기는 했다. 베레모를 쓰고 콧수염을 기른 것이 낭만시인 미하일 레몬토프 같은 인상을 주었다. 그렇지만 시는 별로였다.

타냐는 사샤를 쳐다보지 않았다.

"콤소몰 사무국에 들어간다는 게 사실이야?"

그녀는 통통하게 살이 오른 비둘기가 비척거리며 잔디밭을 걷는 것을 바라보고 있었다.

"그래, 그게 어때서?"

"그게 무슨 의미인지 모른다는 거야? 네 스스로 슈코의 앞잡이가 되었다고 사람들이 그러던데."

"전혀 그렇지 않아."

사샤는 분노를 표출하지 않으려고 했지만 자신에 대한 그녀의 신뢰가 부족한 것에 충격을 받았다. 주코프스키가 그녀에게 호감을 주고 있는 것이 분명했다. 사샤는 그가 타냐를 바라보는 시선을 보았는데, 자기는 새로운 도전자보다 뒤쳐져 있었다.

"그들이 강요했어?"

그녀가 추궁했다.

"아냐, 잘 들어봐. 우리가 영원히 학생일 수는 없어. 장래를 바라보고 성인으로서 행동을 시작해야 해."

그녀가 한숨을 쉬면서 자리에서 일어서는데 창백하고 아름다웠다.

"너희 집으로 가자." 사샤가 말했다. "집에 가서 그 문제에 관해 이야기하자."

그녀의 어머니와 새아버지가 멀리 떠난 것을 알고 있었다. 작가협회 협찬으로 작품 구상을 위해 3개월째 흑해에 머물고 있었다.

"오늘 밤은 안 돼. 회의에 참석해야 하니까."

'또 주코프스키로구나.'

사샤가 생각했다.

*

"네가 이들 주코프스키 임무를 담당한다." 며칠 후 슈코가 아주 은밀한 태도로 말했다. "요즘 이 놈이 너무 멀리 나갔다. 그래서 중요한 분들이 제동을 걸기로 결정했다."

주코프스키 쪽에서 모스크바 극장에 KGB를 비난하는 유인물을 뿌렸다. 사샤는 매우 어려운 일이지만 제안을 거절하지 않았다. 타냐를 붙잡고 있는 주코프스키에게 분노했고, 이미 자신의 미래를 선택했기 때문이었다. 그러나 처음으로 택한 배신은 힘들었다.

"회의는 목요일로 잡혔다." 슈코가 그에게 지시했다. "사무국 보고서를 네가 읽게 된다. 여기 보고서 작성에 필요한 몇 개의 요점을 정리했다."

그는 주코프스키에게 적용할 혐의를 요약한 인쇄물 쪽지를 사샤에게 건네주었다. 그 쪽지의 출처에 대한 표시는 없었다.

"네가 멋진 연출을 할 것으로 기대한다."

*

사샤는 주코프스키를 성토하는 연설문 초안을 몇 번이나 썼지만 어느 것도 마음에 들지 않았다. 주코프스키의 실질적인 범죄 혐의는 그가 골이 빈 바보라는 것뿐이었다. 그렇지만 그들은 주코프스키를 서방 특수기관의 앞잡이로 만들고 싶어 했다. 그 유일한 증거라는 것이 그들이 출판한 사미즈다트가 국제사면위원회와 외국 언론에 흘러나갔다는 것이었다.

슈코는 사샤에게 거짓 목록을 발표하라고 요구했다. 좋다, 무엇을 기대했단 말인가? 이 체제는 허위에 기초하고 있고, 이것은 그런 허위를 인정하는 대가일 뿐이다. 게다가 자신은 그런 체재의 피동적인 도구일 뿐이라고 자신을 합리화시켰다. 자기가 그 더러운 일을 하지 않으면 다른 누군가가 할 것이다. 어차피 주코프스키는 끝났고, 그것은 순전히 자신의 바보 같은 행위 탓이었다.

그러나 이런 생각을 타냐에게 털어놓을 수는 없었다.

"내일은 털어놓아야지."

사샤는 매일 밤 자신에게 중얼거렸다. 그러다 콤소몰 회의가 열리는 날 아침이 되었고, 그때까지도 그녀에게 털어놓지 못했다.

강의실은 사람들로 꽉 찼다. 연단 뒤에는 사샤가 이전에 본 적이 없는, 눈이 부리부리하고 자만심이 넘치는 얼굴들이 몇 사람 앉아 있었는데 나이가 들어 보였다. 발언할 차례가 돌아오자 사샤는 준비한 원고를 읽어 내려갔다. 원고는 슈코와 슈코에게 지시를 내린 자들이 수정하고 편집한 것이었다. 그는 이런 말로 끝을 맺었다.

"학생 주코프스키의 반 소비에트 행위는 오로지 우리의 적인 제국주의자들을 이롭게 할 뿐이다. 그리하여 우리 사무국에서는 이렇게 제안하고자 한다. 그는 콤소몰에서 추방되어야 하고, 이 건을 검찰에 보내 주코프스키와 그의 지하 조직 멤버들이 반국가 활동을 했는지 조사해야 한다."

그의 연설은 단상에 앉은 사람들로부터는 정중한 박수를 받았지만 홀에 앉은 대부분의 학생들에게는 아주 미약한 반응만 일으켰다. 사샤는 입천장이 마르고 까칠했다. 그는 자리로 돌아와 주코프스키를 쳐다보지 않았다. 주코프스키는 제일 앞줄에서 다리를 꼬고 머리를 뒤로 젖히고 앉아, 이곳에서 진행되는 일들이 자기와는 아무런 상관이 없다는 표정이었다.

회의의 나머지는 기차역 사이를 달리는 증기기관차처럼 빠르게 진행되었다. 몇몇 다른 사람들이 준비한 연설을 했는데, 격노한 음성에서부터 전화기에 속삭이는 듯한 목소리까지 다양했다.

콤소몰에서 주코프스키를 추방한다는 결의안은 만장일치로 통과되었다. 공산당 최고회의에서 나온 간부 하나가 사샤의 팔을 잡고 그의 연설을 칭찬했다.

"자네는 우리 사람이다."

회의가 끝나고 학생들이 해산할 때까지 사샤는 강의실에 남아 있었다. 밖으로 나오자 서구 스타일의 청바지를 입은 학생 몇 명이 대학 창립자 미하일 로모노소프 동상 주변에 모여 있었다. 그곳에는 두세 명의 히피도 있었는데, 신발을 벗어던지고 얼굴에는 괴상한 화장과 포스터용 페인트를 칠한 듯 했다.

사샤에게 주의를 기울이는 사람은 아무도 없었다. 그는 차도를 횡단해 마르크스 대로로 연결되는 길을 따라 걸었다. 그림자 하나가 길을 막고 멈추어 섰다. 타냐였다. 매우 창백했고, 피부는 헝클어진 천 조각 같았는데 마치 생명이 빠져 나간 듯이 보였다. 그렇지만 눈은 그에게 불을 뿜고 있었다.

"네가, 네가."

그녀는 더듬거렸다. 자기 생각을 표현하지 못하자 들고 있던 무거운 책을 그에게 휘둘렀다. 사샤는 그녀를 진정시키려 하지 않았다. 책이 그의 가슴팍을 찰싹찰싹 때렸다. 그러다가 책을 집어던지고 손바닥으로 때리기 시작했다. 주먹이 날아왔지만 그는 그 자리에서 움직이지 않았고, 마침내 그녀는 지쳐 헐떡거렸다.

"우리는 끝났다. 다시 만나지 않아도 괜찮아."

그녀가 돌아섰다. 사샤가 팔을 잡자 돌아서서 말했다.

"일리야 말이 맞았어. 네가 그 개새끼들과 어울리고 있다는 것 말이야. 네가 그에게 했던 행위를 그 놈들이 너에게도 똑같이 해 주기를 바란다."

눈물이 그녀의 뺨을 흘러내렸다. 그녀는 팔을 뿌리치고 길을 따라 달리기 시작했다. 보행자들을 요리조리 피하면서 달아나는 그녀를 바라보고 있으려니 마침내 사람들 속으로 사라져 버렸다.

그가 돌아서자 교문 반대쪽에서 어슬렁거리던 슈코가 입가에 희미하게 능글맞은 웃음을 띠면서 다가와 사샤의 팔을 잡았다.

"잊어버려, 조그만 유태인 계집애는! 우리를 따르는 여자애들이 많잖니? 너는 지금 잘 나가고 있고."

콤소몰 서기의 기름진 얼굴이 햇볕에 번들거리고 있었다. 사샤는 그 얼굴에 주먹을 한 방 날리고 싶었다. 그러나 그는 무엇이라 중얼거리고는 타냐가 달아난 방향으로 전철역을 향해 군중 속을 헤집고 달리기 시작했다.

그는 값이 가장 싼 보드카 한 병을 구입해 운동장 한쪽 구석 인적이 드문 곳에서 뚜껑을 멀리 던져 버리고 전부 마셨다. 과음이었다. 집에 도착할 때까지 그의 마음은 고장 난 나침반의 바늘처럼 흔들렸다. 주방에서 들리는 후프코프의 술 취한 소리도 무시하고, 어머니에게는 몸이 좀 안 좋다고 말하고 침대에 몸을 던졌다.

그는 이틀이나 침대에 누워있었다. 학교로 돌아왔을 때는 완전히 회복된 것처럼 보였다. 그는 자신과 타냐 사이에 벽을 세웠다. 그것이 기댈 수 있을 만큼 충분히 견고한 것은 아니었지만, 자신과 타냐의 행복보다 훨씬 더 중요한 목표에 일생을 바치기로 결심했음을 다시 일깨워 주었다. 때가 되면 그녀에게 설명해 줄 수 있으리라. 때가 되면 그녀는 이해하게 되리라. 그때까지는 그녀를 잊는 것이 좋겠다.

*

대학에서 아이스하키 과목이 없어지고 군사학 강의가 추가된 것을 알았다. 군사훈련이 모든 학생의 필수과목이 되었다. 모스크바대학교를 졸업하면 육군 예비역 중위 계급이 부여되었다. 그렇지만 군 생활에 관심이 있는 학생은 거의 없었다. 학생들은 교관을 '군화'라거나 또는 '솔다폰'이라고 불렀다. 교관의 두뇌가 작동하는 소리에 귀를 기울이면 전화기의 다이얼 소리가 들릴 거라는 뜻이었다.

모든 학생들, 특히 여학생들이 좋아하는 교관이 있었다. 슈보린이었다. 그는 젊었지만 얼굴은 힘든 과거가 있는 듯이 만고풍상을 겪은 분위기였다. 들리는 말에 의하면 그는 중동에서 극비업무에 종사했는데, 모스크바에서 술에 만취해 택시를 탔다가 서류가방을 두고 내려서 그 처벌로 대학교 군사훈련 교관으로 전속되었다는 것이다.

그는 전쟁에 관한 마르크스−레닌 사상의 이론 교육을 학생들만큼이나 지루하게 여기는 것이 분명했다. 사샤는 칼라시니코프 경기관총의 분해조립이나 마카로프 권총의 목표물 조준사격 등의 실습교육을 좋아했다. 그는 학급에서 최고의 사수였고 슈보린보다 솜씨가 좋았다. 교관은 그에게 특별한 관심을 기울이기 시작했다.

*

당국은 주코프스키를 재판에 회부했다. 모스크바의 남동쪽 외곽에 있는 충충한 회색 석조건물 류블리노 법정에서였다. 타냐와 그 그룹의 다른 회원들이 외곽을 지키고 있었는데 그 뒤로는 높고 푸른 말뚝 울타리와 단단한 벽이 있고, 내무서원과 사복 차림의 험상궂은 사람들이 그들을 조롱하면서 밀치고 있었다.

인근에서 화물열차의 기적소리가 들려왔다. 소련법정에서 재판의 목적은 이미 확정된 판결을 공포하는 것뿐이었다. 일리야 주코프스키 사건의 경우 확정되지 않은 것은 정신병동으로 보낼 것인가, 아니면 강제노동수용소로 보낼 것인가 하는 것이었다. 정신병이란 저명한 교수 스네즈네브스키가 진단한 것으로, 임상적인 증세가 없는 '경미한 정신분열증'이라는 불가사의한 질병이었다.

판결은 어느 면에서는 주코프스키에게 운이 좋은 것이었다. 소비에트 국가와 사회체제의 평판을 추락시킬 목적으로 허위 사실을 유포한 혐의로 3년간 강제노동수용소 입소에 처한다는 것이었다.

타냐는 변호위원단 업무에 온 힘을 기울였다. 그녀는 시위운동을 조직하려 했으나 폭력배들에게 저지를 당하자 공장에 가서 교대시간에 노동자들에게 유인물을 나누어주기도 했다. 새아버지와 격렬한 말다툼을 벌이고 방랑자처럼 시내를 배회했으며, 다른 학생의 방바닥이나 침대에서 자기도 했다. 공개적으로 외신기자들을 불러 반체제운동에 관한 기사를 쓰도록 부탁하기도 했다. 그녀는 자신의 체포를 요청하고 있었던 것이다.

*

불행한 소식을 전해준 사람은 슈코였다.

"그들을 모두 검거하기로 했다. 주코프스키 일당 말이다."

그는 학생 여러 명을 콤소몰에서 추방시키라는 지시를 받았다고 털어놓았다. 타냐가 그 명단의 선두에 있었다.

"위원회에 관련된 것으로," 슈코는 KGB를 지칭하는 부드러운 어휘인 '위원회'라는 말을 썼다. "계속해서 주목해 왔는데, 그들은 낚싯줄에 걸린 고기처럼 놀고 있었다."

그 소식은 사샤의 계획에 들어있지 않은 구멍을 냈다. 주코프스키에게 내려진 처분은 합리화시킬 수 있지만, 피동적인 방관자로 비켜서서 타냐가 주코프스키와 운명을 나누어 갖는 것은 두고 볼 수 없었다. 타냐를 사랑하는 것은 단념하기로 했지만, 그녀를 다시 부르지 못할 먼 곳으로 빼앗기는 것은 용납할 수 없었다.

그는 페스차나야 거리의 집으로 달려가 방으로 들어갔다. 어머니는 옷장 위에 숨겨둔 신발상자에 돈을 모아두고 있었다. 뒤꿈치를 들자 상자에 손이 닿았다. 예상보다 많은 돈이 고무줄 다발로 단단히 묶여 있었다. 그 돈이 다 필요한 것은 아니었다. 그는 택시를 타고 야로슬라브스키 역으로 가서 매표소 앞에 줄을 섰다.

"블라디보스토크, 편도 한 장."

그의 차례가 되자 굵직한 목소리로 말했다. 신분증을 요구하지는 않았다. 요즈음 사람들은 공항보다는 철도역에서 더 느긋했다.

열차 티켓과 남은 돈을 챙겨 타냐를 찾아 나섰다. 먼저 스몰렌스카야 거리의 아파트를 찾아가자 타냐의 어머니는 담담했지만 두려움이 엿보였다.

"전화는 여러 번 있었는데 어딘가는 말하지 않았어."

하나씩 제외시켜 나가는 과정을 거쳐 캠퍼스 근처 레닌힐에 있는 친구 숙소로 갔다. 노크를 하기 전에 아파트 안에서 논쟁하는 소리가 새나왔다. 노크를 하자 단발머리에 신경이 예민해 보이는 생쥐 같은 소녀가 문에 나왔다. 그녀는 타냐가 어디 있는지 모른다고 했지만 그가 안으로 밀고 들어가려 하자 타냐가 나왔고, 그녀 뒤로 문이 닫혔다.

"여긴 웬일이야?" 그녀는 불이 붙은 담배를 들고 무관심한 듯이 말했다. "네 짝패 슈코와 축배 들기에 바쁠 거라 생각했는데."

"경고해 주려고 왔다. 너를 체포하려 한다."

"누가 그 따위 짓을 하는 건데, 너희야?"

그녀는 그에게 등을 보이고 돌아서서 창문을 바라보았다. 창문 저편으로는 황량한 콘크리트 공간이었다.

"잘 들어, 네 유일한 탈출구는 모스크바로부터 멀리 달아나는 거야. 놈들이 너를 찾을 수 없는 곳으로 말이야. 내가 다 준비해 왔어."

그는 열차 티켓을 내밀었다. 그녀는 목적지를 보더니 조소하는 말투가 되었다.

"블라디보스토크? 나를 지구 저쪽 편으로 보내겠다는 거야? 왜, 콜리마는 아니고? 그곳은 그래도 중간에 있는데."

콜리마는 금광으로 유명한 곳으로 혹독하기로 소문난 강제노동수용소가 있는 곳이었다.

"다른 애들도 도망 가야해." 사샤가 설명했다. "블라디보스토크에 내 사촌이 살고 있어. 그가 너를 도와줄 거야. 그는 착한 사람이고 기술자라 일자리도 주선해 줄 수 있을 거야. 네 이름도 바꾸어야 해. 그렇게 하면 놈들은 너를 찾지 못할 거다. 결국 너에 관해 잊어버리게 될 것이고 모든 게 끝난다."

그녀의 웃음은 짧고 어이없는 듯 했다.

"상황 파악을 잘해야 한다." 사샤는 타냐에게 호소했다. "놈들은 너를 수용소로 보낼 것이다. 네 아버님이 잘 알고 계시지, 그게 무엇을 의미하는지. 상상을 초월하는 곳이다."

그 순간 사샤는 그녀를 설득해 구할 수만 있다면 모든 것을 던질 준비가 되어 있었다. 그는 계속했다.

"내가 가능한 한 빨리 가서 너를 만날 거다. 그리하여 우리는 다시 함께 한다."

그가 호소하는 감정의 힘이 타냐에게 전달되었는지 그녀의 빈정거림은 사라졌지만 태도는 흔들리지 않았다.

"친구들을 두고 달아나지는 않을 거야. 아빠는 어떻게 하고? 내가 도망치면 그놈들이 아빠를 찾을 것이고, 공범으로 몰 거잖아."

"그건 그렇지 않아." 사샤가 설득했다. "가족은 언제나 처벌 받지는 않았어."

"잠깐, 아빠는 이미 정치범수용소에 갔다 오신 적이 있어. 아빠를 그곳에 처넣은 자들은 오랫동안 기억하고 있을 거야. 그놈들은 모두 이전의 자리에 복직했다고. 이게 네가 나한테 하려는 말이니?"

"그렇다, 하지만," 갑자기 사샤는 방침을 바꾸었다. "적어도 네 아버님께 말씀드려보자."

이렇게 제안하면서 교수는 자기편을 들어줄 것이라고 기대했다.

"그렇게 하자!" 그가 재촉했지만 타냐는 망설이고 있었다. "지금 바로 아버님께 가자!"

사샤가 계속 다그쳤다.

"좋아, 잠시만 밖에서 기다려."

'그녀는 다른 학생들에게 나와 함께 가는 것을 보여주고 싶지 않구나. 그들은 나를 앞잡이로 여기고 있으니까.'

사샤가 생각했다. 그는 가로등의 유황색 불빛을 벗어난 그늘 아래 모퉁이에서 서성였다. 초조한 순간에도 타냐를 어떻게 하면 기차에 태울 수 있을까, 그 생각만 했다.

타냐가 문 앞에 나와 허리를 구부리고 고양이 같은 동작으로 잽싸게 움직였다. 그가 그녀를 향해 걸음을 떼려는 순간, 그보다 먼저 바로 앞에 주차된 차에서 두 놈이 튀어나왔다. 놈들이 순식간에 그녀를 붙잡고 팔을 비틀어 묶는 것이 보였고, 세 번째 놈이 검정색 볼가 승용차 뒷문을 열고 그녀를 던져 넣었다.

"손을 앞좌석 위에 올려놔!"

깊숙한 음성으로 명령하는 소리가 들려왔다. 누구도 사샤에게는 주의를 기울이지 않았다. KGB 자동차가 바람처럼 사라지고 그 뒤를 걸어가는 사샤의 다리는 납덩이처럼 무거웠다.

8.

타냐가 체포되고 며칠 지나, 슈코가 사샤에게 회의실로 사용하는 방에서 만나자고 했다. 그곳에는 낯선 사람이 기다리고 있었는데, 몸은 홀쭉하고 유연해 보이지만 눈은 경계심을 띤 암청색이었다.

"알렉산드르 세르게이요비치, 동무를 만나게 되어 기쁘다." 그 사람이 스스럼없이 인사를 하면서 손을 잡는데 쇠집게 같았다. "나는 국가보안위원회 조사관 류보빈이다."

그는 붉은 색 신분증을 보여주었다.

"동무를 이미 알고 있는 듯한 느낌이 든다. 여기 있는 우리 동지들에게 이야기 많이 들었다."

그는 슈코에게 고개를 돌렸다.

"동무를 이곳에 붙잡아두고 싶지 않네. 프레오브라젠스키

동무와 개인적으로 나누어야 할 이야기가 있으니까."

슈코는 무안한 표정을 짓지 않으려고 애쓰면서 방을 나갔다.

"동무와 말을 나누어야 할 아주 미묘한 문제가 있다."

"예에."

류보빈이 말을 이었다.

"아주 우연하게도 타티아나 레비나(타냐)가 한때는 동무와 아주 가까운 사이였다는 사실을 알게 되었다. 그녀는 나름대로 아주 매력적이지."

사샤는 바짝 긴장해 조용히 앉아 있었다.

"동무를 곤란하게 하려는 의도는 추호도 없다. 우리는 동무에 관해 모든 것을 알고 있으니까, 그 문제에 대해서는 확신해도 좋다. 열차 티켓은 환불 받았나?"

KGB 조사관은 사샤의 반응을 주시했으나 그에게서는 아무것도 찾아볼 수 없었다.

"물론, 우리는 모두 인간이다." 류보빈이 관대한 어조로 말했다. "동무가 의심을 받고 있는 것은 아니니까 안심해도 된다."

"그녀는 어떻게 됩니까?"

사샤가 조용한 목소리로 물었다.

"수용소 3년, 회개한다면 그렇다는 말이지. 동무도 알겠지만 더 나빠질 수도 있다. 그녀는 간첩혐의도 받고 있다. 그러나 동무는 걱정하지 않아도 된다. 그녀로부터 동무에 관해서는 어떤 불리한 증언도 나오지 않았다."

잠시의 침묵이 조사를 받는 타냐를 떠올리게 했다.

"임무에 관한 동무의 사회주의 신념을 믿는다." 류보빈이 부드럽게 덧붙였다. "우리 관심사는 동무가 그들의 행위를 처음 알았을 때 왜 보고하지 않았느냐 하는 것이다."

"저는……, 저는 보고 절차를 알지도 못했고, 개인적인 심적 부담도 있었던 것 같습니다."

"지금부터는 아니다."

사샤는 그의 시선과 마주쳤다.

"예, 앞으로는 그러지 않겠습니다."

"좋아, 우리 둘만의 짧은 대화가 즐거웠다." 류보빈이 쾌활하게 말을 이었다. "하나만 더 물어보자. 앞으로 우리가 어떤 도움이 필요할 경우, 우리를 도울 준비가 되어 있나?"

"물론입니다, 확실한 장담은 못합니다만."

"전문적인 공작원이 되어 달라는 것은 아니다. 내 말은, 어떤 비정상적인 활동 같은 것을 알게 되었을 경우를 의미하는 것이지. 심지어 이곳 콤소몰 사무국 요원들까지도."

그는 벌떡 일어서서 사샤의 어깨를 툭툭 쳤다.

"우리는 서로를 잘 이해한다고 믿는다. 무슨 일이 있으면 전화를 주게."

그는 종이쪽지에 자기 전화번호를 휘갈겨 썼다. KGB 본부의 모든 번호와 같이 224로 시작되는 것이었다.

*

사샤는 그 번호로 전화도 하지 않았고, 류보빈으로부터 더 이상 어떤 것도 듣지 못하고 병영에 입소할 날짜가 되었다. 대학 마지막 학년에 남학생들만 받는 훈련이었다. 어떤 학생들은 신경과민 현상을 보였는데, 훈련 교관들이 아주 독종이라는 소문 때문이었다.

하지만 사샤는 기대가 컸다. 모든 것에 타냐의 추억이 담겨있는 모스크바에서 매일 겪어야하는 끈적이는 죄의식으로부터 어느 정도 해방될 수 있을 것이라는 바람 때문이었다.

레빈 교수는 타냐에 관한 소식을 알아보기 위해 루비얀카 도로 위쪽에 있는 대저택을 여러 차례 찾아갔다. 그 저택은 한때는 나폴레옹 1세 침공 때 모스크바 총독이었던 로스토프친 백작의 소유였다. 톨스토이의 소설에도 나오는 곳으로, 목재로 모자이크한 마루와 높은 천장, 번쩍이는 샹들리에로 장식된 집이었다.

그들은 매번 두세 시간을 기다리게 하고, 아주 최소한의 것만 알려 주었다. 타냐는 캄차카 소재 강제수용소로 보내졌는데, 한 달에 딱 한 번 식료품 소포만 허용된다는 것이었다.

*

병영에 입소한 학생들은 참호전 훈련을 받았다. 참호에 쪼그리고 앉아 있는데 구형 T-62 탱크들이 소나무 숲을 관통해 그들을 향해 불을 내뿜자 나뭇가지들이 산산조각이 되어 머리 위로 쏟아져 내렸다. 훈련병들이 도랑 위에 걸쳐놓은 미끄러운 통나무 다리를 건너가는데, 그 아래에서는 네이팜에 불이 붙어 활활 타올랐다. 하지만 훈련을 참관하러 온 대령은 그 화염 규모가 마음에 들지 않았다.

"여기는 춤추는 댄스교실이 아니다!" 그가 고함을 질렀다. "빌어먹을 것을 더 부어라."

네이팜을 더 들이부었다. 사샤의 앞에서 건너던 학생이 겁을 먹어 중심을 잃고 떨어졌다. 그는 정치국 장군의 아들이었다. 네이팜이 손과 옷, 얼굴에 붙어 비명을 질렀다. 사샤가 그를 개울에서 끌어올려 자기 웃옷으로 불길을 잡았다. 그 학생은 병원으로 급히 후송되었고, 화염에 노출된 피부에는 기괴한 모양의 검정색 수포가 돋아났다.

그날 밤, 사샤가 학군후보생 텐트에서 모랫길 건너까지

'지휘선'이라 부르는 라인에서 보초근무를 서는데 슈보린 대위가 찾아와 이야기를 나누었다.

"질문!" 슈보린이 연극조의 낮은 목소리로 물었다. "마른 가지에 둘러싸인 소나무는 무엇인가?"

사샤는 고개를 저었다.

"장교식당에서는 지금 새해 전야제가 열리고 있다."

두 사람은 웃었고 슈보린은 담배에 불을 붙였다.

"너는 참 냉정한 놈이다." 그가 뜻밖의 말을 했다. "오늘 너를 지켜보았다. 너는 타고난 군인이야, 알고 있나?"

그는 사샤의 무전기를 가볍게 치면서 말했다.

"너는 엿듣는 자가 되어서는 안 된다. 나는 지금 특전단 스페츠나츠로 전속 상신을 했다. 너는 체격도 두뇌도 갖추어져 있다. 스페츠나츠에 관해 알고 싶으면 나에게 물어보라."

*

그날 밤 어머니로부터 전보가 왔다. 내용은 단순했다. 할머니 장례식이 다음 금요일에 치러진다는 것이었다. 평소의 그녀답게, 베라 알렉산드로브나가 어떻게 돌아가셨는지, 망자에 대한 애도 따위의 표현은 없었다. 사샤는 무서운 공허감을 느껴 귀가 윙 울렸다.

훈련이 끝나기 전이었는데도 슈보린이 휴가를 주선해 주

었다. 기차로 모스크바로 돌아와 아파트에 도착하니 많은 사람들이 뜰에 모여 있었는데 사샤가 모르는 얼굴이 많았다. 늘 혼자였고, 말수가 적었던 할머니의 죽음을 애도하는 사람들이 그렇게 많다는 사실이 놀라웠다.

붉은 천에 싸여 검정 띠로 묶인 관이 열린 채 정문 가까이 놓여 있었다. 할머니의 전체 모습은 볼 수 없었다. 조문객들의 목소리가 벙어리처럼 은은한 것이, 창문 틀 안에 갇힌 벌의 붕붕거리는 소리 같았다.

어머니는 검정색 옷에 머리에도 검정색 스카프를 하고 있었다. 어머니가 사샤에게 뽀뽀를 했다. 그의 기억에는 없지만 아기침대에 누워 있을 때 이후로는 처음이 아닐까 싶었고, 그마저도 오글오글한 종이가 볼을 스치고 지나가듯 급한 것이었다.

장례식장에 우는 사람은 없었다. 그가 관 위로 몸을 구부리고 내려다보니 할머니의 얼굴은 온화하고 둥글게 부어 있었다. 코에서 입으로 새겨진 날카롭고 도도한 인중은 거의 보이지 않았다. 베라 알렉산드로브나는 살아있을 때보다 더 편안한 모습이었다. 검은 색 옷을 입은 사람들이 모이더니 관을 들어 어깨에 멨다.

얼굴이 좁다랗고 쥐새끼 모습을 한 사람이 있었다. 눈썹이 좁고 하관이 빨라 얼굴 전체가 뭉툭한 코로만 집중되어 있는 것 같았다. 사샤는 어머니가 근무하는 부서의 당 서기 크리소프를 알고 있었다. 그 자는 끊임없이 회의를 열어 어린 사샤로부터 어머니를 빼앗아간 자였다.

사샤는 상냥하지 않은 태도로 크리소프 옆으로 가서 관을 잡는 사람 자리에 섰다. 다섯 명으로 된 밴드가 연주하는 행진곡을 들으며 영구차를 향해 발을 끄는 느릿한 행진이 있었다. 영구차는 옆으로 파란선이 그려진 자그마한 버스였다. 사샤와 어머니, 크리소프가 관 옆의 벤치에 꽉 끼어 앉았다.

장지는 드미트로프스코예 쵸세 외곽에 있는 새로 조성된 곳이었다. 사샤는 새로 판 무덤 옆에 서서 할머니가 가르치려 했던 성경 구절을 기억해 내려고 애를 썼다. 사샤가 기억을 더듬고 있는데 당 서기 크리소프가 연단에 올라섰다. 그가 높고 구슬픈 비음으로 진부한 말과 절반은 사실인 조사를 했다. 그 목소리가 사샤에게 이를 악물게 하여 치과 천공기 돌아가는 소리를 내게 했다.

"베라 알렉산드로브나는 사회주의 영웅의 아내이자 어머니로서 우리들 가슴에 영원히 살아 있을 것입니다."

말을 마치고도 그는 그 자리에 서 있었다. 박수를 기다리는 게 분명했다. 사샤는 화가 났다. 누가 이 따위 당 서기 나

부랑이에게 조사를 요청했단 말인가? 어린 시절을 관통해 이 크리소프와 당은 어머니와 자신 사이에 끼어 있었던 장애물이었다. 그런데 지금은 할머니 묘지의 연단까지 차지했단 말인가.

사샤는 크리소프의 면상을 짓이겨주고 싶었고, 크리소프나 슈코나 토프치 같은 사람들 누구도 할머니의 가장 소중한 영혼을 빼앗아갈 수 없다고 외치고 싶었다.

늙고 주름이 많은 할머니 한 분이 조문객 열을 지나 절뚝거리면서 관 앞으로 나와 몸을 구부렸다. 그 분은 할머니 이마에 키스를 하고 그 위에 기다랗고 하얀 종이를 반반하게 펴 놓았다. 이것은 사후에 저승으로 가는 통행허가증으로 그리스정교회 의식이었다.

거기에 적힌 말은 당신의 충실한 종을 받아 달라고 하느님께 간절히 원한다는 뜻으로 옛 슬라브 교회에 새겨진 단어였다. 그 할머니는 옛 성도들이 하던 방식으로 두 손가락으로 자신에게 십자를 그었다. 조객 중 몇 사람이 그런 십자를 그었다.

모든 러시아인들이 임종 때는 종교인이 되는구나 하는 생각이 들었다. 심지어 중앙위원회 위원들도 미지에 대한 보장으로 최후의 세례를 받으려고 한다는 말이 있었다.

사샤는 목 뒤를 콕콕 찌르는 빗줄기에 한기를 느꼈다. 묘지를 내려다보니 이미 빗물이 웅덩이를 이루고, 할머니의 얼굴은 입술까지 젖어 있었다. 못이 관 뚜껑을 파고 들어가는 무자비한 소리가 들렸다. 일꾼들이 관 밑에 밧줄을 둘러 무덤 가장자리로 끌고 갔다. 관이 묘지 바닥에 놓이면서 철썩 하고 물 튀기는 소리가 났다.

어머니가 첫 삽의 흙을 던졌고, 사샤가 그 다음이었다. 흙이 관에 부딪치며 털썩 떨어지는데 메아리는 없었다. 할머니가 읽어주시던 고린도 전서의 신비스러운 단어들을 다시는 들을 수 없게 되었다.

'죽음이 사람으로 말미암아 온 것처럼 죽은 자의 부활도 사람으로 말미암아 오리라.'

사샤는 지금도 그 말의 뜻을 어렸을 때보다 더 잘 이해하지는 못했지만 어두운 계단 위에 있는 난간처럼 그를 받쳐주었다.

9.

졸업이 가까워지자 사샤에게 아주 좋은 제안들이 들어왔다. 당은 콤소몰에 대한 그의 공로 평가에 인색하지 않았다. 그는 이미 영향력 있는 당 수뇌부의 기관요원 후보가 되었다. 그는 또 육상 장애물 시험을 쉽게 통과했고, 학부 학장은 졸업 후 특별연구원 자리를 제안했다.

KGB 조사관 류보빈이 찾아와 224 전화를 한 번도 걸지 않은 것을 가볍게 나무랐다. 류보빈은 그를 제르진스키 광장에 있는 초대소로 불러, KGB가 그에게 출세의 길을 열어 놓았다고 권유했다. 사샤가 생각해보겠다고 하자 그는 기분이 상한 듯 했다.

"자네 친구 슈코는 망설이지 않았다. 이런 엘리트 기관의 신입 초대를 두 번 생각할 필요가 있는가?"

그러나 사샤는 이런 제의에 대해 모두 같은 대답을 했다, 생각해 보겠다고.

그의 진로 문제를 해결해 준 것은 일리야 주코프스키의 방문이었다. 사샤가 아파트 건물을 막 나서려고 하는데 그 시인이 유령처럼 어렴풋이 나타났다. 그의 모습은 상상할 수 없을 만큼 처참했다. 지난 2년 동안에 10년은 더 늙은 것처럼 보였다. 대부분이 회색인 머리는 덤불처럼 헝클어지고, 어깨는 오목한 가슴에서 앞쪽으로 구부정하게 들어가 있었다. 코의 한쪽으로 고름이 나오고, 목젖은 부싯돌처럼 튀어나와 있었다.

"이 개새끼!"

그가 욕을 뱉었다. 사샤가 주위를 둘러보았지만 아무도 보이지 않았다.

"무얼 찾고 있나?" 주코프스키가 그를 비웃었다. "나를 다시 그곳으로 돌려보낼 생각을 하고 있나? 네놈은 괴로워할 필요도 없는 인간이다. 이것이 놈들이 나에게 했던 말이다. 나는 괴로움을 당할 가치도 없는 놈이라는 것이다. 이것이 나를 일찍 석방시킨 이유란다."

그의 격분은 심하게 터지는 기침 속에 무너져 버렸고, 사샤는 그가 죽어가고 있다는 것을 알았다.

"왜 왔나?"

사샤가 물었다.

"왜냐고?" 까마귀 울음처럼 심하게 찢어지는 목소리였다. "네놈이 그녀에게 한 짓을 알려 주려고 왔다. 네놈이 그녀와 함께 날마다 저주 받은 나날을 살아가기를 바라서 왔다."

그는 비틀거리는 걸음으로 근처 벤치로 가서 주머니를 더듬어 담배를 찾았다. 사샤는 그 냄새를 알고 있었다. 레빈 교수가 피우던 살담배였다.

"타냐를 보았나?"

사샤가 다그쳤다.

"나도 들은 이야기다."

주코프스키의 대답은 속삭이는 것보다 조금 컸다.

"그녀는 아름다웠다. 오, 신이시여, 그녀는 언제나 그렇게 아름다웠습니다. 어떤 간수 녀석이 그녀에게 반해 쉬운 일만 시켰단다. 놈들은 물론 남자와 여자를 분리 수용했지. 그런데 타냐를 여자 수용소에서 운이 좋은 몇 명과 함께 파이프라인 공사를 하는 남자 수용자들의 식사준비를 하러 보냈단다. 그런 다음 일이 고약하게 되었다고 하더라. 아마도 타냐는 자기를 돌봐주는 간수 놈과 잠자리를 거부했거나 또는 그놈과 그 짓을 하다가 중단했거나."

그는 악의적인 쾌감으로 그 말을 덧붙였는데, 이 말들이 산산조각 난 유리 파편처럼 사샤의 얼굴로 날아들었다.

"또는 정치토론 그룹을 만들려고 했겠지. 네놈도 알지? 우리 러시아 도둑놈들은 정치토론에는 절대 관대하지 않다는 것을 말이다."

그의 말은 또 다른 기침의 발작으로 끊어졌다. 그의 입을 눌러 막은 수건에 붉은 반점이 얼룩졌다.

"그래서 어떻게 되었는지 알겠나? 놈들은 그녀를 선물로 만들었다. 처음에는 독사에게, 다음에는 도둑놈들에게 던져주었다. 네놈도 노면전차가 무슨 뜻인지 알겠지? 한 놈이 올라탔다 내리면 그 다음 놈이 올라타고,"

"입 닥쳐!"

사샤가 고함을 질렀다.

"뭐라고? 나를 치고 싶어? 그래, 때려봐. 폭력에 관한 한 네놈이 나에게 가르쳐 줄 것은 없다."

사샤는 그제야 자신이 주먹을 꽉 움켜쥔 것을 알아차리고 손을 옆으로 내렸다. 부끄러웠다.

"그녀는……, 그녀는 지금……."

"그녀가 살아 있느냐고?" 주코프스키는 그를 비웃었다. "아, 그녀는 야생마 같은 정신을 가지고 있었다. 그녀는 쉽게 부서지지 않았다. 나와는 달랐지. 그럼에도 불구하고 네놈을."

그의 입술이 냉소로 일그러지자 이빨이 거의 없는 잇몸이 변색되어 있었다. 다음 말을 덧붙일 때, 그의 얼굴은 죽음의 마스크를 쓴 것 같았다.

"그녀는 네놈을 끊임없이 사랑하고 있었다."

"야 이놈아, 군말은 집어치워!"

"오냐, 물론 그녀에게는 의사가 필요했지. 그러나 그곳은 너무 원시적이었다. 그녀는 제 발로 걸어 돌아갔는데 후에 아이를 가졌다는 것을 알게 되었다. 네놈의 아이는 아닐 거다. 그 도둑놈들의 씨가 분명하니까."

사샤의 눈에 살기가 나타났다. 평소에는 아주 먼 곳에 머물러 있던 것이었다.

"어쨌든 아이는 지워야겠다고 생각했겠지, 내 생각이 그렇다는 말이다. 그 지점에서 일이 터졌다."

주코프스키가 팔을 들어 올렸다. 그의 팔목에 얼룩진 하얀 흉터가 보였다.

"타냐는 훨씬 효율적이었다. 그 수용소에는 몇 군데에서 건설작업이 진행되고 있었는데 아무도 보는 사람이 없을 때 그녀가 전기톱을 잡았다."

그가 전기톱의 모양을 설명하는데 마치 그것을 판매라도 하려는 듯이 상세했다.

"아, 제발!"

사샤의 가슴은 터질 듯 했고, 귀에는 붕하고 톱날 돌아가는 소리가 들렸다. 주코프스키도, 벤치도, 반쯤 자란 나무도, 놀이터 저편의 분홍색 안개 속으로 사라지고 그 자리에 수용소 막사 뒤쪽의 타냐가 선명하게 나타났다.

전기톱을 바닥에 놓고, 스위치를 넣고, 온 몸을 쭉 뻗어 팔굽혀펴기 운동을 하듯이, 또는 사랑을 하듯이 자신의 몸을 밑으로 내리는 것이 보였다. 그녀가 돌아가는 톱날 위로 몸을 던질 때, 그녀의 하얀 목덜미가 눈에 들어왔다.

주코프스키는 그에게 완전한 복수를 한 것이다.

*

사샤는 자기가 가야 할 곳이 그곳뿐이라는 것을 알고, 슈보린 대위를 찾아갔다.

"전에 저에게 제안하신 말씀이 아직도 유효합니까?"

슈보린은 서류작업을 마치고 입대지원서에 사샤의 서명을 받았다. 작업이 끝나자 슈보린은 보드카와 술잔 두 개를 가져왔다.

"축배를 들어야겠다. 나 역시 이 대학을 떠난다. 나에게 내려진 제재가 끝났거든, 브라보!"

사샤가 술잔을 부딪쳤다.

"너는 스핑크스 같이 알 수 없는 놈이다." 슈보린이 그를 쳐다보았다. "네가 서명을 할 때까지는 이것을 묻지 않았다. 다른 사람들이 하는 이야기를 알고 있으니까. 그 사람들은 군대를 늪지대라 부른다. 대부분의 영리한 사람들, 그러니까 직업 선택권을 가진 자들은 수월한 직장을 찾는다. 지금 너는 모든 게 열려 있는데 왜 군대를 선택했나?"

'왜냐하면 내 혈관에는 군인의 피가 흐르기 때문입니다.'

사샤는 생각했다.

'왜냐하면 나는 반역의 병에 걸렸기 때문입니다.'

왜냐하면 군대의 규율과 고된 훈련 속에 자신을 던져, 죄책감과 상실감을 무디게 하고 싶기 때문입니다. 왜냐하면 제가 그 자들을 다룰만한 실력을 갖출 때까지 슈코들과 토프치들로부터 가능한 한 멀리 떨어져 있고 싶기 때문입니다.

'왜냐하면 군대는 아버지와 타냐를 살해한 자들을 때려잡을 힘을 가진 이 나라 유일의 집단이기 때문입니다.'

사샤는 술잔을 들고 대답했다.

"왜냐하면 저는 군화 냄새를 좋아하기 때문입니다."

제**2**장

수족관
총참모부 정보총국

'합법적인 이유가 없다면 전쟁을 권하지 않는다.
내가 바라는 것은 다만 전쟁의 기술을 잘 배우라는 것이다.
전쟁의 법칙과 술수를 알지 못하면 통치를 잘할 수 없기 때문이다'

– 표트르대제가 황태자 알렉세이에게 보낸 편지.
그 후 그를 사형에 처했다.

1.

국가보안위원회, KGB 본부는 그 앞에 세워진 폴란드 출신 창설자 펠릭스 제르진스키를 지칭하는 동상 '강철 펠릭스'와 함께 공공연하게 모습을 드러내고 있었다. 동상이 서 있는 광장은 그의 이름을 따서 지었고, 도시철도역 이름도 그렇게 했다. 인근 거리에는 모스크바 지방사무실과 KGB 간부클럽이 있었다.

그런데도 KGB 요원들은 택시로 출근할 때 기사에게 목적지를 말하면서 '루비얀카'로 더 잘 알려진 '넘버 2'보다는 제르진스키 건너편에 있는 커다란 장난감 가게 '데츠키 미르(어린이 세상)'로 가자고 말하는 경향이 있었다.

KGB는 존재를 숨기기보다 겉으로 널리 알리기를 택한 듯했다. 그 기관은 공식적으로는 당의 칼과 방패로 일컬어졌지만, 실제로는 자기들이 밤에도 잠들지 않고 언제 어디서나 감시하고 있다는 사실을 국민에게 명심시키려 한다는 것이다.

그러나 KGB의 자매기관인 GRU는 아주 은밀한 곳이었다. 이 머리글자가 '총참모부 정보총국'이라는 것을 아는 러시아인은 거의 없었다. 코딘스크 공군기지 주위에 몰려있는 항공기와 로켓 제작 공장의 높은 벽들 뒤에 숨은 합동사무실에 그 중추신경센터가 있다는 사실을 아는 러시아인은 더욱 많지 않았다.

GRU 요원들은 이곳을 '수족관'이라 불렀다. 불과 두세 블록 떨어진 페스차나야 거리에서 십 수 년을 산 사샤도 그곳에 그런 정보기관이 있으리라고는 꿈에도 생각하지 못했다.

러시아 달력에서 1년 중 가장 큰 두 행사, 노동절과 볼셰비키혁명 기념일 준비를 위해 활주로에서 군부대가 훈련을 하는 몇 주일을 제외하고는 코딘스크 공군기지의 생활은 주로 야행성이었다. 안토노프 수송기나 가운데가 퉁퉁한 Mi-10 헬리콥터가 한밤중에 서방국가에서 제조한 로켓 엔진이나 컴퓨터 본체를 내리기 위해 착륙했고, 하역한 물품들은 국방과학자들에게 신속히 전달되어 분석이나 복제품 생산에 이용되었다.

그래서 그 활주로는 낮 시간은 거의 모두 여러 무리 경비견의 놀이터였는데 그중 20여 마리는 야간에 늑대처럼 짖어대는 도베르만과 독일산 셰퍼드였다.

그 GRU 공장 뒤편은 가장 가까운 도시철도역인 포렐자예프스카야에서부터 코로세프스코예에 이르는 큰 길을 따라 걸으면 누구에게나 보이는 곳이었다. 그곳에는 회색의 4

층 벽돌건물이 있는데 오물과 검댕이 덕지덕지 붙어있고 창문에는 교도소나 빅토리아 정신병원처럼 쇠창살이 끼워져 있었다.

정보총국 안에서도 그 공장은 작전장비 연구소로 알려졌고, 연구원들은 간첩이 사용할 기기나 암살용 장비들을 생산하는 데에 몰두하고 있었다. 폭발하는 립스틱이 필요한가? 또는 가족의 스냅사진을 상하게 하지 않고 그 밑에 최고기밀 서류의 청사진을 음화로 숨길 수 있는 이중 필름이 필요한가? 그렇다면 그곳에 주문을 하라. 러시아에서 가장 전문적이고 기술이 좋은 형사범 몇은 형 집행이 연기되고 그 공장으로 이관되어 금고털이 기술과 은밀한 잠입 비법을 가르치기도 했다.

수족관으로 들어가는 유일한 진입로는 또 하나의 극비기관인 우주생물연구소의 10미터 높이 벽으로 둘러싸인 좁은 통로였다. 입구 검문소에는 군복에 붉은 완장을 찬 특별경비대 군인들이 경비를 서고 있었고, 그곳을 지나면 넓고 탁 트인 공간이 나오는데 그곳에서는 땅딸막하고 나이 든 사람들, 모두 그 기관의 노련한 요원 출신들이 일광욕도 하고 체스게임도 즐기는 것을 볼 수 있었다. 그들의 시선은 아주 친근해 보였다. 그들의 주의가 산만해지는 경우를 대비해 전

구역을 폐쇄회로 TV 카메라가 살펴보고 있었다.

한쪽으로 멀리 떨어진 곳에 보이는 큰 아파트에는 수족관 간부들이 살고 있었다. 정면에는 단조로운 황색 건물이 있고 그 건물의 창문들은 모두 안쪽 정원으로 열려 있었다. 이 정원은 9층 건물 대부분이 유리로 된 본관을 위한 장식이었다.

안으로 들어가려면 두 개 이상의 신분증을 제시하고 금속 탐지기를 통과해야 했다. GRU 장교들은 어떤 종류의 서류 가방도 빌딩 안으로 가지고 들어갈 수 없었고, 라이터나 벨트 버클 같은 금속 반입도 일체 금지한다는 엄격한 지시를 받았다. 그래서 바지 멜빵은 소련군 정보원들에게는 매우 중요한 제품이 되었다.

*

사샤가 장교 훈련 과정을 시작하기 전에 슈보린 대위가 예언했다. 그의 대학 성적과 천부적인 외국어 재능으로 보아 특수임무를 위해 선발될 것이 틀림없다고. 정말로 기초훈련이 끝나자 그 부대에 차출되어 인민군거리에 있는 박물관 같은 빌딩으로 보내졌다. 그 건물은 무성한 나뭇잎과 쇠창살 울타리로 가려져 있었다.

그 GRU학교에서 사샤는 소련군 정보기관의 영웅들에 대해 배웠다. 이를테면 2차 세계대전 중 스위스 기지에서 독일군 참모부에 침투한 간첩망이라든가 영국과 미국의 원자폭탄 기밀을 훔쳐낸 조직망에 대해 공부하고, 1920년대 '무라쇼프스키 기업' 시대부터 성공한 GRU 공작원들에 관해서도 배웠다. 당시 그 기업은 대리점 운영에 자금을 투자해 상업전선을 구축하고 서방기업가들이 모스크바로 핵심적인 기술을 수출하도록 유인했다.

사샤는 특히 독일 수상 집무실에 무상출입한 독일인 리하르트 소르게 박사의 이야기에 흥미를 느꼈다. 그 저명한 간첩 요원은 러시아를 공격하려는 나치의 작전계획을 도쿄에서 발견해 러시아에 보고했지만 스탈린에 의해 채택되지 않았다.

사샤는 스파이 활동에 필요한 기술을 배우고, 모스크바 주변을 샅샅이 돌면서 일주일을 보냈다. 도시철도를 타고 미행자를 찾아내는 연습을 하고, 연락용 정보 은닉장소나 은밀한 접선에 좋은 지점도 찾아 다녔다.

신입 공작원 선발 원칙에 관한 강의와 서방국가의 방첩기술에 관한 강의도 들었다. 그 강의를 종합해보면 프랑스와 이스라엘 공작원들은 살인자이고 잔인하지만 가장 유능하다는 것이었다. 독일 요원들은 침투에 능하다고 했고, 영국은 이빨 잃은 사자이지만 교활함까지 잃지는 않았으며, 미국은 주요 목표물이자 주된 적이었다. 그러나 가장 중요한 경쟁자는 KGB라고 말하는 강사는 없었다. 사샤는 그것을 스스로 깨달아야 했다.

교육 과정을 모두 마치자 제2국으로 발령이 났다. 서방국가 특히 미국에서 공작활동을 벌이는 부서였다. 전도가 촉망되는 출발이었다. 운이 좋으면 뉴욕이나 워싱턴, 샌프란시스코 등지로 파견 나갈 수도 있었다.

그런데 사샤보다 나이가 위인 동료 한 사람이 충고하기를 외국에 나가려면 상당한 영향력을 가진 배경 좋은 친구들이 있어야 한다는 것이었다. 그 사람, 콜랴 블라소프는 형 노릇을 하기 좋아하는 진정한 동료였다.

"자네는 그 문제를 해결하기가 쉬울 것 같다. 이제 결혼할 때가 되지 않았나?"

그는 최근 우크라이나 출신 여성과 결혼했는데, 그녀의 아버지는 우크라이나 수도 키예프의 당 위원회에서 어떤 일을 하는 사람이었다. 콜랴는 이미 해외근무를 하고 왔는데, 그래서인지 손에 유리 술잔을 들고 어슬렁거리며 이야기하는 것을 좋아했다.

어느 날 오후, 콜랴가 사샤를 집에 초대했다.

"이번 주에 아내의 생일이 있다. 집에서 자네를 기다리겠네."

사샤는 두 번 물을 필요가 없었다. 그 무렵 사샤는 기회만 있으면 아파트에서 빠져나오려고 했던 것이다. 아파트는 수족관으로 출퇴근하기에는 편했지만 어머니와 단 둘이 사는 지금은 참을 수 없이 숨이 막히고 답답한 곳이었다. 두 사람은 서로 대화라고는 없었다. 어머니는 전보다 더 많은 시간을 크리소프의 당 회의에서 보냈고, 사샤는 친구 집이나 사무실 구내식당에서 식사를 했다.

이제 겨우 중위인 사샤는 고위층을 위한 특수매점에는 들어가지 못하기 때문에 국영 백화점 '굼'에서 콜랴의 부인을 위해 조그마한 프랑스제 향수 한 병을 샀다. 그것은 들어보지 못한 상표였지만 코로 맡아본 냄새는 그리 나쁘지 않았다.

마리아 블라소바는 입장권을 받는 사람처럼 아파트 문 앞에서 그 선물을 받았다. 콜랴가 그녀의 외모를 보고 결혼한 것은 아니라는 사실이 분명했다. 그녀의 넓고 통통한 얼굴 한 가운데에 우뚝 솟은 커다란 코는 전체적으로 브레즈네프를 닮았던 것이다. 그녀의 중요한 매력은 키예프의 당 위원회에서 어떤 일을 하고 있다는 그녀의 아버지라는 것을 첫 눈에 알 수 있었다.

마리아는 오랫동안 처박아둔 고깃덩이를 검사하듯 사샤를 자세히 살펴보았다. 그러더니 마침내 고개를 끄덕이고는 놀랍도록 깊은 목소리로 선언했다.

"그래, 그래야만 한다! 내 가장 가까운 친구와 만나 보아야 한다!"

사샤는 곧바로 상황을 깨달았다. 마리아는 자신을 사샤의 중매쟁이로 생각하고 있었던 것이다.

그녀의 친구 리디아는 음료수와 러시아 파이가 놓인 창문 옆 테이블 가운데 자리에 앉아, 그녀의 주의를 끌어보려고 경쟁하는 일단의 젊은 남자들을 압도하고 있었다. 아주 단단한 턱을 제외하면 얼굴도 예뻤다. 머리는 잘 익은 밀 빛깔이었고, 피부는 깨끗하고 우유처럼 하얀색이었다. 키도 컸는데 그녀의 농담 몇 마디에 과도하게 웃고 있는 장교보다 더 컸고, 높고 풍만한 젖가슴을 가지고 있었다.

그녀의 옷은 비싸고 세련된 것이었다. 그녀가 사샤에게 손을 내밀 때는 '굼'의 선물가게에서는 맡아볼 수 없었던 향수 냄새가 풍겼다. 그녀는 사샤가 들어본 적도 없는 식당과 얼굴을 본 적도 없는 사람들, 한 번 가본 적도 없는 흑해의 휴양지에 관한 이야기들을 했다.

그녀는 또 당과 정부 고위 관리들만 관람할 수 있는 극장 '고스키노'에서만 상영되는 프랑스나 미국 영화에 관한 이야기도 했다. 그녀는 농담을 하고 크게 웃으며 박수를 쳤는데, 다른 사람들도 따라 하기를 기대하는 것 같았다. 그러면서도 다른 사람의 농담에는 시들한 표정이었다.

사샤는 그녀에게서 야릇한 욕망을 느끼는 자신을 금방 깨달았다. 선잠에서 깨어난 침략자 한 놈이 뻣뻣한 놋쇠처럼 일어나 자신의 앞모습을 염려스럽게 만드는 것이었다. 사샤가 오래 버티지 못하고 그 자리를 빠져나오자 콜랴가 주방으로 데려갔다.

"그래, 어떻게 생각해?"

콜랴는 왼쪽 손바닥으로 사샤의 오른쪽 주먹을 찰싹 때렸다. 사샤가 어깨를 으쓱하자 그는 술잔 두 개에 진한 술을 부었다.

"자네의 문제는 여자가 분명하게 보일 만큼 충분히 마시지 않는 데에 있다. 자네의 시력을 위해 한 잔!"

사샤가 한 모금 마셨다. 그것은 진품 스카치였다. 콜랴는 그것을 보드카처럼 입에 털어 넣었다.

"맛이 기막히지?" 콜랴가 입을 훔치면서 말했다. "싱글 몰트 위스키! 리디아가 가져왔지, 자기 아버지 것을."

사샤가 의아한 표정을 보이자 그가 웃음을 터뜨렸다.

"그 여자가 누군지 몰라? 육군대장 알렉세이 이바노비치 조토프 장군 딸이다." 그리고 속삭이듯 덧붙였다. "자, 이제 친구를 갖는다는 게 무슨 뜻인지 알겠지. 자네, 나한테 신세 한 번 진 거야."

조토프는 수족관에서 잘 알려진 이름이었다. 바르샤바연합군의 부사령관 중 하나였고, 스탈린과 후르쇼프의 두 정권을 떠받친 몇 안 되는 전쟁영웅이었다. 그는 유명한 쿠르스크 전투에서 독일군의 공격을 배후에서 차단하는 데에 큰 공을 세운 사령관 중의 하나였다.

그는 군인 중의 군인으로 인정받고 있었다. 중앙위원들의 비위나 맞추는 정치적인 장군이 아니라는 뜻이었다. 영관급 장교들이 그에 대해 이야기할 때는 상당한 존경심을 표시했다. 당시 최고위 장군들 중에 그런 존경을 받는 사람은 거의 없었다.

사샤는 그를 헬리콥터 장군이라고 부르는 소리를 여러 번 들었다. 그의 잦은 군부대 시찰 때문이었다. 그는 정상으로 올라가는 탄탄대로에 있는 인물로 장래의 소련군 원수, 참모총장, 또는 국방장관으로 거론되고 있었다.

"무얼 기다리는 거야?" 콜랴가 팔꿈치로 사샤를 툭 쳤다.

"나는 신체적 표현을 읽는 데는 선수인데, 그녀가 자네를 좋아한다는 걸 장담한다. 자네는 깊은 인상을 주었네. 우리의 자랑스러운 프룬제 군사아카데미아를 기억하라."

그는 모든 소련군 장교들이 그 학교의 수업 중에 듣고 기억하는 좌우명을 인용했다.

'승리자는 자신의 내부에서 공격 결의를 찾아내는 사람이다.'

이런 군사학 좌우명이 사샤를 다시 거실로 돌아가게 했다. 거실에서는 매끄럽지만 시끌벅적한 파티가 진행되고 있었다. 어떤 녀석이 소파에 올라가 파우스트 파페티의 노래를 하려다가 발의 중심을 잃고 마룻바닥에 떨어졌다. 그는 함께 온 여자 친구의 부축으로 충격이 그리 심하지 않았는데도 죽는 소리를 했다.

사샤는 리디아가 헝가리산 와인을 제법 많이 마셔 취해 있는 것을 알았다. 갑자기 그녀가 사샤 옆으로 다가와 팔짱을 끼었다.

"지루해요, 여기는 너무 소란해 머리가 아프니까 우리 집으로 가서 한잔해요."

정신적으로 공격 개시선을 준비하고 있던 사샤는 이 대담한 제안에 놀랐다. 분명히 장군의 딸은 자기 마음에 드는 것은 무엇이든 기다리지 않았던 것이다.

그들은 손을 흔들어 푸른빛 빈차 표시를 한 택시를 세웠다. 기사는 리디아의 목적지에 매우 흐뭇해했다. 조토프 장군의 아파트는 이 도시에서 가장 유명한 빌딩 중 하나였다. 강이 내려다 보이는 둑 위에 세워진 비스트니 돔은 대학교 본관 건물 모양으로 스탈린이 세운 것이었다. 거대한 회색 탑과 같은 아파트에는 당 간부를 비롯해 과학자와 영화배우, 학자들, 볼쇼이 연출가, 고위관리들이 살고 있었다.

아파트 로비는 굉장히 넓어서 아치형의 둥근 천장과 대리석 바닥에는 별 모양의 문양이 전 방향으로 뻗어 있었다. 그곳에 수위는 없고 나이가 꽤 많아 보이는 엘리베이터 여자 안내원이 있었는데, 누가 주민이고 아닌가를 잘 알고 있었다.

"안녕하세요, 리디아 씨."

그녀는 친밀한 가정부 같은 태도로 장군의 딸에게 반갑게 인사를 했다. 그녀는 어깨에 조그마한 별 세 개의 중위 계급장을 단 키 큰 청년을 회의적이면서도 굳은 표정으로 쳐다보았다. 엘리베이터는 사샤의 아파트에 있는 작은 방만큼이나 큰 것으로 번쩍이는 벽과 거울 주위에 여러 가지 치장을 했다.

리디아는 아버지와 단 두 식구인데도 35층 빌딩의 중간층에 있는 굉장히 크고 호화로운 아파트에 살고 있었다. 리디아가 방마다 스위치를 올리자 사샤의 눈에 들어온 첫 인상은 천 개나 됨직한 곳에서 굴절되고 반사되어 나오는 밝은 빛이었다. 샹들리에에서, 거울에서, 앞면이 유리로 된 찬장 안의 크리스털 유리잔에서, 은제 상자와 촛대에서 반사되는 현란한 빛이었다.

리디아가 모든 것을 다 보여주어서 두 사람은 마치 경매장에 나와 있는 듯 했다. 장군의 서재가 가장 크게 사샤의 관심을 끌었다. 서적의 대부분은 군의 역사에 관한 것으로 고급 책장에 잘 정리되어 있었다.

책장 사이 공간에는 여러 사회주의 국가들로부터 받은 상패와 기념패들이 걸려 있었다. 쿠바의 카스트로, 베트남의 보 구앤 지압, 팔레스타인의 야세르 아라파트와 함께 찍은 사진들도 있었다. 책상 위에는 골동품이 하나 있는데, 잉크병이 붙은 필기용 받침대로 그 위에는 로마노프의 독수리 두 마리가 앉아 있었다.

"아버님은 어디 계십니까?"

사샤가 물었다.

"아빠는 멀리 독일에 훈련이 있어서 가셨어요. 그게 끝나면 바르나 호수에서 오리 사냥을 하실 거랍니다."

그녀가 말하는 장군의 일상생활을 들어보면 대부분의 시간을 모스크바에서 멀리 떨어진 곳에서 보내고 있었다. 매년 여름이면 한 달 정도 부녀가 함께 흑해의 리바디아로 간다고 했다.

그녀는 사샤의 손을 끌고 주방으로 가서 특수냉장고의 문을 열고 줄지어 서있는 병들을 보여주었다. 그 안에는 여러 종류의 프랑스산 샴페인이 있었는데, 가장 비싸 보이는 것을 꺼내 그의 코앞에 가져왔다.

사샤는 미리 생각한 자신의 이미지를 확실하게 만들어 나갔다. 그것은 세련되고 유연하며 재치 있게 노는 것이었다. 그는 천성적으로 과묵하거나 그 이상이었지만 손전등처럼 자신의 의지대로 스위치를 올렸다 내렸다 하며 집중된 매력으로 여자들을 끌어들일 수 있다는 것을 알고 있었다.

리디아는 우연인 것처럼 그에게 몸을 부딪치면서 '돔 페리뇽' 샴페인 병의 뚜껑을 열어달라고 했다. 그는 이 여자가 이전에 얼마나 많은 연인들을 가졌을까, 조토프 장군은 그것을 알고 있을까, 의아심이 들었다.

아마도 그녀 아버지는 위성국가 군대의 훈련을 지도하고 돌아올 때마다 딸의 생활을 확인했을 것이다. 적어도 그날 저녁 조토프 장군에 관해서 들은 몇 가지 개인적인 생활 정보로 보면 그가 딸의 사회생활처럼 해이해져 있다고는 생각할 수 없었다. 또한 그는 대부분의 시간을 멀리 떨어져 있지만, 그에게 남은 유일한 가족인 딸을 끔찍이도 사랑하고 있었다.

샴페인 잔은 체코에서 장군에게 선물한 보헤미안 수정이었다. 그 잔을 두 번째 비우자 리디아가 말했다.

"자, 이제 내 방을 보여 드릴게요."

그녀의 방에는 말론 브란도, 제임스 딘과 같은 서방국가 배우들의 포스트가 걸려 있었다. 고출력 하이파이 오디오가 있고 거대한 침대에는 베개가 쌓여 있었다. 그들 중 어떤 것은 테두리가 우아하게 장식되어 있었다. 그녀가 몸짓으로 사샤를 침대에 앉게 하고는 오디오에 판을 올려놓자 이탈리아 대중가요 스타의 애타는 음악이 흘렀다. 그는 그해 모스크바를 열광시키며 공연장을 가득 채운 가수였다.

그녀가 보헤미안 유리잔에 샴페인을 더 따르자 쉿 하면서 거품이 일었다. 그녀의 눈이 몽롱해지며 볼에 분홍색 홍조가 떠올랐다. 그는 샴페인을 삼키는 그녀의 목에서 나는 부드러운 떨림을 들으며 그녀의 입술을 가르는 애매한 웃음을 보았다.

그녀가 침대 위에 앉은 그의 옆으로 왔다. 두 사람의 입술이 스치자 그녀는 그를 격렬하게 끌어당겼다. 갑자기 쭉 뻗고 눕게 되자 그는 자기 다리 사이에서 그녀가 내민 손의 단단한 압력을 느꼈다. 그녀는 그에게 자기 몸을 만지게 하면서 유방과 약간 솟은 복부의 탐험을 내버려두었다. 그러다가 그가 좀 더 깊은 곳으로 찾아가려 하자 몸을 부르르 떨며 옆으로 꼬더니 갑자기 두 손으로 사샤의 가슴을 밀어냈다.

아무 일도 없었다는 듯이 그녀는 냉정하게 일어나 얇은 금제 라이터를 켜 담배에 불을 붙였다. 사샤는 낭패스럽고 당황했지만 일어나 자신의 몸 상태를 숨기려고 돌아섰다. 그녀는 웃으며 자기 옷장을 뒤졌다.

"좀 더 편한 옷을 입으려고."

그녀는 가볍고 얇은 천의 네글리제를 펼쳐 보였다.

그러나 그 순간이 지나자 사샤는 가축우리에 갇힌 것 같은 느낌이 들었다. 그녀의 태도는 자기가 가지고 논 소유품 목록에 그를 추가시킬 수 있다고 생각하는 듯 했다. 주도권은 오로지 그녀에게만 있는 것이었다. 그 순간 그는 타냐를 떠올렸고, 타냐와 함께 이 방이 아닌 다른 곳으로 가고 싶었다.

사샤는 수족관에서 야간 당직을 해야 한다는 어색한 변명을 했다. 그녀는 그의 말에 가볍게 응했지만, 내심 놀라워하고 기분이 상한 것을 알 수 있었다. 그녀의 웃음에는 잘 닫히지 않은 지퍼 같은 것이 있었다.

"전화 드리겠습니다."

그가 아파트 문을 나오면서 말했다. 그들은 마치 방금 소개 받은 사람들처럼 악수를 했다.

도시철도를 타고 페스차나야 거리로 돌아오면서 사샤는 타냐에 대해 곰곰이 생각했다. 이 나라의 타냐들을 파멸시키는 데에 공조한 모든 것들을 청소해 버리기 위해 미친 듯이 몰두해야 한다는 자신의 굳은 다짐을 다시 떠올렸다.

다음날 수족관에서 콜랴 블라소프가 윙크를 했다.

"자네는 펄떡펄떡 살아있는 놈을 낚았어, 내 말이 맞지?"

사샤는 그를 떨쳐버리려고 투덜거렸다.

"그건 국가기밀이 아니잖아? 자네가 그녀에게 푹 빠졌다고는 말하지 말게."

"나중에 콜랴, 나 지금 보고서 끝내야 해."

"도대체 뭐가 잘못되었는지는 몰라도 사샤." 블라소프는 끈질기게 붙잡았다. "그 여자의 침대에 들어갔는지 따위에는 관심도 없다. 그들이 살아가는 방식을 말하는 거다. 자작나무 숲속에 있는 별장과 보석, 명심하게, 진짜 보석 말이다. 그리고 흑해에 있는 별장들, 사냥터 숙소, 게다가 수족처럼 움직이는 질서정연한 군부대들! 사샤, 기억해두라고!

만일 자네가 인연을 맺기만 하면 우리는 초대를 기다리고 있겠다."

콜랴가 말을 끝내기 전에 사샤는 그날 저녁에 한잔 사겠다고 약속을 해야만 했고, 사무실에서 멀지 않은 식당에서 만났다. 사샤는 조토프의 가족관계에 대해 몇 가지 정보를 얻었다.

리디아는 무남독녀였다. 어머니는 출산 후 얼마 되지 않아 교통사고로 죽었고, 장군은 재혼하지 않았다. 그는 군대와 결혼했던 것이다. 리디아는 장군의 가정주부로서 그리고 여주인으로서 모스크바에서 생활하고 있었다.

콜랴는 리디아와의 결합이 무엇을 의미하는지 열광적으로 설명했다. 환상적인 수입 면세점에 들어갈 수 있고, 화려한 파티와 해외근무, 그리고 쉬운 진급이 보장되는 것 등이었다. 그는 또 비소트니 돔의 모든 것을 상세하게 설명했다.

"무얼 기다리는 거야?" 그는 사샤를 밀어붙였다. "그 암캐가 열 받았을 때 빨리 움직여야 한단 말이야."

사샤가 조금씩 마시면서 그것에 대해 생각하는 동안 콜랴는 계속해서 4성장군은 중장보다 훨씬 높은 수준의 처우를 받는 것에 대해 복잡하게 설명했다.

"사샤, 생각해 봐. 조토프의 식탁에 오르는 사과는 모두 손으로 고른 것들이다! 토마토도 4성급 품질이라고."

그때 조토프가 사샤를 사로잡은 가장 중요한 매력은 안락한 생활을 추구하는 콜랴의 상상과는 전혀 관계가 없는 것이었다. 그것은 힘이었다. 군이라는 조직에서 가장 빠르게 정상으로 오를 수 있는 지름길, 그래서 그의 개인적인 사명을 완수할 수단이었다.

그는 리디아와 정략결혼에 대한 생각을 떨쳐 버릴 수 없었다. 사랑은 전혀 느낄 수 없었다. 타냐 이후 다시 사랑을 경험할 수 있을지 회의에 빠졌다. 그의 인생에서 사랑에 대한 몫은 전부 소각되어 버렸기 때문이다.

육체적인 면에서 보면 리디아는 건강한 동물적인 매력이 있었다. 그녀에게 지적인 면은 부족했으나 아주 영리하기는 했다. 또 다른 문제는 그가 상황을 더 진전시킨다면 그녀를 어떻게 통제할 것인가, 그녀에 의해 질식되는 것을 어떻게 피할 수 있을까 하는 것이었다.

며칠이 지나 사샤는 그녀에게 전화했다.

"지금까지 살아오면서 가장 아름다웠던 저녁에 대해 감사드리고 싶습니다." 명백한 거짓말이었지만 그녀는 즐기는 듯 했다. "다시 만날 수 있겠습니까?"

바로 응답이 왔다.

"좋으실 때 언제든."

그러나 그것은 액면 그대로가 아니었다. 날짜를 이야기하자 그녀는 어느 날은 무슨 모임이 있고 등의 긴 일정을 늘어놓더니 결론에 이르렀다.

"아빠가 예상보다 일찍 돌아오신대요. 그리고 금요일 아침에 다시 프라하로 떠나실 거예요. 금요일 저녁에 오시면 어떻겠어요? 우리 집 위치는 잊지 않으셨겠지요?"

그는 선물로 꽃과 초콜릿을 들고 갔다. 그녀는 아주 가벼운 여름옷을 입고 문을 열었다. 젖꼭지가 솟아 오른 모습이 속옷을 입지 않은 것을 강조하고 있었다. 문이 닫히자 그녀가 그를 껴안았다. 그들은 곧바로 침대로 갔고, 그가 애무를 시작하자 그녀는 전율하면서 안으로 깊이 빨아들였다. 그녀는 바로 절정에 올랐고, 그녀가 헐떡이면서 하는 말들이 그를 더욱 요동치게 했다. 조토프 장군은 침실 언어에 대해서는 가르칠 수 없었을 것이다.

그들은 다시 시작했는데, 사샤가 천천히 정성을 기울이자 그녀의 몸은 수풀 속에서 놀란 새처럼 기쁨에 날뛰었다. 일이 끝나자 그녀는 긴 옷을 입으면서 수줍어했다.

사샤가 재킷의 단추를 채우며 침실에서 나오니 그녀는 주방에서 캐비아와 버터를 바른 빵을 접시에 담고 있었다. 그녀의 뺨에 가볍게 키스를 하자 그녀는 몇 걸음 뒤로 물러서면서 그를 자세히 쳐다보더니 그의 어깨 위에 붙은 계급장을 만졌다.

"이 별들이 당신에게는 너무 작군요."

*

결혼 이야기는 몇 주가 지난 후 리디아가 먼저 꺼냈다. 때는 늦은 봄, 떡갈나무의 싹이 나올 때였지만 차가운 바람은 사라지기를 거부하는 겨울의 채찍처럼 아직도 모스크바 거리를 할퀴고 있었다.

그들은 일주일에도 함께하는 밤이 여러 번 있었는데 주로 비소트니 돔에서였고, 장군이 모스크바에 있을 때는 한두 번 정도는 콜랴네 집에서도 보냈다. 블라소프 부부는 중매자의 역할을 즐기고 있었다.

목욕탕에서 서로 비누칠을 해 줄 때, 사샤는 리디아에게 그녀의 침실에서 지낸 첫 밤 이래 그의 마음에 담아두었던 말을 하려고 했다.

"물론 조심은 하겠지만……."

그가 말을 꺼내자 그녀가 칭얼거리듯이 되받았다.

"왜요? 우리 곧 결혼할 것 아니에요?"

사샤는 칭얼거림을 받아들이는 수밖에 없었다. 일은 계획대로 되어가고 있었던 것이다.

"아버지한테 당신 이야기를 했어요. 일요일 점심에 기다리실 거예요."

2.

조토프 장군의 목소리가 연병장을 지휘하는 특무상사의 고함처럼 아파트를 가득 채웠다. 그는 서재에서 전화로 어떤 부관에게 호통을 치고 있었다.

사샤는 리디아가 그를 거실로 안내하고, 벨로루스키 도시철도역 매점에서 사온 꽃을 받는 동안 장군이 시리아로 가는 군수물자 항공수송에 관해 이야기하는 것을 들었다. 그는 장군을 위한 선물도 준비했는데, 일반 상점에서 살 수 있는 것으로는 가장 좋은 브랜디인 아라라트 파이브 스타 한 병이었다. 그런데 리디아가 몰수해버렸다.

"의사 말이 아빠는 간을 생각해야 한대요. 아빠는 선택의 기로에 있답니다. 최고급 코냑이 여러 상자나 있는데, 아마 20년 정도는 마실 수 있을 걸요."

이윽고 수화기를 쾅 하고 내려놓는 소리가 들리고, 통로를 따라 무거운 발걸음 소리가 나더니 조토프가 거실로 들어왔다. 일요일인데도 그는 가슴에 여섯 줄 리본이 달린 군복을 입고 있었다. 사샤는 의자에서 벌떡 일어나 꼿꼿하게 차렷 자세로 섰다. 사복을 입은 자신이 약간은 우스꽝스럽게 느껴졌다.

조토프는 한동안 그를 응시하면서 아래위로 훑어보더니 손을 내밀었다.

"육군 장교라고 들었는데 왜 제대로 복장을 갖추지 않았나?"

그의 첫마디였다.

"죄송합니다, 장군 동지! 일요일이고 사적인 방문이라 제가 생각하기에는……."

"내가 자네 나이였을 때는 소련군 장교는 일년 365일이 근무 중이라고 생각했다."

그가 얼굴을 찌푸리자 무성한 양 눈썹이 거의 중앙에서 만났다. 그의 키는 사샤보다 머리 하나 만큼 작았지만 다른 것은 모두 더 컸다. 그는 그 자리에서 가슴은 앞으로 내밀고 다리는 나무둥치처럼 버티고 서 있다가 갑자기 웃음을 터뜨렸다.

"쉽게 겁먹을 놈이 아니라는 것은 알겠다. 앉아라. 자네 자신에 대해 이야기해 봐. 어디서 근무하나?"

"44388부대입니다."

GRU를 가리키는 군부대 이름이었다.

"그따위 숫자를 가지고 혼동시키지 마라. 그래, 그 수족관에서는 무슨 고기를 낚고 있나?"

"미국 분야입니다, 장군 동지."

"앞으로는 장군 동지라고 부르지 마라. 살벌한 연병장에서 있는 게 아니니까. 알렉세이 이바노비치라 부르게. 그런데 어떻게 그 돌대가리 오소르긴에게 가게 되었는가?"

오소르긴 장군은 GRU 국장이었다. 그의 전임자처럼 그도 KGB 출신으로, 그런 요직 임명에 당은 분할해 지배하는 원칙을 고수하고 있었다. 오소르긴과 그의 부하들 사이에는 잃어버릴 사랑 따위는 없었다. 그의 옛 KGB 동료들도 그를 믿지 않았고, 지금은 라이벌 정보기관을 이끌고 있었다.

"오소르긴 장군을 평가할 만한 입장에 있지 않음을 송구스럽게 생각합니다."

사샤의 대답에 조토프는 딸을 쳐다보았다.

"너는 외교관과 교제하고 있구나. 리도츠카, 마실 것을 내오너라. 수족관에서는 배울 게 아무리 없다 해도 물고기처럼 마시는 것은 가르쳐 주었겠지."

리디아가 마실 것을 가지러 간 사이에 그가 물었다.

"GRU에서는 어떻게 해서 자네를 뽑았나?"

"저는 모스크바대학교 출신인데⋯⋯."

사샤가 말을 꺼내자 장군이 바로 막았다.

"아, 그래? 야전에서 나온 딸기는 아니라는 말이군. 그게 GRU에서 하는 짓들이야. 그놈들은 되도록 많은 나비를 모으고, 나비들은 세계를 관찰하는 데에 자신들이 쓰일 것이라고 생각하지. 좋아, 자네가 불쾌해할 필요는 없다. 그러나 순탄한 삶을 기대하지는 말아라. 그들은 자네 꽁무니가 닳도록 혹사시킬 테니까. 자, 가족에 대해 말해봐."

조토프의 관심이 높아진 것은 사샤의 아버지와 할아버지가 육군 장교였고 두 분 다 작전 중에 전사하셨다는 설명 부분이었다.

"자네 가문에는 확실한 전통이 있는 것처럼 들리는군. 그 계보에서 얼마나 멀리까지 회고할 수 있는가?"

"보르디노 전투입니다."

"그 선상에 있는 모든 분들이 러시아군 장교이셨다는 말인가?"

"그렇습니다."

"우리 국군에서 그렇게 말할 수 있는 사람은 많지 않다. 내 경우는, 하아, 그분들은 농부였고 평민이었다. 평민이 아니었던 경우보다 평민인 경우가 더 많았다는 말이다. 나는 우리 증조부 성함도 모른다, 그 윗세대도 그렇고. 할머니가 가르쳐주지 않으셨는지 모르겠으나 어떻든 그렇다. 그런데 자네 성은 프레오브라젠스키다, 어떤 의미가 있다는 말이로군."

조토프는 사샤가 가져온 하급 브랜디가 아니라 그가 즐겨 마신다는 아르마니아 브랜디 악타마르를 리디아로부터 한 잔 받아들면서 덧붙였다.

"자네를 나비라 부른 것은 잘못된 호칭인 것 같다. 결국 자네도 우리 딸기덩굴 출신이니까."

점심은 느긋하게 진행되었고 주로 조토프가 이야기를 했는데, 전시 경험들을 회상하는 것이었다. 식사 후에는 강의하듯이 사샤에게 중동에 관해 이야기했다. 당시 그는 시간의 대부분을 중동 문제에 몰두하고 있는 것 같았다.

"15년 전에 자네네 가게 제10국의 경제 전쟁 전문가들이 페르시아 만으로부터 석유 보급로를 조임으로써 나토국가들을 틀어쥘 수 있다는 계획서를 가지고 왔다. 그런데 중요한 것은 우리 국익을 꾸준히 받쳐줄 수 있는 아랍정권을 세우는 일이었다. 그래서 이집트에다 무기를 쏟아 부었고, 한동안은 그 계획이 작동하는 것처럼 보였다. 그런데 사다트가 우리에게 등을 돌렸고, 때를 맞추어 KGB의 천재 놈들은 그를 제거하는 데에 실패했다. 그러나 이집트에서 우리의 기회가 다시 올 수도 있다. 지금은 유태인들이 그들을 지도 밖으로 차버리고 있으니까 상황이 그리 나쁜 것만은 아니다. 아랍 석유금수는 미국 놈들을 혼쭐나게 해주고 있다. 우리 눈이 지켜보고 있는 한 시리아와 미친개 카다피를 이용할 수 있겠지만, 나는 이 검둥이 놈들을 믿지 않는다. 그래서 그 행주치마를 걸친 친구와 큰 기회를 엿보고 있다."

"아라파트를 말씀하시는 것입니까?"

조토프가 고개를 끄덕였다.

"팔레스타인들은 페르시아 만 전역에 퍼져있다. 약간의 도움과 지시에도 그들은 쿠웨이트나 바레인을 이것처럼 인수할 수 있다." 그는 손가락을 까딱했다. "아랍 정부들은 그들에게 국물 한 그릇 주지 않았다. 그들은 그것 때문에 대가를 지불해야 한다. 미국은 유태인들이 정부의 중동정책을 다루기 때문에 팔레스타인과는 함께할 수 없다. 만일 우리가 중동을 조종하는 방법만 안다면 그들은 우리 편이다."

그는 눈살을 찌푸렸다.

"그러면 무엇이 문제입니까?"

사샤가 물었다.

"유태인 문제는 미국에만 국한된 것이 아니기 때문이다.

여기 모스크바에도 파벌이 적긴 하지만 유태인이 존재하고 있다. 그들은 유태인 문제를 조심스럽게 다루고 싶어 한다."

그가 KGB 의장을 포함한 소련 최고위 지도자 두세 명을 '유태인'으로 지적하자 사샤는 놀라움을 나타냈다. 브레즈네프의 부인이 유태인이라는 사실은 거의 모든 사람들이 알고 있었다. 그런데 KGB 의장까지?

"우리는 통행증으로 가는 게 아니고 얼굴 안면으로 간다." 장군은 브랜디 잔을 다 비웠다. "좋아, 자네 교육이 여기서 이것으로 끝나는 것은 아니니까. 그런데 자네가 내 딸을 못살게 군다는데 무슨 생각으로 그러는지 알고 싶다."

사샤가 예상했던 것보다 훨씬 직선적이었다.

"리도츠카!" 장군은 방에서 내보낸 딸을 다시 불렀다. "열쇠구멍으로 스파이 짓 그만하고 들어오너라."

장군의 의아심을 확인이라도 하듯 그녀가 곧바로 들어와 아버지 의자의 팔걸이에 걸터앉았다. 그녀의 손은 아버지의 거친 손 위에서 어린아이의 것처럼 보였다.

"알렉세이 이바노비치," 사샤가 정중하게 말했다. "리디아에게 청혼하고자 합니다."

"바로 저 아이에게, 응?" 그가 딸에게로 고개를 돌렸다. "그래, 저 젊은 얼간이가 너와 결혼하고 싶단다. 너는 무어라고 할 거야?"

그녀는 그의 황소 같은 목을 팔로 껴안았고, 다음에는 사샤에게도 그랬다.

"그만하면 예행연습은 되었다."

조토프가 말했다.

"아빠!"

"내가 무어라 말하기를 바라느냐? 그건 네 인생인데."

그들은 샴페인으로 자축을 했다. 첫 번째 병을 마신 후 조토프가 사샤에게 말했다.

"자네가 상황을 잘 알고 있으리라 생각한다. 너희 둘은 결혼을 하고 싶어 하고, 그렇게 되겠지. 그러나 나도 내 유일한 자식을 잃고 싶지 않다. 그러니 너희 둘은 여기서 나와 함께 살면 된다."

"말씀에 따르겠습니다."

"이것은 약속이다. 자, 언제쯤 아이를 가질 것이냐? 나도 손자가 있어야 하고, 그래야 내 자신의 가문을 시작할 수 있으니까."

다음 주말, 장군의 조용한 별장 주변 은색 자작나무 숲을 산책할 때 조토프가 말했다.

"내가 사나이 대 사나이로 말하겠다. 그들이 수족관에서 자네를 적절히 대우해주고 있는가?"

"불만은 없습니다."

"좋아, 만일 자네가 필요한 게 있다면 나에게 말하라. 내가 고골 대로(소련군 총참모부)에 약간의 영향력은 가지고 있다."

"알렉세이 이바노비치, 감사합니다. 하지만 그렇게 되면 이 결혼이 입방아에 오르게 될 것입니다. 저는 다른 사람들이 제가 장인어른의 득을 보려 한다고 생각하는 것을 원치 않습니다."

"그만두게. 리디아는 언제나 보채고, 자네는 언제나 사양하다니."

그것은 아마 사실일 것이라고 사샤는 생각했다. 그러나 결혼 날짜가 다가오면서 이런 것들이 그의 정신에 어떤 영향을 미치지는 않았다.

콜랴 블라소프가 가장 큰 역할을 맡아서 그들은 결혼식을 올렸고, 차이카에 있는 무명용사의 묘에 가서 조화를 봉헌했다. 리디아는 이미 임신 중이었지만 크리미아의 장미정원으로 신혼여행을 마칠 때까지 의사는 사실을 확인해 주지 않았다.

신혼여행에서 돌아오자 사샤는 조토프 장군에게 청을 드리러 갔다.

"말하지 마라." 조토프가 먼저 막았다. "해외로 나가고 싶다는 거지? 리디아가 이미 말했다. 뱃속에 든 아이가 여행을 할 수 있을 만큼 자란 후에 연구해보자."

"그게 아닙니다. 한동안 본부에서 먼 곳으로 가서 실전부대 경험을 쌓고 싶습니다."

"뭐라고? 지방수비대로 가고 싶다는 거야? 너와 리디아는 벌써부터 싫증이 났다는 말이냐?"

"저는 스페츠나츠를 생각하고 있습니다."

수족관에서 근무한 이후 사샤는 두 명의 특수부대 장교를 만났다. 그중 한 명은 미국에서 비밀임무를 마치고 귀환했는데, 콜로라도와 네바다에서 전략공군기지의 지상방어를 관찰했다. 다른 한 명은 크리미아 심페로폴 인근에서 GRU가 운영하는 게릴라 양성 훈련학교의 교관이었다. 그들의 특수임무는 모스크바의 지시에 따라 서유럽국가의 지휘부와 중요한 통신망을 공격하는 데에 투입할 폭파 전문 공작원들을 선발하는 것이었다.

두 장교는 슈보린 대위가 설명해준 스페츠나츠의 특성과 일치했다. 목적 달성에 필수적인 강인한 체력과 비상한 두뇌의 소유자들이었다.

"그놈들은 거친 녀석들이야." 조토프가 그를 세심하게 살펴보더니 설명했다. "그놈들은 자네를 죽일 수도 있어. 그걸 왜 하고 싶어 하는가?"

"제 자신을 검증해보고 싶습니다."

장군은 승인했다. 그리고 한마디 덧붙였다.

"리도츠카가 그 말을 들으면 어떻게 나올까, 앞일이 걱정된다."

3.

모스크바와 고르키 사이를 달리는 철도 연변에 매연이 자욱한 산업도시 카프로프가 있다. 클랴스마 강이 그 도시를 관통해 남쪽으로 휘감아 흘러 볼가 강과 합류한다. 그러나 경치가 빼어난 곳은 아니다.

지난 세기에 세워진 볼품없는 붉은 벽돌 건물의 섬유공장이 있고, 현대식 콘크리트 건물들도 있는데, 그중의 하나가 소련군에 납품되는 중기관총을 제작하는 공장이다. 그 도시는 또한 모터사이클 생산 공장으로도 러시아에서 가장 유명하다.

특히 젊은 세대들에게 그곳 생활은 단조롭고 촌스러웠다. 모스크바의 휘황찬란한 곳으로 가지 못하는 청소년들은 보드카를 마시거나 말다툼을 벌이고, 섬유공장에서 퇴근하는 아가씨들을 귀찮게 따라다님으로써 위안을 찾고 있었다. 카프로프에서 외국인은 볼 수 없었다. 그곳은 폐쇄된 도시였다.

그 도시에서 특별히 비밀스러운 곳은 기관총 제작공장에서 7-8마일 떨어진 숲속이었다. 소나무와 자작나무가 혼합된 숲속에는 거대한 군사 복합시설물이 숨겨져 있었다. 소련군 최고 정예 공수사단도 그곳에 있었다.

그중에서 경비가 가장 철저히 이루어지는 곳은 모스크바 군구의 스페츠나츠(Spetsnaz) 여단 기지였다. 그 부대원들은 공수부대와 똑같은 군복을 입었는데, 오로지 훈련된 눈으로만 가려낼 수 있는 조그만 차이점이 있었다. 소련군 공수부대 8개 사단 요원들은 2차 세계대전의 전설인 경비대 배지를 달고 있지만, 스페츠나츠 부대원들은 그들 부대가 보다 최근에 창설되어 그 배지를 달지 않았다.

소련과 위성국가에는 약 3만 명의 스페츠나츠 병력이 있는데 중대와 여단 규모로 나누어져 있고 군사정보기관, GRU의 감독을 받았다. 그들은 육군의 다른 부대와는 엄격히 분리되었다. 그 부대는 중앙 지휘부도 없고 사단 구조도 없었다. 이 나라 수뇌부는 정예요원으로 교육받고 정치적인 싸움의 기술을 잘 익힌 자들은 친위대 성향으로 발전할 수 있다는 사실에 매우 민감했기 때문이다.

정식 당원이어야 하고 광범위한 충성심 조사를 통과한 장교들만이 '특별분견대'라는 이름의 약자인 스페츠나츠라는 포괄적인 용어를 쓰고, 그 임무의 전모를 이해할 수 있었다. 상이한 지휘계통에 따라 각 부대는 서로 다른 명칭이 있었다. 시베리아에서는 오코트니키 또는 사냥꾼이라 불렀고, 동유럽에서는 레이도비키 또는 특공대라 불렀다. 그들 모두가 기대하는 것은 특별한 것이고 그런 만큼 보상도 컸다.

리디아의 반대를 물리치고 조토프는 사샤를 랴잔에 있는 공수고등훈련학교의 스페츠나츠 과정에 입교하도록 조치했다. 외국어 과정이 필수여서 그는 영어를 완벽하게 다듬기 위해 이 학교를 선택한 것이다.

스페츠나츠 교과서의 첫 문장이 그 교과의 목표를 분명히 인식하게 했다.

'조용히 하라, 아니면 내가 너를 죽인다.'

리디아와 작은 타협이 이루어져 사샤의 실전훈련은 모스크바에서 비교적 쉽게 갈 수 있는 카프로프에서 이수하기로 했다.

*

카프로프의 교관부장은 대위 표도르 바실리이치 자이체

프였다. 그는 강철 같은 체력을 가진 사람으로 레닌그라드 지역의 군인과 농민이 혼합된 집안 출신이었다.

키는 보통이지만 몸은 탄탄했고, 짧고 단정한 머리는 이마 위까지 일직선으로 깎았으며, 이야기를 할 때는 서양고추냉이 같은 코를 끊임없이 비볐다. 또한 북해와 같은 창백한 푸른 눈을 가졌고, 명령을 내릴 때가 아니면 말을 많이 하지 않았다. 그는 천천히 말을 했는데 한마디 한마디가 대장간의 모루에서 다듬어져 나오는 듯 했다.

그는 지성이 번쩍이는 사샤의 두 눈을 주목했고, 사샤는 그의 신체적인 강인함에 깊은 인상을 받았다. 자이체프 대위는 사병출신 장교였다. 그는 여러 번의 징집 과정을 거쳐, 실제로는 우연이었겠지만, 스페츠나츠 부대로 오게 되었다. 처음에 3년간의 군복무 소집 영장을 받고 그는 매우 기뻤다. 시골의 집단농장을 벗어나 다른 세상을 볼 수 있는 기회가 열렸기 때문이다.

그는 레닌그라드 신병 모집 사무실에 가서 신체검사를 받았다. 그는 장교 여럿이 지켜보는 가운데, 인체의 소화기관 중에서도 특별히 직장에 관심을 가진 것 같은 의사 앞에서 발가벗고 행진을 했다. 장교 중에 스페츠나츠에서 온 사람이 자이체프의 체격을 칭찬하며 선언했다.

"그놈은 우리 거다."

3년 복무가 끝나갈 무렵 그는 하사 계급이었는데, 동료들은 '서양국수'라는 별명을 붙여 주었다. 줄무늬 계급장 때문이었다. 그때 지휘관이 그를 불렀다.

"자네 가문에서 최초로 장교가 되어보고 싶지 않나? 시골로 돌아가 술만 마시다 간경화로 죽는 것보다는 좋을 것이다."

자이체프는 장교 지원서에 서명을 했다.

그는 다른 세상 출신인 젊은 애송이 프레오브라젠스키를 유심히 지켜보았다. 조토프 장군의 사위라는, 명문 모스크바대학교를 졸업한 이 녀석이 카프로프에서 하는 짓은 과연 무엇일까? 주말이면 인근의 처녀들을 어떻게 해보려고 눈이 벌건 다른 장교들과 똑같이 쾌락이나 추구하는 부류로 생각하고 있었다.

여단장이 그를 불러 단도직입적으로 말해 준, 사샤는 조토프 장군의 사위이기 때문에 잘 돌봐주어야 한다는 부탁도 사샤를 향한 감정에 방해가 되었다. 만일 그가 스페츠나츠에 있으면서 장난삼아 해보겠다면, 좋다, 땀을 흠뻑 흘리도록 해주겠다고 별렀다.

*

이동하는 나토사령부를 가상 공격하는 중요한 훈련이 다가오고 있었다. 전략로켓군 병력이 방어군 역할을 맡았는데 이들도 스페츠나츠만큼이나 거칠었다. 모스크바 군구 군단장이 직접 참관하기로 되어 있었다. 공격군은 1개 팀당 4명으로 편성되었고, 자이체프는 사샤를 자신의 팀에 집어넣었다.

작전은 200미터 상공에서 낙하산을 타고 숲속으로 강하하는 것으로 시작되었다. 이 고도는 비행기에서 탈출하자마자 곧바로 각자 휴대한 탄산가스로 재빨리 낙하산을 부풀려 펴지 않으면 등뼈가 부러질 수도 있는 높이였다.

그들은 휴대용 개인화기와 약간의 중장비, 즉 무전기, Mon-200 방향성 지뢰, 대전차 로켓 등으로 무장하고 연이어 뛰어내렸다. 작은 차량도 두 대 있는데, 바퀴 여섯 개에 이동식 발사대가 설치되어 있었다. 낙하산을 땅속에 묻고, 추적할지도 모르는 군견을 따돌리기 위해 주위에 액체 화공 약품을 살포한 후 자이체프가 팀원들에게 지시했다.

"우리는 한가로운 여행자가 아니다. 도보로 움직인다. 목표물은 30킬로미터 떨어졌는데, 두 시간 안에 도착해야 한다."

자이체프의 입장에서 보면 날씨는 완벽하게 좋았다. 폭

우가 쏟아지고 번개까지 번쩍였다. 사샤가 숲속을 달리는데 군화가 철벅거리더니 곧바로 족쇄처럼 무거워졌다. 비가 약해지자 숲이 바람에 윙윙거렸고, 하늘은 전보다 더 어두워지는 것 같았다. 그들은 강가에 도착해 판초우의를 펴서 장비를 뒤집어 싸고 식물 줄기로 양끝을 묶었다. 묶은 매듭 아래에는 개인화기를 끼워 넣고 도강을 시작했다.

행군은 가혹했다. 하지만 자이체프는 거의 두 시간이 지났는데도 코를 통해서만 부드럽고 고르게 호흡했다. 그는 사샤가 자신의 총은 물론 수류탄 발사기까지 휴대하고도 다른 대원들보다 더 씩씩하게 버티는 것을 보고 은근히 놀랐다.

그들은 목표물을 찾기 위해 개략적으로 그려진 지도 좌표만 가지고 있었다. 그들에게 부여된 임무는 비밀본부의 위치를 알아내고, 자이체프가 가죽허리띠에 차고 있는 조명탄을 발사해 공중폭격을 부르는 동시에 수류탄을 던지는 것이었다.

자이체프는 왼쪽으로 지나간 캐터필러 자국을 보고 대원들에게 엎드리라고 신호했다. 그들은 나무에 기대어 서있는 초병을 발견하기 전에 먼저 담배 냄새를 맡았다. 초병은 미군 복장을 하고 있었는데, 그가 총을 잡기 전에 사샤가 먼저 덮쳐 목을 감았다.

이 훈련은 포로로 잡히면 실제 상황에서는 전부 자백을 한다는 가정 하에 이루어지는 것이었다. 스페츠나츠가 채택해 교육하고 있는, 약물과 원시적인 고문을 결합한 신문에 대항해 오래 버틸 자는 아무도 없었기 때문이다. 자이체프가 무거운 줄톱을 흔들었는데, 그 포로 병사에게 이 규칙을 상기시켜주기 위해서였다. 그의 경험으로는 사람의 이빨을 줄톱으로 깎아내는 것은 자백을 받아내는 가장 확실한 고문이었던 것이다.

그들은 숨겨진 사령부가 어디에 있고, 그것이 어떻게 방어되고 있는지 자세하게 자백을 받았다. 포로가 된 초병은 거의 사샤 만큼이나 컸다. 자이체프가 대원들을 하나씩 훑어보더니 사샤에게 말했다.

"그의 옷을 입어라."

그는 캐터필러 자국을 따라 사샤를 앞문까지 들여보냈고, 다른 대원들은 숲속에 산개하여 숨었다. 사샤는 곧 숲속에서 탱크와 장갑차, 그리고 엄중한 주변 감시를 하고 있는 키가 작은 방어군 초병을 발견했다.

"이상 없나?"

영국군 복장을 한 방어군 장교가 순찰 중 그 초병에게 물었다.

"예, 없습니다."

초병이 대답했다. 미군 복장을 한 초병은 목이 비에 젖지 않게 하려고 옷깃을 세우고 어슬렁거리며 날씨를 불평하고 있었다.

"높은 놈들에게는 딱 좋은 날씨네. 우리가 추운 데에서 순찰하는 동안 따뜻한 곳에서 편안하게 마시고 있을 테니까."

사샤가 주위를 둘러보았지만 은신처에 매복 흔적은 없었다. 바로 그때 대령이 지프를 타고 덜컹거리며 올라와 부하들에게 호통을 치며 매복을 위해 이동할 것을 지시했다. 그들은 무전기 감청을 통해 공격군이 본부 캠프로 접근하고 있다는 것을 방금 안 것이다.

"벙어리 새끼들이 삼켜버렸나?" 초병이 동료인 줄 알고 사샤에게 말했다. "우리가 그놈들을 잡아 자루 안에 집어넣어야 하는데. 너 담배 피웠냐?"

사샤는 바꾸어 입은 포로의 윗옷 주머니에서 담배 한 갑을 찾았는데, 빗물에 젖어 있었다.

"너 가져."

초병은 이상하다는 듯이 사샤를 바라보았다.

사샤는 대령의 지프를 향해 달려갔다. 뒤쪽에서 고함소리가 들렸지만 무시했다. 천천히 움직이는 지프에 달려가 뒤쪽에 매달렸다. 대령이 돌아보고 욕지거리를 했다.

"닥쳐라!" 사샤가 총을 겨누며 대령에게 거칠게 명령했다. "너희는 포로로 잡혔다."

대령은 훈련통제부에서 나왔다면서 사샤가 규칙을 어겼다고 불평했다. 사샤는 무시하고 지프를 들판을 횡단해 달리게 했다. 그때 나무 뒤에서 자이체프가 뛰어나왔다.

"대원들 모두 나와라!" 사샤가 외쳤다. "이건 함정이다!"

그들은 포로들을 신문해 진짜 목표물은 이 위장 목표물에서 서쪽으로 6~7킬로미터 지점에 있다는 것을 알아냈다. 자이체프의 대원이 지프 운전대를 잡고 길을 잃지 않도록 대령을 앞에 태웠다. 15분쯤 후, 앞자리 대령 덕분에 검문소를 쉽게 통과해 이동사령부 뒤편에서 모두 뛰어내렸다. 이동사령부는 광장에 주차된 4대의 트럭으로 구성되었는데, 천막지붕으로 비바람을 막았다.

대원들이 뛰어들면서 테이블 주위에 둥그렇게 앉아있는 고위 장교들의 머리 위로 기관총을 난사했다. 모스크바 군구사령관이 제일 먼저 자리에서 굴러 떨어졌다. 입은 열려있고 복부도 튀어나왔다.

"그렇지!" 정보참모가 기쁜 듯이 소리를 질렀다. "우리는 모두 죽었다."

'승리자들은 규칙을 좀 어겼지만 비난해서는 안 된다.'

훈련이 끝난 후 통제부에서 판정한 내용이었다. 자이체프는 표창을 받았다. 그는 그것이 자신에게는 특별한 일이 아니라는 몸짓을 하며 사샤를 집으로 초대했다.

4.

자이체프는 방 두 개짜리 아파트에서 검소하게 살고 있었다. 개인적인 치장은 거의 하지 않았고, 사치스러운 가구는 전혀 없었다. 그러나 집이 깨끗하고 말쑥해 총각은 아니라는 것을 말해 주었다.

그의 아내는 분홍색 둥근 얼굴에 부드러운 꽃잎 같은 푸른 눈을 지니고 있었다. 그녀는 사샤의 할머니가 즐겨 만들던 음식을 내놓았다. 신 크림을 끼얹은 샐러드와 감자와 함께 삶은 송아지고기 등이었다. 그들은 보드카도 마셨다. 식사가 끝나자 자이체프가 사샤에게 잔을 건넸다.

"처음에 나는 자네를 별로 좋아하지 않았네, 솔직히 인정하지. 그런데 쭉 지켜보니까 진짜 사나이라는 걸 알았네."

그것은 자이체프가 할 수 있는 최고의 찬사였다. 그의 말은 농부처럼 순박했고, 음량도 풍부하고 구수했다.

"자네는 왜 군대를 택하게 되었나?"

사샤가 그에게 물었다.

"자네가 농촌에서 자랐다면 그런 질문은 하지 않았을 걸세. 작년에 고향에 가서 사람들을 만났지. 모든 것이 변했더군. 젊은이들은 다 외지로 나가버리고 죽기를 기다리는 노인들만 남아 있었네. 노인들은 날마다 정신없이 술을 마시며 죽음을 재촉하고 있었지. 한참 동안 나는 곰곰이 생각했고, 마침내 이런 결론에 이르렀네. 러시아에서 농업은 죽어가고 있다고, 누구도 소생시키려 하는 사람이 없다고. 우리 아버지도 그곳을 떠나고 싶어 하셨지만 이미 늙으셨고, 아는 것이라곤 농사 뿐이셨지. 한 때는 우리가 전 세계로 곡물을 수출했다는 사실을 생각해 보게!"

자이체프가 그렇게 많은 단어를 한꺼번에 이어서 말하는 것은 사샤로서는 처음이었다.

"무엇이 잘못 되었단 말인가?" 사샤는 더 자세히 알고 싶었다. "니키타가 시베리아와 극동에서 일련의 거대한 개발을 시작했을 때, 젊은이들이 그 땅에서 도망친 것은 아니잖은가?"

"빌어먹을 니키타라고? 대학에서 너희에게는 그렇게 가르쳤나? 농촌의 황폐는 니키타 이전 오랜 동안에 걸쳐 진행된 것일세. 1917년에 이미 시작되었지."

그는 자기가 너무 멀리 갔다는 듯이 말을 잠시 중단했다.

"그에 대해 이야기해 주게."

사샤가 재촉했다.

"오래 된 이야기일세. 하지만 자네는 어디서도 듣지 못했을 거야. 내가 말하는 것은 아버지와 할아버지께서 말씀하신 것들이니까. 레닌은 처음에 농지는 농민들이 소유한다고 공포했네. 그런데 다음 해에 그는 새로운 법령을 공포하면서 농지는 국가에 귀속된다고 바꾸었네. 그들 말로는 비상시국이라는 것이었지. 그래서 농민들은 수확한 곡물을 무상으로 국가에 헌납해야 한다고 했지. 어느 정도까지는 농민들이 따랐지만 당국은 만족스럽지 않았어. 그래서 농민들에게 '식량부대'라는 깡패 집단을 보냈는데, 이놈들이 남은 것은 무엇이든 다 빼앗아갔다네. 이 식량부대 놈들은 러시아인이 아니고 중국인과 검둥이, 발트와 체코, 심지어 헝가리에서 온 사람들이었네. 그들은 러시아인 가족들이 굶어 죽어도 씨알 한 톨 남기지 않았지. 옥수수 씨앗까지 빼앗고, 어린아이들을 위해 조금 남겨두려는 농민들을 사살하기도 했다네. 우리 농민들이 방어하려 하자 붉은 군대가 파견되어 모두 살육하기에 이르렀지."

그는 잠시 중단하고, 보드카 병목을 잡고 한 모금 마셨다.

"그렇게 나라가 신음하다가 요란하게 새로운 경제정책을 도입하자 2~3년간은 숨 쉴 틈이 좀 있었지. 그런데 윗대가리들은 조금씩 회복되는 개개의 농민들이 당을 지지하지 않는다는 사실을 알고는 매우 당황했다네. 그래서 그들은 하나의 계층으로 성공한 농민들을 파괴하기 위해 집단농장을 도입했고, 위대하신 스탈린 동지께서는 그것을 사회적인 불안 예방책이라고 불렀다네. 그들의 교활한 속셈을 아는 농민들은 제정러시아의 부농으로 지탄 받았고, 이런 농민들 1500만 명이 시베리아 동토지역 경작에 동원되어 강제로 이주되었다네. 그들 대부분은 그곳에서 죽고 말았지. 또한 우크라이나에서 수백만 명이 기아로 숨지는데도 스탈린은 이를 외면했다네. 누가 끝까지 살아남고 잘 되었느냐고? 당국에 알아서 기는 놈들과 하급 관리들뿐이었지. 사샤, 농촌의 황폐는 그렇게 시작되었다네. 그러면 자네는 우리가 어떻게 하더라도 결국은 식량을 자급할 만큼 성장할 수 없는 게 아닐까 의문을 갖겠지? 절대 그렇지 않다네. 농민들이 가장 집착하는 것이 무엇인지 아는가? 그들의 농지다! 그런데 농민들이 임금노예로 전락한다면 그들에게서 어떻게 생산성을 기대할 수 있겠는가? 만일 어떤 사람이 들고 일어나, 집단농장의 땅을 농민들에게 나누어주고, 농민들이 자기 땅에서 일할 수 있게 해주지 않으면 우리는 모두 굶어죽게 될 걸세. 지금 개인이 경작하는 농지는 고작 전체의 3퍼센트인데, 그 개인들이 생산하는 양은 육류와 우유는 전체의 3분의 1, 감자는 3분의 2일세."

사샤는 매우 주의 깊게 들었다. 마지막 통계는 그가 아버지로부터 들은 것은 아닐 것이다.

자이체프는 러시아의 농업 문제를 뜨거운 열정으로 정확하게 요약했고, 그리고 놀라울 정도로 달변이었다. 사샤와 마찬가지로 자이체프도 정규 당원이 틀림없을 것이다. 그렇지 않으면 스페츠나츠 장교가 될 수 없으니까. 그러나 그는 분명히 열성당원처럼 말하지 않았다.

"좋다, 그래서 우리 농업은 늪에 빠져들고 있다. 그건 말할 필요도 없다. 다른 학생들과 함께 집단농장에 감자를 수확하러 가서 직접 목격한 적이 있고, 나 역시 식량 배급을 받으려고 줄을 선 적이 여러 번 있었다. 그러면 우리는 무엇을 어떻게 해야 한다는 것인가?"

사샤가 물었다.

"그거야 쉬운 일이지. 그에 대해 꿈을 꾸는 것은 쉽다는 말일세. 집단농장을 해체하고 농지를 농민들에게 돌려주면 된다. 하지만 그들은 절대로 그렇게 하지 않을 것일세. 스탈린이 그랬던 것처럼 그들은 농민을 두려워한다. 농민이 부유해져서 힘을 모아 당에 맞선다는 생각을 하면 바지에 똥을 살 테니까."

그는 말을 마치고 사샤를 조심스럽게 바라보았다.

"나는 모든 걸 다 이야기했는데, 자네는 자신에 대해 아무것도 말하지 않았네."

"앞으로 말할 때가 있겠지." 사샤가 대답했다. "하나만 더 말해주게. 자네가 이런 이야기를 한 사람이 얼마나 되나?"

"아버지, 아내, 그리고 지금 자네다. 잘 듣게, 우리 부대에 바보는 없다."

사샤는 그 순간 페디야 자이체프의 탄탄한 경력을 확실하게 붙잡아야 하겠다고 다짐했다. 훈련된 살인자처럼 싸워왔고 러시아 농부 같은 성실한 느낌을 준 이 군인은 장차 유용하게 쓰일 사람이었다. 그 후 여러 달에 걸쳐 자이체프는 사샤에게 태권도와 공수도, 가라데 같은 무술과 맨손으로 싸우는 법을 가르쳤다. 사샤는 마침내 최소의 시간과 노력으로 일격에 적을 제압하는 모든 기술에 숙달하게 되었다.

어느 날 저녁, 자이체프는 자기가 좋아하는 후추를 가미해 빚은 보드카를 여러 병 얻었다면서 사샤를 불러 좀 더 비밀스러운 이야기를 나누었다. 그날 그는 사샤를 깜짝 놀라게 하는 선언을 했다.

"러시아에서 혁명은 한 번도 없었다. 그렇지만 우리는 아직도 그것을 기다리고 있다. 자네가 말해 보게. 교수들에게 무엇을 배웠는지?"

사샤는 확실한 의견을 밝히지 않고 푸념 비슷하게 대꾸했다. 그는 아직 자이체프에게 자신을 드러낼 준비가 되어있지 않았다. 자이체프가 계속했다.

"러시아를 휘어잡은 중요 인물 다섯 명 중에 세 명이 유태인이다. 트로츠키, 카메니에프, 그리고 지노비에프. 다른 하나는 조지아 출신 바퀴벌레, 그리고 유명한 레닌인데 그도 반은 칼믹이고, 반은 독일계 유태인이다."

사샤는 자이체프가 이 희귀한 자료를 병영 안에서 회람되는 슬라브어 유인물에서 얻었을 것이라고 추측했다.

"소련에서 혁명이 일어날 거라고 생각해 본 적이 있는가?"

사샤가 차분하게 선동했다.

"있어야만 하지." 자이체프는 열정적으로 말했다. "그것이 다음 세대나 그 후를 의미하는 것은 아니다. 현재여야 한다는 말이다. 내가 미쳤다고 생각하나?"

사샤는 술잔만 들어올렸다. 자이체프는 커다란 머리를 흔들며 말했다.

"사샤, 자네는 아직도 자신을 내보이지 않는군. 그래도 나는 괜찮다. 우리 러시아에는 새벽 4시까지 아주 놀라운 계획을 세우고 해설을 하다가도 해만 뜨면 모두 잊어버리고 취해서 침대에서 일어나지도 못하는 논객들이 너무 많다. 그러나 잘 듣고 기억해 주게. 자네 골통 안에 무슨 생각이 있는지 알고 싶단 말이다."

"우리는 서로 이해하고 있다고 생각한다." 사샤가 털어놓았다. "자네는 다음날 싹 잊어버리는 그런 사람이 아니라는 것까지."

5.

사샤의 스페츠나츠 훈련은 아내의 임박한 출산으로 단축되었다. 그는 열차로 모스크바로 돌아와 병원에서 여러 시간을 기다렸다. 마침내 허락이 떨어져 산모실로 들어가 보니 리디아는 쌓아 놓은 베개에 기대어 얼굴이 환한 빛으로 가득 찬 듯 했다. 아기는 크고 튼튼해 보였으나 희고 노란 머리숱이 정수리 이외에는 거의 붙어있지 않았다. 그가 입술을 아기의 볼에 대자 자그마한 주먹을 쥐고는 굉장히 큰 울음을 터뜨렸다.

"표트르라고 부릅시다."

리디아 옆의 침대에 걸터앉으며 사샤가 말했다.

"페트루슈카," 그녀가 이름을 부드럽게 고쳤다. "페티야."

그가 그녀의 어깨 위에 팔을 둘렀다. 그 순간 출생의 신비한 존재 앞에서 그는 그녀의 외모와 위세, 그를 결혼으로 이끈 목적까지도 잊어버렸다.

"고마워요."

그녀에게 키스하면서 나직이 말하고 속으로 덧붙였다.

'나를 내 자신 이상으로 만들어주는 당신에게 감사하오.'

비소트니 돔의 아파트 방 하나는 아이의 방으로 바뀌었고, 조토프 장군은 부드러운 장난감으로 그 방을 가득 채웠다. 대부분이 꼭 껴안고 싶은 커다란 곰들로, 그중의 하나는 아기 할아버지만큼이나 컸다.

조토프의 영향력으로 사샤는 미국 뉴욕의 소련 공관으로 전속을 가게 되었고, 그 준비로 특별교육 과정을 이수하라는 통보를 받았다. 그는 미국의 옛날 자료들과 지도, 전화번호부까지 세밀히 연구하고, 미국인들의 심리와 장단점에 대한 여러 전문가들의 강연을 다양하게 들었다.

미국에서 소련 간첩으로 유명했던 전설적인 정보요원 루돌프 아벨 대령도 이 수업의 하나를 맡아 강의를 했다. 아벨은 뉴욕에서 불법 조직망을 운영하다 체포되었으나 계속 비밀을 지키고 있다가 격추된 U-2기 조종사 개리 파워와의 교환으로 석방되었다. 아벨의 목소리는 가늘고 날카로워서 사샤는 그의 말을 듣기 위해 긴장해야 했다. 그의 말소리는 눈이 창문에 부딪쳐 떨어지면서 발톱자국 같은 흔적을 남기는 것과 비슷했다.

*

마침내 봄이 오면 뉴욕으로 떠나게 될 것이라는 말이 나왔다. 콜랴 블라소프가 환송파티를 열고, 사샤를 구석으로 데리고 갔다.

"그들이 연방범죄수사국, FBI에 대해 잘 알려주었겠지? 무전기가 달린 수백 대의 자동차가 어떻게 몰래 미행하는지, 모든 경찰관과 심지어 소방관들이 그들에게 어떻게 보고하는지 다 가르쳐주었는지 묻는 거다."

"완전히 다는 아냐."

"좋아, 잘 기억해 두게. FBI가 자네 뒤를 따라 다닐 수도 있지만 KGB 동지들이 자네 뒤에 더 많이 붙을 수도 있다는 것을 명심하란 말이다."

제**3**장

니콜스키의 문제

'음주는 러시아인들의 즐거움이다.'

─11세기 러시아 키예프 대공

1.

그 구역의 3면은 차들이 이중으로 주차되어 있고, 차들은 맨해튼의 성질 급한 운전자들이 페인트를 긁어 흠집을 내는 것을 방지하기 위해 번호판에 외교관을 뜻하는 'DPL'이라는 검정색 글자를 부착해 보호하고 있었다. 구역 여기저기에 아일랜드와 칼라브리아 지도 같은 얼굴을 한 많은 경찰들이 구겨진 푸른 코트를 입고 서 있었다.

이스트 67번가 북쪽에 있는 소련 공관 건물은 말리려고 걸어놓은 세탁물처럼 깃봉에 내려진 국기와 같이 거무스름하고 그늘진 곳이었다. 몇 집 건너 떨어진 곳에는 소방서가 있는데 붉은 벽돌로 말쑥하게 지은 건물이었고, 그 뒤로 동양적인 모습의 파크 이스트 유태인 교회가 있었다.

소련 공관은 모스크바 교외의 신축 건물에나 있을 법한 시멘트 벽돌로 지어진 아파트를 개조해 사용하고 있었다. 그 공관의 몇 층이 스파이들의 본거지로 사용되는지 알아보기 위해 굳이 FBI에 문의할 필요는 없었다. 그 빌딩의 창문들은 깨끗하다고 할 만한 것은 하나도 없는데, 특히 7층에 있는 창문은 먼지와 검댕이 너무 두꺼워 유리를 통해서는 밖을 내다볼 수도 없었다.

그 7층 창문은 물청소를 한 적도 없고 차양도 열려진 적이 없어서, 그 빌딩의 거리 쪽을 접한 곳에서 근무하는 KGB 요원들도 창문 건너편에 있는 유태인 교회를 바라볼 수 없었다. KGB와 GRU가 7층을 나누어 사용했다. KGB는 상급 기관으로서 전면 3분의 2를 사용했고, GRU는 뒤쪽에 남은 공간을 썼다.

그 공관에 있는 사람들은 모두 같은 줄에 있는 엘리베이터를 이용했는데 그것이 종종 의전 문제를 일으켰다. 그래서 누구도 7층 버튼은 누르지 않았다. 자기가 2등 서기관이나 운전기사 또는 신분이 모호한 공관원이 아니라는 것을 모두가 알고 있음에도, 지금까지 한 번도 창문을 닦지 않은 7층에 내림으로써 자신의 진짜 신분을 밝히려 하지는 않았다.

KGB 요원들은 8층까지 올라가 계단을 걸어 내려오고, 그들의 GRU 이웃들은 6층에서 내려 7층으로 걸어 올라갔다.

사샤는 뉴욕에 온 후 첫 번째 주말 아침, 다른 두 사람과 함께 엘리베이터를 탔다. 앞에 서있는 젊은 여성은 전날 본 적이 있는데 공관에서 늦게 퇴근했다. 그녀는 꽤 예쁜 얼굴로 위로 약간 올라간 들창코와 상당히 깨끗한 피부를 지니고 있었다. 그 이외의 부분은 만삭에 가까운 임산부의 옷처럼 풍만한 몸매였다.

남자는 초면이었는데 첫눈에 미국인 같다는 생각이 들었다. 어떤 미국인도 공관 1층 위로는 접근이 허락되지 않았는데, 그는 가느다란 세로 줄무늬에 소매부리 단추가 많이 달린, 재단이 잘된 양복을 입고 있었던 것이다.

인상도 아주 좋아 보였다. 큰 키에 굽진 머리는 회색이었으며, 강해 보이는 아래턱에 넓고 호색적인 입술이었다. 그는 너무 늦게까지 침대에 머물러 있었던지 눈 주위가 약간 부어 있었고, 볼의 홍조는 보통 이상으로 붉었다.

그의 눈이 가장 인상적이었다. 사샤의 것보다 더 파랗고 생생한 눈이 악행과 회의를 모두 암시하듯이 반짝거리면서 항상 움직이고 경계하고 있었다. 언제나 질문을 하는 듯한 눈빛이었다.

그는 잠시 사샤를 의식하더니 곧바로 젊은 여성에게 수작을 걸었다.

"그런데 마리아, 언제쯤 나와 함께 침대로 가기로 결심할 거야?"

사샤는 젊은 여성의 얼굴이 부끄러움으로 벌겋게 상기되는 걸 보고 미안한 마음이 들었다. 그녀는 집에서 급하게 나온 것으로 보였다. 엘리베이터가 4층에 멈추자 그녀는 종종걸음으로 나갔다. 남자는 농담으로 수작을 걸었다가 실망한 것에 시치미를 떼고는 어깨를 으쓱하는데, 위로 올리는 것이 아니라 아래로 내리는 이상한 몸짓이었다.

문이 닫히자 그가 사샤에게 윙크를 했다. 아니, 윙크를 했다고 생각되는데 그게 카메라 셔터처럼 너무 빨라 확신할 수는 없었다.

"안녕하세요, 장군," 그가 익살스러운 음성으로 인사를 했다. "아마도 6층에서 내릴 것 같은데, 내 짐작으로는."

그는 번호를 살피더니 6층 버튼을 눌렀다.

"니콜스키 펠릭스 니콜라이치, 분부 대령하고 있습니다."

그는 연단에 선 군인처럼 뒤꿈치를 착 붙이는 것이었다. 사샤는 그와 악수를 했다. 엘리베이터는 이미 6층에 서 있었다. 니콜스키는 그의 스위스제 시계를 보더니 말했다.

"이것 보세요, 이미 4월 10일이고 아침 9시가 지나고 있는데, 당신은 여태까지 나에게 술 한 잔 사지 않았어."

사샤는 물탱크 안의 별난 고기를 관찰하듯이 그를 바라보았다. 6층에서 내리면서 사샤가 따라했다.

"8층이죠, 내 짐작으로는?"

그리고는 니콜스키를 위해 8층 버튼을 눌러주었다. 농담을 잘하는 이 사람은 *'먼 이웃'*의 하나임이 분명했다. 사샤네 지부의 멤버들은 KGB의 동료들을 말할 때, *'먼 이웃'*이라고 불렀다.

니콜스키는 자신만만했다. 그러나 사샤의 상사는 '먼 이웃'들과의 친교를 못마땅하게 여겨 눈살을 찌푸렸다. 그들이 GRU 내부에 끊임없이 첩자를 심어, 자기들에게 필요한 비밀을 훔치려 한다는 지극히 현실적인 이유 때문이었다.

사샤는 7층으로 가는 계단을 급히 올라갔다. 그는 그곳에서 방 하나를 칸막이로 나누어 동료 추르킨과 함께 사용하고 있었다. 추르킨은 이미 두 번이나 해외 근무를 한 현장요원이었다.

사샤가 제일 먼저 들른 곳은 '레페렌투라'였다. 그곳은 소련 공관에서 가장 중요한 비밀의 핵심부로 기록물과 암호기계들이 비치되어 있었다. 아치형 천장이 둥근 금고처럼 막혀 있고, 그 강철판 뒤에서는 전자 도청을 방해하기 위해 설치된 기계에서 지속적으로 윙 하는 소리가 들려왔다.

이 내부 밀실의 관리인은 암호서기였다. 그는 지국장인 루진 장군의 허가 없이도 본부와 교신할 수 있는 유일한 사람이었다. 그 암호서기는 공관에서 없어서는 안 되는 필수요원이었으나 생활은 그다지 부러운 것이 아니었다.

그와 부인은 생포된 동물처럼 공관 안에 갇혀 지냈다. 그들이 다른 소련인 가족 20여 명과 함께 했던 단체여행에서 가장 흥분했던 곳은 나이아가라 폭포였다. 그들은 토요일 새벽에 떠나 저녁식사 시간에 맞추어 돌아오느라 아침 햇살에 재빨리 폭포를 둘러보고는 서둘러 뉴욕으로 오는 버스에 올라야 했다. 그래도 암호서기는 불만을 갖지 않았다. 그의 야위고 핏기 없는 모습은 사샤에게 털이 뽑힌 수탉을 연상시켰다.

그날 아침 암호서기는 자기가 관리하는 금고들 중 하나가 잠겨있지 않았고, 그 위에 서류가방이 놓여 있었다고 사샤에게 투덜거렸다. 지부에 근무하는 장교들은 모두 이런 작업용 서류가방을 하나씩 가지고 있었다. 매일 밤 가방을 신중하게 잠가 그곳에 보관했는데, 위쪽을 끈으로 묶고 왁스로 고정시켜 왁스 위에 자신이 휴대한 열쇠꾸러미에 달린 금속 도장을 찍어 봉인했다. 서류가방 안의 중요 목록은 파란색 노트북이었다. 노트북에는 본부와 수신, 발신 된 모든 통신기록과 공작의 개요, 공작요원들의 암호명이 들어 있었다.

암호서기는 사샤에게 서류가방과 함께 모스크바에서 온 일상적인 메시지를 하나 건네주었는데, 사샤의 참조로 되어 있었다.

"지국장님이 10시 정각에 만나자고 하십니다."

그의 창백한 얼굴에는 차질 없이 명령을 전했다는 기쁨이 나타나 있었다.

뉴욕주재 GRU 지국장인 루진 장군은 키가 땅딸막했는데, 그래서인지 괴상한 버릇을 지니고 있었다. 방문객을 바닥에 가까운 안락의자나 소파에 낮게 앉히는데, 그런 자리에서는 곧바로 일어서기도 어려울 정도였다. 그렇게까지 했는데도 이 신입 요원과는 키 차이를 낮출 수 없게 되자 그는 책상 뒤에 서서 연설을 했다.

"그래, 그렇다 치고," 그의 목소리가 너무 크게 울렸는데, 짧은 목이 황소개구리같이 떨리며 팽창했다. "거처는 정해졌겠지? 어떤가, 호텔이 마음에 들던가?"

"아주 멋진 곳입니다."

사샤가 조심스럽게 대답했다.

"짐은 아직 풀지 않았겠지?"

"무슨 말씀이신지요?"

지국장은 책상 서랍을 확 잡아당겨 무엇인가를 꺼내더니 사샤 앞에 휘둘렀다.

"이게 보이는가?" 으르렁거리는 그가 손에 든 것은 비행기 티켓 같았다. "이건 모스크바로 돌아가는 귀관의 티켓이다. 내일 에어로 플로트 항공편이야. 나는 이 티켓에 이름만 써넣으면 된다."

"무슨 말씀이신지 이해가 되지 않습니다." 사샤가 동요하지 않고 말했다. "무슨 비상사태라도 발생했습니까?"

"귀관은 이곳에 와서 벌써 일주일이 지났다." 루진이 고함을 질렀다. "그런데 단 한 건의 첩보계획도 제출하지 않았단 말이다."

'*이 분이 농담을 하는구나.*' 사샤는 생각했다. '*몇 초 지나면 웃음을 터뜨리겠지?*'

그러나 그의 표정은 풀어지지 않고 젊은 장교들에 대한 일장 훈시를 시작했다. 젊은 사람들은 외국여행을 생활수준이나 높이고, 짧은 스커트를 입은 여자들이나 따라다니고, 쇼핑 잔치나 하는 것으로 여긴다는 것이었다.

"그래도 나는 이성적이고 합리적인 사람이다." 루진은 말을 돌렸다. "귀관에게 일주일을 더 주겠다. 원형경기장부터 시작해라. 적어도 그게 어디 있는지는 알고 있겠지? 그곳에서 이번 주말에 전자제품 전시회가 열린다. 귀관이 아주 좋은 것을 가져올 것으로 기대한다. 그렇지 않으면 어떻게 되는지 알겠나?"

그는 다시 에어로 플로트 티켓을 흔들었다.

사샤가 지국장 사무실을 나오면서 확신이 서지 않는 것은 그가 정말로 사람을 심각하게 만들려고 그랬나 하는 것이었다. 공작 업무는 사람들의 머리 숫자에 매우 민감했다. 그의 견습 과정에서 교관이 반복해 훈련시킨 것은 공작원 포섭은 해외정보 업무의 시작이자 끝이라는 점이었다. 이용할 만한 공작원 두어 명을 낚으려다 실패한 일에 대한 처벌은 잘 알려져 있듯이 더 이상 해외 근무가 주어지지 않는다는 것이었다. 그런데 루진은 그가 아직 뉴욕의 중요한 거리도 익히기 전에 그의 등에 올라타려고 하는 것이었다.

자기 사무실로 돌아오자 추르킨이 익살스러운 표정으로 쳐다보았다. 그는 즐겁고 태평스러워 보였다. 사샤처럼 그도 2등서기관으로 등록되어 있지만 GRU에서는 이미 소령 계급을 달고 있었다. 추르킨은 종이쪽지에 몇 마디를 휘갈겨 책상 너머로 밀어주었다. 마치 학교에서 학생들이 선생님의 주의를 따돌리기 위해 벌이는 장난 같았다.

사샤는 곧바로 집어 들었다. GRU 지부에서는 어떤 개인적이거나 업무적인 메시지를 글로 써서 교환하는데, 이것은 미국 정보기관들의 도청보다도 KGB 이웃들이 열쇠구멍에 귀를 대고 엿듣는 것에 대한 우려 때문이었다.

'또 비행기 티켓을 보여주었지?'

추르킨의 쪽지를 읽었다. 사샤가 그를 향해 씩 웃었다. 그러니까 지국장은 그에게 단순히 표준적인 환영인사를 한 것이었다.

*

사샤와 추르킨은 상부 웨스트사이드에 있는 주거용 호텔방에 거주하는 이웃이었다. 호텔은 강에서 걸어갈 수 있는 짧은 거리에 있는데, 그 루선 호텔은 입구 양쪽에 커다란 띠를 두른 바로크 양식의 기둥이 있고 보라색 석조로 지어져, 세기의 전환점을 상징하는 건물이었다. 초창기 할리우드 작품의 세트를 모방해 만들어진 듯했는데, 그 예술적인 효과가 '장단기 숙박'이라는 하얀 글자가 쓰인 초라한 푸른색 차양 때문에 약간 훼손되었다.

장기 투숙자의 한 사람으로 하얀 턱수염과 원근시 안경을 낀, 키가 작고 나이가 들어 보이는 유태인이 현관에서 바람을 쏘이고 있을 때 사샤가 루선의 계단을 올라갔다. 그가 사샤에게 고개를 까닥여 인사를 하고, 자기가 기대어 서 있는 기둥을 가볍게 두드리면서 담배를 물고 말하는 것이었다.

"그들이 차를 그렇게 만들지는 않았어." 그의 목소리에는 오데사 억양이 남아 있었다. "당신 차에 찌그러진 곳이 있던데."

두 사람은 사샤가 도로 가장자리에 주차한 흰색 포드를 바라보았다. 그 차는 전임자로부터 물려받은 것이고, 찌그러져 훼손된 부분도 그러했다. 공관에 근무하는 사람들 중 운전을 해본 사람은 거의 없었다. 모스크바에서는 극히 소수만이 자신의 차를 가지고 있었던 것이다.

현관에 있던 사람은 사샤에게 차체수리공장에 대해 설명해 주었다.

"그래요. 많은 사람들이 플로리다로 갔지요." 그는 자신의 말을 정정했다. "예전에는 그랬다는 말이죠. 이 근처에도 이용할 만한 수리공장이 있어요."

루선을 출입하면서 감시당하지 않는다는 것은 쉬운 일이 아니었다. 나이 많은 주민들과 근처 고급 주택지에서 나온 사람들은 그들의 배우자가 죽고 노상강도가 급증해, 호텔 로비에서 조용하게 이야기하는 것으로 하루의 대부분을 보내고 있었다. 데스크 직원은 딱따구리처럼 여기저기로 시선을 던졌고, 머리 뒤쪽에도 눈을 가지고 있었으며, FBI는 거리 건너편 붉은 벽돌 건물에 관측소를 두고 있었다.

루선에는 20여 명의 소련인 가족들이 살고 있었다. 공관의 다른 가족들은 브로드웨이 위쪽 올리언스, 이스플레네이드, 그레이스톤에 차를 주차했고, 자연사박물관 건너편 엑셀시어에도 주차했다. 호텔 관리자는 러시아인을 환영하는 편이었다. 연체 없이 임대료를 지불하는 조용한 임차인들이었기 때문이다.

사샤는 루선을 좋아했다. 거리 저편 창가에 쌍안경을 든 사람이 있든 없든 자유로운 분위기였기 때문이다. 그는 센트럴 파크를 지나 공관까지 직접 차를 운전해 달리기도 했다. 뒤에는 폐쇄회로 카메라가 달려있고, 앞에는 검문소가 있는 막사가 아니라 외국인들 사이에서 자유롭게 살고 있는 것이 좋았다.

그러나 리디아는 별로 좋아하지 않았다. 루선의 조그마한 아파트에 효율적인 주방이 있기는 했지만 비소트니 돔의 화려함에는 훨씬 못 미쳤기 때문이다. 그들이 처음 이사 온 날 밤, 페티야가 두 번째로 그들을 깨우자 리디아는 그곳에 오래 머물기 어렵겠다고 선언했다. 그녀는 아버지에게 편지를 보낼 것이고, 아버지는 모든 것을 처리해줄 것이다.

"조금만 이대로 지냅시다."

사샤가 그녀에게 주의를 주었다. 장인의 영향력으로 인해 이제 막 시작하는 초기부터 지부 동료들과 소원해지는 것을 원하지 않았던 것이다. 장인은 원수로 진급하고, 바르샤바 연합군 수석 부사령관이 되었지만 그의 영향력은 중요한 일을 위해 유보해 두는 것이 좋겠다고 생각했다.

그 주일 후반부에 리디아에게는 백화점이 기분을 돌리는 최고의 장소가 되었다. 모스크바에서 최고급 상품에 익숙해진 사람에게도 미국 백화점의 다양성은 상상을 초월하는 것이었다. 그녀는 기꺼이 안내를 자원한 추르킨의 아내 이리나와 함께 쇼핑가를 일주했다. 그들은 도시를 횡단해 알렉산더와 블루밍데일에 들렀고, 도심가의 메시와 짐벨 스토어에도 갔다.

리디아는 매일 오후 옷과 화장품, 전기제품을 택시에 가득 싣고 돌아왔다. 금요일에 사샤가 관례적인 잔소리를 듣기 위해 루진 장군의 호출을 받았을 때, 리디아는 이미 그의 월급을 모두 써버렸다. 그가 공관에 신입 보고를 하던 날 선불 월급을 현금으로 받았던 것이다.

그들은 그 주말에 추르킨 가족과 함께 콜럼버스 애비뉴에 있는 아늑한 이탈리아식당에서 저녁식사를 했다. 리디아는 새로운 디자이너 의상을 액세서리와 맞추어 보여주었고, 이리나가 그것에 열중하는 동안 사샤는 자신에게 던져지는 추르킨의 날카로운 곁눈질이 몹시 껄끄럽게 여겨졌다.

그들이 식사로 나온 링귀네를 들기 전에 리디아는 루선을 헐뜯기 시작했는데, 그곳은 추르킨 가족이 1년 이상을 살아

온 집이었다.

"내년까지만 기다려 봐요."

이리나가 말했다. 그녀는 몸집도 크고 차분한 표정에 먹어치우는 음식의 양도 대단했는데, 리디아의 기분에는 조금도 개의치 않았다.

"우리 모두 저 위쪽에 있는 새로운 곳으로 이사하게 될 거예요."

"새로운 곳이 어디에요?"

리디아가 묻자 이리나가 설명해 주었다.

"소브프렉스. 19층 높이로 짓는데 학교와 수영장까지 전부 갖춘다고 하더라고요."

"리버데일 언덕 위에 있습니다."

추르킨이 설명했다.

"브롱크스에서 대화하는 것보다 더 환상적이겠네요. 그곳이라면 우리는 유태인 미치광이들로부터 안전할 수 있겠지요?"

리디아의 말을 들으며 사샤는 다시 울타리와 검문소가 있는 막사에 갇힐 것 같다는 생각이 들었지만 말로 표현하지는 않았다.

"어떤 일이 있었느냐 하면," 추르킨이 털어놓았다. "지난번에 한 변절자가 FBI로 들어간 후 황급하게 보안점검을 했는데, 우리 고위 장교 하나가 퀸즈에 있는 나체 바에서 저녁 시간을 보냈다는 거야. 위에서 내려온 지시는, 자네도 짐작하겠지만, 소련 시민이 그런 부패한 분위기에 노출되는 것은 건전하지 못하다는 것이었어. 그렇다고 실망할 필요는 없어요. 아직 건설작업이 시작되지도 않았으니까."

"집에 있는 것과 똑같을 거예요."

이리나가 거들었다. 그녀는 그렇게 영리하지는 않았고 리디아 때문에 위축되기는 했지만, 그날 저녁 아주 유용한 제안을 했다.

"다가오는 여름을 위해 미리 예약해 놓는 게 좋을 거예요. 7~8월이면 이 도시에서는 숨도 쉬지 못한다고요, 가마솥에 있는 것 같다니까요."

"어떻게 하면 되는데요?"

리디아가 물었다.

"우린 방갈로를 하나 가지고 있어요."

추르킨의 아내는 빌린 것을 소유하고 있다고 표현했다. '방갈로'는 그녀가 알고 있는 몇 개의 영어 단어 중 하나였다.

"물론 환상적인 것은 아니에요. 그것은 해변에 있고, 많은 공관 가족들이 그곳에서 여름을 보내거든요. 파 로커웨이에 있어요."

리디아는 외국어 음절을 더듬거리면서 그 이름을 반복했다.

"그것은 크리미아에는 없는 건데," 추르킨이 설명했다. "그런데 아직……,"

"집에 있는 것과 똑 같아요."

이리나가 같은 말을 되풀이했다. 이 말은 그녀가 좋아하는 구절인 것 같았다.

"예약이 이미 끝났다고 하던데," 추르킨이 계속했다. "그러나 자네들 배경 정도면."

리디아가 추르킨의 아내에게 아버지의 지위를 들먹인 것이 명백했다.

사샤는 루진 장군과의 불화에 대해 그녀에게 말하지 않은 것을 다행으로 여겼다. 그녀가 아버지를 통해 휘저어서 무슨 문제를 일으킬지 누가 알겠는가?

*

리디아의 참견이 있었든 없었든 그 황소개구리의 태도를 바뀌게 하는 어떤 일이 있었음이 분명했다. 그 다음번에 루진 장군을 만났을 때, 지국장은 거의 알랑거리는 태도에 가까웠던 것이다.

그는 원형경기장 전시회에서 있었던 사샤의 업무수행을 칭찬했는데, 두 사람 다 잘 아는 바와 같이 그곳에서 그가 한 일이란 완전히 일상적인 것이었다. 전시회에서 사샤는 몇 개의 소형 광고책자를 뽑아들고 매사추세츠에 있는 회사에서 나온 판매원과 한잔 하면서 대화를 나누었을 뿐이다. 그 사람은 술값을 지불하는 사람이면 누구하고나 대화를 나누는 세일즈맨이었다.

루진은 에어로 플로트 티켓에 대해서는 언급이 없었다. 대신에 맨해튼 전화번호부와 같은 두께의 책을 하나 주었다.

"이것을 훑어보고 귀관이 관심 있는 부분을 말해 보게."

그것은 군사산업위원회의 연간 군사용품 목록이었다. 그 위원회는 방위산업에 관련된 12개 부처를 감독하는 매우 강력한 기관이었다. 그 위원회는 매년 서방국가로부터 훔치거나 빌린 군사산업분야의 비밀을 방대한 목록으로 작성해 사본을 모든 GRU 해외공관에 보냈다.

이런 첩보활동을 위해 쓸 수 있는 예산은 거의 무제한이었다. GRU는 자체개발하려면 수십억 달러의 비용이 드는 기술을 단 몇 천 달러에 획득할 수 있는 단서를 제공한 적이 여러 번 있었다. 이런 공작은 당사국의 제복을 입은 탐욕스러운 주무장관이나 미몽에 빠진 실무자들에게 감사를 드려야 할 일이었다.

요원들을 전문가별로 나누고 업무 영역을 주의 깊게 나눈 KGB와는 달리, GRU는 해외 공작원들을 중고차 판매원처럼 부려먹는 편이었다. 그들은 모두 가장 좋은 비용으로 상품을 찾아내는 일에 서로 경쟁하는 관계였다.

"귀관을 위해 내가 해줄 수 있는 게 무엇인가?"

조토프 원수의 이름을 거론하지는 않았지만 지국장이 그렇게 물었을 때, 사샤는 그의 집무실에서 장인의 존재를 매우 크게 느낄 수 있었다. 사샤는 방갈로가 있다는 파 로커웨이에 관해 이야기할 수 있는 좋은 기회라고 생각했다.

"그런 거야 쉬운 일이지," 루진은 그의 청탁을 들어줄 수 있어서 기쁘다는 표정으로 계속했다. "이번 여름에 글렌 코브에서 우리가 귀관 가족을 위해 어떻게 하는지 보게 될 것이다."

뉴욕 주 롱아일랜드 서북부에 있는 도시 글렌 코브에 있는 옛 플레트 가문의 대저택은 소련 대사의 전원주택이었고, 고위층 인사들이 좋아하는 별장이었다. 아주 중요한 작업이 그곳에서 있었는데, 저택에는 개폐식 지붕이 설치되어 있어서 KGB 팀이 꼭대기 층에서 미국의 마이크로웨이브 전파에 동조시켜 모스크바와 위성을 통한 교신을 할 수 있었다.

*

"그래, 자넨 어떻게 생각하나?"

바닷가에 깔린 전천후 회색 널판자 길을 따라 어슬렁거리며 추르킨이 물었다.

'오데사 같네.'

사샤는 생각했다. 그러나 이 말을 추르킨의 아내가 했던 말로 정정했다.

"집과 똑같네."

따뜻한 6월의 어느 토요일, 40여 명 되는 러시아 가족들이 해변에서 야외용 의자와 바구니를 늘어놓고 캠핑을 하고 있었다. 그들은 끼리끼리 떨어져 모였는데, 외교관은 외교관끼리, KGB는 KGB끼리였다.

그러나 어린아이들은 서로 떨어지는 것이 불가능했다. 사샤가 바라보니 리디아가 페티야를 데리고 물에 들어가는데, 그보다 조금 큰 아이들이 그곳에서 뒤범벅이 되어 물싸움을 하고 있었다. 한 소녀아이가 물속으로 첨벙 뛰어들자 커다란 물보라가 일어났다. 페티야는 리디아의 손을 빠져나가 비틀거리면서 소리를 지르며 달려갔다. 그의 조그마한 발가락이 젖은 모래를 긁어 발자국을 만들었다.

날씨는 화창했고, 해변은 깨끗하고 조용했다. 제방 길 건너편 대서양 연안의 방파제 안쪽에는 잔잔한 바다와 널판자 보도 사이에 빛나는 하얀 모래 띠가 길게 펼쳐져 있었다.

파 로커웨이는 케네디 공항과 퀸즈 자치구 안쪽의 바다 사이에 있는 모래톱 위에 형성된 소박한 마을로 대부분이 유태인인 이웃들이 살고 있었다. 추르킨과 프레오브라젠스키 가족은 카프레이 애비뉴에 있는 노란색 목조 가옥을 나누어 사용했다.

매주 근무일 아침이면 남자들은 세다허스트와 반 웍으로 올라가는 고속도로를 관통해 한 시간씩 걸려 시내로 통근을 하고, 여자들과 아이들은 집에 남아 있었다. 그 해 여름, GRU와 KGB 요원들의 운영회의가 공관과 바닷가 중간지점인 퀸즈에서 자주 개최되었던 것은 우연의 일치가 아니었다.

주말에 사샤와 가족들이 바다로 가는 비치 17번가를 내려갈 때 어린이 운동장을 지나가면, 덩치가 크고 얼굴이 불그레한 남자가 수영복을 걸치고 목에는 수건을 두르고 시보레 승용차를 돌보고 있는 것을 보게 되었다. 그는 항상 그 자리에 있었다. 토요일에는 손에 거북이 왁스를 들고 있었고, 일요일에는 그것으로 차를 닦고 있었다. 이런 FBI의 존재가 분명히 위협적인 것은 아니었지만 무리에서 양을 지키는 개의 효과는 톡톡히 있었다. 바닷가에서 혼자 어슬렁거리는 러시아인은 거의 보이지 않았던 것이다.

그 해 여름도 다 지나갈 무렵, 사샤가 금요일 저녁의 교통 혼잡과 씨름하다 겨우 집에 돌아오니 리디아가 재잘거렸다.

"내일 니콜스키 가족이 점심을 초대했어요."

사샤는 공관 엘리베이터에서 만난 그 익살스런 신사를 기억하고 있었다.

"그들이 바로 저쪽 코너에 있어요. 당신도 알죠? 플레인 뷰 애비뉴에 있는 작고 멋진 하얀 집 말예요. 페티야가 그 집 애와 잘 놀아요."

그때 그들은 밖에서 승용차가 서는 소리를 들었고, 곧 이어 추르킨이 여섯 개들이 맥주 한 팩을 들고 주방으로 시끄럽게 들어섰다. 그는 영화를 보고 돌아온다고 했다.

"자네, 니콜스키 알고 있나?"

사샤가 추르킨이 던지는 버드바이저를 받으면서 무심코 물었다.

"니콜스키?" 추르킨은 사샤가 농담하는 것으로 알고 씨익 웃었다. "아, 그 먼 이웃의 오줌싸개 같은 예술가 말이군. 그는 국영통신사 노보스티 사무실에 근무하고 있지."

사샤는 아내를 흘깃 쳐다보면서 후에 다시 이야기하자는

신호를 보냈다. 추르킨 앞에서는 그 문제를 꺼내고 싶지 않았다.

후에 침실에서 리디아는 그의 반대에 코웃음을 쳤다. 그녀는 니콜스키의 아내 올가를 거의 매일 만났고, 그 여자는 이 바닷가의 러시아인들 사이에서 이야기를 나눌만한 가장 가치 있는 사람이며, 아이들과 놀이공원에도 함께 갔었다는 것이다.

"당신은 뭐가 문제라는 거예요? 그래요, 그 사람은 KGB예요, 그래서 어떻다는 건데? 단지 가족들끼리 식사하는 거잖아요. 지루함도 줄일 수 있고. 당신은 그렇지 않겠지, 매일 시내를 나가니까."

부부싸움으로 번질 뻔 했으나 마치 잘 켜지지 않는 성냥불처럼 빠르게 일어났다가 빠르게 사그라져 버렸다.

사샤는 니콜스키가 그와 접촉하려고 아내들 사이를 표면적으로는 순수한 관계로 기획한 것이라고 의심했다. 그러나 만일 그가 언론인 가면을 쓰고 활동하는 자라면, 방첩활동을 하는 드리노프의 부하는 아닌 것 같기도 했다. 그렇지만 먼 이웃 모두와 같이 결코 확신할 수는 없었다.

점심식사 초대는 어차피 결정된 것이니 즐겁게 진행하기로 결심하고, 사샤는 KGB에서 나온 오줌싸개 같은 예술인을 잘 관찰해 보기로 작정했다.

2.

플레인뷰 애비뉴에 있는 집의 문을 활짝 열어젖힌 그 사람은 검은 폴로셔츠에 흰 바지를 입었는데, 그을린 얼굴이 갓 주조된 동전만큼이나 밝았다.

"안녕하십니까, 장군님!"

그가 큰 소리를 지르며 한쪽으로 비스듬히 거수경례를 하는 것이었다. 현관에는 커다란 검정색 푸들 한 마리가 있어 페티야가 그 놈과 장난을 치면서 어른들 주위를 맴돌았다.

"키플링이 알현합니다." 그가 영어로 목청껏 떠들면서 개를 향해 손을 흔들었다. "이 백인 양반의 짐을 저쪽 구석에 갖다 두고, 옳지!"

그의 안내로 거실로 들어서니 테이블에 술병이 가득 들어차 있었다. 니콜스키가 검지로 자신의 목을 가리키면서 소리쳤다.

"마음에 드는 것으로 한잔 합시다."

리디아는 와인을 청했다.

사샤가 열 지어 있는 병들을 바라보며 망설이자 니콜스키가 그를 위해 결정을 내렸다. 1리터나 되는 진을 얼음을 채운 커다란 주전자에 붓고, 그 위에서 백포도주 한 병을 향로를 흔드는 성직자처럼 흔들더니 몇 방울 남을 때까지 붓고는 휘저었다. 그런 다음 깔때기 모양의 커다란 유리잔에 따르고 레몬 한 조각을 띄웠다.

"완벽한 마티니다!" 그가 외쳤다. "자, 브라보!"

"브라보!"

사샤도 정중하게 맞장구를 치고 한 모금 조심스럽게 마셨다. 그는 니콜스키가 자기 잔을 두어 모금에 다 비우는 것을 바라보았다. 그는 머리를 뒤로 젖히고 손으로 가슴에 조그마한 원을 그리면서 비비고 내려가더니 손이 위장 위치에 닿자 한숨을 쉬는 것이었다.

"아, 짜릿하군."

그리고는 다시 잔을 채웠다. 그는 거의 손도 대지 않은 사샤의 술잔을 살펴보더니 의아스럽다는 듯이 눈썹을 쫑긋 세웠다.

"무엇이 문제야, 장군? 미국 칵테일을 좋아하지 않는단 말인가?"

"아니, 아니, 아주 훌륭해."

사샤가 변명하면서 보드카를 마시듯이 잔을 비우고는 니콜스키에게 다시 잔을 채우게 했다. 그러나 이 KGB 익살꾼이 술자리를 모스크바 스타일로 만들어가는 것이 마음에 편치 않아, 자신의 페이스를 지키기로 했다.

니콜스키가 두 번째 잔을 건네줄 때, 올가가 주방에서 나왔다. 그녀는 온화하고 둥근 모양이 갓 꾸어낸 빵을 연상케 했고, 남편을 존경하는 것이 분명했다. 니콜스키가 엄청나게 마시는 것을 보면서 마치 조그만 어린애가 방을 엉망으로 만드는 것을 허락하는 너그러운 부모처럼 어쩔 수 없다는 표정이었다.

실제로 거실은 페티야와 그의 친구, 애완견 키플링의 활약으로 이미 엉망진창이 되어가고 있었다. 해변에서의 생활에 대해 이런 저런 한담이 있은 후, 올가와 리디아는 아이들을 데리고 주방으로 들어갔다. 주전자가 다시 한 번 돌았다.

니콜스키는 소파에 몸을 던지고 휴우 하고 숨을 쉬더니 외치는 것이었다.

"좋다! 바닷바람이 군화 냄새를 멀리 날려 보내니 그것도 좋고, 이 술 진도 좋고."

사샤는 그 친근한 모욕을 무시하기로 했다.

"당신은 저널리스트라고 들었는데."

사샤가 차분한 소리로 물었다.

"아, 그래 맞아."

니콜스키가 소파 끝에 있는 신문 뭉치를 홱 잡아당겨 휙휙 넘기더니 최근 발간된 〈워싱턴〉지의 기사 하나를 펼쳤다.

"이것 보이지?" 그는 손가락으로 CIA 기사를 가리켰다. "이게 내 최근의 문학적 노력일세."

사샤는 그 페이지를 훑어보았다. 기사 제목에 붙은 기자 이름도 모르는 사람이고, 기사 끝에 명시된 기사 배급사의 명칭도 모호했다. 니콜스키가 허세를 부리는 게 아닌가 생각되었다.

사샤는 라이벌 정보기관의 요원 둘이 첫 만남부터 미국인 기자와의 비밀 관계를 자랑하면서 친교를 시작한다는 것은 도저히 납득할 수 없었다. 혹시 상대방이 그 사이에 이미 취했거나 또는 자신을 경솔한 사람으로 위장하려는 것이 아닌가 생각되었다.

니콜스키는 신문을 옆으로 집어던졌다.

"펠레펜코에 대해 들어본 적 있나?"

사샤는 머리를 흔들었다. 물론, 펠레펜코에 대해 어느 정도는 알고 있었다. 그는 뉴욕의 러시아인 사회에서는 거물이었고, UN 사무국의 최고위직에 있는 고위 당 관료였다.

"지난주에 아주 성대한 저녁식사 모임이 있었지. 우리 대표단의 중요인물을 위한 모임이었어요. 펠레펜코는 평소와 같이 또 취했고, 셔츠 앞자락에 음식을 흘리기 시작했네. 그리고는 잠시 점잖게 먹는 것 같더니 다시 마치 방금 도착한 사람처럼 게걸스럽게 먹어댔어. 그러더니 토하기 시작하는데, 모든 귀빈들이 보는 앞에서 바로 그 테이블에 토해 버렸다네. 마침내 사람들이 그를 밖으로 데리고 나갔지. 그 자리에 아스키에로프가 있었는데, 그는 아제르바이잔 출신이지만 멍청이가 아니었어. 그는 멀리 떨어져서 말하기를, '펠레펜코는 우리 소련 기술혁신의 살아있는 증거물이다, 우리는 지금 바로 움직이는 구토기를 완성했다'고 했다네."

니콜스키의 말에 사샤는 웃어야 할지 말아야 할지 몰랐다. 그도 UN에서 펠레펜코를 본 적이 있었다. 그 사람은 정확하게 돼지처럼 생겼는데, 날카롭고 조그마한 눈이 핑크색이고 젖어 있었다. 이런 자가 뉴욕 중앙위원회 고위 대표라니!

사샤가 생각하기에 당은 펠레펜코를 임명하면서 크리소프나 슈코에게 적용했던 것과 동일한 기준으로, 이들이 정신적으로 타고난 열성분자라는 것을 인정했을 것이다.

니콜스키가 공관 사람들에 대한 간단한 질문을 던지자 사샤의 의심은 더욱 커졌다. 모스크바에서는 이와 같이 솔직한 행위는 절대 있을 수 없었던 것이다. 사샤의 의심은 점점 의문의 여지가 없어졌다. 니콜스키는 KGB가 이용할 만한 그 무엇을 빼내려고 자신을 자극한다는 것이었다. 사샤는 자신을 이런 상황으로 만든 리디아에게 다시 화가 났다. 주방에서 여자들 목소리가 들렸지만 무엇을 먹는 기미는 없었다.

니콜스키는 다시 주전자를 들어 사샤의 잔에 술을 따랐다. 니콜스키의 눈자위에 희미한 떨림이 있었는데 통증을 느끼는 것 같지는 않았다.

"당신은 이게 첫 해외 근무가 아니지?"

그에게로 화제를 돌리려고 사샤가 물었다.

"내 첫 임지는 런던이었다네. 오, 이런 날, 그 하이드 공원 연못가를 거니는 아가씨! 또 강가에 있는 술집들!"

잠시 동안 그는 향수에 빠졌다.

"내가 그곳에 있을 때, 코시긴이 방문했어요. 그는 정부 요인들, 야당 간부들, 노조 지도자들과 기업가들을 만났지만 별로 만족하지 못하고, 진짜 영국을 지배하는 사람들을 만나고 싶다고 하는 거야. 그래서 지주들을 소개시켜 주었는데, 허물어져가는 시골 대저택의 보상을 받기 위해 투쟁하고 있는 세습귀족들이었지. 코시긴은 만족했다는 거야. 이 사람들이야말로 그 나라를 움직이는 지도자들이라고 여겼지."

니콜스키는 전혀 취하지 않았다.

"그런 다음 영국의 산업시설을 돌아보기 위해 그를 리버풀로 안내했는데, 그곳을 돌아본 후에는 거기서 가까운 블랙풀도 가자는 거야. 그는 블랙풀이 영국의 프롤레타리아가 휴일을 지낼 수 있는 유일한 곳이라 믿었던 거지. 어쨌든 내가 그 모든 것을 주선했어요. 그곳에는 해안을 따라 1마일이나 멀리 광선을 비추는 공연이 있었는데 '레이저 쇼'라 불렀지. 당신도 알겠지만 환상적인 동물이나 성곽 등등의 모양을 만드는데, 코시긴이 이 레이저 쇼를 엄청 좋아하는 거야. 그는 그 쇼를 한 번 더 보고 싶어서 왔던 길로 돌아가자고 했는데, 안내자가 그 길은 일방통행이라 안 된다고 하자 기분이 썩 좋지 않았어. 소련 최고회의 상임위원에게는 모든 것이 그를 위해 조정되어야 한다는 생각이었으니까. 그 일방통행로의 방향을 바꾸어라! 그것이 코시긴의 주장이었네. 그리하여 영국 외무성 관리가 지방 경찰관을 코시긴에게 데려가 소련최고회의 상임위원의 위상에 대해 설명해주고 이 손님이 바로 그런 VIP라고 했지. 블랙풀 경찰관은 코시긴을 좋은 표정으로 쳐다보더니 조용히 말하는 거야. '꺼져 버려!' 그 말을 전하는 통역관의 얼굴을 보았어야 하는 건데!"

사샤는 참으려 했지만 씩 웃고 말았다. 그러자 니콜스키가 그를 깜짝 놀라게 했다.

"뉴욕에서 당신은 전임자보다는 큰 행운이 따르기를 비네."

"무슨 말이야?"

"무슨 말? 추르킨이 이야기하지 않던가? 그럼 내가 설명하지. 그 자는 열심히 노력은 했지만 천재는 아니었네. 영어가 형편없었지. 브루클린의 택시기사한테서도 그런 억양은 들을 수 없었으니까."

요점을 강조하려고 니콜스키는 영어로 바꾸었는데, 사샤는 그의 영어가 아주 우수하다는 것을 알았다. 그의 말은 조리가 정연하고 정확해 마치 BBC 뉴스를 읽는 듯 했다.

"어찌어찌해서 이 친구가 미국 국방성에 부품을 납품하는 회사의 매니저를 공작원으로 매수하게 되었다네. 그는 저쪽 다리 위편에 있는 포트 트리온 공원에 멋지고 자그마한 연락용 정보 은닉 장소를 설정했는데, 그것이 가지 없이 쭉 뻗어 올라간 나무의 구멍이었다는 거야. 그의 공작원이 기밀 서류를 몰래 빼내 점심시간에 원본을 그 나무 구멍에 넣어놓으면, 그가 사진을 촬영하고 다시 구멍에 넣어 돌려주기로 약정을 했다네. 그런데 그 자는 자연을 사랑하는 사람이 아니었나봐. 자연의 계절에 대해서는 주의를 기울이지 않았던 거야. 그 때가 마침 다람쥐들이 서식처를 마련하는 계절이었는데, 어느 날 우리의 그 영웅께서 기밀서류를 가지러 갔다가 따뜻한 종잇조각이 온 공원에 날아다니는 것을 보고 말았지. 상상해 보라고! 어떤 페이지는 찢긴 채로 둥지 재료로 끼어들어가기도 했겠지. 그는 공원을 샅샅이 뒤져 조각들을 모두 주워 모으고 그것들을 적당히 짜깁기해서 새로운 것인 양 촬영해, 모스크바로 보냈다네. 물론 서류가 사라진 것이 알려지자 공작원도 날아갔지. 어때, 그럴듯한가?"

사샤는 어깨를 으쓱했다. 그는 다람쥐 이야기도 별로 재미없었지만 앞에서 말한 바와 같이, 니콜스키가 자신이 알아야 할 정도 이상으로 사샤네 기관의 활동을 자세히 알고 있다는 것이 재미있을 수가 없었다.

"그런 사건은 당신네 사람들에게도 있는 것 아니겠어?"

그가 니콜스키에게 말하자 그는 웃으며 사샤를 바라보았다. 그리고는 마티니를 또 한 모금 마시더니 잠시 동안 입안에서 이리저리 헹구듯이 돌렸다.

"아, 그래, 우리도 자랑스러웠던 이야기가 있지. 당신, 드리노프를 만난 적 있나? 참, 그렇지, 당신은 그쪽에 있으니까."

그는 설명 없이 말을 끊었다.

공관에 있는 모든 사람들이 드리노프를 알고 있었는데, 그는 간첩을 염탐하는 기관인 KR 라인의 수장이었다. 추르킨이 거리에서 그를 가르쳐주어 한 번 본 적이 있는데, 잘 어울리지 않는 옷에 얼굴도 별로 신뢰가 가지 않았다.

그의 이름만 들먹이고는 니콜스키는 더 이상 말하지 않았다. 그는 화제를 돌려 뉴욕과 음악, 술집과 특히 아가씨들 이야기를 시작했다. 그는 퍼스트 애비뉴의 싱글 바와 요크빌의 조용한 독일식 살롱에 대해서는 상당한 식견을 가지고 있었다. 그곳에 가면 재미 좀 보려는 아마추어 여성들을 만날 수 있다는 것이었다.

마침내 점심식사가 나왔고, 그들은 마티니 잔을 비웠다. 니콜스키는 지칠 줄 몰랐다. 헨리 키신저의 사생활부터 그가 좋아하는 작가 미하일 불가코프까지 열변을 토했다. 그는 또 모스크바에 악마가 출현한다는 초현실적이고 경이로운 소설 《마스타와 마가리타》의 초판에 대해서도 이야기를 하는데, 사샤도 읽고 또 읽은 책이었다.

자신의 목소리에 도취되어 니콜스키는 기억 속의 많은 부분을 끄집어내 이야기를 이어갔다. 그는 식사에는 거의 손도 대지 않고 와인을 마시고, 테이블 위의 빵을 쪼개 부스러기들을 흘리면서 게걸스럽게 먹었다. 리디아에게도 이따금 친절하게 말을 건넸는데, 그녀의 여름옷과 헤어스타일을 칭찬했다. 평소에는 누구에게나 비판적이던 리디아도 그와는 잘 어울리는 것 같았다.

"여러분, 열차 이야기 들어보셨지요? 아니라고? 그렇군. 두 분은 모스크바에서 갓 도착했으니까. 좋아요, 여러분이 듣고 싶다면."

리디아는 그가 농담을 시작하기도 전에 웃었는데, 그게 사샤의 화를 더 돋우었다.

"열차가 달리고 있습니다." 니콜스키는 증기기적 소리를 내려고 잠시 멈추었다 계속했다. "특실에는 이오시프 스탈린, 니키타 후르쇼프, 그리고 레오니트 브레즈네프가 타고 있었어요. 갑자기 열차가 멈추자 그 충격으로 서로의 무릎에 마시던 술잔을 엎질렀답니다."

니콜스키는 테이블 위에 자기 유리잔을 쾅하며 내려놓아 효과음을 냈다.

"스탈린이 격노해 고함을 질렀습니다. '왜 기차가 멈추느냐?' 철도청 직원이 달려와 모자를 벗고 겁에 질려 더듬거리며 변명을 했지요. 스탈린은 냉혹했답니다. '기관사를 총살시켜라!' 그래서 그의 명령에 따라 기관사를 총살시켰는데도 기차는 움직이지 않았어요. 그러자 니키타도 화를 내면서 우리가 잘못된 길로 가고 있다고 말하고 지시했습니다. '직원들 급여를 모두 인상시켜라.' 그래도 기차는 움직이지 않았어요. 그때 우리의 레오니트가 말씀하시기를, '보시오, 동무들, 무엇이 문제입니까? 커튼을 내리고 기차가 움직이는 것처럼 합시다' 그랬지요."

리디아의 박장대소에 고무되어 니콜스키는 이야기에 흥을 더해갔다. 사샤는 리디아가 와인을 너무 많이 마셨다고 생각했다.

"이런 일이 벌어지고 있는 동안 우리의 친애하는 안드로포프께서는 열차에서 내려 직접 그 상황 정보를 수집했습니다. 그가 알아낸 것은 철로를 따라 간섭하는 관료들이 너무 많다는 것이었지요. 그때 한 농부가 그에게 다가와 술에 취해 말씀하시는데, '아시겠소, 유리 블라디미로비치? 우리의 문제는 언제나 똑 같은 것이라오. 모든 증기가 기적을 울리는 데에 다 새나간다고요!' 그러면 지금은 그렇지 않다는 것인가요?"

니콜스키는 이제 연설을 하고 있었다.

"우리 러시아인들은 세계에서 가장 비현실적이고, 가장 철학적인 국민이라는 것입니다. 우리의 모든 에너지는 기적을 울리는 데에 다 쓰고 있다는 것이지요. 품위를 지키는 장군, 브라보!"

사샤를 제외하고 모두 취했다. 니콜스키가 그에게 기대면서 속삭였다.

"왜 당신은 암소하고 그 짓을 하나?"

그는 프랑스 코냑을 한 병 가져와 코르크마개를 빼더니 옆으로 튕겨버리는 것이 모스크바에서 싸구려 보드카 뚜껑을 날려 버리듯이 했다.

"한 잔 하세!"

니콜스키는 제멋대로였다. 그는 사샤를 위해 브랜디를 커다란 술잔에 손가락 3개 깊이만큼이나 부었다.

"이봐요," 사샤가 사양했다. "우린 온종일 여기 머물 수가 없어. 해야 할 일도 있고."

"그건 당신의 결점이 아니라 문제라고. 뭐가 그리 급한가, 장군? 일은 늑대가 아니야, 숲속으로 달아나지 않는다고. 게다가 나는 지금 다른 이야기를 하고 싶은데, 드리노프에 대한 것 말이야."

무슨 감이나 잡은 듯이 올가는 식탁에서 일어나 리디아를 데리고 나갔다. 마지못해 사샤의 손이 브랜디 잔으로 갔다. 이 이야기도 들어 두는 게 좋으리라.

니콜스키는 그를 기다리게 해놓고 접시에서 몇 조각을 떼어 식탁 아래 있는 키플링에게 주었다.

"그 일이 어떻게 끝나는가를 당신도 알 수 있을 거야." 마침내 그가 입을 열었다. "귀국해서도 그들은 자기들의 행운을 믿을 수가 없었지. 대통령이 사임했거든."

그는 손가락으로 귀 둘레에 원을 그리며 빙빙 돌렸다.

"베트남에서 항복했기 때문이야. 그리고 CIA국장은 증언을 하려고 매일 의회에 출석하고, 그리고 면죄부를 받았지. 이 모든 것들이 학교에서 키플링을 읽지 않아 초래된 것들이라고. 우리나라에서는 모든 학생들이 알고 있잖아. 아이들은 키플링을 아마도 소련 작가라고 생각할 거야. 미국 아이들은 제국주의에는 재능이 없어요."

"당신, 드리노프 이야기를 한다고 하지 않았나?"

사샤가 그를 일깨웠다.

"아, 그렇지, 드리노프," 니콜스키는 말끝을 흐렸다. "좋아요, 본부에서는 미국에서 진행되는 건에 대해 아주 흥분하고 있지. 그들은 20여 페이지가 넘는 지령문을 보냈어요. CIA에서 전향해 넘어오는 이탈자들을 위한 지침서지. 본부 사람들은 CIA로부터 대량의 이탈자를 기대하고 있었거든. 스캔들로 신문을 장식한 자나 해고된 자, 혹은 그 이외의 어떤 자라도 좋다는 것이었네. 그러면 누가 CIA에서 전향해온 이 사람들을 영접하느냐? 바로 은퇴한 우리의 축구 스타 드리노프였거든!"

그는 콧방귀를 끼었다.

"자네도 그가 영어로 이야기하는 걸 들어보았어야 하는 건데."

그가 브랜디 병을 잡으려고 일어설 때는 눈에 띄게 비틀거렸고, 다음과 같이 읊조릴 때는 표정이 고통스럽게 일그러졌다.

"오, 동방은 동방이고, 서방은 서방이다, 그 둘은 결코 만날 수가 없네."

*

니콜스키의 집을 나서면서 사샤는 남쪽으로 뭍을 향해 날아가는 한 무리 새떼를 보았다. 그날 아침 일찍 사샤는 자기가 목적 없이 여기저기로 날아다니는 새들과 같다고 생각했었다. 그 새들이 완벽한 V자형을 이루고 있는 것이 곡예비행을 하는 전투기 편대 같았다.

"저 새들은 우리가 모르는 그 무엇을 알고 있을 거야." 그가 리디아에게 말했다. "여름도 한 달밖에 남지 않았군."

해변에서 보낸 날이 그리 많지는 않았다. 리디아는 페티

야를 데리고 귀국해 아버지와 몇 주 정도 머물다 오겠다고
했고, 루진 장군은 사샤에게 특수임무를 부여했다.

3.

누가 첩보활동에 관한 이상적인 시스템을 찾고 있다면,
이미 UN에서 비롯된 수법을 보면 된다. 같은 위원회 안에
서 포섭 대상국의 대표를 목표로 설정하고, 그의 일상을 끈
질기게 관찰하다가 같은 구내에 있는 바나 커피라운지에서
그를 만나 일상의 잡담을 풀어내는 것이다.

하지만 이런 활동을 경찰이나 FBI에게는 기대할 수 없다.
뉴욕 이스트 리버 위에 있는 이 UN의 거대한 유리벽 빌딩
은 그들에게는 출입금지 구역이었다.

점심을 먹고 한 시간쯤 지나 머리가 앞쪽으로 기울기 시
작하자 사샤는 의자에 등을 꼿꼿이 세우고 졸음을 쫓아내려
했다. 위원회는 개발도상국의 광물자원 탐사와 관계된 결의
안 3장의 마지막 부분을 논의하고 있었다. 영국 대표는 검
은 안경을 끼고 있었다. 그가 눈의 질환으로 고생하고 있는
것으로도 볼 수 있겠지만, 머리 각도가 그 역시 졸고 있음을
암시했다.

사샤는 졸음에서 깨어나 맞은편 정면에 앉은 사람을 연구

했다. 그 사람은 정으로 다듬은 듯한 멋진 얼굴에 얇고 군인 같은 턱수염을 기르고 있었으며, 시선은 중간쯤 되는 공간을 멍하게 응시하고 있었다. 그의 주의가 잠시 흐트러지면서 사샤와 시선이 마주쳤지만 곧바로 돌려버렸다. 오늘 그는 수수한 양복에 하얀 셔츠를 입었는데 전날은 풍성하게 늘어진 그들의 전통의상을 입고 나왔었다.

사샤보다 두어 살 아래인 조지 아피그보는 이미 중장 계급이었고, 전략적으로 중요한 위치에 있는 서부 아프리카 국가의 각료이기도 했다. 그는 지금 자기 나라의 UN 주재 전권대사이고, 사샤가 그 위원회 회기 중에 중국식 물고문인 차를 많이 마시게 되는 이유이기도 했다.

루진 장군은 그 건의 배경을 그에게 설명했다.

아피그보는 잉글랜드 남부 햄프셔 주에 있는 영국군훈련소 알더쇼트에서 장교 교육을 받았고, 소련에서는 크림 반도의 심페로폴과 모스크바의 인민군거리에 있는 그리스 식 빌딩에서 장교 과정을 거쳤다. 아피그보는 영국인을 좋아하지 않았다. 그는 알더쇼트에 있을 때 인종차별에 대해 공식적인 불만을 제출했었다. 그러나 약간이긴 하지만 러시아인은 좋아했다.

"물론 우리 러시아 소녀아이들은 검둥이 근처에는 가지

않지." 루진 지국장은 자세하게 설명해주었다. "귀관도 기억하겠지만, 그들을 즐겁게 해주기 위해 카스트로에게 쿠바 소녀아이들을 여럿 요청했지. 하지만 그때는 이미 아피그보가 교육을 마치고 떠난 후였다고."

러시아인과 여자아이들에 대한 아피그보의 감정이 어떻든 간에 그 서부 아프리카 국가의 각료는 야망이 있었고, 국가 운영에 필요한 돈도 갖고 싶어 했다.

모스크바에서 GRU는 그를 아프리카에서 떠오르는 인물로 선택하고, 급여 대상자 명단에 올려놓았다. 그를 비롯해 영국에 유학한 젊은 장교 그룹이 그 나라에서 쿠데타를 일으켜 런던의 웨스트민스터 같은 구식 체제로 국정을 운영하려는 정치권을 몰아내고 정권을 잡았다. 서방원조는 끊기고 소련고문단이 들어갔다. 그런데 어떻게 된 일인지 갑자기 시계추가 되돌아가 그 나라에서 소련이 밀려나고 미국이 다시 환영을 받게 되었다. 그리고 아피그보는 중립국을 연구하기 위해 짐을 싸들고 와서 UN에 드나들고 있었다.

"예민한 케이스다." 루진 장군이 사샤에게 말했다. "본부에서는 지난번 쿠데타에 미국 CIA가 개입했다고 보고 있다. 우리는 소련에 대한 아피그보의 충성을 확인할 수가 없다. 귀관도 아는 바와 같이 이런 경우에는 정치가를 매수할 수는 없고, 다만 빌릴 수밖에 없다. 그가 이곳에 온 이후에는 우리가 아프리카와 접촉이 없다. 통상적으로는 이전 요원으로부터 다음 요원에게 전해졌는데, 우리는 그것을 할 수가 없게 되었다."

"왜 안 됩니까?

"쿠데타 이후 그들에게 블라소프는 기피 인물이 되었다. 그들은 그의 사진을 신문에 실었다. 서방의 모든 특수기관은 지금 블라소프가 누구인지 알고 있다. 아피그보가 지금은 쓸모 있는 인물이 아니라 해도 그를 양보하는 위험을 감내할 수는 없다. 그래서 이 건은 귀관에게 달려 있다. 귀관을 아피그보가 참석하는 위원회의 하나에 후임 대표로 참석하도록 결정했으니 이 건에 접근하는 귀관의 행보는 아주 자연스러워질 것이다. 너무 심하게 몰아붙이지 말라. 그가 피하려고 하면 지금으로서는 가도록 내버려둘 수밖에 없다."

"블라소프의 공작용 이름은 무엇이었습니까?"

"아피그보는 그를 피터로 알고 있다."

그 위원회에서 세네갈 대표가 결의안 3장의 형용사적인 수정을 제안했는데, 그는 소르본대학 출신으로 문장에 아주 까다로운 사람이었다.

사샤는 다시 조지 아피그보의 시선을 잡고는 공중을 쳐다
보았다. 그는 그 아프리카인의 눈언저리에서 재미있는 주름
살을 본 것 같았다. 잠시 후 아피그보가 일어나 회의실을 나
갔다. 사샤는 문이 닫힐 때까지 기다렸다가 뒤따라갔다. 가
장 확실한 곳이라고 생각했던 바에서는 그의 모습이 보이지
않았다. 그런데 그곳에서 니콜스키가 말쑥하고 세련된 모습
임에도 불안해 보이는 노르웨이 외교관과 담소하고 있었다.

지국장은 아피그보가 이슬람교도인지에 대해서는 아무런
언급이 없었다. 사샤는 커피라운지에서 그를 찾았다. 러시
아인의 출현에 그 대사는 분명히 그를 피하려고 커다란 원
을 그리며 돌고 있었다.

사샤는 라운지를 가로질러가 중국에서 제공한 것으로, 내
부에 정교한 동양적 문양이 새겨진 유리 케이스 앞에 자리
를 잡았다. 이렇게 되자 그 대사는 여봐라는 듯이 다시 방향
을 바꾸지 않고는 그를 피할 수가 없었다. 아피그보가 쾌활
하게 앞으로 걸어왔다. 유리 케이스에서 얼굴을 돌리지 않
고 사샤는 부드럽지만 분명한 영어로 말했다.

"피터로부터 전해줄 메시지가 있습니다."

그 대사의 얼굴은 가면이었다. 그는 사샤 옆에서 멈추었
지만 얼굴을 돌려, 마치 라운지에 있는 다른 사람을 찾는 것

처럼 서있었다. 사샤는 단어를 낭비하지 않고, 펄 거리에 있는 조그마한 중국 식당에서 만나자는 분명한 안내를 했다.

*

어느 날 저녁, 사샤가 퇴근하려고 공관을 나서는데 거리에서 펠릭스 니콜스키가 큰소리로 불러 세웠다.

"우리 마누라들도 멀리 가고 없는데 오늘 밤 당신에게 시내 구경을 시켜주고 싶네, 어떤가?"

숙소인 루선에 돌아가 TV를 보며 냉동식품을 먹는 것보다는 나쁘지 않겠다 싶어서 사샤는 동의했다. 그러나 그의 경계심은 아직 사라지지 않았다. 그는 아직도 니콜스키의 격의 없는 붙임성은 분명히 어떤 의도가 있을 것이라고 의심하고 있었다.

펠릭스는 그날 밤 직업적인 이야기는 하지 않았다. 그는 앞머리를 아래로 내리고, 사샤를 끌고 멀베리 거리에 있는 피아노 바에 들렀는데, 그곳은 마피아 단원들과 그 여자 친구들로 붐비고 있었다. 다음에는 귀청이 떨어져 나갈듯이 요란한 디스코텍으로 갔는데, 그곳에서는 성별로 어울려 춤을 추고 있었다. 남자는 남자끼리, 여자는 여자끼리 춤을 추는 모습을 사샤는 입을 벌리고 바라보았다.

"좀 더 조용한 곳으로 가지."

그가 니콜스키에게 속삭였다.

그들은 퍼스트 애비뉴에 있는 독신자용 남녀전용 고급 바에서 식사를 했는데, 그곳에서 니콜스키는 롱 아일랜드의 힉스빌에서 시내로 나온 두어 명의 비서 아가씨들을 낚았다고 했다.

사샤의 간곡한 요청으로 니콜스키는 마지못해 바닷가로 발걸음을 돌렸다. 그들이 피 제이 클락스에 가자 붐비는 바에서 술에 취한 몇 사람이 다가와 펠릭스에게 옛 친구처럼 인사를 하는 것이었다.

다음에는 택시를 타고 주택가를 달렸다. 그러다가 가로수가 줄지어 서있는 거리로 나오자 펠릭스가 멈추게 했다.

"여기가 어디야?"

사샤가 주위를 둘러보며 물었다. 놀랍게도 그리스정교회 바깥에 서있다는 것을 알았다. 이것 또한 KGB식 도발의 한 수법이란 말인가? 놀라움이 미미한 것은 아니었지만 그래도 니콜스키가 함께 끌고 들어가지 않은 것에 좀 안심이 되었다. 펠릭스가 다시 나타날 때까지 몇 분 동안 길가를 걸으며 기다렸다.

"당신, 신자야?"

펠릭스가 돌아오자 사샤가 물었다.

"지금 노력하는 중이지."

펠릭스는 대수롭지 않게 대답했다.

"우리 러시아인은 핏줄 속에 신앙을 가지고 있다네." 그
는 어둠에 쌓인 교회를 가리키며 덧붙였다. "그런데 모스크
바에서는 교회에 가는 것도 쉽지 않잖아."

이것은 대단히 조심해야 할 말이었다. 만일 그의 상사가
그가 교회 신자라는 말을 듣는다면 그 날로 그는 직무에서
쫓겨날 것이기 때문이었다.

'이 자는 참 이상한 놈이다. 좋다, 한번 부딪쳐보자.'

사샤는 그에게 친밀감을 느꼈다. 펠릭스가 어깨를 툭 치
면서 청하는 것이었다.

"한잔 마시자."

사샤는 망설이지 않았다.

4.

니콜스키는 대령 드리노프가 어류학자로서의 천부적인
재능을 따랐더라면 아주 훌륭한 인물로 명성을 날렸을 것이
라고 생각했다. 드리노프는 그의 아파트에 조그마한 수족관
을 가지고 있었다. 그 안에는 둥그렇게 생긴 일본 어류들이
잉크를 풀어 놓은 것 같은 물속에서 오락가락 노닐고 있었

다. 드리노프는 특히 불가사리를 좋아해서 주말이면 롱 아일랜드나 뉴저지 해안으로 나들이를 했다.

공관 사무실에서도 그가 개인적으로 좋아하는 것은 문진으로 사용하는 배가 불룩한 피라니아였다. 불쾌감을 주는 것이지만 니콜스키가 이스트사이드의 신기한 선물가게에서 그를 위해 구입해 온 것이었다. 드리노프는 그 선물을 아주 정중한 감사의 인사와 함께 받았다. KR 라인의 수장으로서 물고기는 더 이상 우스운 것이 아니었다.

드리노프의 또 다른 취미는 축구였다. 그러나 선수로 뛰는 것은 수년 전에 그만두었고, 그 후로 체중이 빠르게 불어났다. 이런 현상은 대부분의 운동선수들에게 은퇴 후에 나타나는 변화였다. 니콜스키는 이런 현상이 심장의 확대와 밀접한 관계가 있다는 것을 어디선가 읽은 적이 있었다.

니콜스키는 드리노프의 책상 앞에 있는, 등을 똑바로 세운 의자에 앉아서 에너지를 분출해내는 거대한 유압펌프로서 대령의 심장을 상상하고 있었다. 그날 아침, 드리노프의 혈압은 니콜스키보다 높지는 않았지만 상당히 높았다. 니콜스키는 전날 저녁 서드 애비뉴에 있는 아이리시 살롱을 잠시 들렀는데, 아침에 잠자리에서 일어나자 녹슨 못이 뇌를 관통해 뒷골로 들어간 것 같은 심한 고통을 느꼈다.

게다가 그가 공관으로 들어오는데 KGB 운전기사 코스티아가 길에서 기다리고 있다가 느닷없이 술병이 저장된 방을 빨리 조사해봐야 한다고 너스레를 떠는 것이었다. 코스티아에게 그 방의 열쇠를 맡기는 것은 염소에게 배추밭을 지키라고 놓아두는 것이나 마찬가지였다.

드리노프는 숙련된 시선을 니콜스키에게 고정시켰다. 어떤 사람이 눈을 깜빡이지도 않고 그렇게 오랫동안 쳐다본다는 것은 상상할 수 없는 일이었다. 니콜스키는 그가 아마도 물고기로부터 그 짓을 배웠을 것이라고 생각했다. 펠릭스는 자기가 왜 불려왔는지 짐작 되는 것이 없었다. 혹시 그의 개인적인 습관을 강의하려고 하나?

'마음 편하게 갖자.'

그는 드리노프가 무슨 말을 할지 머릿속에서 지껄여 보았다.

'네놈도 성자는 아니지 않나? 네가 암호서기 마누라와 그 짓을 한 걸 알고 있으니까.'

그때 드리노프가 말했다.

"내가 들은 바로는 귀관이 우리 먼 이웃의 하나인 프레오브라젠스키 대위를 잘 알고 있다고 하던데."

"예, 알고 있습니다."

펠릭스는 시인했다.

"귀관은 이 접촉을 보고하지 않았다."

드리노프의 지적에 펠릭스는 변명했다.

"그건 아주 우연한 만남이었습니다."

"내가 흥미를 느낄만한 게 아무것도 없다는 말인가?"

"그렇습니다. 그는 아직까지 GRU를 위해 나를 이용하려 하지 않았으니까요."

드리노프는 껄껄거리며 웃었다. KGB는 GRU로부터 가로채오기만 했지, 그 반대 현상은 전혀 없었던 것이다.

드리노프가 물었다.

"어떻던가? 프레오브라젠스키 말이야."

"아주 진지한 자입니다." 펠릭스는 어깨를 으쓱했다. "정상적인 가정생활에 나쁜 버릇도 없고, 모스크바에 아주 중요한 배경도 있고요."

"알겠다. 우리 관심을 끄는 보고가 있다. 귀관 친구 프레오브라젠스키는 아주 헤프게 돈을 쓴다는 것이다. 그는 아내를 위해 비싼 보석과 모피 등의 물건을 사들이는 것 같다. 사람들이 묻는다. 어떻게 그들이 이런 생활을 유지할 수 있는지, 공작자금과 관련해 어떤 부정은 없는지, 아니면 그보다 더 심각한 무엇이 있는지 말이다."

"무슨 의미로 말씀하시는 겁니까?"

"귀관은 뉴욕에서 그의 공작에 관해 알고 있나?"

"아닙니다, 물론 모르지요."

"우리가 접한 보고에는," 드리노프가 그의 노트북을 쳐다보더니 일러주었다. "그는 UN에서 암호명 '이브라힘'으로 운영되는 공작활동에 관련되어 있다. 그 '이브라힘'이 누군지 아는가?"

"그건 푸시킨으로부터 따온 이름이잖아요." 펠릭스가 의견을 말했다. "표트르대제의 궁정에 있던 검둥이입니다."

"표트르대제라고 했나?" 드리노프가 놀란 표정으로 그를 바라보았다. "군화를 신은 이 친구들이 푸시킨을 읽었다고 생각하나?"

"프레오브라젠스키는 읽었을 것입니다."

"좋다, 내가 그의 독서에 관심이 있는 것은 아니니까. 우리 정보에 의하면, 이브라힘은 미국을 위해 활동하는 이중 첩자다. 그를 통해 CIA는 프레오브라젠스키와 접촉을 시도하고 있고, 그는 미국에서 돈을 받고 있다는 것이다."

"그럴 리 없습니다." 펠릭스가 큰 소리로 외쳤다. 거칠게 나가려는 말을 부드러운 억양이 자제시켰다. "물론, 저는 이브라힘 건에 대해서는 모릅니다. 그러나 프레오브라젠스키는 좀 압니다. 그는 매수당할 사람이 아닙니다. 그의 아내가 사치스러운 옷을 좋아합니다. 그래서 어떻다는 것입니까? 그녀의 아버지는 그녀가 원하는 것은 무엇이든 다 해줄 수 있는 위치에 있습니다. 미국에 매수당하는 것으로 말한다면, 제가 생각하는 바로는 그는 이 공관에서 제일 마지막 사람이 될 것입니다. 물론 각하를 제외하고 말입니다, 바실리일리츠."

"이 보고서에서 언급하기를," 드리노프는 그의 노트북으로 고개를 돌렸다. "프레오브라젠스키는 미국의 시민생활에 과도한 찬양을 보이고 있다고 한다."

KR 라인의 수장이 자신의 정보 제공자에게 그리 큰 신뢰를 보이지 않는다는 것이 니콜스키에게는 충격이었다. 드리노프는 믿을 수 없는 진실을 인용하고, 자신의 의심을 드러내면서 펠릭스를 리트머스 시험지처럼 테스트하고 있었던 것이다.

드리노프의 정보원은 분명히 사샤네 기관의 요원이 틀림없었다. 그 이외에 누가 '이브라힘'을 알 수 있겠는가? 아마도 사샤와 함께 일하고, 공관에서 매일 만나는 자임이 분명했다. 드리노프는 사샤가 미국 과학기술의 우수성과 시장경제의 효율성에 대해 작성했다는 보고서를 예로 들어 이야기했다.

펠릭스는 입술 사이로 김이 빠지는 듯한 소리를 했다.

"그가 그렇게 말했을 수도 있을 것입니다. 그러나 그게 그를 반역자로 몰아갈 만한 것은 아닌 것 같습니다. 저 역시 그가 우리 소련의 위험하고 비합리적인 수준의 자유를 비판하는 것을 들었습니다. 그는 그래도 역시 군인입니다. 그는 기율과 권위를 중요시합니다. 그는 또한 미국을 경멸합니다. 자기가 생각하기에 미국은 자신을 방어할 능력을 잃었다는 것입니다."

드리노프는 자신만의 속기로 기록하기에 바빴다.

"이 모두가 그에 관한 자료파일입니까?"

펠릭스가 물었다.

"이건 단지 기초적인 검토 자료일 뿐이다." 드리노프는 시큰둥했다. "원래의 보고서에는 확실히 모순되는 문제점들이 있다. 이 이브라힘 건은 조금 더 조사되어야 할 것이다. 잘 듣게, 귀관의 의견은 매우 도움이 되었다. 내 자신의 촉감으로 하나씩 확인해나갈 것이다. 프레오브라젠스키는 매우 탁월한 당의 경력을 가지고 있다. 그러나 우리가 그 기록을 살펴볼 기회가 있었던 것은 아니다. 귀관이 나를 위해 무엇인가 해주어야 하지 않겠나? 프레오브라젠스키와 접촉을 계속 유지하고, 알아낸 것을 나에게 알려주게. 만일 비정상적으로 사용하는 비용 같은 게 있으면…….”

*

“이 건이 잘못된 길로 가지 않도록 하게.”

니콜스키가 사샤에게 말했다. 그들은 저먼 요크빌에 있는 살롱의 구석에 앉아 있는데, 그곳은 독일식 가죽 반바지를 차려 입은 사람들이 뽐내며 드나들 수 있는 그런 장소였다. 바에는 키가 크고 홍조를 띤 백인 아가씨가 혼자 있었지만, 니콜스키는 단 한 번도 시선을 주지 않았다. 그는 사샤에게 전화를 걸어, 퇴근길에 그곳에서 만나자고 했던 것이다.

“자네 지부에 자네를 감시하는 누군가가 있네.” 펠릭스가 가르쳐 주었다. “그는 드리노프의 *끄나풀*이야. 그는 황당무계한 이야기, 이브라힘에 관한 이야기를 가지고 드리노프에게 갈만큼 질투심이 있는 자다.”

‘이브라힘’이라는 이름이 나오는 순간 사샤의 표정은 얼어붙었다. 이브라힘은 UN에서 그의 에이전트인 조지 아피그보에게 부여한 암호명이었다. 사샤는 그의 맥주잔을 테이블에 서서히 내려놓았다.

“드리노프는 나에게 이브라힘에 관해 알고 있느냐고 물었다.”

니콜스키는 태연하게 계속했다. 그가 맥주를 쭉 마시자 윗입술에 하얀 수염처럼 거품이 남았다.

"내가 그에게 이브라힘은 푸시킨에서 따온 이름이라고 대답했다네."

'누가 드리노프에게 귀띔해 주었단 말인가?'

사샤의 생각은 빠르게 작동했다. 그가 알기로는 GRU 지부에서 오직 두 사람만이 그의 임무를 알고 있었다. 루진 장군과 암호서기! 그는 손으로 자신의 이마를 탁 쳤다.

'아, 그렇구나!'

추르킨과 사무실을 나누어 쓰고 있으니 그가 쉽게 냄새를 맡을 수 있었을 것이다. 추르킨은 사샤가 특수임무에 종사하고 있다는 것을 알고 있었다. 그의 태도가 최근 몇 달 동안 좀 이상해 보였는데, 냉담했다가 지나치게 친절했다가 하는 것이었다.

사샤는 이것이 리디아의 사치스러운 과시와 편안하기는 하지만 초라한 루선에서 몇 블록 떨어진 좀 더 화려한 아파트로 이사를 한 탓이라고 생각했다. 리디아가 모스크바에서 아버지를 만나 이사를 확정지었던 것이다.

"그게 누군지 짐작되는 바가 있나?" 펠릭스가 그의 생각을 읽으려는 듯이 말했다. "질투가 무슨 짓을 할 수 있다는 게 우습기는 하지만 자네도 알다시피 고약하게 만들 수도 있다는 걸세. 우리 기관에서도 그런 경우가 있었다네. 그들은 서로 미워했는데 그들 중 하나가 그 지방 보안위원회에 자기 라이벌을 비난하는 투서를 보냈지. 아주 환상적이지 않은가? 그런데 자네가 그런 경우에 처했군. 그래도 자네 동료가 FBI에 곧바로 하지 않고, 드리노프에게 고자질한 건 다행이라고 생각할 수도 있네. 어찌 되었든……." 그가 사샤에게 장난기 있는 윙크를 했다. "자네를 CIA 첩자라고는 생각하지 않았다, 그렇지?"

사샤는 독설을 내뱉으면서 화를 냈고, 펠릭스는 그의 공격을 피하려는 듯 요란하게 웃었다. 그들은 발트해 동쪽 해안 지방의 술인 퀴멜을 주문했는데, 그 술은 독일 맥주를 씻어 내리는 데에는 그만이었다.

사샤가 니콜스키에게 말했다.

"대단히 고맙네. 그런데 말해 보게, 왜 나에게 경고해 주는지."

니콜스키는 윙크를 하면서 그의 빈 잔을 들어 올렸다.

"자네! 나한테 신세 한 번 졌네."

*

루진 장군은 지성적인 사람은 아니었다. 지국장의 생일파티에 초대를 받았을 때, 사샤는 족제비 추르킨에게 자기는 생일 선물로 책을 한 권 가져갈까 생각한다고 털어놓았다.

"신경 쓸 것 없어." 추르킨이 대답했다. "그는 이미 한 권 가지고 있으니까."

그것은 가장 정직하고 솔직한 충고였다.

먼 이웃인 KGB에 관해 장군은 간명하게 정리된 견해를 고수하고 있었다. KGB는 그의 자매기관인 GRU로부터 언제나 에이전트와 공작 기밀을 훔치려고 하는 적이라는 것이었다.

사샤는 장군이 자신의 생일파티에서 몇 잔을 마시고 내뱉은 말을 기억했다.

"너희 중 누구라도 드리노프 주위에서 알랑방귀를 뀌는 놈이 있으면 불알을 까버리겠다."

사샤는 자신의 사무실에 KGB의 스파이가 존재하는 증거가 있다고 보고를 한 것이 제대로 수용되었다는 사실에 안도감을 느꼈다.

"드리노프가 이브라힘에 관해 알고 있습니다."

그렇게 보고하자 그의 동그란 눈알이 튀어나오는 듯 했다.

"빌어먹을! 귀관은 그걸 어떻게 알게 되었나?"

장군은 으르렁거렸다.

"아주 확실한 라인에서 들었습니다."

"드리노프로부터? 드리노프와 이야기한 적이 있단 말인가?"

"그가 아닙니다, 다른 사람으로부터죠."

"좋아, 털어놔봐, 염병할!"

이 순간 루진의 분노는 사샤에게로 초점이 맞추어지는 듯했다. 그의 눈으로는 어떠한 KGB 사람도 다른 놈과 똑같이 나쁘다는 것이었다.

"그는 사교성이 많은 사람입니다." 사샤가 말했다. "제가 그 사람의 이름을 밝히는 데에는 조건이 있습니다."

"귀관은 지금 누구하고 이야기하고 있다고 생각하나? 무슨 조건이야, 빌어먹을!"

지국장은 폭발했다.

"제가 그의 이름을 밝혀도 본부에 보고하지 않겠다고 약속하셔야 합니다. 이 사람은 우리를 도울 수 있는 위치에 있습니다. 보시다시피 그는 이미 그렇게 했고요. 그런데 만일 장군께서 본부에 그의 이름을 보고하면 어떤 상황이 발생할지 저보다 더 잘 알고 계시지 않습니까? KGB 제3국은 그를 찾아낼 것이고, 그러면 그는 끝장입니다."

사샤는 조심스럽게 진행시켜야 했다. 장군은 다시 욕지거리를 했지만 반대는 하지 않았다.

"좋아," 그가 재촉했다. "무얼 기다리고 있나? 빨리 얘기해봐."

사샤가 보고를 마치자 지국장은 그의 아래턱에 주먹을 받치고 몇 분 동안 조용히 생각에 잠겼다. 그는 사샤의 말을 의심하지 않았다. 그는 이 젊은 대위가 마음에 들기도 했지만, 자기 생각으로는 러시아가 배출한 육군의 가장 훌륭한 지휘관인 조토프의 사위이기도 했던 것이다.

그는 오랫동안 이 공작임무가 드리노프에게 누설되지나 않을까 의심해왔다. 이전에도 한 요원의 목을 날려버린 경우가 있는데, 그때도 KGB가 눈치 채지 못하도록 하기 위해, 규정을 위반하면서까지 정규 절차를 통해 보고하지 않고 처리해 버렸다.

지국장은 사샤가 추르킨에게 혐의의 손가락을 겨누는 것이 일리가 있다고 생각했다. 그러나 어디에 증거가 있단 말인가?

"그래서, 이 건을 어떻게 처리하는 게 좋은지 의견을 말해보라."

"제가 그를 미행했습니다."

사샤가 조용히 말했다.

"누구를, 추르킨을? 귀관이 동료 장교를 미행했단 말인가?"

"끄나풀을 미행한 것입니다."

사샤는 감정을 드러내지 않고 침착했다.

"그가 드리노프의 아파트에 들어갔다가 30분 후에 떠나는 것을 목격했습니다. 정확한 시간과 날짜를 드릴 수 있습니다. 그것이면 충분합니까?"

"귀관이 전문 초안을 작성하는 게 좋겠다."

*

본부로 발송된 지국장의 전문은 매우 빠르게 처리되어 효과를 나타냈다. 본부 GRU 국장은 즉시 중앙위원회 행정관리국에 이의서를 제출했다. 행정관리국은 양대 정보기관의 활동을 감독하고 필요에 따라서는 서로 머리를 맞대고 협의하게 하는 기관이었다.

드리노프에게 취해진 징계에 대해서는 당연히 사샤나 지국장에게는 통보되지 않았다. 그러나 추르킨에게는 48시간 이내에 모스크바로 귀환하라는 명령이 떨어졌다.

어떤 사람도 친구로 가지면 안 된다고 스스로에게 말해왔던 사샤는 새로운 시선으로 펠릭스 니콜스키를 바라보게 되었다. 물론 니콜스키는 술고래에다 여자나 밝히고 자존심이 대단한, 어쩔 수 없는 친구이기는 했다. 그러나 인간적인 충정에 대한 신의를 증명해 보인 것이다. 그는 전투의 참호 속에서나 만날 수 있는 사람이었다.

사샤는 물론이고 누구도 니콜스키가 훌륭한 정보전문가라는 사실을 의심하는 사람은 없었다. 친구를 위해서는 드리노프쯤은 파멸시킬 준비가 되어 있었지만, 누가 KGB를 비하하는 발언이라도 하면 하얀 불꽃처럼 타오르는 사람이었다.

그는 자신의 기관을 '회사'라고 불렀다. 이 기관은 해외정보를 총괄하고 책임지는 KGB 제1국이었다. 전체적으로 KGB를 뜻하는 일반적인 명칭인 국가보안위원회라고는 부르지 않았는데, 국내에서 불평분자들을 쳐부수는 장교 요원들의 업무와 해외정보 수집을 하는 자신의 업무 사이에 굵은 선을 긋고 싶어 하기 때문이었다.

추르킨 사건이 있은 후, 사샤는 적극적으로 니콜스키와 교분을 나누었다. 한번은 모스크바에서 온 방문객을 위한 모임에 참석했다가 자정 무렵 아파트 엑셀시어로 돌아왔는데, 로비를 급하게 나오는 니콜스키와 거의 부딪칠 뻔했다.

펠릭스는 손을 들고 항복하는 시늉을 했다.

"좋아, 장군, 항복한다. 자네가 한잔 산다는 조건으로."

그들은 가까운 바를 찾아 들어갔는데, 그곳은 사람들이 꽉 들어차 있었고, 대부분이 나이 많은 남자들이었다.

"나는 당신들을 좋아하지 않는다."

스카프 모양의 넥타이를 맨 뚱뚱한 신사를 향해 니콜스키가 턱을 내밀며 말했다.

"나도 당신들을 좋아하지 않는다."

사샤도 동조했다.

"그래서 자네가 나를 밖으로 데리고 나왔다." 니콜스키가 한참 후에 말했다. 그는 꽃냄새라도 맡는 듯이 손가락을 코에다 가져다댔다. "그러나 그녀는 그럴만한 가치가 있다!"

"내가 그녀의 침대로 들어갔다." 그는 사샤가 묻기도 전에 계속 지껄였다. "메피스토펠레스가 닥터 파우스트의 집으로 들어가듯이 말이야. 자네, 괴테의 시를 기억하나?"

사샤가 머뭇거리자 니콜스키가 성급하게 계속했다.

"푸들 때문이었다, 검정색 푸들! 사연은 이러했네. 내가 공원에서 키플링과 산책을 하고 있는데, 빗자루 끝에서 마가리타가 나타나듯이 어디에선가 그녀가 나타났는데, 중국산 잡종 개를 데리고 있었다네. 키플링은 문제가 많은데, 진짜 문제는 그놈이 색마인데다 굶주리고 있었다는 거지. 내가 그놈들을 떼어놓지 않았으면 센트럴파크에서 강간이 일어날 뻔 했다고. 그녀는 물론 부끄러워했지만, 그 일이 다른 일을 이끌어냈다네. 개를 데리고 산책하면서 만나는 것보다 더 멋지고 더 부르주아적인 일이 어디 있겠는가?"

사샤는 그것이 세상의 숱한 매춘부들이 즐겨 사용하는 수법이라고 꼬집으려다 참았다. 그 여자가 누구인지 몰랐기 때문이다.

"오, 친애하는 사샤여, 내가 기교를 부렸다네, 메피스토펠레스처럼 말이야. 나는 이 세상의 여러가지 기쁨으로 그 여자를 유혹했다네. 특별히 노보스티 사무실의 일거리도 주고 말이야. 그녀는 하루 종일 집안에만 처박혀있는 게 너무 지루하다는 거야. 그러던 어느 날 오후 늦게 그녀에게 갔는데, 그곳에 자네가 왔더라고!"

그는 과장되게 하품을 했다.

"산소 부족, 그게 전부야."

그가 미안하다는 듯이 말했다.

"그녀의 남편은 오늘 밤 먼 곳에 있다네. 그 망할 놈의 터키족은 굉장히 분주하더군. 잠깐, 실례 좀 하자."

그는 웨이터를 불렀다.

"반잔만 더 할 수 있을까?"

그의 독백을 들으면서 사샤는 니콜스키가 말하는 여자는 오직 그 여자뿐이라는 것을 알고 몸이 부르르 떨렸다. 아스키에로프의 부인 마야! 그들이 엑셀시어로 이사 온 후, 두 번 이상 그녀를 만났으니 모를 수가 없었다.

그녀는 빛과 그림자 같았다. 땋아 올려 쪽을 진 윤기 나는 검은 머리에 달처럼 창백한 얼굴이었다. 눈은 검정색 다이아몬드처럼 반짝거렸고, 키도 크고 다리가 길며, 풍만하고 율동적인 몸매를 지니고 있었다.

아스키에로프 부부는 아파트 꼭대기 층에 살았다. 사샤는 그 내부를 본 적은 없지만 아마도 펜트하우스 급일 것이라고 생각했다. 어쨌든 아스키에로프는 당의 엘리트를 대표하고 있었다. 그의 아버지는 아제르바이잔 공산당 제1서기일 뿐 아니라 모스크바에도 상당한 영향력을 행사하고 있었다.

그의 아들인 이 젊은 아스키에로프는 소련 공관의 참사관 직함을 가지고 있었고, 대사를 포함해 모든 사람들이 그에게 경의를 표했다. 그러나 외양은 보잘 것 없었다. 키는 작고 얼굴은 가무잡잡한 곰보에 퉁퉁 부어오른 모습이었다. 니콜스키가 말했듯이 사랑 때문이라고는 하지만 그렇게 아름다운 마야가 이런 터키 족속과 결혼했다는 것이 잘 이해되지 않았다.

"자네가 지금 저지르고 있는 위험을 알고나 있나?"

사샤가 속삭이는 목소리로 물었으나 펠릭스는 들은 척도 하지 않았다.

"최악의 상황을 알고 있느냐고?"

그가 다시 수사적으로 물었다.

"그 여자는 위대한 예술품을 보려고 언제나 박물관에 가고 싶어 한다. 고대의 걸작들은 영혼의 차원을 높여준다고 생각하는 거지. 그러나 나는 걸작을 세워놓고 보고만 있을 수는 없다. 사람들은 되새김질하는 암소처럼 그것들을 쳐다보면서 어리석고 흐뭇한 표정을 짓지만."

5.

소련 공관 7층의 새벽 4시는 경비원과 통신요원을 제외하고는 모두 자리를 비우는 시간이었다.

그 건물 심장부에서 코스티아가 당직 근무를 하고 있었다. 통신요원은 꾸벅꾸벅 졸고 있었는데, 통신기계가 삑 하는 소리가 나더니 윙하면서 돌아가기 시작했다. 통신요원이 눈을 비비며 잠을 쫓고 구멍 뚫린 테이프를 토해내는 통신 기계를 바라보았다. 수신이 완료되자 테이프를 빼내 숫자로 된 첫 장을 해독했다. 그런 다음 암호서기 비토프에게 전화를 걸었다.

공관 건물에 거주하는 비토프는 몇 분이 지나자 운동복 차림으로 나타났다. 이 사람은 언제나 이런 종류의 호출에 대기하는 사람이었다. 그는 전문을 홱 잡아채 자기 전용 사무실로 들어가 암호판독기에 걸었다. 그가 세팅을 확인하자 판독기가 본부에서 발송한 전문을 프린트하기 시작했다.

전문은 수신이 KGB 지국장 친전이었고, 극도로 긴급한 사항임을 강조했다. 전문이 전하는 내용은 미국 대통령의 야망을 키우면서 후보 그룹의 선두를 달리고 있는 어떤 정치인에 대한 적극적인 공작활동을 중앙위원회가 인정한다는 것이었다.

전문은 또한 역정보활동에 특별한 기능을 담당하는 A기관에서 준비했다는, 신체에 손상을 입히는 테러 물질의 사용법에 대한 상세한 안내문을 포함하고 있었다. '즉시'라는 단어가 반복적으로 사용되었고, **'노먼은 즉시 바시아와 접선하도록 지시하라'**로 끝났다. KGB 제1국장을 뜻하는 표준암호명 '알리요신'으로 서명이 되어 있었다.

모스크바 시각으로는 점심식사 시간이지만 뉴욕 시각은 자정이라는 사실을 모스크바 본부는 별로 신경을 쓰지 않는다는 것을 비토프는 너무도 잘 알고 있었다. 어찌 되었든 중앙위원회의 결정을 알리는 메시지를 수신자에게 즉시 전달하는 것이 그의 임무였다.

전화벨이 세 번 울리자 KGB 지국장 코로비에프 장군이 나왔는데, 그의 목소리는 잠에서 덜 깬 듯 굵직했다.

"잠을 깨워 죄송합니다만 장군께 즉시 보여드려야 할 전문이 왔습니다."

"정말이야?"

"예, 아주 긴급한 사항입니다."

"바로 가겠다."

이른 새벽인데도 코로비에프는 건강한 혈색이었고, 깔끔하게 면도까지 했다. 품위도 있고 결단력도 있는 그 KGB 지국장은 공관 내에서 인기가 좋았다. 부하 장교들은 뒤에서 그를 '아이크'라고 불렀는데, 그의 강한 신체적 특성이 미국의 군 출신 대통령 드와이트 아이젠하워와 닮았기 때문이었다. 전문 정보요원들도 자기들과 같은 요원의 한 사람으로서 그를 존경했지만 거기에 더해 미국 정부 내에서 역할 연기를 하는 사건조정자로서도 평판이 높았다.

코로비에프는 전문을 훑어보더니 암호서기에게 지시했다.

"니콜스키를 대기시켜라."

'노먼'은 니콜스키의 현재 암호명이었다. 비토프가 니콜스키의 집 전화번호를 돌리더니 짧은 통화 끝에 수화기를 내려놓았다.

"집에 없답니다. 부인의 말입니다."

"바로 그를 찾아내." 지국장이 명령했다. "내가 한밤중에 일어났으면, 그도 그럴 수 있다. 당직은 누구인가?"

"코스티아입니다."

"그에게 전해. 정신 좀 차리고 순찰을 돌아 찾아내라고."

*

이날 사샤는 평소보다 일찍 아파트를 나왔다. 리디아와 있었던 바보 같은 다툼이 아파트 문을 나옴으로써 짧게 끝나기는 했지만 아침식사를 거른 채였다. 그는 페티야가 자기들이 다투는 모습을 쳐다보는 게 언짢았다. 모스크바에서 돌아온 이후 그녀는 아버지의 이름을 팔면서 더욱 고약해져 갔다.

그녀는 실제로 아스키에로프 부인과 불화를 빚음으로써 사샤를 곤경에 빠뜨렸는데, 그 참사관 부부는 글렌 코브에 여러 번 초대를 받았지만 자기들은 초대를 받지 못했다는 것 때문이었다. 그러나 사샤는 그들 사이의 불화가 정면으로 거론하고 싶지 않은 다른 문제에 근본적인 이유가 있다는 것을 잘 알고 있었다.

그는 애초에 사랑보다는 성적인 매력과 정략적인 계산에서 그녀와 결혼을 했던 것이다. 어느 정도까지는 그 결혼이 유익한 작용을 한 것은 사실이었다. 확실히 그 결혼은 그의 인생에 해롭지 않았으며, 리디아는 헌신적인 어머니였다. 남편과 아들을 위해 열심히 봉사했다.

그러나 언제나 그랬던 것은 아니었다. 사소한 것으로 삐걱거렸고 리디아는 이전보다 더 날카로워졌는데, 아마도 둘 사이에 사랑을 나누는 기회가 거의 없었기 때문인 것 같았다. 그는 집에 더 늦게 돌아오고 더 열심히 일에 매달렸으며, 필요 이상으로 많이 마시고 그녀가 잠이 들 때까지 침대에 가지 않을 핑계를 찾았다. 때로는 다른 방에서 자기도 했다. 그녀는 더 많은 옷을 사고, 더 많은 시간을 미장원이나 거울 앞에 앉아 있는 것으로 보복을 했다.

그런 것이 그녀에게는 정당하지 못하다는 것을 사샤는 알고 있었다. 그들이 공동으로 보호해야 할 것들이 있지만, 자신이 그녀와 나누어야 할 것은 거의 아무것도 없었다. 그리하여 불가피하게도 리디아는 사샤에게 다른 여자가 생겼다고 의심하기에 이르렀다. 그 다른 여자가 바로 그들의 이웃인 마야라고 생각했던 것이다. 펠릭스가 공원에서 만난 그 여자였다. 이런 것들이 리디아가 아스키에로프 가족을 미워하는 이유인 것 같았다.

사샤가 이런 생각에 빠져 있는데 엘리베이터가 지상 층에 닿았다. 그가 로비를 반쯤 지나가고 있을 때, 의심할 여지없이 확실한 러시아인의 목소리가 들려왔다. KGB 운전기사이며 당직인 코스티아는 은밀한 속삭임으로 말하려 했는데도 워낙 목소리가 커서 멀리서 종이 울리는 것 같았다.

그는 로비 오른쪽 건너편에 있었는데, 그의 넓은 등이 커피숍으로 들어가는 문을 가리고, 그 건물에 살고 있는 다른 러시아인에게 무엇인가를 설명하고 있었다.

"이 빌어먹을 자식이 보이기만 하면 낯짝에 똥칠을 해줄 테다. 내가 이 자식을 자정부터 찾아다니고 있다고. 내가 장담하는데, 이 자식은 어느 년과 너무 많이 붙어먹고 기운이 빠져 방바닥에 널브러져 자고 있을 거란 말이지."

사샤는 눈에 띄지 않게 재빨리 피해서 자기 차에 타고 엑셀시어 앞 보도를 살펴보았다. 세차도 안하고 페인트도 벗겨진 지저분한 버건디 볼보가 앞에 불법 주차되어 있었다. 앞쪽 유리창에는 스티커가 붙어 있는데, 볼 것도 없이 니콜스키 차였다.

코스티아 역시 그 차를 보았음이 틀림없었다. 이렇게 되면 펠릭스를 찾는 사람들은 그가 그날 밤을 엑셀시어에서 보냈다는 것을 알고 있다는 뜻이었다. 그렇지만 누구와 함께 있었는지는 모를 거라고 사샤는 추측했다. 만일 KGB에서 그가 그날 밤을 아스키에로프의 부인과 함께 보냈다는 사실을 알게 된다면 펠릭스는 곧바로 이 세상에서 사라지거나 보따리를 챙길 시간도 없이 모스크바로 돌아가는 비행기에 오르게 될 것이었다.

사샤는 멀리 가로수 아래 숨어 있다가 코스티아가 호텔을 떠나는 것을 확인하는 즉시 차에서 나와 한참 걸어가서 코너를 돌아 전화 부스에 멈추어 섰다. 그것은 맨해튼의 또 다른 아름다움이었다. 다임 동전 하나만 있으면 어떤 거리 모퉁이에서도 추적당하지 않는 전화를 걸 수 있었으니까.

*

잠을 자는 동안 내내 무엇이 찔러 죽일 듯이 덤벼들어, 니콜스키는 타는 듯한 갈증을 느끼며 깨어났다. 심장은 부풀어 오르고 팽창되어 앞가슴을 고통스럽게 누르는 것이 잘 빠지지 않는 코르크 마개 같았다. 고무 진으로 붙인 듯이 무거운 눈을 겨우 뜨자 얼룩얼룩한 반점들이 어두움 속에서 여기저기 떠돌아다녔다. 피부는 가렵고 까칠했다.

그는 그 시끄러운 소리를 끊어야 했다. 전화기를 더듬어 찾으려다 등갓에 부딪쳤다. 여자가 부드럽게 신음소리를 내며 돌아누워 베개에 얼굴을 묻었다. 그제야 그는 여기가 자기 침대가 아니고, 자기 여자가 아니라는 것을 기억해냈다. 이불 속에서 기어 나오며 그는 비단결 같은 그녀의 등과 높고 탄탄한 엉덩이, 헝클어진 검은 머리를 보았다.

전화기는 울림을 멈추지 않았다.

"마슈카!"

그가 그녀를 부드럽게 흔들었다. 그녀가 전화기를 집어들자, 그는 창문 쪽으로 걸어가 무겁게 드리워진 커튼을 잡아당겼다. 밖은 완전한 대낮으로 한 가닥 얇고 차가운 햇살이 거리 저쪽의 가로수를 하얗게 비추고 있었다.

'빌어먹을!'

새벽이 되기 전에 떠났어야 했다. 시계의 알람은 어떻게 되었단 말인가? 그는 마야의 목소리에서 집히는 소리를 듣고 그녀에게로 돌아섰다.

"그런 사람 여기 없어요!"

그녀가 수화기에 대고 날카롭게 쏘아붙였다.

그녀가 이런 경우에는 능숙하지 못하다는 것을 깨달았다. 그녀가 부정하는 태도는 그런 사람이 분명히 여기 있다고 고백하는 것이었다. 그는 침대 위의 그녀 옆에 앉아 그녀의 허벅지를 꽉 잡았다. 그녀는 흔들리고 있었지만 그녀의 검은 눈동자에서 자신이 반사되는 모습을 볼 수 있었다. 마야가 수화기를 손으로 가리고 속삭였다.

"당신 친구라면서 꼭 통화를 해야 한다고."

조그마한 강아지가 침대를 건너뛰며 돌아다니다가 킁킁거리면서 니콜스키의 바짓가랑이를 핥았다. 그는 강아지를 밀어내고 전화기를 받았다.

"누구십니까?"

"자네 쪽 사람들이 밤새 자네를 찾고 있네." 사샤의 목소리였다. "무슨 문제가 있는 것 같네. 이전에 내가 살던 곳 기억하지?"

잠시 멈추었다가 펠릭스가 대답했다.

"예."

"10분 내에 그곳에서 만나자."

그들은 루선에서 반구역 떨어진 암스테르담 애비뉴의 커피숍에서 만났다. 펠릭스는 평소의 침착함을 잃고, 커피 대신 보드카에 토마토주스를 넣은 칵테일을 주문하면서 사과하듯 말했다.

"속이 덜덜 떨리는 것 같더니 이제 좀 진정이 되네."

"그쪽 사람들은 자네가 우리 아파트에 머물렀다는 걸 알고 있네." 사샤가 간결하게 말했다. "그러나 아무도 나에게 묻지 않았어. 그래서 좀 쉽게 풀릴 듯도 하네. 그들에게 나와 함께 술을 마셨다고 말하게. 내가 커버해 줄게."

두 사람은 상황의 위중함을 잘 알고 있었다. 당 간부의 며느리와 간통한 꼬투리가 잡히면 그 사람은 어떻게 되겠는가? 그러나 니콜스키는 머리를 뒤로 젖히며 물었다.

"자네가 왜 이렇게 해주는 거지?"

사샤는 빈정대는 건배로 그의 커피 잔을 들어 올렸다.

"자네! 나한테 신세 한 번 졌네."

6.

그 전문은 '바시아'라는 저널리스트가 KGB 파일에 '믿을 만한 사람'으로 기록되어 있다고 밝혔다. 다시 말하면 그 자는 전적으로 믿을 수 있고, 극비업무 수행 위탁도 고려해 볼 만하지만 전문적인 감각으로 볼 때, 완전히 포섭된 첩자는 아니라는 것이었다.

암호명 '바시아'로 알려진 실제 이름 데이비드 프릭은 예일대학을 나왔다는 사실이 놀랍고 인상적이기는 하지만 보통의 경우라면 니콜스키가 함께 저녁식사를 할 만한 위인은 아니었다. 키가 작달막하고 허리는 가늘며, 정수리에 머리한 올 없는 대머리인데, 그걸 어떻게 해보겠다고 길고 덥수

룩한 옆머리를 전부 위로 넘겼다. 그는 쉰 목소리로 자부심을 가지고 자기 견해를 피력하는 동안 천식으로 숨이 헐떡거려 말이 중간 중간 끊어졌다. 그런데도 담배가 여섯 번째 손가락으로 보일 만큼 골초여서 지금처럼 식사 중에도 담배를 피웠다.

그러나 아직까지 프릭은 쓸모가 있었고, 비용을 많이 들이지 않고도 관리할 수 있었다. 이를테면 비싸지 않은 식당에서 점심식사를 몇 번 정도 한다든가, 하노이나 하바나로 가는 비행기 티켓이나 그의 생일에 위스키 몇 병 정도만 보내주면 필요한 정보를 얻을 수 있었다.

니콜스키는 자신의 생각으로는 반대하고 싶지만 본부의 지시에 따라 국무성 발표 문서를 수집하는 등의 통상적인 잡무에 대한 비용으로 그에게 몇 백 달러를 건네주려고 했다. 니콜스키가 예상한 대로 프릭은 그 돈을 거절했다. 그는 솔직한 방법이 아니면 매수할 수 없는 사람이었다. 니콜스키가 직속상사에게 설명한 바와 같이 바시아에게는 자부심이 열쇠이고, 그 열쇠는 조심스럽게 돌려야만 했다.

지금은 모 연구기관의 연구에 대한 승인이 또 다른 문제가 되고 있는데, 그 연구기관은 모스크바와의 거래에서 성공한 기업인이 투자해 설립한 곳이었다.

니콜스키가 전에 프릭에게 말했다.

"내가 생각하기에 당신은 미국병에 대해 대단히 권위 있는 분석가이십니다."

이런 아첨의 말에 고무되어 그는 미국 정부와 언론기관에 종사하는 인사들에 관해 이것저것 알려주는 잡담을 하기에 이르렀다. 그래서 니콜스키는 아주 강력한 영향력을 행사하는 공화당의 어떤 위원회에 은밀한 동성애자가 있다는 사실을 알아내고 프릭에게 감사했다.

프릭은 언론의 주류가 아닌 외곽에서 활동하고 있었다. 그는 서해안 특집기사 배급연맹에서 고문료를 받고 있었다. 그 배급연맹은 반전운동이 한창일 때 설립되었고, 아직도 미국 제국주의가 세계 곳곳에서 일어나는 대부분의 문제에 책임이 있다는 철학을 바탕에 두고 있었다.

그곳에서 배급되는 기사의 대부분은 러시아의 〈노보스티〉나 〈문예신문〉에 글자 하나 바뀌지 않고 게재되었는데, 니콜스키가 생각하기에는 아주 심각한 잘못이었다. 신뢰성을 재고하기 위해서라도 소련에 반대하는 기사를 더 많이 실어야 한다고 프릭에게 충고했다.

프릭은 기사가 궁했고, 니콜스키는 때때로 그에게 기사거리를 제공해 주었다. 그것은 모스크바 본부의 '서비스-A'에서 해외 배포용으로 준비한 자료인데, 어떤 기사는 너무 저질이라 니콜스키조차 당황하게 했다. 그는 서투르게 위조한 미국 국무성 서류 같은 것을 프릭에게 제공하는 것에 반대했지만 그대로 진행하라는 본부의 명령을 받았다.

그러므로 프릭이 미국의 유력 일간지 중 어느 곳도 그 기사를 게재하지 않더라고 말했을 때 니콜스키는 별로 놀라지 않았다. 그 기사는 다시 뉴델리와 멕시코시티로 보내졌고, 신문 전면에 대문짝만하게 실렸는데, 그 신문들이 모스크바와 연결되어 있다는 것을 모르는 사람은 거의 없었다.

모스크바 본부가 그날 한밤중에 전문을 보내, 코스티아에게 니콜스키를 찾아 헤매게 한 건은 좀 더 전문적인 것이었다. 어떤 제보자가 미국 대통령 선거에 출마한 한 후보자의 선거운동 자금 조달에 불법성이 있다고 러시아 본부에 보고했다. 그 후보자는 소련에 친구를 가지고 있지 않은 아주 보수적인 인사였다. 그 정보는 미국 언론에게는 아주 훌륭한 기사거리였다. 프릭이 직접 그 사실을 추적해 전국적으로 기사가 보도됨으로써 프릭과 니콜스키는 훌륭한 보답을 받게 되었다.

니콜스키는 운명을 대단히 신봉하는 사람이었고, 개인적인 미신을 충실하게 지켰다. 그 규칙은 항상 바뀌었다. 어떤 날은 검정고양이가 행운을 의미한다고 했고, 또 다른 날은 흰색고양이가 그렇다고 했다.

어느 날, 뉴욕의 번잡한 갓길을 따라 걸으면서도 그는 철제격자로 된 하수구의 뚜껑을 피해 움푹 파인 가장자리로 돌아가기도 했는데, 이는 마치 그 뚜껑이 열려 그를 집어삼키기라도 할까봐 두려워하는 것 같았다. 또 어떤 날은 자기가 걷고 있는 곳이 어디인지 알지도 못하고 헤매기도 했다. 그는 운(運)처럼 조리가 닿지 않는 사람이었다.

그는 마야 아스키에로바와 함께 지낸 그 광란의 밤 이후 자신이 운이 좋았다는 사실을 알고 있었다. 그의 보스 코로비에프로부터 가벼운 견책으로 그날 밤의 사건이 종결된 것은 순전히 사샤에게 감사할 일이었다.

그 지국장은 이웃인 GRU에 있는 친구와 우정을 키웠다는 것으로는 그를 파면시키고 싶지 않았다. 그것은 KGB에게는 언제나 관심이 있는 일이었다. 이전의 지국장 드리노프 대령은 그에게 계속 프레오브라젠스키를 감시하라고 요구했던 것이다. 니콜스키는 별 효과도 없는 잔소리만 조금 들었다. 차후로는 그의 소재를 지국장이 알 수 있도록 보고할 것이며 바시아를 놓치지 말라는 것 등이었다. 중앙위원회는 공작의 결과를 알고 싶어 했다.

이런 일련의 에피소드가 그에게 겁을 주어 마야와의 관계를 청산하게 했다. 그런데 마야는 상당히 로맨틱해서 더 이상 그녀의 남편을 속이지 말고 둘이 함께 어디론가 도망을 가자는 백일몽 같은 제안을 했다. 만일 그가 마야의 제안을 받아들이려 했다면 그렇게 할 수도 있었을 것이다. 그렇게 되면 두 사람은 꼭 껴안고 마주보며 살아갈 수도 있었을 것이다.

그러나 그는 이미 너무 깊이 빠졌고, 아스키에로프 가족도 염려가 되었으며, 그런 위험을 감수할만한 가치가 있는 것도 아니었다. 게다가 또 헌신적인 아내 올가가 있었다. 그녀는 심성도 착했다. 펠릭스가 다른 여자에게 그 이상으로 빠지지 않는 것도 그 때문이었다.

*

다시 여러 여자들 사이에 끼어 몇 개월이 지난 후, 니콜스키는 줄담배를 피워대며 자기 자신을 돼지처럼 보이게 하는 프릭을 바라보고 있었다. 니콜스키는 잠시 프릭에게 여자 친구가 있을까 생각했다. 그의 파일에는 그 문제에 관해서는 아무런 언급이 없었다. 사이공에서 아프리카 잠비아의 수도 루사카로, 뉴욕으로, 그의 불확실한 경력을 다 들추어 보아도 여자에 관한 기록은 한 줄도 없었다.

아마 그는 동성애자인지도 모른다. 프릭은 러시아 사람들을 잘 알고 있었다. 대부분의 러시아 사람처럼 니콜스키도 동성애자를 혐오했다. 프릭에 대한 거부감이 높아가고 있었지만 이미 착수한 공작임무 때문에 그를 멀리 할 수는 없었다.

프릭은 때때로 새로운 정보를 가지고 왔다. 니콜스키의 관심을 불러일으킨 그 건은 정보의 출처가 의심스러운 것이었다. 다행스럽게도 그것은 CIA의 비리를 폭로하기로 정평이 난 한 급진적인 신문에 실렸던 것으로, 아직까지 모스크바 본부까지는 닿지 않았다.

니콜스키의 업무 중 하나는 이와 같은 간행물에서 자료를 수집하고, 또 어떤 것은 직접 제공 받기도 해서 소련의 보도기관에 실리도록 보내는 것이었다. 업무적인 관점에서 볼 때, 프릭의 기사는 일급이었다.

그것은 앙골라에서 극비리에 진행되고 있는 CIA의 공작을 폭로하는 것이었고, 분명히 CIA 내부에서 흘러나온 것이었다. 곤란한 것은 니콜스키가 그 기사에 대해 미리 알지 못했다는 것이다. 본부는 미리 경고를 받기를 바라고 있었고, 정보의 출처도 알고 싶어 했다.

"데이브, 왜 나에게 미리 말해주지 않았소?"

이탈리아 적포도주 바르돌리노를 두 병째 마시려고 할 때, 니콜스키가 프릭에게 물었다.

"알려 주려고 했지. 그런데 지난번 점심식사 이후 당신이 나타나지 않았잖아, 기억합니까?"

니콜스키가 그랬다. 그들은 통상적으로 금요일에 점심을 같이 했는데, 그날은 마침 빠개질 듯이 두통이 심했고, 프릭의 쉰 듯이 단조로운 목소리가 너무도 지긋지긋해 전화로 취소해 버렸다.

"그 기사를 어떻게 생각하는지 아무 말도 하지 않았소."

프릭이 재촉했다.

"획기적이고 대단한 것이라고 생각합니다. 그 건은 의회의 새로운 조사를 유도해낼 것 같습니다. CIA가 앙골라에서 그처럼 서툰 짓을 할 것이라고는 짐작도 못했다고 해야겠네요. 당신은 아프리카에 관해서도 대단한 전문가이십니다."

"이 멍청한 녀석들이……."

프릭은 충분히 목을 가다듬고 그 주제에 대해 일장 연설을 했다.

"당신이 아주 정통한 정보 출처를 가진 것은 분명합니다. CIA에 누가 있습니까?"

그의 연설이 끝난 후 니콜스키가 물었다.

"전직 CIA 요원이오." 프릭이 서슴없이 대답했다. "그는 대단한 사람이었소. 루사카에 주재하고 있었는데, 2~3년 전 내가 그곳에서 나올 때 만났지요."

"아, 그래요, 한센, 세이무어 한센이군요."

니콜스키는 프릭의 기사를 받고 집에서 어느 정도 연구를 했다. 그의 말에 프릭은 약간 놀란 듯 했다.

"지금 그의 계획은 무엇이오?"

니콜스키가 물었다.

"흠 잡힐 만한 짓을 하지 않는 한, 그 기관으로부터 연금을 받고 있지요. 내가 듣기로는 그가 책을 쓰고 싶다고 합니다."

"코냑 한 잔 하겠소?"

"물론, 좋지요."

니콜스키는 웨이터에게 손짓을 했다.

"그리고 그 파시스트 여송연, 루이지도 가져오고."

뉴욕에서 몇몇 식당은 좋아하는 단골 고객들을 위해 1959년 이전에 만들어진 하바나 여송연을 준비해두고 있었다.

프릭의 정보 제공자에 대한 의구심이 해소되자 니콜스키는 기분이 대단히 가벼워졌다. 이제 막 퇴임한 CIA 요원이 전임 고용주에게 대단히 큰 적의를 품고 있어서 프릭과 같은 녀석에게 털어놓은 것이다. 자, 그렇다면 그것은 추적해 볼 만한 가치가 있는 것이다. 브랜디와 여송연으로 기분이 거나해진 니콜스키는 거침없이 나가기로 했다.

"데이브, 부탁 하나 해도 되겠소? 같은 동료 저널리스트로서 말이오."

프릭도 완전한 바보는 아니어서 다음 말을 기다리고 있었다.

"세이무어 한센을 나에게 소개시켜 주시오."

프릭은 한참동안 그와 옥신각신했고, 이를 진정시키기 위해 코냑을 계속 마실 필요가 있었다. 프릭은 마지못한 듯이 말했다.

"내가 애쓴 만큼 보람이 있다면 더 좋고."

그 말을 들은 펠릭스는 자기가 굉장히 흥미로운 보고를 하게 될 것이라고 생각했다.

7.

도시철도 객차는 내부가 숨이 막힐 지경이어서 사샤는 원래 목적지보다 일찍 14번가에서 내렸다. 계단을 성큼성큼 걸어 올라가니 그곳은 유니온 광장이었다.

코너에 있는 신문 가판대에서 최신판 신문을 한 부 사려고 멈추었다가 길을 횡단해 공원을 따라 여유롭게 걸었다. 그 공원은 모스크바의 알렉산드르 정원 같지는 않았다. 약물 중독자와 사회의 낙오자들이 군데군데 무리지어 벤치에 드러누워, 회색 양복 위에 가벼운 레인코트를 걸친 키 큰 사람을 유심히 쳐다보다 자리를 넓게 피해 주었다.

사샤는 천천히 걸어 매디슨 광장을 지나 이전의 무연고 공동묘지까지 갔다. 그곳의 파라것 제독 기념비 아래에서는 인근 보험회사에서 나온 젊은 직원이 거리를 피해 다니는 사람들로부터 마리화나 담배쌈지를 사고 있었다. 그 장면은 모스크바 잡지에는 좋은 기사거리가 될 수도 있어서, 사샤는 그것을 니콜스키에게 전해주어야 하겠다고 생각했다.

다시 렉싱턴 애비뉴로 돌아와 23번가에서 시내로 들어오는 열차를 탔다. 사샤는 자기가 미행당하지 않는다는 것을 거의 확신했다. 그래서 강 건너 퀸즈에 있는 식당에서 이브라힘과 접선하기 전에 미행여부를 확인하기 위한 충분한 시간을 가지는 것이었다.

그와는 6시 30분에 만나기로 되어 있어서 아직 두 시간을 더 기다려야 했다. 사샤는 이브라힘과 만나기 전에 미행과 감시를 확인하는 데에 보통 3시간에서 5시간을 소비했다. 미행자를 떨쳐버리기 위해 공관 동료들이 모두 그처럼 철저한 것은 아니었다. 세계 각처에서 모여든 인종이 아주 다양해서 원주민처럼 행세할 수도 있고 은신할 장소도 많은 도시이지만 언제든 자칫하면 부주의하게 될 수도 있었다.

미국의 대간첩 활동에 투입된 수십 명의 FBI 요원은 러시아인 거주자들보다 턱없이 숫자가 적었다. 그들이 뉴욕의 적지 않은 소련 공작원들을 24시간 감시한다는 것은 산술적으로도 불가능했다.

그런데도 사샤는 코너를 바로 건너간 적이 한 번도 없었다. 이렇게 하는 데에는 부분적으로 직업적인 본능도 있었다. 또한 그는 빨래를 짜듯이 빙빙 도는 것을 즐기기도 했다. 이런 것들은 사샤에게 이 도시의 병들었지만 유쾌하기도 한 혈류 속으로 들어갈 수 있는 기회를 주었다.

그는 서부 아프리카 대사와 만나는 것을 즐겼다. 그 사람은 유머감각이 메말라 버렸고, 다른 사람들만큼이나 자기자신을 못마땅해 했다. 그러나 여러 가지 많은 사태에 대한 값진 정보가 있었고, 특히 미국이 자기 나라에서 무엇을 하고 있는지에 대해서는 소상히 알고 있었다.

그는 CIA와의 접촉에 대해, 그리고 미국이 자기에게 두고 있는 의문에 대해서도 아주 시원스럽게 이야기해 주었다. 사샤가 이따금 의아스럽게 생각하는 것은 조지 아피그보가 돈을 받기 위해 그들 모두와 겨루고 있지는 않다는 것이었다.

그는 아주 쉽게 돈을 받았지만 그것을 세어보지는 않았다. 그래서 사샤는 자기가 뚫고 들어갈 수 없는 단단한 껍질이 있는 것을 느끼게 되었다. 이 아프리카인은 돈을 받기 위해 고용된 사람은 아니라는 것이다. 이브라힘은 자신의 사명을 가지고 있었고, 그 사명을 미국이나 소련 어느 쪽과도 나누려 하지 않았다.

사샤는 57번가에서 지하철을 내렸는데, 그가 출발한 지점과 불안할 정도로 가깝다는 것을 알았으나 이미 시각이 너무 늦어 동쪽으로 걸어갔다. 한국인 청과물 가게에서 사과 몇 개를 샀는데, 모두 손으로 정성스레 닦아 윤이 나는 것이었다. 그 옆은 고서화를 파는 곰팡내 나는 가게였다. 그는 안으로 들어가 지난 시절의 영화 포스터 몇 개를 살펴보았다. 펠릭스에게 사다 주어야겠다고 생각한 것이 하나 있는데, '잃어버린 주말'에 출연한 레이 밀란드였다.

그러나 마야와 그 촌극을 벌인 후라 그것이 적절한 것일까? 펠릭스가 그리 달가워하지 않을 수도 있을 것 같았다. 그는 빈손으로 가게를 나와 느리게 걸으면서 핫도그 가게 가까이에서 키가 땅딸막한 사람을 두 번째로 보았는데, 매디슨 광장에서 보았던 사람과 매우 흡사했다.

그런 다음 그녀를 보았다. 맨 먼저 그의 시선을 끈 것은 머리였는데, 숱이 많은 검정색에 뒤로부터 오후의 햇살을 받아 반들반들하게 윤이 났다. 머리에 약간 손질을 해, 어깨 위로 축 늘어지게 하지 않고 목덜미에서 가지런히 잘라 왼쪽으로 가르마를 탔다.

의상도 역시 낯익은 것은 아니었다. 호랑이에 대한 화가의 감각을 추상화시켰음직한 흰색과 황갈색, 브라운으로 조화된 니트로 아주 부드러워 보였다. 그 옷이 몸에 착 붙어 그녀의 움직임을 우아한 율동으로 강조해 주었다.

그녀의 측면을 1초 정도 흘낏 보았지만 단번에 알아보았다. 길게 빠진 목과 굵은 아치형 눈썹, 늘씬하고 굴곡진 몸매와 신비로운 머리카락이 기하학적인 평면에 그려졌다. 그는 하마터면 '타냐!' 하고 부를 뻔했는데, 그 말이 목안에서 걸리고 말았다. 그녀는 이미 반구역쯤 떨어져 거리 저편 서쪽으로 걸어가고 있었다. 코너를 돌아가는 그녀를 보면서, 그녀를 시야에서 잃어버리면 어쩌나 하는 이상한 두려움이 일었다. 차량행렬의 간격을 관측하면서 도로로 뛰어들었다.

교차로 신호등이 황색에서 빨강으로 바뀌자 택시기사는

사샤가 그의 목표물이라도 되는 듯 총알처럼 택시를 앞으로 몰았다. 사샤는 택시를 날쌔게 피한 다음, 복잡한 길에서 손도 잡지 않고 자전거를 타고 빠르게 달리고 있던 사람을 다른 쪽으로 밀어붙였다. 사샤는 바람을 마주해 달리듯 호흡조차 곤란해 헐떡거렸다. 그녀를 찾으려고 군중 속을 헤쳐나가면서 사람들이 자기를 이상하게 쳐다보는 것도 어렴풋이 느껴졌다.

그는 공작업무도 잠시 잊었다. 그의 모든 신경은 단 하나의 목표에 집중되었다.

'그녀를 두 번 다시 잃지 않으리라.'

걸어 다니는 망자 주코프스키가 강제노동수용소에서 타냐가 어떻게 죽어갔는지 전해준 이야기가 홍수처럼 되살아났다. 자기에게 고통을 주기 위해 그가 이야기를 전부 지어냈단 말인가? 그는 수용소의 공포를 아주 선명하게 그려볼 수 있었다. 타냐의 몸 아래에서 윙 소리를 내며 돌아가는 전동톱날까지 맨해튼 거리에서 조금 전에 본 그녀처럼 아주 또렷하게 보이는 것이었다. 지금 자기가 꿈을 꾸고 있는 것은 아닐까?

버스정류장에서 시끄럽게 떠드는 사람들을 헤치고 나아가자 다시 그녀의 검은 머리를 볼 수 있었다. 그녀는 펑펑

한 유리 쇼윈도 앞에 서있었다. 그가 걷는 속도를 늦추자 그녀와의 거리가 1~2미터쯤으로, 거의 닿을 만큼 가까워졌다. 그도 멈추어 서서 같은 쇼윈도를 들여다보았다.

그녀가 돌아서서 자기에게 반갑게 인사를 하지나 않을까 반쯤 기대했다. 그러나 그녀는 핸드백을 뒤져 담배 한 갑을 꺼냈는데 멘솔 상표였고, 일회용 노란색 라이터도 끄집어 냈다. 그녀가 라이터를 켜는데 보니 오른손이었다. 그때서야 그는 갑자기 그녀가 타냐는 아니라는 것을 알았다. 타냐는 왼손잡이였다. 그러나 그녀를 그렇게 가까이서 살펴보아도 타냐와 너무도 똑같았다. 아랫입술이 도톰한 것에서부터 검정색으로 젖은 눈 위로 내려 깔리는 속눈썹까지 완벽하게 닮았다.

그러나 타냐는 아니었다. 어떻게 된 거지? 타냐의 쌍둥이 자매일지도 모른다. 그래서 그녀가 렉싱턴 애비뉴를 향해 걸어갈 때 따라가지 않을 수 없었다.

거리에는 뉴욕의 가을 햇살이 가득해 이 도시의 혹독한 겨울 추위와 여름 더위를 모두 용서하는 듯 했다. 지금 그는 다시 숙련된 추적자가 되어 유연하고 기민하게 그녀의 그림자를 밟아갔다. 그녀가 담배를 몇 모금 빨고는 던져 버리고 사람들로 붐비는 백화점 안으로 바람처럼 들어가는 것을 보았다.

'모든 것이 부족한 모스크바에서 타냐는 담배를 그렇게 피우고 버리지는 않았지.'

 그녀가 들어간 백화점은 블루밍데일이었다. 사샤는 리디아와 함께 그곳에 와본 적은 있었지만 미행자를 떨치기 위한 세탁경로로 사용하지는 않았다. 그곳은 공관과 너무 가까운 거리에 있었다.

 사샤가 백화점 안의 화장품 코너에서 한참동안 배회하고 있을 때, 미니스커트에 어깨가 터진 블라우스를 입은 예쁘장한 아가씨가 자리에서 벌떡 일어나 그의 손목에 쥘른 향수를 뿌려주면서 냄새를 맡아보라고 했다. 그 향수는 백화점에서 파는 새로운 제품이라는 것이었다.

 여자가 에스컬레이터를 타고 아래층으로 내려가는 것을 보았다. 다시 만났을 때, 그녀는 여성 속옷을 파는 코너에서 잠옷을 살펴보고 있었다. 사샤가 그곳을 지나가자 그녀가 문득 쳐다보고, 조롱하듯이 눈썹을 깜박거리고 웃음을 억지로 참는 듯 입을 돌리는 것이 타냐와 너무도 흡사했다.

 그는 돌아서면서 현기증을 느꼈다. 팬티와 브라만 걸친 마네킹이 몸은 뒤로 젖히고, 다리는 넓게 벌린 채 기괴하게 앉은 것과 마주치자 얼른 발길을 돌렸다. 백화점의 그 코너는 사샤가 쉽게 그 배경 속으로 녹아들어갈 수 있는 곳이 아니었다.

여성 판매원이 다가와 도움이 필요한지 묻자 그는 웃으며
중얼거렸다.

"그냥 구경만 하는 겁니다."

그의 억양은 니콜스키처럼 완벽하지 못해 자연스럽게 외
국인이라는 것이 드러났다. 그는 네덜란드, 노르웨이 또는
독일 사람으로 통할 수 있었다. 듣기에 아주 잘 훈련된 귀만
이 그가 이따금 정관사를 빠뜨리는 것을 듣고 러시아인이라
는 것을 알 수 있었을 것이다.

시계를 보니 퀸즈의 약속까지는 아직도 90분이 남아 있었
다. 그녀를 주시하면서 한 가지 확실히 느낀 것은 그녀에게
말을 건네 보지 않고, 그녀가 누구인지 알아내지 않고는 떠
날 수 없다는 것이었다.

그는 옷걸이에서 여자의 실내복 두 개를 집었다. 하나는
검정색 얇은 것이었고 다른 하나는 분홍색에 솜털이 달린
것으로, 그것들을 들고 그녀에게로 다가갔다.

"실례합니다."

목을 가다듬고 말을 붙였다. 그녀의 표정은 태연하면서도
조금 애매했다. 그를 구두 끝에서부터 면도하다 흠집이 난
뺨에 있는 점까지 뚫어지게 쳐다보는 것 같았다.

"이런 일에는 경험이 없어서요, 누이에게 선물을 하나 하려고 하는데, 당신하고 아주 비슷합니다. 어느 것이 좋을지 말해 주시겠습니까?"

그녀의 시선이 네그리제로 옮겨갔는데, 그는 방금 잡아올린 물고기처럼 양손에 옷을 들고 있었다. 그녀가 분홍색 실내복을 펼쳐보고 코를 찡그렸다. 그녀가 눈살을 찌푸리자 눈썹 사이에 감탄부호 같은 조그마한 선이 나타났다. 상표를 살펴보고 그녀의 입 가장자리가 내려가더니 다시 올라갔다.

"누이가 다이어트를 하고 이 옷을 입을 건지, 하기 전에 입을 건지에 달렸겠네요."

"무슨 말씀이죠?"

사샤가 낭패한 듯이 물었다.

"그 옷을 펴 보세요, 전부 다 펼쳐 봐요."

그녀가 시키는 대로 하자 이해가 되었다. 검정색은 분홍색보다 4배는 컸던 것이다. 그녀의 웃음은 타냐의 웃음이 방금 전염된 것처럼 가볍고 거품이 이는 듯 했다.

"음료수나 뭐 마실 것 좀 드시지 않겠습니까?"

"맙소사, 당신은 그 코스로 가지 않는군요."

그녀가 말했다.

"코스라니 무슨 말씀인지?"

"우편으로 조그만 책자를 하나 받았거든요. 성인교육 프로그램으로, '블루밍데일에서 연인을 낚는 법'이랍니다."

그의 얼굴에서 당황한 기색을 보자 그녀는 달래듯이 말했다.

"좋아요, 당신은 돈을 잘 쓰는 사람 같으니까 우리 같이 한잔 합시다."

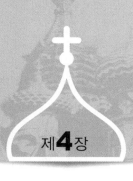

제**4**장

연인 엘레인

'열정은 지나치지 않으면 아름다울 수 없다.
어느 한 쪽이 너무 많이 사랑하지 않으면 충분하지 않다.'

– 파스칼 《팡세》

1.

엘레인 워너는 블루밍데일에서 자기에게 접근해오는 그 낯선 남자에게서 위협적인 것이라고는 찾아볼 수 없었다. 이와 비슷한 경우가 있었던 게 처음은 아니었다. 게다가 그 사람은 자기에게 거의 애원하다시피 했다. 꾸밈이 없고, 야성적인 강인함이 있고, 매너와 옷차림도 나무랄 데 없었다. 열성적이지만 밀어붙이는 것은 아니었다. 자기도 작은 키는 아닌데 그는 머리 하나 이상은 컸고, 그래서 포근히 감싸지는 듯한 느낌이 좋았다.

언젠가 그녀에게 사무실 동료 리사가 무엇을 생각하느냐고 물었다.

"교양 있는 원시인."

이렇게 대답하자 여성해방론 경향이 약간 있던 리사에게는 충격적인 말이 되었다. 그러나 엘레인은 그리 큰 진전을 만들지는 못했다.

지난 주말은 다락방에서 햇빛을 쫓아다니는 고양이처럼 혼자 보내면서, 최근의 비참한 사태가 남긴 상처를 무감각하게 하는 방법으로 그녀가 쓰고 있던 짧은 이야기를 마무리할 말들을 찾으려고 애를 썼다. 처음부터 사연이 많았던

게 아니어서 그것은 아마도 결론을 얻지 못할 것 같았다.

그래서 엘레인은 그 백화점 블루미의 코너 간이식당에서 이 매력적인 남자와 앉아 있는 것이 좋았다.

"엘레인이라고 해요."

그녀가 먼저 자신을 소개했다.

"알렉스입니다."

그녀가 리셉션 라인에라도 서있는 것처럼 그가 정중하게 악수를 청했다.

"백포도주 칵테일 주세요."

그녀가 웨이터에게 말했다.

잠시 어색한 침묵이 흐르자 그녀가 깨뜨렸다.

"이쯤에서, 생활을 위해 무엇을 하는지 서로 물어봐야 하지 않겠어요?"

그 남자의 눈은 그녀의 얼굴에서 움직이지 않았다. 이상한 것은 그가 그녀를 이미 알고 있다는 듯한 표정이었다.

"내가 먼저 말할게요." 그녀가 계속했다. "나는 도서관 직원 같은 일을 하고 있답니다. 엑스테크 회사에 근무하고 있죠. 회사 이름은 들어보셨을 겁니다. 나는 작가가 되고 싶다는 생각을 많이 합니다. 아시겠지만 뉴욕에는 글을 쓰는 작가와 연기하는 배우들이 많거든요. 많은 사람들이 그런 일을 하고 싶어 합니다. 지난달 〈뉴욕매거진〉에 내가 쓴 작품이 하나 실렸지요. 독신 여성들이 사용하는 고전적인 어휘에 관한 기사였어요."

이것은 사실이었다. 그녀의 기사는 '그레이트 넥에서 늘어나는 유태인에 관하여'라는 제목이었다.

그녀는 그가 나타내는 반응이 궁금했는데 그는 아무 반응을 보이지 않았다. 그는 칵테일을 저으면서 자기를 바라보고만 있었다.

"좋아요," 그녀가 그를 재촉했다. "당신은 어떻습니까? 어느 나라에서 왔지요? 어쨌든 그 억양이 좋거든요."

"노르웨이입니다."

사샤는 그녀가 그곳에 가보지 않았을 것이라고 도박하는 심정으로 대답했다.

"아, 그 나라는 참 아름다운 곳이라고 들었어요."

"특이한 곳이지요." 그는 콜랴 블라소프가 노르웨이에서 2년간 근무한 이야기를 떠올리려고 노력했다. "오슬로에는 사람들 숫자만큼이나 많은 보트가 있어요. 한여름 밤 지지 않는 태양 아래 그 좁은 만에서 크리스마스트리처럼 불을 밝힌 보트들을 볼 수 있답니다."

"스웨덴과 같나요? 사우나와 자유로운 사랑 같은 것으로."

"스웨덴과는 전혀 다릅니다."

그가 그녀를 보고 웃었다.

"뉴욕은 단순한 방문인가요?"

"UN에서 일하고 있습니다."

"그곳에서 무슨 일을 하고 계실까 의문이 드는군요."

"정말로 따분한 일입니다."

사샤는 해양법에 관한 최근의 위원회 회의 광경을 비슷하게 들려주었다. 그 해양법위원회는 니콜스키가 노르웨이 대표와 함께 관여한 적이 있어서 조금은 알고 있었다.

너무 많은 질문을 끌어내지 않으면서도 그녀의 관심을 끌기에 충분할 만큼 재미있게 이야기하려고 했다. 그리하여 그는 엘레인이 가족에 대해 털어놓고, 위대한 미국소설을 쓰겠다는 포부와 남자들과의 불만스러운 관계 등을 이야기하도록 이끌어나갔다.

"부모님은 이혼하셨어요." 그녀가 말했다. "26년간의 결혼생활 후 아이들이 대학에 다닐 때 파경을 맞았습니다. 두 분은 서로 잘 맞지 않으셨지요. 아버지는 뉴욕 동부 해안에서 자라셨고, 집안이 어려워 낡은 전화번호부를 찢어 화장지로 사용했다고 합니다. 아버지 가족은 유태인 학살 후 러시아에서 건너왔답니다."

사샤는 미동도 않고 듣고 있었다. 두어 세대의 미국 이주로 인해 이 여자와 타냐 사이에 어떤 관계가 있을지도 모른다는 가능성은 아직 남아 있었다.

"러시아 말을 하십니까?"

대수롭지 않은 호기심으로 질문하듯이 물었다.

"아뇨. 아버지는 집안에서 영어로만 말씀하셨거든요. 그분은 저희에게 우리는 미국인이며, 과거에 대해 생각하는 일은 없어야 한다고 하셨어요. 나는 아버지가 가족이 겪은 과거를 잊고 싶어 하신다고 생각했습니다. 그 분은 7번가에서 손수레를 미는 일로 시작하셨는데 새 집을 사서 이사하게 되자 그 일을 그만 두셨지요. 아버지는 한 푼이라도 더 벌려고 땀을 흘리셨어요."

"어머니는 어떠셨나요?"

"오, 어머니는 전형적인 잽(JAP)이셨지요."

"재패니스? 일본인이라고요?"

사샤가 묻자 그녀는 폭소를 터트렸다.

"유태계 미국인 공주라는 말입니다. 뉴욕에 온지는 얼마나 되셨나요?"

"거의 2년 됩니다."

"맙소사, 그런데도 잽에 대해 들어보지 못하셨다는 거예요? UN에서 굉장한 은둔생활을 하시는군요."

"정말 수도원 같은 생활이죠."

그는 웃으면서 그녀가 시선을 돌릴 때까지 눈을 쳐다보았다. 이것은 솔직한 유혹이었다.

그녀는 몸이 들뜨고 안정이 되지 않아 담배를 끄집어냈다. 그녀가 라이터를 찾기 전에 그가 성냥을 그었다. 그녀는 그의 손이 좋았다. 강해 보이고, 길지만 섬세한 손가락과 가지런히 손질한 손톱이었다.

그들의 대화는 부담 없는 일반적인 화제로 돌아갔다.

"주말에는 테니스를 해요." 그녀의 말이었다. "일주일에 두세 번은 달리기도 하고요."

"저는 이따금 달리기를 합니다, 혼자서요. 그러나 수동적인 운동은 덜 좋아합니다."

그녀는 다시 그의 눈과 마주쳤다. 그 눈에는 회색의 화약 연기처럼 위험한 그림자 같은 것과 이상한 느낌이 있었다. 그 느낌을 그녀는 이미 알고 있었다는 것과 당황함, 담담함으로 받아들였다. 그의 시선은 그녀의 내부로 들어오는 듯했다. 그 느낌이 조금 두려웠지만 기분 나쁘지는 않았다.

'이 사람은 나를 알고 있구나.'

이런 생각이 어디서부터인가 그녀의 의식 표면까지 떠올

랐다. 그는 노르웨이의 아이스하키에 대해 이야기했다. 그가 엘레인에게 어떤 질문을 했는데 그녀의 대답이 늦어지자 깊고 떨리는 목소리로 말했다.

"당신은 지금 저와 함께 있는 거죠?"

그의 손을 그녀의 손에 올려놓자 그녀는 정전기에 감전이라도 된 듯이 깜짝 놀랐다.

"미안해요."

그녀가 사과하자 그가 다시 말했다.

"당신을 다시 만나고 싶다고 말했습니다."

"물론이죠."

그녀는 자동적으로 대답했다.

"전화해도 되고요?"

"오, 그렇고 말구요."

그녀는 그로부터 성냥을 빼앗아 갑 위에 전화번호를 휘갈겨 써주었다.

"나는 보통 7시경이면 집에 옵니다."

자기 이야기를 하다 그녀는 갑자기 왜 그렇게 말했는지 의아스러웠다. 하지만 그렇게 하는 것이 자연스러워 보였다.

"가야할 시간입니다." 그가 시계를 보면서 말했다. "저녁을 같이 했으면 좋겠지만요."

"UN은 결코 잠들지 않으니까요." 그녀가 덧붙였다. "회기 중에는 반드시 자리를 지켜야 하는 사람들이죠."

엘레인을 거리로 데리고 나오면서 그가 팔을 등에 둘렀을 때 그녀는 다시 감전되는 듯한 느낌을 받았다.

"택시를 불러드릴까요?"

그녀는 그가 말하면서 숨을 깊이 들이쉬는 것을 알았다.

"괜찮아요, 지하철을 무서워하지 않아요."

그가 계단까지 같이 걸어가 멈추어 섰다. 서로 몸을 부딪치며 퇴근하는 사람들 속에서 그가 그녀의 손을 꼭 쥐고 그녀의 볼에 가볍게 키스를 했다. 그녀는 성큼성큼 걸어 커튼처럼 펄럭이는 러시아워의 군중 속으로 멀어져가는 그 사람을 한참동안 바라보면서 감정을 진정시키려고 애썼다.

그는 자기를 가져보겠다고 탐내지 않았다. 그 사람은 입에 발린 말만 했을 뿐일까? 아니면 무엇일까? 그 사람은 자기 전화번호도 주지 않았는데, 경험상 그것은 그가 결혼을 했다는 확실한 증거였다. 그는 아마도 저녁에 아내를 만나려고 급히 갔는지도 모른다. 그러나 이런 생각들은 표면적인 것일 뿐이었다.

내면에서는 높은 곳에서 추락하는 현기증 나는 감각이 일었다. 그로 인해 겁에 질릴 만도 했지만 그렇지는 않았다. 펼치기 쉽게 꾸린 낙하산을 짊어지고 뛰어내리는 자유낙하와 같았다. 그렇지만 그녀는 낙하산을 착용하지 않았다는 사실을 자신에게 상기시켰어야 했다.

*

전화가 울리자 엘레인은 몹시 반가웠다. 그때는 그녀가 쓰고 있던 이야기를 찢어버리려고 결심한 바로 뒤였다. 남자란 믿을 것이 못 된다. 그가 말하고 행동한 모든 것은 다만 추억으로 새겨질 뿐이다

그녀는 '에' 발음을 길게 빼면서 정관사를 빼먹는 이상한 억양으로 단번에 그의 목소리를 알아들었다. 그녀가 알렉스라고 알고 있는 이 사람은 누구의 결혼식에라도 초대하듯 엄숙하게 저녁식사를 제안했다. 그녀는 미리 준비한 말이 있었다.

"나를 잊었다고 생각했는데요."

블루밍데일에서 만나고 일주일이 넘었기 때문이다.

"아닙니다. 내내 당신을 생각하고 있었습니다. 이 UN의 일이라는 것이 아주 많은 시간을 필요로 하니까요."

"북극에서 누가 어획권을 획득할 것인가에 대해 논의한다는 말인가요?"

"바로 그렇습니다."

"오늘은 안 되겠네요. 저는 오늘 그레이트 넥에 가야 합니다. 어머니가 여동생 결혼식 준비를 하는데 제가 오기를 바라거든요."

반은 거짓말이었다. 그녀는 다음날 오후까지 외출 계획이 없었다. 그러나 그녀는 자신의 페이스대로 가기로 결심했다. 그 사람은 일주일 동안이나 자기에게 전화하지 않아도 아무렇지 않은 사람이었다. 그 기간 동안 자신에게 타이른 것은 그들의 만남은 블루밍데일에서 우연히 부딪친 것일 뿐, 그 이상은 아무것도 아니라는 말이었다.

그런데 그런 생각은 잠시뿐이었다. 그녀는 갑자기 호흡이 가빠지며 전화기를 가슴에 붙이고 왼쪽, 오른쪽으로 왔다 갔다 하면서, 아파트를 뛰쳐나가 그가 말하는 장소로 달려가고 싶은 충동과 싸워야 했다. 그 사람이 자기가 필요할 때 쉽게 만날 수 있다고 생각하게 해서는 안 된다, 그녀는 자신에게 타일렀다.

그는 실망한 목소리였다.

"다음 주에 전화해도 되겠습니까?"

"예에, 물론입니다."

알렉스는 아직도 전화번호를 알려 주지 않았다.

그동안 써오다 찢어버리려고 한 러브스토리의 등장인물들은 다시 결합할 수 있게 되었다. 그들의 관계는 다른 경우보다 긴 6개월이나 지속되었다. 남자는 무정한 미남이었고, 그것이 처음부터 여자에게 경고를 했다. 그러나 남자가 깊숙이 빠져들게 내버려 두었고, 마침내 서로 사랑하고 있다고 실제로 믿게 되었다. 바로 그때 남자가 폭탄을 터트렸다. 그의 아내가 아이를 낳았고, 그리고 가장의 의무를 다해야 한다고……

그녀는 타이프로 친 원고를 북북 찢어버리고 두 번 다시 사랑에 빠지지 않겠다고 결심했다. 그리고 다음날 그레이트 넥으로 갔다. 그곳에서 어머니는 결혼 준비를 마무리 하느라 바쁘게 뛰는데 신부가 될 동생 바바라는 줄담배를 피우며 하객명부를 들추고 있었다.

바바라는 디자이너가 만든 옷과 메르세데스 벤츠 승용차를 좋아했고, 모든 일을 철저하게 계획에 따라 진행했다. 그녀의 신랑이 될 '이라'는 배가 올챙이같이 통통한 상품 중개인인데 지난여름 그녀에게 임신을 시켰다.

바바라는 낙태수술도 망설이지 않았다. 임신이 결혼 계획에 방해가 되어서도 안 되고, 버진 아일랜드로 가는 휴가 예약에 영향을 미쳐서도 안 된다는 것이었다. 바바라의 계획

속에서는 아직 아기가 생겨서는 안 되는 일이었다.

엘레인은 바바라를 데리고 병원에 가면서 마지막으로 그녀가 어떤 죄의식을 가지고 있는지 기대해 보았다. 그러나 바바라는 치과에서 이를 뽑고 나오듯이 조용히 병원에 들어갔다 나오는 것이었다. 그녀는 내년에 아기를 가질 예정이었다.

다른 사람들의 생활을 바라보고 있노라면 엘레인은 이따금 아스라하고, 방향이 없고, 겨우 형체를 짓고 있는 듯한 느낌이 들었다. 그들의 삶이 겉으로는 원만하고 완벽해 보이기도 했다. 그녀는 그런 삶에 부러움도 있었다.

그러나 바바라와 함께 있으면 엘리베이터에 갇힌 폐소공포증 같은 것을 느꼈다. 동생은 자신의 전 인생을 상자에 넣은 선물꾸러미처럼 포장해서 살고 있었다. 엘리베이터에 갇힌 듯한 기분은 결혼식이 진행되는 동안 내내 엘레인을 누르고 있었다.

결혼식은 호텔 회의실 같은 규모의 유태인 교회에서 이루어졌다. 결혼식이 끝나고 수백 명의 하객들이 양고기와 파스테리 과자, 카나페 등으로 식사를 하는 동안 비디오카메라가 쉴 새 없이 윙윙거리며 돌아갔다. 엘레인의 어머니는 주름진 하얀 드레스를 입은 신부 뒤에 서 있다가 미혼인 큰 딸을 위해 가망성 있는 신랑감들을 잇달아 데리고 왔다.

그들 모두는 신랑 이라의 형제거나 친척들이었다. 그들은 분명히 온 삶을 어머니 품속에서 살아온 듯이 부드럽고 조숙하게 나이가 들어 보였다. 한 사람은 의사였고, 또 한 사람은 법인회사 변호사였다. 그러나 엘레인이 웃음을 지은 것은 그 변호사가 비디오 장비의 전선줄에 걸려 넘어질 때 뿐이었다.

그 다음 화요일, 알렉스가 전화해 저녁식사를 초대했을 때, 그녀는 급하다고 할 만큼 빠르게 '예스'라고 대답했다.

2.

저녁식사를 위해 엘레인을 만나는 경우에도 사샤는 이브라힘이나 다른 비밀 접선을 하기 전에 취했던 것과 똑 같이 세심한 주의를 기울였다. 공관에서 일찍 퇴근해 시내를 두 시간 이상 배회하면서 미행당하지 않는 것을 확인했다.

그날 저녁은 3면이 창문으로 된 커다란 엘레인의 방에서 끝났다. 그 방에는 고대 아메리카의 예술품과 미끼오리들이 어수선하게 늘려 있었다. 침대에서 그는 그녀가 타냐가 아니라는 사실을 확연히 깨달았다. 그녀는 좀 더 능란하고 기교도 있었다. 그녀는 타냐가 해보지 않았고, 자기가 요구하지도 않은 체위를 자청했다. 그녀는 그가 내심 놀라워하고 있음을 눈치 채고 물었다.

"노르웨이 여자들은 정상적인 것밖에 모르는 모양이죠?"

그들은 쉬면서 스테레오로 로버트 프랙의 음악을 들었다. 그리고 그는 그녀의 말에 복수했다. 다시 사랑을 나누면서 그녀의 비명이 거짓이 아님을 확인한 것이다.

그는 일찍 그 집을 나오면서 그녀와의 관계를 합리화시켜 보려고 골몰했다. 이 관계는 마야 아스키에로바와 니콜스키의 관계보다 더 어리석은 짓이었다. 그러나 어떻게 할 수가 없었다. 그녀는 그에게 타냐와 닮은 것부터 닮지 않은 것까지 이미 떨어지지 않는 망령이 되어 있었던 것이다.

그가 자신을 보호할 수 있는 방법이 하나 있기는 했다. 엘레인이 엑스테크 회사에 근무한다고 했는데, 그 회사는 첨단 자료처리 장비를 생산하고 있었다. 그러므로 그녀를 공작원으로 포섭할 수도 있었다. 그렇게 되면 앞으로의 밀회에 대해 사실과는 아주 다르게 완벽한 구실을 제공하게 될 것이고, 그 회사 도서실에 근무한다는 그녀는 본부에서 관심을 가질만한 기밀서류에도 별로 의심 받지 않고 접근할 수 있을 것이었다.

'*아니야!*' 사샤는 자신에게 중얼거렸다. '*그렇게 할 수는 없어.*'

각 단계에 대한 분석보다 본능적인 반응이 더 빨리 왔다. 그러나 그는 본능에만 이끌려 가는 것을 원치 않았으므로 전체적인 상황을 철저히 분석했다. 만일 그가 엘레인을 포섭 가능한 인물로 보고한다면 언제 어떻게 그녀를 만나게 되었는지 조작해 내야만 할 것이다. 그건 문제가 아니었다. 그거야 어떻게든 만들면 될 테니까.

일단 그녀의 성명 '엘레인 프란세스 워너'가 보고되면 그녀의 프로필은 본부의 접선 시스템에 등록된다. 규정에 의하면 모든 외국인의 접촉은 그들의 신상명세를 중앙 집중 데이터뱅크에 입력시켜 KGB와 정보를 공유하는 것이었다.

전 세계에 주재하는 소련 공작원들에 의해 하루에도 수백 명의 이름이 입력되고 있어서, 어느 특정 개인이 많은 관심을 받을 가능성이 그리 크지 않다는 것은 의심의 여지가 없었다. 그런데 KGB 요원들이 알게 되면 그들이 이 건을 인수하겠다고 나설 위험이 있었다. 이런 위험은 외적인 사실일 뿐이라는 것도 그는 알고 있었다. GRU에서 이 포섭을 승인한다고 가정할 경우, 자신은 이브라힘 건에 매달려 있어서 불필요한 노출을 피해야 하므로 다른 요원에게 이 건이 넘어갈 것이다.

설령 자신에게 맡겨진다 해도 모스크바로 귀환된 후에는

어떻게 할 것인가? 해외근무 2년이면 조만간 귀국하게 된다. 그럴 경우 엘레인은 다른 GRU 요원에게 이관될 것이고, 그렇게 되면 예측할 수 없는 결과를 초래할 수 있었다.

이런 모든 사항들이 엘레인을 공관에 보고할 수 없게 만드는 아주 완벽하고 합리적인 이유들이었다. 그러나 그들 관계의 시작과 진행 상황이 온전히 이성적인 것만은 아니었다. 그는 이 관계가 언제쯤 어떻게 끝나게 될 것이라고 이야기할 수 없었다. 그러나 한 가지 분명한 것은 그녀를 이용하지도 배신하지도 않을 것이다. 왜냐하면 그녀는 타냐였고, 또한 타냐가 아니었기 때문이다.

그후 몇 개월 동안 사샤는 엘레인을 가능한 한 자주 만났는데, 일주일에 한두 번 이상은 넘지 않았고 밤을 새는 일도 없었다. 그는 그녀에게 작은 선물도 사다 주었다. 스카프와 팔찌, 맥시코산 종이새 같은 것들이었다. 그런 것들은 그녀 방의 밝은 색과 잘 어울렸다. 사샤의 감정을 터뜨리게 할지도 모를 금기사항들을 모두 알고 있기라도 하듯이 그녀는 그에 대해 아무 질문도 하지 않는 것이 참으로 놀라웠다.

그녀는 결혼에 대해서도 묻지 않아 더욱 고마울 뿐이었다. 그러나 짐작은 하고 있다는 것을 알았다. 사샤는 그녀가 혼자 있을 때 자기를 어떻게 여기고 평가하는지 생각해보았다. 그러나 그들의 관계가 얼마나 오래 지속될 수 있을지에 대해서는 스스로에게 묻지 않았다.

리디아도 무언가를 눈치 채고 있었는데, 이는 사샤가 엘레인을 만나기 전보다 더 조심하기 때문이기도 했다. 그녀는 GRU 동료 부인들 위에 군림하려 했고, 아스키에로프 부인과는 경우에 맞지 않게 바보 같이 불화를 빚으며 러시아인 조계에서 자신의 좌절감만 드러냈다.

어느 날 사샤가 엘레인을 만나고 저녁 늦게 돌아와 보니 버그도프 굿맨과 샥스 백화점에서 사온 꾸러미들이 아파트에 가득한 것을 보았다. 리디아는 포크를 손에 들고 팔에는 접시를 불안정하게 올려놓고 소파에 기대 있는데, 커피 테이블에는 와인 병이 반은 비어 있었다.

"이 모든 걸 누가 지불할 거라고 생각했단 말이오?"

상자와 쇼핑백의 상표를 살펴보고 사샤가 분통을 터트렸다. 리디아는 초콜릿과자를 입안에 가득 물고 있었다. 그녀의 몸은 페티야 출산 이후 불어났다. 지난 몇 달 사이에 체중이 놀라울 정도로 늘어, 그것이 새 옷을 사는 핑계가 되었다.

"내 말 듣고 있소?"

사샤가 고함을 질렀다.

"당신이 왜 상관해요?" 그녀는 콧방귀를 뀌었다. "아빠가

해 준다는 걸 알잖아요."

"아버지를 핑계대지 말아요."

"어쨌든," 그녀는 계속했다. "아는 사람들에게 줄 선물 없이는 모스크바로 돌아갈 수 없어요."

"모스크바로 돌아간다고?"

사샤가 물었다. 그는 리디아의 계획을 듣는 것이 처음이었지만 홀가분함을 느꼈다.

"아빠에게 편지했어요. 아빠도 이번 여름에는 페티야가 진짜 러시아사람들과 보내는 게 좋겠다고 하셨어요. 당신도 별 이의가 없을 거고, 우리 사이에도 거리낄 게 없으니까."

그녀는 다시 케이크를 먹어대기 시작했다. 그것이 그녀가 그를 괴롭히는 또 다른 방법이었다.

"리도츠카."

그가 부드럽게 타이르듯이 말했다. 그녀는 접시를 비우고 소파에 길게 드러누웠다. 그녀의 네그리제가 팽팽히 조여지면서 그녀의 유방과 허벅지가 쌓아올린 베개처럼 보였다. 그녀가 풍만한 팔을 그에게로 벌리자 사샤가 조용하게 그녀에게 다가갔다.

"나, 그렇게 늙지 않았잖아."

그녀가 어린애 같은 목소리로 말했다.

"물론이오."

그는 그녀의 머리를 쓰다듬었다.

"아이를 하나 더 갖지 못할 만큼 늙지는 않았단 말이에요."

그는 긴장했다.

"사샤, 그게 우리를 함께하게 하는 거예요. 우리 사이가 어딘가 잘못되고 있는데, 그게 무엇인지 모르겠어. 페티야가 우리에게 어떤 의미인지 생각해 봐요."

사샤는 리디아가 자기 셔츠의 단추를 열게 놓아두었다. 엄마의 팔에 안겨 있던 페티야의 어릴 때 모습이 그를 누그러지게 했던 것이다.

"리도츠카, 그에 대해 생각을 좀 합시다."

몸을 살짝 빼면서 그가 말했다.

"오늘 밤, 지금은 왜 안 되는 거예요?"

그녀는 그의 벨트 버클을 더듬어 찾았다.

"내가 준비가 안 되었소."

그 말이 얼마나 잔인하게 들릴지를 알면서도 그는 일어섰다. 그때 그녀가 그에게 덤벼들었다. 그러나 그녀의 당황한 얼굴은 곧 눈물로 적셔졌다. 그는 오랫동안 그녀를 껴안고 있었다.

새벽이 되기 전에 임신이 되지 않게 조심하면서 그녀와 사랑을 나누고, 그녀의 호흡이 깊고 규칙적이 될 때까지 지켜보았다. 그는 강한 블랙커피를 마시며 새벽하늘이 붉게 밝아오는 것을 바라보았다.

'리디아는 나쁜 여자가 아니다.'

이렇게 읊조리면서 생각에 잠겼다. 리디아를 사랑하지는 않았지만 그녀 때문에 많은 덕을 보고 있다. 그녀가 상처를 받게 해서는 안 된다. 그런데 문제는 그녀가 상처를 입어도 그가 도와줄 수 없다는 것이다. 그들 두 사람은 양쪽 모두 상처를 입고 있었다.

공항에서 리디아가 떠날 때 페티야는 투정을 부리고 보챘다. 아이는 아빠와 함께 있고 싶어 했고, 그는 머지않아 모스크바로 돌아갈 것이라고 약속을 해야 했다. 리디아가 말했다.

"이번에는 돌아오지 않을 거예요."

*

리디아가 떠나고 며칠 지나 사샤가 엘레인에게 제안했다.

"주말에 어디든 갑시다."

엘레인이 모든 것을 준비했다. 그녀 어머니의 차를 빌려 롱 아일랜드 동쪽 끝으로 가서 몽타욱 등대 아래에서 유럽을 향해 대서양을 바라보았다. 그리고는 어린이들처럼 모래 언덕을 기어오르기도 하고, 조약돌을 일렁이는 물 위로 스쳐 지나가게 던지기도 했다.

돌아올 때는 한때 고래잡이로 이름난 색 항구에 들러, 페리를 타고 쉘터 섬으로 건너가 그곳에서 밤을 보냈다. 낡은 판잣집 여관의 철제 침대는 바닥에서 1미터쯤이나 되었고, 쇤베르크의 심포니 같은 소리를 냈다. 아침이 되자 엘레인이 침대에 누운 채 장님처럼 그의 얼굴을 더듬으면서 말했다.

"당신과 함께 있을 때에만 살아있는 것 같아요."

사샤는 모든 것을 다 이야기하지 못하는 게 괴로웠지만 부분적인 고백은 하지 않을 수 없었다.

"내가 결혼했다는 말을 아직까지 하지 않았소."

그녀를 쳐다보며 말했다. 그녀는 일상적인 일기예보를 듣듯이 조용하게 들었다.

"내가 모른다고 생각했나요? 부인은 어때요?"

"우린 별거하고 있소."

사샤가 쉰 목소리로 대답했다.

"아이들은 어떻게 하고?"

"아들이 하나 있소. 피터라 하는데 내가 무척 사랑하고."

"이혼할 생각은 없잖아요?"

엘레인은 모래밭에 쪼그리고 앉아 손가락으로 삑삑도요의 화살표 같은 그림을 그리고 있었다.

"그렇소. 이혼은 생각하지 않소."

춥다는 듯이 그녀는 그의 가슴을 한참동안 껴안았다. 그러더니 벌떡 일어나 외쳤다.

"자, 우리 달리기해요."

그들은 해변을 따라 달렸다.

*

뉴욕으로 돌아와 사샤는 니콜스키를 만나 퍼스트 애비뉴의 술집들을 이곳저곳 순례했다. 니콜스키는 기분이 명랑해져야 할 필요가 있었다. 그는 최근의 공작임무와 관련해 걱정이 많았다. 신문기자인 프릭은 그의 요구대로 전직 CIA 요원 한센과의 만남을 주선해 주었다. 그러나 펠릭스가 한센의 눈을 들여다본 순간부터 무엇인가 잘못되고 있음을 직감했다.

니콜스키도 자신의 배후를 노출시킬 만큼 바보처럼 나가지는 않았다. 코스티아가 외부에서 그를 지원하면서, 누구도 자기들을 감시하지 않는다는 것을 확인했다. 모든 것이 정상으로 가는 것처럼 보였다. 한센이란 자는 외견상으로는 정중했고, 미소 지으며 농담도 많이 했다.

그러나 눈에는 전혀 농담 기색이 없었고, 오히려 눈망울이 튀어나와 상대방을 꽉 움켜쥘 것 같았다. 니콜스키의 의구심이 더욱 커진 것은 한센이 남아프리카와 이스라엘에 CIA가 관련되어 있다는 사실을 폭로하는 데에 극히 관심이 많은 세계뉴스연맹을 위해 자신이 얼마나 큰 활동을 벌이고 있는가를 장황하게 늘어놓고부터였다. 한센이 제공하는 일급 정보에 대해 관대하게 지불할 용의가 있다고 하자, 전직 CIA 요원은 주저하지 않았다. 그는 니콜스키의 신분증명을 요구하지도 않았다.

"좋습니다, 알고 싶은 게 있으면 말씀만 하세요."

그동안 여러 번 만나면서 펠릭스는 한센이 쓰겠다는 책의 주제를 거론할 때, 전 세계에서 활동하고 있는 CIA 공작원들의 명단을 삽입하자는 제안을 했는데, 전직 CIA 요원이 선뜻 동의하는 것이었다. 모든 것이 너무 쉽게 되어간다고 펠릭스는 생각했다. 심지어 그가 CIA 끄나풀이 아닌지 의심스러웠다.

*

"자네 오늘밤은 조용하군."

몇 잔을 마신 후 사샤가 농을 걸었다.

"이야기하는 걸 보면," 펠릭스가 대답했다. "자네도 스핑크스를 수다쟁이로 만드는 사람이야. 장군, 자네가 정말로 알아야 할 것은 내가 내 애견을 심각하게 걱정하고 있다는 사실일세. 그 놈은 최근에 어떤 암컷도 만나지 않았어. 그 놈이 지독스럽게 딱딱해졌단 말일세, 내 것도 그렇고."

사샤는 펠릭스의 공작업무에 문제가 있다는 것을 직감했다. 그러나 그것은 절대로 나눌 수 없는 비밀이었다.

"자네, 마슈카(마야) 알지? 나의 그 자그마한 악녀 말이야?"

"물론 알고말고."

"그녀는 아직도 노보스티 사무실에서 일하고 있다네. 믿을 수 있겠어? 아주 나를 미치게 한다고."

"그만 두라고 이야기하지 않았나?"

"이야기했지, 그런데 나가지를 않는 거야. 떠밀어낼 수도 없고."

마시면서 펠릭스가 물었다.

"부인 리도츠카는 어떤가?"

"모스크바에 갔네."

"몇 주 전에 떠난 것으로 알고 있는데, 자네 아저씨 펠릭스에게는 이야기도 않고! 자네, 치맛자락 쫓아다니는 것 아닌가?"

"나도 모스크바에 며칠 휴가를 다녀올 생각이야."

사샤는 니콜스키도 피해야 한다고 생각했다. 그는 누구에게도 엘레인을 인질로 넘겨주고 싶지 않았다.

"리디아는 아버님을 돌봐드리고 있겠지." 니콜스키가 계속했다. "돌봐드릴 일이 많을 거야. 그런데 자네에게 축하해야겠네. 고골 대로에 계신 원수님과 함께 자네 앞길에는 거칠 것이 없게 되었으니 말이야."

사샤는 대꾸하지 않았다. 장인의 승진이 발표되었다. 조토프는 소련군 제1참모차장에 임명되었던 것이다.

"조토프 원수는 내가 존경하는 영웅 중의 한분이라는 것을 자네에게 이야기한 적은 없었지만."

펠릭스가 계속했다.

"이건 또 다른 농담인가?"

"아냐, 아냐, 나는 아주 진지해요. 자네도 들었겠지만 원수님에 관한 이야기가 돌고 있거든. 사람들이 스탈린 사망 당시를 말하고 있어요, 아니, 자네가 직접 원수님께 여쭈어보는 게 좋겠네."

"무엇을 물어보란 말인가?"

"베리야에 대해 여쭈어보게."

25년이 지났지만 스탈린 시절 비밀경찰의 수뇌부 이름이 아직도 그림자를 드리우고 있었다.

"베리야가 어떻게 죽었는지 이야기해달라고 해보란 말이야."

3.

사샤가 모스크바로 돌아와 보니 비소트니 돔의 아파트는 비어 있었다. 그곳에는 리디아가 그에게 전하는 간단한 메모가 있었다. 그녀는 페티야를 데리고 아버지의 여름 피서지인 크리미아로 간다고 했다.

원수의 별장은 리바디아의 로마노프 궁전 근처에 있는 빌라였다.

'생각이 있으면 와요.'

메모는 퉁명스럽게 끝을 맺었다. 사샤는 새로운 문제의 냄새를 맡았다.

모스크바에서 심페로폴까지 예정된 비행기 좌석을 얻으려면 본부 관계자의 도움을 받아야 했다. 공항에는 예약된 좌석을 사라고 내놓고 공개적으로 외치고 다니는 암표상들도 있었다. 심페로폴 시내에서 해안 별장까지는 택시로 한 시간 거리였다.

사샤는 창문을 내리고 옷깃을 느슨하게 풀었다. 산들바람이 얼굴과 목을 시원하게 스쳤다. 열기가 있지만 날씨는 아주 좋았다. 공기는 맑고 건조했으며 익어가는 포도와 목련 냄새를 실어왔다. 산과 숲의 윤곽이 뚜렷하게 드러나고, 수양버들이 각진 모자를 쓴 용감한 타타르 병사들처럼 비탈 건너까지 나란히 줄지어 서있었다. 러시아의 마지막 황제를 위해 리바디아에 세워진 하얀 석회암 궁전이 오후의 햇빛을 받아 희미하게 모습을 드러냈다.

궁전 발코니에서는 흑해의 반짝이는 바다를 넘어다볼 수 있고, 커다란 삼각형 화단은 고대 그리스 대리석으로 단장되어 있었다. 알렉산드르 3세가 사망한 곳이고, 니콜라스와 알렉산드라가 공포를 잊기 위해 춤을 추던 궁전이 지금은 시민들의 박물관이 되어 있었다. 절벽 꼭대기에 있는 궁전에서 아래 해변까지는 바위에 구멍을 뚫어 만든 터널을 통해 엘리베이터로 내려갈 수 있었다.

리바디아 근처 별장들은 출입구가 모두 달랐다. 체르노모리에 근처에는 KGB 고위 장교들이 호텔로 사용하는 굉장히 호화로운 건물이 있고, 포그라니슈니크에는 허가 없이 국경을 드나드는 사람들을 막는 KGB 국경수비대가 휴양지로 사용하는 리조트도 있었다.

포도원과 장미꽃 정원을 지나 조금만 달리면 서기장의 별장이 나왔다. 그곳에는 이름이나 인식표지가 없는 궁전 같은 건물이 하나 있는데, 그것은 중앙위원회 위원들을 위해 예비로 남겨둔 것이었다.

이런 휴양지 별장인데도 경비원의 흔적은 보이지 않았다. 그렇지만 별장에 가까이 접근하는 호기심 많은 방문자가 있으면 민간인 복장을 한 아주 강건한 젊은이들이 영접하는데, 그들의 임무는 소련식 민주주의의 중요한 법칙을 따르는 것으로, '특권은 대중에게 공개되지 않는다'는 법이었다.

소련군 원수와 장군들에게도 대접이 소홀하지 않았다. 사샤가 조토프 원수의 별장까지 택시를 타고 가면서 보니, 심피에서 온 생도들과 그 지역 군단장이 보낸 병사들이 나무를 옮겨 심고, 새 길을 닦고 있었다.

그가 정문에서 택시를 내리자 두 번의 검문이 있었다. 하나는 운동복을 입은 정중한 젊은이였고 두 번째는 정복을 입은 경비원이었다. 그런 다음에야 통과가 되었다. 차도의 양쪽으로는 개울물이 흐르고, 커다란 이탈리아식 저택 전면에는 석상의 스핑크스가 넓은 현관 양끝에서 마주하고 있었다. 어디든 장미꽃 냄새가 가득했다.

그는 바다가 보이는 유리 로지아에 서 있는 리디아와 페티야를 보았다. 페티야가 순식간에 달려왔다. 사샤의 목에 올라 앉아 정원을 돌면서 인디언 같은 함성을 질렀다. 짧은 시간이지만 리디아도 반갑고 느긋해 보였다. 아마도 태양빛과 바다 공기가 뉴욕의 폭풍을 잊게 하는 데에 도움이 된 것 같았다. 저녁때까지 원수는 모습을 드러내지 않았다. 조금 불안했다.

"자네, 제대했나?"

그가 사복을 입은 사위에게 호통을 쳤다. 원수는 여름 정복을 입고 있었다. 얼굴 전체가 화난 듯이 붉었는데, 일광욕은 전혀 하지 않은 피부였다. 사샤가 사죄의 말을 우물거렸다.

"소련군 장교는 언제나 한결같아야 한다." 조토프의 말이었다. "처음 만났을 때 말하지 않았던가?"

이렇게 기를 죽인 후, 그들은 대체로 조용하게 식사를 했다. 음식은 원수가 좋아하는 철갑상어 요리였다. 하얀 재킷을 입은 당번병이 시계추처럼 규칙적으로 왔다 갔다 하면서 접시에 요리를 더 놓기도 하고 빈 접시를 치우기도 하며, 와인 잔을 다시 채웠다. 와인은 그 지방 특산이었다.

페티야와 함께 식사를 했어야 하는데 그렇지 않은 것이 큰 실책으로 생각되었다. 어린아이의 존재는 언제나 나이 많은 사람의 마음을 부드럽게 해주는데 말이다.

마지막 접시가 치워지자 조토프는 딸과 당번병을 내보내

고 노골적으로 물었다.

"그래, 리디아와 무슨 일이 있었던 거야? 다른 여자라도 생겼단 말인가?"

"아닙니다."

그는 정색을 했다. 어찌되었든 처음에는 사실이었으니까.

"그래," 원수는 낮지만 천둥처럼 으르렁거리는 소리로 미심쩍게 응대했다. 조토프가 화가 나면 온 땅덩어리가 움직이는 듯 했다. 원수가 고함쳤다. "그런데 왜 리디아가 울면서 모스크바로 돌아왔나? 내가 이곳으로 데려올 때까지 그 애는 눈이 퉁퉁 붓도록 울었다. 미국의 기름진 생활이 자네 두뇌까지 파고들었단 말인가? 그래, 이것처럼 말이다!"

조토프는 찬장에서 브랜디 병을 꺼내 커다란 손으로 뚜껑을 돌렸다.

"저희는 약간의 의견 차이가 있었습니다." 사샤는 지뢰밭을 걷듯 조심스럽게 변명을 시작했다. "제 생각에는 리디아가 뉴욕에서 너무 많은 것을 기대했던 것 같습니다. 그녀는 그 거대한 외교 사회에서 부딪치는 문제들에 대한 준비가 되어있지 않았습니다. 제 생각으로는 리디아가 너무 많은 것을 아버님 성함에 의존하지 않았나 여겨집니다."

"흥, 그래서?"

원수는 콧방귀를 뀌었다.

사샤는 추르킨과의 문제에 대해서는 원수에게 말하지 않았다. 추르킨은 질투심으로 KGB에 자신을 고자질했던 인물이다. 대신에 그는 하찮은 것들을 이야기했다. 이를테면 리디아가 모스크바로 떠나기 전 가졌던 만찬에서 그의 공관 동료 부인 두 사람을 요리사처럼 대했다든지 하는 것들이었다.

원수는 이해할 만하다는 듯이 고개를 끄덕였다. 좋지 않은 이유로 동료 장교들의 얼굴을 깎아서는 안 되는 것이었다.

"그 외에 또 무엇이 있는가?"

사샤는 리디아가 아스키에로프의 부인과 어리석은 불화를 일으킨 것을 설명했다. 공관에서 영화 관람 중에 그녀가 평소에 앉았던 자리인데도 자기에게 나쁜 자리를 배정했다고 트집을 잡았다. 사샤는 공작업무 핑계를 대고 엘레인을 만나느라고 그 영화를 보지는 않았지만 후에 이야기를 들었다.

"그래서 어떻게 되었나?"

조토프 원수가 물었다.

"그런 행위는 전혀 필요치 않은 것이었습니다. 그런 것들이 우리 사이에 불화를 일으켰습니다. 그곳의 참사관은 구세인 아스키에로프의 아들입니다."

조토프는 아제르바이잔 공산당 제1서기의 언급에는 아무런 표정도 보이지 않았다.

"그 검둥이새끼에 대해서는 말하고 싶지 않다."

검둥이새끼란 코카서스 사람들에 대한 별칭으로 원수가 습관적으로 사용하는 말이었다. 코카서스 사람은 카스피 해 연안의 소련연방공화국인 아제르바이잔, 아르메니안, 조지안 등을 통 털어 일컫는 말이었다.

원수는 훌륭한 분별력을 가진 사람은 아니었으나 사샤는 조용하고 참을성 있게 설명했다. 그 아제르바이잔 공산당 제1서기는 주목해야 할 인물이며, 그의 아들은 가족적인 배경 때문에 뉴욕의 소련인 사회에서 상당한 예우를 받고 있다는 사실들을 언급했다.

조토프는 어리둥절한 표정이었다. 아제르바이잔공화국 수도인 바쿠는 모스크바로부터 아주 먼 거리에 떨어져 있었다. 물론 아스키에로프는 영향력은 좀 있지만 정치국 예비위원도 아니었다.

주치의의 충고도 아랑곳 않고 원수는 악타마르 브랜디 한 잔을 단숨에 마셨다. 아르메니안을 욕할 수 없는 이유가 하나 있으니, 바로 이 브랜디였다.

"그렇다면," 조토프가 말했다. "리디아가 그 애송이 아스키에로프를 무시했다 이건가? 좋아, 그들의 세력이 커지고 있다는 것은 의심의 여지가 없다. 그런데 내가 이해할 수 없는 것은 자네가 왜 그 투르크족 놈에게 비굴하게 굽히느냐 하는 것이다. 자네는 러시아 장교다."

이 말은 물론 브랜디를 마셔서 혀가 매끄럽게 돌아가기 때문이기도 하겠지만, 리바디아 궁전의 유령이 씌어서 하는 말이었다. '러시아 장교'라는 말은 용납될 수 없었다. 민족주의는 사라진 것으로 간주되고 있었다.

"무엇인가 오해가 있으신 것으로 생각됩니다." 사샤가 침착하게 말했다. "구세인 아스키에로프는 상승세를 타고 있습니다. 미국에서는 심지어 레시오프스키 또는 도브리닌 대사까지도 그를 존경해서 말합니다. 국가보안위원회에서 안드로포프나 츠비건도 그렇게 대하는 사람입니다."

사샤는 그의 손가락을 깍지 끼우고 계속해서 말했다.

"바쿠에서 모스크바로 매주 선물을 가득 실은 특별기를 띄운 이후로 브레즈네프도 그가 이 나라에서 가장 훌륭한 행정관이라고 말했다고 합니다."

이것은 가시가 돋친 말인데도 원수는 포용하는 듯 했다. 원수도 그의 지난날이 있었다. 그러나 누구도, 심지어 리디아까지도 그가 서기장을 비난하는 말을 들은 적은 없었다.

스탈린 시대에도, 흐루쇼프 시대에도, 브레즈네프 시대에도 마찬가지였다.

그러나 원수의 자제력이 당 서열의 하위 멤버까지 해당하는 것은 아니었다. 그는 아스키에로프의 이야기에 놀라지는 않았지만 좀 더 많은 것을 듣고 싶어 했다.

"이런 사실들을 자네는 어떻게 알게 되었는가?"

그가 사샤에게 물었다.

"바쿠에 살던 동료가 있습니다."

사샤는 거짓말을 했다. 아스키에로프 가족에 대한 정보는 모두 니콜스키로부터 나온 것이지만, KGB에 친구가 있다는 사실을 밝히고 싶지 않았다. 어쨌든 아직은 아니었다.

그는 펠릭스에게서 들은 대로 구세인 아스키에로프의 출세에 대한 이야기를 들려주었다. 그 아제르바이잔에게 공직으로 향한 첫 관문이 열린 것은 그의 우수한 생선요리 솜씨 때문이었다. 애국전쟁이 발발하던 초기에 아스키에로프는 공산당 청년동맹인 콤소몰의 조직책이었다. 슈코의 아제르바이잔 판이었던 것이다. 동료들의 신상기록을 관리하던 그의 경험이 그를 자연스럽게 스메시 지방의 군 체키스트(비밀정보요원)로 차출되게 했고, 그 지방으로 가서 군복을 입은 스파이와 반동분자를 색출하는 것이 그의 임무였다.

아스키에로프는 좋은 인상을 주려고 노력했다. 그는 억양이 온순하고 옷차림이 단정했으며, 생생한 파란색 눈은 윤기 흐르는 검은 머리와 기막힌 대조를 이루었다.

스메시 지방 군 체키스트 조직책으로 내려온 츠비건은 그 지방 요리, 특히 생선요리를 좋아했다. 그는 '보이지 않는 전선'에서 애국적 임무를 수행하며 그 지방을 샅샅이 돌아다녔는데, 그 임무라는 것이 징집된 병사들의 등 뒤에 기관총을 설치해 놓고, 놀란 그들을 전선으로 몰아넣는 것이었다. 이때 젊은 아스키에로프는 츠비건의 저녁식사를 준비하고, 그의 지시를 기다리곤 했다.

"그들은 한 꼬챙이에 꿰어진 두 고깃덩이처럼 가까웠다."

펠릭스의 표현이었다.

아스키에로프의 요리 솜씨는 훌륭한 효과를 나타냈다. 전쟁이 끝난 후, 츠비건은 KGB 지방국장이 되어 아제르바이잔으로 돌아왔다. 6개월이 채 안되어 츠비건은 아스키에로프를 자신의 2인자로 만들었다. 생선요리 조리사의 상승세는 이로부터 시작되었다.

브레즈네프가 서기장에 오르자 그는 우크라이나에서 오래 전부터 친구였던 츠비건을 모스크바로 불러 KGB의 실권을 잡도록 했고, 츠비건은 구세인 아스키에로프가 아제르바이잔 KGB의 국장 자리를 이어받도록 주선했다.

"아스키에로프는 단 하루도 헛되이 보내지 않았습니다."

사샤는 자세히 설명해 주었다. 아스키에로프는 자신의 후원자를 즐겁게 해주기 위해 신선한 철갑상어와 알, 비단과 외국산 과일 등을 매주 모스크바로 보내기 시작했다. 또한 모스크바의 실력자들이 남쪽으로 올 때면 사냥여행을 주선하고, 옛 동양의 군주들이나 누렸음직한 향연을 베풀었다. 물론 여자와 돈벌이 기회도 함께 제공했다. 유전도시이자 어마어마한 암거래 시장인 바쿠는 부족함이 없는 곳이었다. 그와 동시에 자신은 아제르바이잔의 대표적인 부패관리가 되어갔다.

매주 캐비아와 함께 일련의 보고문을 츠비건에게 보냈는데, 보고문에는 그의 직속상관인 아제르바이잔공화국 공산당 제1서기가 암시장 거래에서 어떻게 엄청난 수익을 취하는지 상세히 기술했다.

그 제1서기는 너무나 탐욕스러워서 약삭빠르지 못했다. 그는 시작도 하지 않은 건설공사를 대대적으로 진행하고 있다면서 정부 예산을 전용해, 자신과 친구들의 별장을 세우는 노임과 자재 대금으로 사용했다. 그곳에서 무슨 일이 벌어지는지 누구라도 알 수 있었다. 아스키에로프가 그것을 사건화 하는 데에는 아무 어려움이 없었다.

얼마 후, 츠비건은 그 보고문을 브레즈네프에게 올렸고, 브레즈네프는 그에 따르는 조사를 승인했다. 아스키에로프가 조사관이 되는 것은 불가피한 일이었다. 모든 사람이 아스키에로프도 같은 조직에 연결되어 있음을 알고 있었지만 그는 상관인 제1서기보다 훨씬 간특했다.

그는 술수의 전형적인 존재였다. 그는 자기 급료를 모아 달러나 보석에 투자했다. 그는 압연된 다이아몬드 덩어리에 특별한 애착을 가지고 있었다. 그런 다이아몬드는 바쿠의 활발한 유통수단 중에서도 가장 인기 있는 교환수단이었다.

"이 죽일 놈의 바퀴벌레 놈들!"

조토프 원수가 내뱉었다.

'바퀴벌레'라는 단어는 소련 연방의 코카서스 인들을 지칭하는 것으로, 원수가 자주 사용하는 또 다른 단어였다. 이 단어는 턱수염을 기른 것과 관계가 있었다. 그러나 실제로 구세인 아스키에로프는 항상 면도를 깨끗이 해서 수염이라곤 없었다.

"계속하게."

원수가 명령했다.

"바쿠의 아스키에로프 사무실로부터 오는 홍수 같은 보고

문에 의해 브레즈네프는 그 지방 제1서기를 경질하기로 결정했습니다. 그것은 결국 우리의 영명한 지도자가 부정부패를 척결하기로 결심했다는 것을 널리 홍보하는 것이었습니다. 그 후임을 결정할 때 생선요리 조리사의 저력은 다시한 번 증명되었습니다. 츠비건이 아스키에로프의 승진을 강력히 추천했는데 왜 안 되겠습니까? 그는 훌륭한 당원이었고, 자기를 돌봐주는 사람에게는 충성을 다하는 사람이었으니까요. 결국 아스키에로프는 제1서기가 되었고, 그의 충성심은 즉시 증명되었습니다. 그는 모스크바로 가는 특별기를 띄워 브레즈네프와 새로운 고객들에게 감사의 선물을 실어 날랐습니다."

"아, 좋아, 좋아."

원수는 말을 끊었다. 그는 서기장에 대한 이런 이야기들을 달가워하지 않았다. 사샤가 그만하도록 하는 게 좋았다.

"나도 이 이야기의 어떤 부분은 이미 알고 있다. 그 자가 기름진 개새끼라는 것은 의심의 여지가 없다. 그 이외에 자네 친구가 그에 대해 이야기한 것이 있나?"

"소문이 돌고 있답니다."

"무슨 소문이야?"

"안드로포프 역시 친구로 만드는 데에 성공했다는 것입

니다."

"그래서, 만일 그렇게 된다면?"

원수는 브랜디 병으로 다가갔다. 그는 다시 자리에 앉지 않고, 대리석이 깔린 식당으로 가서 오랫동안 뚜벅뚜벅 걸었다. 그곳에는 19세기의 사냥 그림이 걸려 있었다.

"이것은 아주 중대한 일입니다. 알렉세이 이바노비치," 사샤가 계속했다. "지금 서기장이 위독해 죽어가고 있다는 것은 모든 사람이 알고 있습니다."

"자네는 그에게 말하는 것인가, 아니면 나에게 말하는 것인가?"

조토프가 신랄한 어조로 물었다.

"서기장 서거 후에 안드로포프가 이어받는다고 가정해보십시오."

"그것은 안 돼!"

원수는 단호했다. 조토프는 KGB 의장 안드로포프가 유태인이라고 오래 전부터 생각해왔다. 보고에 의하면 안드로포프의 어머니 쪽 성씨는 에린슈타인이라고 했다. 그게 사실이라면 그는 유태인이고, 이스라엘로 돌아가면 귀환법에 의해 당장 그 나라 시민권을 가질 자격이 있었다.

그러나 이것이 안드로포프가 서기장 직을 승계하는 데에

반대하는 주된 이유는 아니었다. 이 나라 최고위직에 있는 인사들처럼 안드로포프도 당원이었을 뿐 직업적인 KGB 장교 출신은 아니었다. 그런데도 그는 KGB의 권위를 대표하고 있었다. 그러므로 그가 브레즈네프의 자리를 이어받는다면 당과 KGB, 군부의 세 파벌간 세력 균형이 심각하게 와해될 것이다.

"만일 안드로포프가 서기장 자리를 이어받는다면 아스키에로프는 모스크바로 올 것입니다. 그것이 우리가 그를 심각하게 대해야 하는 이유입니다. 저는 아직 그에 대해 자세하게 설명할 수 없는데, 제가 알지 못하는 부분도 있고 놓친 것들도 있기 때문입니다. 그는 다른 사람을 자기에게 의지하게 하는 데에 뛰어난 재능이 있다고 합니다. 어쨌든 그는 이전에 츠비건의 후임을 승계 받았듯이, 안드로포프의 자리도 승계 받을 것입니다. 만일 안드로포프가 서기장 자리를 인수한다면 말입니다."

사샤가 되풀이했다.

"아스키에로프는 아주 심각하게 고려해야 할 권력을 가지게 될 것입니다. 아마 KGB 의장이나 그 이상의 중요한 자리에 오를 것입니다."

전직 KGB 의장이 이 나라를 통치한다는 생각과 전직

KGB 요원을 지도자의 오른쪽에 둔다는 것은 원수로서는 받아들이기가 너무 벅찼다.

"결코 그렇게 되어서는 안 된다. 다시는 안 되지."

그가 으르렁거렸다. 이 폭발하는 분노가 사샤에게 곤혹스러움을 남겼다. 방 저편의 문을 열어젖히는 원수를 따라 장미가 만발한 정원으로 나갔다. 밖으로 나오자 달은 환한 은빛이었고, 바다는 그 이름처럼 검게 보였다.

"알렉세이 이바노비치," 원수가 평온을 되찾았다고 생각되자 사샤가 물었다. "다시는 안 된다는 말씀은 무슨 의미입니까?"

"이전과 똑같이 된다는 말이다. 베리야와 같이 된다는 것이지."

조토프는 수면 저편을 응시하면서 천천히 말했다. 이 말은 사샤에게 기대의 전율을 느끼게 했다. 이것은 뉴욕의 마지막 만남에서 펠릭스가 힌트를 준 이야기였다.

"저도 그에 대해, 베리야의 사망에 대해서 들은 것이 조금은 있습니다."

사샤가 유도하자 원수의 얼굴이 흐려졌다.

"아, 자네가? 자네가 그렇게 밝은 귀를 가졌는지는 미처 생각하지 못했네. 온갖 것을 다 듣는구나. 베리야의 사망에 대해 얼마나 정확하게 들었나?"

"그냥, 원수께서도 어느 정도는 관련되셨다고만 들었습니다."

사샤는 지나치게 나간 것을 깨닫고, 약간 뒤로 물러섰다. 조토프는 그의 빈 잔을 내밀면서 말했다.

"이 잔을 채워라."

[역자 주] 1953년 3월 5일 스탈린이 73세의 나이로 사망했다. 1924년 레닌 사망 후에도 그랬듯이 권력 승계를 정하는 원칙이 없었다. 그리하여 소비에트연합 공산당 지도부는 5명의 집단지도 체제를 발표했다. 말렌코프, 베리야, 몰로토프, 보로실로프, 그리고 흐루쇼프였다. 그중에서 베리야가 가장 선두였으나 그는 스탈린 통치하에서 비밀경찰의 수장으로 온갖 숙청에 깊이 관여해 당의 간부들로부터 외면당했다. 1953년 말, 베리야는 불가사의한 상황에서 행방불명되었다. 크렘린의 총격전에서 죽었는지, 경찰본부 지하실에서 비밀리에 처형되었는지 아직도 밝혀지지 않았다.

4.

장미정원 저편에서 커다란 팔로 팔짱을 끼고 외로이 서서, 조토프는 당시의 모든 장면을 또렷이 그려볼 수 있었다. 그는 30여 년이나 젊었고 좋아하는 악타마르 브랜디를 두 병은 마실 수 있었으며, 그렇게 마신 후에도 여자를 사랑할 수 있었다.

스탈린이 사망하자 모스크바 전역의 인민이 울었다. 라브

렌티 파블로비치 베리야는 미성년 소녀아이들을 좋아하는 가학성 변태성욕자인데, 이런 놈을 스탈린은 자기 고향인 조지아에서 데려와 그의 비밀경찰을 지휘하게 만들고 마지막 숙청을 지시했다. 이런 베리야가 스탈린이 사망하자 자신이 그의 후계자가 되려고 음모를 꾸몄다.

베리야는 수도의 중심부에서 탱크와 기관총으로 무장한 친위대를 사열하면서 누가 우두머리인가를 보여주었다. 루비얀카에 있는 스탈린 치하의 비밀경찰 본부에서 철야 근무를 하면서 그는 자기가 계승자가 되면 제거할 당원 명단을 뽑아 놓았다.

베리야도 바보는 아니었다. 자기가 절대적 지지를 받지 못한다는 사실을 잘 알고 있어서 반격의 위험에도 대처했다. 그의 첩자들은 수도에 포진한 사단들을 철저히 감시했는데, 제2경비부대인 타만 보병사단과 탱크부대 칸테미로프 사단이 모스크바 수비를 담당하고 있었다.

당시 육군소장이었던 조토프는 모스크바 지역 방공포대 사령부에 근무하고 있었다. 그곳은 탐문청취를 하기에 아주 좋은 위치였다. 당시 KGB 제3국 소속의 군부대 체키스트들은 방공포대는 철저히 감시할 가치가 있다고 생각하지 않았던 것이다.

베리야가 소련군 총참모부를 거치지 않고 남부 군구에 비밀지령을 내렸다는 사실을 포착한 사람은 게오르기 주코프 원수였다. 일명 '야전사단'이라 불리는, 코카서스 인들로 구성된 부대가 철도편으로 수도로 진입하고 있었다. 이 부대 요원들은 러시아어를 알아듣지 못했으며, 러시아 사람들에게 발포하는 것을 조금도 망설이지 않았다. 이런 부대를 거느린 베리야의 권력은 난공불락이었다.

주코프 원수는 이 사실을 은밀히 당에 전했고, 당 지도부에 있던 베리야의 라이벌들은 은밀한 조치를 취했다. 비밀리에 베리야의 병력을 무장해제 시키고 비밀경찰 총수 베리야를 체포하라는 명령을 내렸다. 주코프 원수와 육군은 너무 기뻐 감사할 따름이었다. 코카서스로부터 오던 군 수송 열차는 모스크바 근처에서 저지당하고, 베리야의 야전사단은 총구 앞에서 무장해제 되었다. 수도에서는 방공포대가 쿠데타 진압의 선봉을 맡았다. 조토프가 직접 부대요원들을 지휘해 비밀경찰 사무실에서 베리야를 체포해 부티르키 감옥에 수감시켰다.

그런데도 베리야는 이전과 다름없는 상황에 살고 있는 듯이 굴었다. 감방에서도 처음 몇 시간은 소리를 지르고 간수들을 윽박질렀다. 아직도 루비얀카 집무실에서 모든 것을 지배하고 있는 듯이 뜨거운 목욕물과 맛있는 음식, 와인, 심지어 그가 좋아하는 소녀아이들까지 요구했다. 간수가 말을 안 듣자 협박했다.

"내가 여기서 나가면 너에게 어떤 처벌이 내릴지 상상할 수도 없을 것이다!"

고함을 치다 통하지 않자 뇌물과 아첨으로 회유했다. 그것도 통하지 않자 책임자를 만나게 해달라고 졸랐다. 그래서 조토프를 만나게 되었다.

조토프 소장은 주머니에 서류 한 장을 집어넣고 감옥에 도착했다. 서류는 정당하게 발행된 것으로 베리야가 결석재판에서 사형이 선고되었고, 집행은 총살형이라는 것이었다. 사형선고에는 정치국위원 전원이 확인 서명했다. 그 중에는 베리야가 자기를 스탈린의 후계자로 밀어줄 것이라고 믿은 사람도 포함되어 있었다.

황소 같은 조토프가 군모를 쓰고, 허리에는 권총을 찬 군복차림으로 감방 안으로 들어가자 키가 작은 베리야는 그를 올려다보며 엄숙하게 말했다.

"나는 정치국 정규위원이다. 심각한 불법행위가 자행되고 있다. 소련 육군 장군으로서 귀관의 임무는 나의 즉각적인 석방을 조치하는 것이다."

조토프는 너무 어이가 없어 베리야의 면전에서 웃지 않을 수 없었다. 베리야도 최악의 사태가 임박했음을 알아차렸던 것이다. 그렇지 않고서야 당 동지도 아니고, 부하 체키스트도 아닌 육군 장군을 이용해보려고 했겠는가? 그의 마음은 이미 다른 세계로 돌아가 미친 것 같기도 했다.

"잘 듣게! 귀관이 나를 도와준다면 최고의 야망을 초월하는 보답을 받게 될 것이다. 누가 귀관에게 명령을 내렸는지 모르지만 그는 끝났다. 듣고 있는가? 그들은 모두 숙청될 것이다. 나를 내보내주면 귀관을 소련군 원수로 승진시켜주겠다. 바로 이렇게, 내 서명이면 된다."

조토프는 웃음을 멈추었다. 베리야가 그곳에 다리를 벌리고 무력하게 서 있었던 것이다. 자기 이름으로 이 나라 전역에 테러의 씨앗을 뿌린 사람을 뚫어지게 쳐다보았다.

"그렇다면," 베리야는 방침을 바꾸어 곁눈질로 살피면서 말했다. "귀관은 가족을 생각해야 할 것이다. 내가 가족들에게 어떤 일을 할 수 있는지 상상도 못할 것이다."

베리야가 말을 중단한 것은 그가 조토프의 가족을 해치겠다고 협박하자마자 장군이 권총을 빼들었기 때문이다. 당시 조토프에게 가족이라고는 천진난만한 어린 소녀 리디아가 있을 뿐이었다. 러시아 사람 모두 이 괴물의 손에 처형당하거나 강제수용소나 집단농장에 끌려가 죽을 만큼 고생한 친척이나 친구들이 있었다.

"귀관을 원수로 승진시켜주겠다!"

베리야는 조토프가 겨누는 총구를 내려다보면서 고함을 질렀다. 마침내 다급한 현실이 코앞에 닥친 것이다.

"내 승진에 대해서는 당신 같은 시민이 걱정하지 않아도 된다."

조토프가 나지막하지만 거친 목소리로 말하는데, 그 말이 군화를 신고 자갈 위를 걸어가는 듯 했다.

"네 도움이 없어도 나는 원수로 승진할 수 있으니까."

조토프가 베리야를 쳐다보니 한 때 러시아를 휘어잡았던 자가 돌바닥에 머리를 조아리면서 비명을 지르고, 몸부림치면서 생명을 구걸하고 있었다. 바지에 지린 오줌 냄새가 코로 파고들었다.

원래 조토프는 베리야를 끌어내 총살 집행관에게 넘기려고 했다. 그런데 가족에 대한 협박이 그에게 즉결처분을 하도록 만들었다. 자기 앞에서 벌어지는 장면이 너무 혐오스러워 빨리 사건을 종결짓도록 재촉했다. 루비얀카의 수장이라는 자가 태아의 모습으로 웅크리고 있었던 것이다. 조토프는 몸을 구부려 그의 목덜미에 권총을 갖다 대고 한 방을 발사했다.

후에 누구도 형 집행이 지나쳤다고 조토프를 비난하는 사람은 없었다. 베리야의 라이벌들은 안도감을 가졌는데, 그 괴물이 죽었을 뿐 아니라 완벽한 비밀 속에 처리되었기 때문이다. 그 해가 다 가기 전에 조토프는 중장으로 승진하고 훈장을 받았다. 30년의 세월이 지나면서 베리야의 사망에 대해 진실을 아는 사람은 모스크바에 그리 많지 않았다. 이런 사건이 없었으면 조토프의 승진에는 훨씬 어려운 고비가 있었을 것이다.

그러나 당은 비록 사형집행 명령서를 가지고 있었다고는 해도 자신들과 같은 고위인사를 그처럼 간단하게 처형한 군인을 조심스럽게 관찰하기 시작했다. 거기에는 나름대로 이유가 있었다.

*

원수가 주위를 둘러보다가 가까이에서 브랜디를 들고 서 있는 사샤를 보았다.

"아, 고맙다. 그래, 아직도 사람들이 베리야 이야기를 하고 있단 말이지? 그렇다, 내가 관련되어 있는 부분이 있지. 그러나 모두 옛날이야기야."

조토프는 사샤의 팔을 잡았다.

"자네한테 미국에 대해 몇 가지 묻고 싶다."

5.

사샤가 모스크바를 떠날 때 리디아는 남았다. 그들의 혼인관계는 결정적으로 깨진 것은 아니었고 한동안 서로에게 거리를 두기로 했다. 흑해에 있는 동안 두 사람은 같은 침대에서 자면서 의무적으로 사랑을 나누었다. 리디아도 그에게 무슨 일이 있다는 것을 알고 있는 것이 확실했다. 그런데도 그녀가 질문을 하지 않는 것을 고맙게 여겼다.

조토프 원수도 결국 만족했다. 그가 사납게 몰아치는 이면에는 대단한 외로움이 도사리고 있다는 것이 느껴졌는데, 딸과 손자를 데리고 함께 생활하게 된 것을 기쁘게 여겼다.

"이 놈은 할아버지에 대해서는 으르렁거리는 것 외에는 기억에 남는 게 없을 거야." 원수는 페티야를 무릎에 올려놓고 껄껄거렸다. "핏줄이 말해 주는구나."

사샤는 리바디아에서 첫날 밤, 자기와 원수 사이에 새로운 유대관계가 이루어졌음을 감지했다. 그것은 자신이 구축하려고 했던 관계이기도 했다. 사샤가 떠나기 전에 조토프가 부탁했다.

"나에게 계속 소식을 전하라. 뉴욕에서 내 눈과 귀가 되어

주기 바란다. 자네를 위해 커다란 계획을 가지고 있다."

*

맨해튼으로 돌아오고 며칠 지나 사샤는 엘레인에게 전화를 했다. 그녀는 긴장하고 위축된 목소리였다.

"당신을 막 포기하려던 참이었어요."

엘레인이 투명한 옷차림으로 문 앞에서 그를 맞이하는데, 그녀를 가지고 싶어 미칠 지경이었다. 그러나 그녀는 그에게 울타리를 치고, 그의 포옹에서 살짝 빠져나가 그를 더욱 촉발시켰지만 자제토록 했다. 그가 여자를 그토록 탐해본 적은 없었다. 심지어 타냐도 그렇게까지 갖고 싶은 적은 없었다.

"그래, 오슬로는 어땠어요?"

그녀가 물었다. 그는 한 번도 가보지 않은 그 나라에 대해 그럴듯한 이야기를 꾸미느라 시간이 걸렸고, 그 사이에 엘레인은 와인을 들고 떨어져 앉아 그를 놀렸다. 마침내 참을 수 없을 지경이 되자 그녀를 껴안고 자기의 엄청난 욕망을 그녀에게 느끼게 했다. 그녀의 몸이 휘면서 자신에게 착 붙는 것을 느낄 수 있었다. 그러나 금방 다시 빠져나갔다.

"엘레인?"

"욕실에 가야 해요."

그는 무엇인가 그녀의 등 뒤를 잡는 것이 있음을 느꼈다. 그녀가 욕실로 들어가고 꽤 많은 시간이 흐른 듯 했다. 사샤는 침대에 길게 누워 샤워의 물 흐르는 소리와 인근 어디에선가 벌어지는 파티의 시끄러운 소리를 들었다. 오늘 밤은 리디아가 모스크바에 있기 때문에 두 사람이 함께 할 수 있다. 지난날들은 사랑을 나누고 떠날 때까지 흐르는 시간이 마치 모래시계에 흐르는 모래알 같아서 엘레인은 점점 더 초조해하고 안타까워했다.

그는 TV를 켜고, 채널을 이리 저리 바꾸어 보았다. 미국 TV의 다양한 채널은 미국 상표의 다양함만큼이나 그를 놀라게 했다. 치질 통증을 없애 주는 상품 광고가 끝나자, 네트워크 뉴스가 나오고, 화면에 브레즈네프의 퉁퉁한 얼굴이 나타났다. 사샤는 볼륨을 올렸다.

'소련 공산당 서기장 레오니트 브레즈네프가 뇌졸중으로 쓰러졌다는 보도가 있습니다. 지금 그를 이어갈 후계선상의 인사들에 대한 특별 리포트가 있습니다.'

카메라는 스튜디오 토론장으로 돌아갔다. 그 네트워크의 특파원과 소련 문제 전문가로 소개된 사람이 나비넥타이를 하고 살색 테 안경을 끼고 대담을 했다. 전문가가 특파원에게 설명하기를 소련 정치국 안에서 매파와 비둘기파 사이에 은밀한 암투가 진행되고 있는데, 여기서 중요한 일은 서방 국가가 매파를 도와줄 수도 있기 때문에 어떤 행동도 취해서는 안 된다는 것이라고 했다. 그런 다음 지난번 붉은 광장에서 거행된 큰 행사 때, 연단에서 누가 누구 다음에 서 있더라는 것과 관련해 많은 이야기가 뒤따랐다.

엘레인이 빨리 나타나지 않아 가뜩이나 불만에 차있던 사샤는 작은 소리로 욕을 했다. 소위 서방국가 전문가라는 자들은 모두 비슷하다고 생각했다. 소련의 상황 설명에 서방의 심리학을 이용하고, 모든 것을 자기들 선입관에 두드려 맞추려다 허상을 만들어내면서 똑 같은 실수를 되풀이하고 있었던 것이다.

대담이 계속되면서 브레즈네프의 뒤를 이을 가능성이 있는 후계자들 사진이 화면에 나타났다. 유리 블라디미로비치 안드로포프도 나왔는데 그는 옷깃에 훈장을 달고 있었다. 그런데 그가 왜 네 번째 후계자로 언급된단 말인가? 그 전문가라는 자는 도대체 무슨 말을 하고 있는 것인가?

"현재로서는 안드로포프는 확실히 제외되는 것으로 볼 수 있습니다." 그 피부색 안경을 낀 해설자는 자신의 독단적인 견해를 피력했다. "그는 비밀경찰을 지휘한 것과 관련해 많은 추문이 있기 때문입니다."

"저런 바보 같은 소리를 하다니."

사샤가 러시아 말로 분노를 터트리는 바로 그 때 엘레인이 하얀 목욕 가운을 걸치고 침실로 돌아왔다.

"그게 노르웨이 말이에요?"

그녀가 물었다. 그는 그녀의 말투에서 무엇인가 잘못된 것이 있다고 생각했다. 그는 TV 스위치를 끄고 두 팔을 그녀에게로 벌렸다. 그러나 그녀는 다시 빠져나가 머리 위쪽의 등을 켰다. 그 불빛이 넓은 흰색 벽에 창백한 느낌을 주었다. 그녀는 임상적으로 시험하듯이 그를 살펴보았다.

"나는 당신이 누구인지도 모르고 있어요."

한 동안의 침묵 속에서 그들은 길 건너편 빌딩에서 넘어오는 쿵작거리는 음악소리를 들었다. 보이지는 않았지만 강렬했다.

"당신은 내 전부를 알고 있는데," 그녀는 외눈박이 장난감 곰과 가족과 대학친구들의 스냅사진을 넣은 액자와 선반 위에서 내려다보는 미끼오리들을 껴안는 몸짓을 했다. "나는 당신이 하는 말이 어느 나라 말인지도 모르잖아요."

"당신 가족은 집에서 러시아어를 사용하지 않는다고 들은 것 같은데."

사샤가 조용하게 말했다.

'그래, 그렇게 되었구나.'

그는 자신의 짐이 내려지는 듯한 홀가분함을 느꼈다.

"엘레인, 당신은 전부 알고 있었던 게 아니었소?"

"아뇨." 그녀는 고개를 저었다. "당신이 러시아 사람이라고 말하는 건가요?"

그녀의 순진함은 진실인 것 같았다.

"그래요, 나는 러시아 사람이고 소련 외교관이오."

"그게 무슨 숨길 일이라는 건가요?"

그녀의 표현이 그를 놀라게 했다. 그녀는 거의 안정을 되찾은 듯 했다.

"왜 진작 이야기하지 않았죠?"

"두려웠소, 당신이 놀라 도망갈까 두려웠어요."

"나는 쉽게 놀라지 않아요. 당신이 알려주지 않는 것이 두렵지."

그는 그녀의 손을 잡고 말했다.

"확신할 수가 없었소. 처음에는 더욱 그랬지요. 당신도 알다시피 많은 미국인들이 러시아 사람은 꼬리가 달리고 배가 통통한 사람들이라고 여기는 듯 했어요. 내가 바로 이야기했으면 당신도 아마 두려워했을 거라고 생각한 나를 너무 탓하지 말아요."

엘레인은 발끝으로 서서 그의 입술에 키스했다. 사샤는 그녀가 너무 조용해 약간 놀랐다.

"나는 규칙을 어기고 있다는 것을 알아줘요." 그는 불필요한 말을 계속했다. "우리는 외국인과의 접촉을 엄격히 금하고 있어요."

그녀의 손이 그의 가슴으로 올라왔다.

"그래서 당신은 오슬로에 갔던 게 아니지요?"

그녀가 중얼거렸다.

"그래요. 오슬로가 아니었소."

"당신 이름도 알렉스가 아니고."

"그렇소. 내 이름은 알렉산드르 세르게이요비치 프레오브라젠스키요. 그냥 사샤라고 불러요."

"그 외에 거짓말 한 게 무엇이 있어요?"

그녀의 손톱이 그의 배꼽 위의 살 속으로 파고 들어와 눌렀다.

"별거하고 있다고 그랬지요." 그녀가 상기시켰다. "그것도 거짓말이고요?"

"아니오. 그녀는 모스크바에 있소. 우리 사이에는 아무것도 없어요."

"당신 아들 피터를 제외하고."

"페티야라 부릅니다."

그가 수정했다.

"그러면 당신들 사이에는 언제나 무엇이 있다는 거네요."

그녀는 그의 눈을 응시했다. 그의 눈은 그가 무엇을 느끼고 있는지 절대 표현하지 않았다. 대신 그 눈은 상대방을 불가사의한 곳으로 이끌어가는 무엇이 있었다.

"당신은 그들을 떠날 수가 없지요, 그렇지요?"

그녀의 말에 그는 그녀의 눈을 응시했다.

"나는 그렇게 생각하지 않아요. 당신이 생각하는 그런 식으로는 아닙니다."

그는 그녀를 가슴에 꼭 껴안았다.

"그러나 당신에게서도 떠나지 않을 것이오."

6.

드리노프 대령은 니콜스키를 불러 들였을 때, 엄청나게 흥분해 있었다.

"한센에 대한 보고서를 잘 살펴보았네."

니콜스키는 전직 CIA 요원을 이용해 전 세계에 퍼져있는 그 기관의 직속 요원과 현지 에이전트 명단을 폭로하게 하자는 계획을 구상하고 있었다.

"실제적인 공작업무로서 이것은 일급이다." 드리노프가 말했다. "절대적으로 일급이지. 그러나 두 가지 문제가 있다고 본다."

'음부에 코를 문지를 필요는 없다.'

니콜스키는 속으로 냉소를 보냈다. 무엇이 날아올지 눈치 채고 있었던 것이다.

"무엇보다 먼저, 한센이 랭글리(CIA)로부터 허락을 받지 않고, 귀관의 제안대로 책을 쓴다면 그것은 당연히 문제가 없겠는데."

"당연히 그렇지요."

"그는 법적 처벌을 받게 될 거야. 놈들이 그를 잡아넣으려고 하겠지."

"그것이 그의 견해입니다."

니콜스키가 대답했다. 그는 한센을 좋아하지도, 신뢰하지도 않았다.

"그는 해외로 나가 살아야 할 겁니다."

"그럴 수도 있겠지. 그런데 다시 생각해봐야 할 게 있다. 한센은 아직 공공연하게 드러나지 않았다. 우리는 그런 식으로 그 건을 유지할 수 있다고 생각한다. 그는 CIA로부터 해고당하지 않았고, 유능한 요원으로 남아 있는 것이다. 그게 옳지 않은가?"

"그게 바로 그가 말하는 것입니다. 우리는 그가 지국장과 다투고 있다는 것을 알고 있고, 결혼생활이 평탄치 못하다는 것도 알고 있습니다."

"그런 것은 아주 좋은 집안에서도 생길 수 있는 일일세."

드리노프는 마냥 기쁜 듯이 지껄였다.

"내가 이야기하고자 하는 요점은 한센을 불타버린 쓸모없는 사람으로 간주하지 말자는 것이지. 랭글리는 스캔들과 요원 노출로 이미 휘청거리고 있어. 다른 CIA 요원은 자신의 공작활동을 비난하는가 하면……, 어찌되었든 시대에 역행하고 있다. 우리가 한센과 함께 할 수 있는 유익한 일들이 많아."

"예를 들면 어떤 것이 있습니까?"

"보안 해제와 같은 일이다. 아, 귀관은 무얼 생각하고 있나?"

"그에게 근무에 복귀해 정부를 위해 일해 달라고 요청한다는 뜻입니까? CIA가 그를 받아들일지 확신할 수도 없고, 설사 그렇다 해도 거짓말 탐지기 문제도 있습니다."

"미국 놈들은 거짓말 탐지기에 과도한 신뢰를 가지고 있다. 모든 사람들의 땀샘이 똑같이 작동하는 것은 아니야.

어쨌든 그게 CIA이어야만 하는 것은 아니다. 정부 내의 다른 부서이거나 혹은 하원의 어떤 위원회 같은 곳도 괜찮아. 어떠한 경우에도 귀관이 그 문제로 인해 괴로워할 필요는 없네."

"제가 제대로 이해하고 있는지 확신이 가지 않습니다."

"펠릭스, 귀관은 아주 훌륭한 일을 했어. 나는 귀관도 확신하게 되리라고 본다. 그에 대해서는 걱정하지 말게. 내가 이 건을 인수하겠네. 이보다 어떻게 더 큰 찬사를 귀관에게 표현할 수 있겠나? 자, 그렇게 생각하지 말게. 이 건은 전적으로 KR 라인 소관이라는 것을 귀관도 알고 있지? 우리는 지금 CIA에 침투할 가능성에 대해 논의를 하고 있네."

니콜스키는 참을 수가 없었다. 드리노프는 자기가 공을 들이지도 않은 에이전트를 가로채는 비열한 도둑놈이었다. 더군다나 신뢰성도 확실치 않은 에이전트를 말이다. 그날 아침 펠릭스의 혈당치가 낮았던 것은 차라리 잘된 일이었다. 그렇지 않았다면 그는 훨씬 더 거세게 반발했을 것이다.

아침에 니콜스키가 비틀거리며 침대를 나올 때부터 비소츠키의 발라드 한 구절이 그의 머리를 떠나지 않았다.

내 신경은 팽팽하게 뻗쳐있지 않네.
내 신경은 빨랫줄처럼 축 늘어져있네.

그는 드리노프 책상 위의 담뱃갑에서 한 개비를 슬쩍 뺐다.

"보십시오, 저는 지금 위험에 직면해 있는 것을 압니다. 그러니 대령께서도 실수하시는 것이라고 확신합니다. 한센은 아직 자신을 드러내지 않았습니다."

"귀관은 무슨 말을 하는 건가? 그는 귀관과 계속 만나오지 않았나? 그는 이미 타협을 했고, 나는 그렇게 확신하네, 나를 믿어봐. 그와 만나 모든 회합을 하는 동안 코스티아가 귀관을 보호하고 있었다. 한센은 아주 깨끗하다는 것을 확신하네."

"그가 배후에서 조종당하지 않는다는 것을 어떻게 확신할 수 있단 말입니까?"

"자, 펠릭스 니콜스키, 내 말 들어보게."

드리노프의 음성은 감언으로 달래는 소리에서 으르렁거리는 소리로 바뀌고 있었다.

"그 건은 이제 내 소관이지, 귀관 소관이 아니야. 귀관은 하고 싶은 만큼 불평은 할 수 있어. 그러나 모든 사항은 이미 본부와 협의가 되었네. 귀관은 나를 그에게 소개시켜 주기만 하면 된다."

"직접 이 건을 맡으시겠단 말입니까?"

니콜스키는 분통을 터뜨렸다

"왜 안 되나?"

니콜스키의 항의가 누그러지는 듯하자 드리노프는 다시 상냥하게 변했다.

"이 미국 녀석들은 과자부스러기 같은 것들이다. 멕시코에서 있었던 사건을 들은 적 있나?"

그는 자기의 비밀을 털어놓음으로써 니콜스키를 누그러지게 하려는 것이 분명했다.

"그것은 거의 재난이었네. 우리 지하요원 두 명이 붙잡혔다."

"두 명이나?"

니콜스키가 반문했다. 지하요원의 상실은 암호요원의 손실 다음으로 중대한 사건이었다. 그런 지하요원을 체포한 기관은 원판에 표창 던지기 게임에서 과녁 한 복판에 표창을 꽂은 것과 같은 것이었다.

"멕시코 당국에 잡힌 것입니까?"

"미국의 지원으로 이루어진 것이 분명하다. 그래서 우리는 저명한 대사 도브리닌을 투입했지. 대사는 국무부의 그분을 오찬에 초대해 이 불행한 사건이 두 강대국 사이의 긴장완화에 심각한 위협이 될 것이라고 설명했다. 일은 순조롭게 진행되었다. 국무장관 집무실에서 멕시코로 전화가 연결되었고, 체포된 두 지하요원은 그 다음 비행기로 워싱턴으로 보내졌네. 그들은 공항에서 곧바로 우리 대사관에 인도되었고, 여행서류가 갖추어지자 에어로 플로트로 모스크바에 송환되었다. 귀관도 알다시피 한센 건에 대해 야단법석을 떨 필요가 없다. 미국인을 어떻게 다루느냐, 그들을 어떻게 집어넣느냐에 달렸지만 인큐베이터 안에 있는 오리를 겨냥하는 것이나 마찬가지다."

"수조 안의 물고기를 쏘는 것과 같다는 말씀이군요."

니콜스키가 그의 말을 수정했지만 확신은 가지 않았다.

*

드리노프는 한센과의 만남에 일련의 군사작전 같은 계획을 세웠다. 코스티아를 포함한 공관원 여섯 명이 감시에 투입되었다. 니콜스키와 드리노프는 미행을 따돌릴 길을 아주 환상적으로 자세하게 설계해 놓았다. 그것은 글렌 코브에 있는 안전가옥에서 끝나는 것으로 되어 있는데 대사관 별장에서 그리 멀지 않았다.

암호서기 비토프가 경찰과 FBI의 무선통신 모니터에 사용되는 스캐너의 배터리를 감시하는 것 말고는 누구도 중요한 역할을 하는 자는 없었다. 비토프는 아마추어 무선가로서도 타고난 자질을 갖춘 사람이었다. 그는 승인된 전파대역에서 알려지지 않은 주파수를 찾아내는 데에 굉장한 희열을 느꼈다. 그 날 비토프는 FBI 주파수를 검색하다 전에는 없던 통신 주파수를 찾아냈는데, 잘못된 신호가 아니었다. 그러나 시간이 너무 늦어버렸다. 뒤늦게 그는 FBI가 글렌 코브에 특별히 많은 인원을 투입한 사실을 발견하고, 만남을 취소하라는 전문을 띄웠지만 드리노프와 니콜스키는 이미 한센과 함께 두 병째를 마시고 있었다.

드리노프가 한 가지에 대해서는 옳았다. 긴장완화와 상호이해의 시대에 추방당할 염려는 없었다. 국무성은 공식적으로 항의를 했지만 공개적으로 발표하지는 않았다. 그렇지만 누군가는 그 실패한 공작에 대해 책임을 져야하는데, 그 희생양이 KR 라인의 수장은 아니라는 것이 확실했다.

드리노프는 비열한 언어들로 보고서를 작성했다. 미국 당국이 심은 것이 분명한 자에게 자신이 속아 넘어가도록 인도한 니콜스키는 KGB장교로서의 임무에 실패했다고 적었던 것이다. 드리노프의 보고서에 확인 서명을 한 지국장은 사과하듯이 말했다.

"이것으로 세상이 끝나는 것은 아닐세. 어쨌든 귀관은 다른 요원들보다는 오랫동안 있었지 않나. 힘든 업무가 진작 끝났어야 했는데."

*

"만일 당신이 진실을 원한다면 말을 문 앞에 세우고 한 발은 등자에 올려두어라."

니콜스키가 인용했다. 그는 드리노프와 마지막 만남을 자세히 이야기하고 마룻바닥에 침을 뱉으며 끝을 맺었다.

"누가 한 말인가?"

사샤가 물었다.

"아, 옛 아르메니아 격언일세. 아르메니아인들은 매우 영리하다네. 자네도 그들을 항상 주의 깊게 살펴보아야 할 거야. 아스키에로프를 보게. 나는 그가 아르메니아 사람이라는 데에 걸겠네. 그는 또 그래야 하고."

"모스크바에서는 무엇을 할 텐가?"

"당분간은 아무 일도 맡기지 않겠지." 니콜스키는 냉소적이었다. "청문조사가 있을 거라고 드리노프는 보고 있더군. 아, 좋아. 적어도 뉴욕 브롱크스의 거대한 하얀색 빌딩 안에서 살지 않게 되었으니까."

사샤도 최근 리버데일에 완성된 소련인 복합 건물로 이사하라는 통지서를 받았으나 여러 달째 이사를 연기하고 있었다. 그들은 그 신축 아파트 꼭대기에 방대한 무선설비를 갖추었는데, 그곳은 언덕 위여서 전파를 가로채는 데에는 아주 이상적인 위치였다.

그래서 꼭대기 층의 몇 세대는 근처 다른 구역으로 옮겨야 했다. 사샤의 아파트는 구두수선 가게가 붙은 붉은 벽돌 건물에 있었다. 적어도 소련인 집단거주용으로 신축된 아파트인 소브프렉스의 자체 철조망과 폐쇄회로 카메라에는 걸리지 않았던 것이다.

"제일 먼저 할 일은," 니콜스키는 다시 한 잔을 부었다. "집시를 볼 수 있는 로망 극장에 가는 것이다."

그는 갑자기 집시 노래를 불렀는데, 곡조가 지독하게 고르지 못했다. 그러다가 뚝 그치더니 아주 엄숙하게 말했다.

"사샤, 자네는 어디 가면 나를 만날 수 있는지 알겠지? 자네가 필요한 게 있으면 무엇이든 좋아."

"사실, 좀 부탁할 일이 있는데."

사샤가 조심스럽게 말했다.

"좋아, 그 여자 이름만 말해."

"자네와 같이 국가안보위원회에 있는 자다. 이름은 토프치, 들어본 적이 있는가?"

"아니, 못 들어보았네. 혹시 우크라이나인인가?"

"그가 몇 년 전까지는 모스크바에 있었다고 알고 있네."

맙소사, 레빈 교수가 사샤 아버지의 죽음에 관한 이야기를 들려준 후, 벌써 얼마나 오랜 세월이 지났던가?

"지금쯤은 적어도 대령이나 어쩌면 장군으로 진급했을지도 모르겠네."

'우리 아버지도 살아계셨으면 지금쯤은 장군이 되셨을 거야.'

"토프치? 좋아, 알아보지. 무슨 특별한 사연이라도 있는가?"

"개인적인 문제야, 펠릭스."

"좋았어! 자, 이제 정말 오입 한번 하는 게 어떻겠나, 장군? 작별인데 말이야, 날리바이!"

*

때는 이별의 계절이었다. 사샤가 다음번에 암호명 이브라힘을 만났을 때, 그 서부 아프리카 대사 역시 고국으로 돌아간다고 했다.

그들은 센터랄 파크 안에 있는 호수 둘레를 가볍게 조깅하고 있었다. 그들은 10대 아이들을 지나갔는데, 아이들은 커다란 박스 라디오를 틀어 사샤의 귀청을 울리게 했다. 또 달리다 보니 벤치에 앉아 명상에 잠겨 2월의 엷은 햇볕을 쬐고 있는 광신자 옆을 지나갔다.

"앞으로 어떻게 할 생각이오, 조지?"

사람의 왕래가 없는 직선코스를 돌아올 때 사샤가 물었다. 그 아프리카인의 건강은 최고 상태였다. 코를 통해서만 부드럽고 고르게 호흡하고 있었다. 그는 빅토리아 시대의 난로 옆에서 대본을 읽듯이 조용히 선언했다.

"돌아가면 우리나라 정부를 인수하려고 합니다."

아피그보는 이미 모든 계획을 수립해 놓았다. 현 정권은 각료들의 부패로 얼룩졌는데, 어떤 자는 순금 목욕통으로 집을 장식했다고도 했다. 게다가 눈에 띄게 미국에 의존해 대중의 지지를 잃었다. 그래서 젊은 장교들이 들떠 있었던 것이다.

"만일 내가 그 일을 하지 않으면 이름도 들어 보지 못한 위관급 장교나 하사관들이 시에라리온에서와 같이 일어설 것이기 때문이오."

그 아프리카인은 쿠데타 이론에 아주 정통했다. 그는 레닌과 이탈리아 소설가 쿠르치오 말라파르테의 작품들을 읽었고, 게다가 이미 실제적인 경험도 있었다.

"최소한의 인원으로 도모하려면," 그가 사샤에게 가르쳐주었다. "중요한 것은 일반대중은 수동적으로 남아 있어야 하고, 병력은 소수의 핵심 목표물에만 집중시켜야 합니다. 장악해야 할 곳은 대통령궁, 육군본부, 공항 그리고 방송국이지요. 그러면 수도는 우리 수중으로 들어옵니다. 모든 국가가 그렇습니다. 하지만 소련은 다르겠지요."

아피그보는 쓴 웃음을 지었다. 그러나 역시 레닌을 탐독한 사샤는 잠시 동안 반문하는 자신을 발견했다.

'되지 않을까?'

7.

톰 리간의 일생은 모두 얼굴에 나타나 있었다. 피부는 잘 맞지 않는 가죽장갑처럼 축 늘어져 주름이 잡혀 쪼글쪼글했고, 조직범죄 전담반에서 근무하던 초창기에 입은 상처로 인해 오른쪽 눈 위에는 하얀 흉터가 남아 있었다. 찢어진 모세혈관의 핏줄이 그의 볼에서 자줏빛을 띠었다.

그의 시선은 아주 세심해서 동료들조차 안심할 자가 없다는 듯이 마음을 놓지 않았다. 얼마 남아 있지 않은 머리칼은 짧게 깎여 있었다.

"리간 씨는 깨끗한 목을 좋아합니다."

그의 오랜 단골인 이탈리안 이발사가 하는 말인데, 그는 시내에서 리간이 알고 있는 유일한 이발사로, 50세가 되는 지금까지도 그의 머리를 깎아주고 있었다. 그 말은 맞는 말이었다. 톰 리간은 더부룩한 머리보다 목이 깨끗한 헤어스타일을 좋아했다.

북극에서 불어 내려와 뉴욕의 거리를 할퀴는 바람 속에서도 그는 얇은 순모바지 위에 방수 코트만을 걸쳐, 옷도 아주 가볍게 입고 있었다. 시카고 출신인 그에게 추위는 뼛속까지 배어있는 것이었다.

그는 가로수도 없는 판자촌에서 자랐다. 이웃은 모두 막노동꾼이었고, 그가 기억하는 아버지는 압연공장에서 일했는데, 미친놈처럼 술을 마시고 집에 돌아오면 아홉 명의 자녀들을 잡히는 대로 가죽 끈으로 마구 때렸다.

전쟁은 톰 리간의 탈출구가 되었다. 전쟁이 끝나자 육군은 경찰이 되고자 하는 그의 길을 열어주었다. 그 길은 어릴 때부터 갈망해오던 것으로 진정한 꿈은 FBI 요원이 되는 것이었다. 그의 어린 시절 영웅은 매튜 퍼비스였다. 그는 전설적인 은행 강도 존 딜린저를 사살한 FBI 요원이었다.

그때까지 6년 동안 그는 소련정보과에 근무해왔다. 그는 오히려 마피아 일당을 추적하는 일이 더 적격이었을지도 모르지만 유능한 요원으로서 부여된 임무를 아주 충실히 수행했다. 그는 현장요원이기 때문에 이념에 관한 브리핑이나 2중 또는 3중 첩자에 대한 복잡한 교육 등에는 거의 참가하지 않았다.

그가 관심을 기울이는 것은 소련 사람들이었고, 무엇보다 그들의 인간적인 결함이었다. 소련 사람들도 슈퍼맨은 아니었다. 그들도 마시고 뒤엉켜 싸웠으며, 마누라들은 가게 물건을 슬쩍슬쩍 훔치기도 했다.

그들도 콜걸을 이용하고 있었다. 쿠바의 정보기관이 UN에서 하고 있는 사업을 들여다보다 알게 되었다. 그들은 하바나에서 매춘부들을 데려와 쿠바 언론인으로 위장하고 흥미 있는 고객들을 줍기 위해 대표위원들의 라운지를 배회하게 했다. 가장 큰 고객이 소련 사람들이라는 것이 밝혀지면 일이 아주 난처하게 되는 것이었다.

그곳 프레싱 5번가에는 좋지 않은 이웃들이 살고 있었다. 리간은 그런 생각을 하면서 좁은 골목으로 차를 몰고 들어갔다. 그의 딸 샌디 또래의 불량배와 낙오자들, 중국인 아이들이 가득했는데, 아이들은 바람직한 생활을 경험하기도 전에 부모들의 가슴을 찢어지게 만들었다.

그 전 날 샌디가 자기 집에 들러 한잔 하시라고 전화를 했다. 리간은 그날이 자기 생일이라는 것을 잊고 있었다. 그는 그런 사람이었다.

그는 차를 세우고 거리 반대편으로 천천히 건너갔다. 그곳에 있는 샌디네 아파트 건물에서 키가 큰 남자가 나오는 것을 보았다. 샌디의 친구 같지는 않았다. 그는 신문을 들고 있었고, 뉴욕에서는 영국신사라 부르는 포근한 갈색 계통의 더블 오버코트를 입고 있었다. 그 남자는 가로등 빛이 비추지 않는 어두운 곳으로 걸어갔고, 리간은 거리 가장자리에 꼼짝도 않고 서 있었다. 그는 그 얼굴을 알고 있었던 것이다.

소련대사관이 국무성에 제출한 비자 사진에서 그 얼굴을 처음으로 보았다. 2년인가 3년 전에 국무성에서 그에 관해 조회해 달라고 리간의 사무실로 보냈던 것이다. 그 후로 리간은 그의 사진을 스무 번 정도는 보았다. 원형경기장 체육관에서, 파 로커웨이 해변에서, UN 안의 식당에서 찍힌 것들이었다.

톰 리간은 사람 얼굴을 외우는 데에는 천부적이었다. 그러나 그 얼굴의 이름은 샌디네 아파트를 다 걸어 올라갈 때까지 머리에서 맴만 돌았다. 그러다 갑자기 그 이름이 떠올랐다. 그 소련인은 공작원이 확실했고, GRU 요원으로 확인되었다.

그러나 그가 하는 일에 대해서는 아직 아무것도 알아내지 못했다. 리간은 두세 번쯤 그에게 미행을 붙였는데 그 소련인은 그의 수법을 알고 언제나 미행을 따돌렸다. 그러다 딱 한 번 퀸즈의 중국 식당에서 그를 미행할 수 있었다. 그 소련인은 무엇인가 눈치 챈 것이 틀림없었다. 그는 한 바퀴를 돌아서 왔던 길로 다시 맨해튼으로 돌아가곤 했던 것이다. 만일 그가 비밀접선을 하려고 했다면 실패했을 것이라는 결론이 나왔다. 미행자들이 한 시간 동안이나 식당 밖에 앉아 있었는데도 접선 대상자를 알아내지 못했기 때문이다.

그런데 지금 소호에 있는 샌디의 아파트 건물에서 이 소련 정보장교는 무엇을 하고 있었다는 말인가?

"네가 아주 좋은 날을 잡았구나." 톰 리간이 딸에게 말했다. "네 이웃에 대해 이야기해 주지 않겠니?"

톰 리간이 옳았다. 알렉산드르 세르게이요비치 프레오브라젠스키의 파일을 찾는 데에는 그리 오랜 시간이 걸리지 않았다. 그의 이름이 목구멍까지 올라오지 않았던 게 이상하지도 않았다. 그는 소련군 정보기관의 거물급으로 밝혀졌고, 공관에서는 루진을 비롯한 사람들과 잘 어울리고 있다는 사실도 알았다.

프레오브라젠스키가 소호에서 누구를 방문했는지 밝히는 데에는 오랜 시간이 걸렸다. 샌디는 그 아파트에서 다만 몇몇 사람들만 알고 있었다. 그곳에 사는 사람들은 아주 빈번하게 이동했기 때문이다. 그곳에는 뉴욕대학에 다니는 학생들이 있었고, 크리스토퍼 거리에서 선물가게를 운영하는 몇 사람, 그리고 사진작가도 있었다. 사진작가는 꽤 명성이 있어서 잡지에도 그의 사진을 표지로 사용했다.

리간은 잠복근무를 시켰다. 일주일이 채 안되어 10중 8까지는 알아냈다. 그 건물을 떠나는 러시아인이 있었고, 문 앞에서 아름답고 까만 머리의 젊은 여성이 작별인사를 하고 있었던 것이다.

"그 여자에 대한 모든 것을 알아야 한다."

리간은 연방정부 빌딩 안에 있는 그의 사무실에 팀원들을 소집했다. 그는 소련공관 주위에 있는 쥐구멍들을 지적해 주었다.

"가족관계, 고용주, 개인적인 습관, 정치적인 유대관계 등을 모두 수집할 것! 자, 출발!"

이틀 후, 리간은 과장인 머피를 만나러 갔다.

"엘레인 프란시스 워너," 그는 부하들이 수집한 자료들을 요약했다. "27세, 현재 독신, 아버지는 나프탈리의 아들 레브, 이스라엘인으로 1909년 오데사 출생."

"그들도 러시아인이란 말인가?"

머피가 도중에 물었다.

"러시아계 유태인입니다." 리간이 정정해 주었다. "가족은 혁명 전에 이민을 와서 이름을 바꾸었습니다. 아버지는 의류사업으로 성공했다고 합니다."

"그렇다면 여기서 무엇을 얻을 수 있다는 말인가? EM 라인의 공작관계인가?"

KGB 공관에서 EM 라인에 속한 자들은 소련인 이민사회에 관련한 업무를 다루고 있었다. 그들은 첩보활동을 수행하도록 압력이 통할만한 러시아계 사람들을 언제나 추적하고 있었다.

"그럴 수도 있습니다." 리간이 대답했다. "KGB 소속이 아닌 프레오브라젠스키는 제외하고 말입니다. 그는 GRU 소속이니까요. 여자의 다른 가족도 조사를 했습니다만 특별한 것은 없습니다. 미국 국세청은 여자의 아버지에 대해 두어번 회계감사를 했고, 어머니는 다른 사람들이 우표 수집을 하듯 주차티켓을 모으고 있습니다. 아버지는 퇴임해서 플로리다로 갔고, 1년에 한 번씩은 이스라엘에 가서 킹 데이비드 호텔에 묵었다 옵니다."

"잠꾸러기들이구먼."

머피가 뭉툭한 싸구려 엽연초에 불을 붙였다. 리간은 그 냄새를 견딜 수 없었다. 머피는 지금 과장이고 고가품 시장에 갈 수도 있는데, 하고 생각했다.

"형제는? 자매는 어떤가?"

"여동생이 하나 있습니다, 바바라라고. 지금 갓난아기를 키우고 있고, 남편은 상품중개업자입니다."

"조사해 볼만한 가치가 있겠는데," 머피가 중얼거렸다. "어떤 중개인이 알려주던데 러시아인들이 2-3주 전부터 금 매매를 중단했다고 하더군. 내부거래에서 어떤 자가 크게 벌었던 모양이야."

"저는 몰랐습니다."

리간의 통장에는 그때 잔고가 600달러였는데, 그것을 쳐 다보는 것조차 괴로웠다.

"그렇다면, 이 엘레인 워너는 무슨 일을 하고 있는가?"

"그게 약간 흥미롭습니다. 그녀는 자신을 프리랜스 작가 라고 합니다만 9시부터 17시까지 엑스테크 회사의 도서관에 서 근무하고 있습니다."

"톰, 자네가 큰 건을 낚은 것 같네."

머피는 의자에 등을 대고 편안하게 앉아 발을 책상 위에 올려놓았다. 엑스테크 회사가 국방성을 위해 비밀작업을 하 고 있다는 사실은 잘 알려져 있었다.

"엑스테크에 우리 친구가 하나 있지? 찰리 뭐라 했지"

"찰리 맥도노프."

리간이 도와주었다. 찰리는 초원에서 목장을 해 보겠다고 떠날 때까지 소련정보과에 근무했다.

"좋아, 가서 찰리와 한잔 하지."

"이미 만났습니다. 찰리는 그녀를 조금밖에 모른다고 했습니다. 그의 말에 따르면 사무실 사람들이 모두 그녀를 좋아해 비난하는 사람이 없다고 합니다. 그녀는 민감한 문서에는 접하지 않지만 잘 지켜보겠다고 했습니다. 그리고 그 러시아인에 대해 자기 보스에게 보고해야 하는지 알고 싶어 합니다. 그 회사 사장이 우리와 함께할 의사가 없다면, 물론 그녀는 해고당할 게 분명합니다. 그래서 당분간은 입을 다물고 있으라고 찰리에게 일렀습니다."

머피는 승인한다는 듯이 중얼거렸다.

"그들이 그녀의 아버지를 통해 접촉한 것이 아니라면, 이 여자의 동기는 무엇이라고 생각하나? 정치적인 게 뭐가 있나?"

"등록된 민주당원이라고 간주하지 않은 것은 아니겠지요." 리간은 웃었다. "그렇습니다. 그녀가 한 번 미국시민자유연합 회보에 글을 실은 적은 있습니다. 그 뿐입니다. 몇몇 보도기관과 관계가 있는 것은 확실하지만 정치적인 기사를 쓰지는 않았습니다."

"그렇다면 돈 때문인가?"

"그녀가 부도수표를 낸 적이 한 번 있긴 합니다. 그래서 신용카드사에서 중지처분을 한 적도 있고요. 하지만 월세도 꼬박꼬박 지불하고 있고, 무엇보다 그녀의 아버지가 돌봐주고 있습니다. 돈 때문이라는 데에는 의문이 있습니다."

"그렇다면 밑바닥에 무엇이 있단 말이야?"

"이걸 보십시오."

리간이 책상 위에 사진 한 장을 올려놓았다. 지난 이틀 사이에 찍은 것으로 창문 앞에서 몸에 꽉 끼는 옷을 입고 에어로빅을 하고 있는 아주 매력적인 여자의 모습이었다. 망원 렌즈로 잡은 것이었다.

"오, 이런 제기랄." 머피가 감탄했다. "이게 그 여자야?"

리간이 고개를 끄덕였다.

"대단한 미인이군."

"바로 그렇습니다."

"톰, 무슨 말을 하려는 건가?"

"직감적인 것입니다. 틀릴 수도 있겠지만 아마도 무슨 정보 수집과는 관련이 없는 듯합니다. 제 짐작으로는 러시아인이 그녀에게 반한 것 같습니다."

머피는 여송연을 피우면서 곱씹었다.

"그렇다면 이 프레오브라젠스키는 위험해질 텐데."

"아마도 그렇게 되겠지요."

"그러나 한번쯤 시도해 볼만한 가치는 있겠네."

리간은 더 이상 짚어나가지 않았다.

"그의 부인과 아들은 모스크바로 돌아갔습니다."

더 설명할 필요는 없었다. 만일 그들이 프레오브라젠스키를 가능성 있는 변절자로 본다면 이것은 나쁜 소식이었다. 그는 가족을 희생시키지는 않을 것이기 때문이다. 그러나 그가 FBI를 위한 이중첩자로 활동하도록 만드는 지렛대로 그녀를 이용한다면, 가족이 모스크바로 돌아간 것은 도움이 될 수도 있는 일이었다.

"그녀의 전화를 도청해보는 것은 어떤가?"

머피가 물었다.

"물론입니다."

"좋아, 그 두 사람을 24시간 감시해. 자네가 모두 이끌고 해봐. 그 중 하나, 아마도 그 여자는 잡게 되겠지, 되도록 빨리!"

뉴욕은 연방범죄수사국(FBI)은 물론 중앙정보국(CIA)에게도 사냥터였다. 결국 UN은 국제적인 영역이고, 규정에 따르면 FBI에게는 출입금지 구역이고, CIA에게는 그렇지 않았다. CIA에는 외자과라는 특별부서가 있는데, 이 과의 요원은 각국 대표들이 있는 라운지를 어슬렁거릴 수 있었다. 맨해튼에서 이 두 정보기관은 서로의 존재를 무시했다.

심지어 그들의 요원들이 붐비는 이스트사이드의 살롱에서 어깨가 부딪치더라도 종종 그러했다. 담당구역에 대한 충돌이 불가피할 경우, 사실을 가려내는 공동위원회가 워싱턴에 설치되어 있었다. 그러나 공동위원회는 구성 위원들이 너무 복잡하기 때문에 톰 리간이 중앙정보국에 무엇을 부탁하고 싶을 때는 그의 포커 친구에게 말하는 것이 더 편했다.

톰 리간은 그들이 그 모임에 가입하라고 했을 때, 우쭐한 기분이었다. 그들은 한 달에 한 번씩 뉴욕이나 워싱턴 근교에서 만나, 10센트짜리 카드놀이도 하고 업무에 관한 이야기도 아무 제한 없이 나누었다.

CIA 요원 루크 글래든은 그 모임의 설립멤버였고, 톰 리간은 그를 좋아했다. 미시시피 삼각주 출신인 글래든은 참을성도 있고, 강변 사람들의 영리함도 갖추고 있었다.

"멀리 내다보고 움직여야 하겠네." 글래든은 서류 파일을 보더니 리간에게 충고했다. "프레오브라젠스키는 GRU 지부에서 그냥 스타급 공작원이 아니라 조토프 원수의 사위일세."

"그 원수가 누구야?"

"소련에서 가장 강력한 힘을 가진 군인의 한 사람이지. 모든 곳에 영향력을 가지고 있다네. 그게 무슨 의미인지 알겠나. 만일 이것이 제대로만 된다면, 펜코프스키나 포포프 때보다 훨씬 엄청난 일이 된다는 말일세."

20여 년 전에 CIA는 소련군 정보부에 두 개의 지하조직을 두었는데, 그들의 성과는 그 이후로 비교할 대상이 없었다.

"자네, 머피 알지?" 리간이 말했다. "그는 아주 감정적이지. 바로 착수하자는 거야. 그도 요점을 알고 있어. 그 러시아인의 임기가 다 되어가고 있다는 것을."

글래든은 그를 의미심장하게 쳐다보았다. 두 사람 모두 알고 있었다. 일단 사샤가 미국을 떠나면 그 건은 CIA로 넘어간다는 사실을. 영역에 대한 원칙이 있기 때문에 리간의 보스 머피는 그 러시아인이 뉴욕을 떠나기 전에 가능한 모든 노력을 기울여 연방범죄수사국을 위한 이중첩자로 변절시키려고 했다.

"여자에 대해서는 어떤 조치를 하고 있나?"

"그냥 직장에 대한 것뿐이야."

"정말로 낭만적인 애정 때문이라면 그것으로 충분하지는 않을 걸세."

그들은 다른 멤버들이 모두 도착할 때까지 그 이야기를 했다. 그들 중 한 사람이 말하기를 KGB 운전기사가 공관에서 나와 3번가에 있는 대형 식료품가게로 들어가는데, 어떤 중국인이 미행하더라고 했다.

"아, 그래? 우리 사람이야."

리간이 시인했다.

"농담 아니지?"

"그 중국인을 소련정보과에 배정했는데, 소련사람들이 눈치를 채더라도 중국인이 그들의 목 아래에서 숨 쉬고 있다고 여길 거야. 어쨌든 그 중국인은 중국말을 못하네. 그는 샌프란시스코에서 태어났거든."

*

사샤를 사랑하고부터 엘레인은 자신의 뿌리에 대해 강한 호기심을 가지게 되었다. 러시아 고전을 읽기 시작했고, 폭우가 쏟아지는 어느 날 오후, 러시아어 강좌를 알아보려고 뉴 스쿨을 찾았다.

"학기는 이미 시작되었습니다. 그러나 오늘 저녁 3교시에 오시면 그 강좌에 편입할 수 있는데, 5시 전에 등록을 하셔야 합니다."

빗방울이 떨어지기 시작하자 뉴욕의 모든 택시는 휴업을

했거나 무선호출에 불려나간 듯 했다. 엘레인은 엑스테크 빌딩 앞에 서 있다가 옆 빌딩 은행에서 나오는 남자를 앞질러 택시를 잡아탔다. 맨해튼에서 살아가는 것은 생존경쟁의 연속이었다. 택시기사는 수다스러운 사람이었다. 그는 자신의 택시에 탑승했던 유명 인사들 그림을 보여주면서 자칭 손금 전문가라고 떠들었다.

엘레인은 운전사가 조용해질 때까지 마음이 오락가락했다. 승용차 한 대가 뒷줄에서 조용히 빠져나와 일정한 거리를 유지하면서 택시를 따라오는 것을 그녀는 눈치 채지 못했다. 12번가에 도착했을 때는 해가 진 듯이 어두웠다. 하수도의 물이 시커먼 강물처럼 흐르고 있었다. 보행자가 거의 없어 황량했고, 비는 사막에 부는 폭풍처럼 모든 것을 씻어 내렸다.

뉴 스쿨은 회색의 현대식 빌딩으로 요리교실부터 '신의 존재' 교실까지 모든 과정이 망라되어 있었다. 엘레인은 머리는 없이 몸통만 있는 조각상과 망치 같은 모양의 머리를 가진 신기한 조각상들이 널려 있는 복도를 지나 컴퓨터 터미널 옆에 있는 서무계에서 등록을 하고 강좌 티켓을 받았다.

러시아어 반은 5시 50분, 7층 교실에서 수업이 시작되었다. 교실 조명은 사람 얼굴을 회색으로 보이게 하는 황량한 것이었다. 심하게 내리는 비 때문인지, 강좌가 지루하기 때문인지 교실에는 네 명만 출석했다.

엘레인은 강좌 선생님이 좋았다. 그 여자 선생은 러시아어 반을 끈질기게 끌어가는 사람이었다. 그녀는 풍덩한 옷에 머리를 감아 올려 묶었다. 그녀를 보고 엘레인은 대초원에서 서서히 타는 불에 익어가는 감자를 연상했다.

엘레인은 러시아 문자의 모체인 시리릭 문자를 익히는 데는 어려움을 겪었지만 발음에 대해서는 천부적인 귀를 가지고 있었다. 그게 아니면 사샤와 함께한 몇 개월 때문인지 모르지만, 엘레인이 첫 문장을 읽자 선생이 칭찬했다.

"아주 훌륭한 스파이가 될 수 있겠어요."

그 말은 단지 선생의 일상적인 농담인 줄 알면서도 엘레인의 웃음은 가락이 맞지 않았다.

그녀는 사샤에게 소련에 관해 대답하기 곤란한 질문을 한적이 있었다. 반체제 작가는 그들의 소설에 등장하는 인물과 동일한 사상을 가진 것으로 의심 받는 것이 사실인가? 도스토옙스키의 《죄와 벌》에서 주인공 라스콜리니코프의 행위로 인해 저자가 재판에 회부된 것과 같은 경우 말이다. 소련이 미국보다 먼저 미사일을 개발했다는 게 사실인가?

그러나 그녀는 그가 하고 있는 일이 무엇인지는 결코 묻지 않았다. 만일 그가 자기 업무를 알려 주려고 했다면 진작 이야기를 했을 것이니까. 그렇지 않다면 좋다. 그것에 대해서는 더 이상 생각하지 않는 게 좋겠다. 그러나 그가 자기 집에 왔다가 돌아가는 은밀한 방법이 그녀의 신경을 날카롭게 했다.

그리고 최근에는 자신이 온전히 혼자가 아니라는 불안한 느낌까지 들었다. 그녀가 책상을 정리하고 늦게까지 도서관에 있을 때면 회사 경비원 찰리 맥도노프가 갑자기 불쑥 들어오는 이상한 경우도 있었다. 결혼한 이전의 남자친구가 생각지도 않은 전화를 걸어, 어떤 사람이 찾아와 그녀에 대해 여러 모로 물어보았다고도 했다. 전화기를 들면 이상하게 찰카닥 하는 소리도 들렸다.

시계는 7시 30분을 가리키고, 교실에서는 여러 가지 억양의 러시아 말로 작별인사를 했다. 홀에는 많은 사람이 모여 있었다. 엘리베이터가 한 대만 움직이기 때문이었다. 엘레인은 계단을 걸어 내려가면서 사샤가 오늘밤 찾아올까 생각했다.

사샤는 공중전화만 사용했다. 때때로 이틀이나 사흘씩 전화조차 하지 않을 때도 있었는데 비상사태라도 있었느냐고 물으면 대답했다.

"매일 전화하려고 합니다만 어떤 연유로 연락하지 못하는 때도 있습니다. 그런 경우는 정말 비상상황이지요. 이 사서함 번호로 엽서를 보낼 수 있어요."

그가 사서함 번호를 적어주었다.

"수신인은 미스터 그린, 당신 이름은 적지 마세요. 어떤 내용을 적어도 문제는 없지만 *'오기 바란다'*로 충분합니다."

"별나군요."

"이건 장난이 아닙니다. 정말 특별한 경우가 아니면 아무 것도 쓰지 말아야 합니다."

"당신과 사랑을 나누고 싶을 때는 어떻게 해야 하나요?"

이런 이야기를 하면서도 그녀는 그의 진짜 직업이 무엇인지 알아야겠다고 주장하지 않았다. 비록 *'스파이'*라는 단어가 그녀의 머리에 떠올랐지만 말이다. '스파이'라는 단어는 어떻게 보면 재미있기도 하고 매혹적이기도 했다.

그것은 제임스 본드의 영화 제목을 생각나게 해주었다. 〈007, 나를 사랑한 스파이〉, 문제는 그 영화와 같은 사랑은 실제로는 어느 곳에도 없다는 것이었다.

그녀는 뉴 스쿨을 나오면서 시내의 링컨센터에 가서 반에서 이야기한 러시아 영화를 볼까 망설였다. 선생은 그 영화가 불가사의한 느낌이 든다고 했고, 브루클린에서 온 여학생은 영화가 장면 진행이 느려서 벽에 칠한 페인트가 마르는 것을 보고 있는 것 같았다고 불평을 했다.

억수로 퍼붓는 비가 영화 관람을 단념케 했다. 그녀는 스카프를 머리 위로 올려 쓰고 레인코트의 벨트를 단단히 조여매고는 유니온 광장의 지하철역을 향해 빠르게 걷기 시작했다.

그때 흑청색 올드 모빌 승용차 한 대가 그녀 옆에 다가와 섰다.

"미스 워너!"

그녀는 고개를 돌려 뒤쪽 창문에 기대앉은 남자를 쳐다보았다. 볼품없는 모자 아래 노면지도 같은 얼굴이 있었다. 한 번도 만난 적이 없는 얼굴이었다.

"비에 흠뻑 젖는군요. 당신을 어찌 태워주지 않을 수 있겠소?"

운전자는 볼 수 없었다. 엘레인은 자신이 고스란히 드러나고 있음을 느꼈다. 빗물은 구두 위로 철벅거리고, 목 뒤쪽으로도 흘러내리고 있었다.

"누구십니까?"

"FBI입니다, 미스 워너. 이야기하고 싶은 게 있는데 차안에서 하는 게 좋을 것 같아서."

그녀는 거리를 따라 다시 걷기 시작했다. 승용차는 그녀의 뒤꿈치를 따라왔다. 비바람 몰아치는 폭우가 아니었다면 그 장면은 좀도둑을 따라가는 경찰처럼 보였을 것이다.

"미스 워너," 그들은 다시 그녀와 나란히 섰다. "사무실로 찾아가도 될까요?"

차안의 남자가 신분증을 내밀었다

오, 빌어먹을! 찰리 맥도노프와 FBI가 번쩍이는 구둣발로 엑스테크의 도서관을 휘젓고 다닐 때 황급히 뛰어올 딱딱하고 직선적인 매니저의 얼굴을 그려보았다. 그녀는 차 뒷자리에 탔다. 톰 리간 옆이었다.

"체포하는 거예요, 뭐예요?"

"아니오, 그렇지 않소." 톰 리간이 설명했다. "우리는 미스 워너의 친구에 대해 몇 가지 물어볼 말이 있을 뿐이오. GRU라는 글자가 미스 워너에게 어떤 의미가 있지요?"

차는 브루클린 다리를 통과하고 있었다. 교량의 평탄치 않은 표면을 달리는 차량 소음이 옛 영화에 나오는 비행기 소리 같았다.

"글쎄요, 어떤 의미가 있다고는 생각지 않습니다."

"그러면 스파이라는 단어의 뜻은 아나요?"

그녀는 창문을 바라보았다. 아래쪽 맨해튼의 불빛이 비로 인해 흐릿하게 보였다.

"프레오브라젠스키가 당신에게 엑스테크의 비밀문서를 요구한 사실을 알고 있어요."

리간이 단언했다.

"사실이 아닙니다."

그녀는 부인했다.

"자신에게 너무 불리하게 만들지 말아요, 미스 워너. 엑스테크가 펜타곤과 민감한 계약을 하고 있다는 것을 알지 않소?"

"그 사람은 나에게 그런 것을 요구한 적이 없습니다."

그녀는 격하게 말하면서 FBI 요원에게 고개를 돌렸다. 그는 더 이상 우기지 않았다.

"두 사람은 어떻게 만나게 되었지요?"

그녀는 블루밍데일의 만남을 들려주었다.

"미스 워너는 그것을 우연한 만남이라고 여기나요?"

"그렇습니다."

리간이 그녀를 의심스럽게 쳐다보았다.

"그와 같은 경우가 미스 워너에게 자주 있었던가요?"

"아니오, 그렇지 않습니다. 더 이상 질문을 하려면 나의 권리 같은 것을 읽어주어야 하지 않습니까?"

"이것은 단지 우호적인 대화일 뿐이오." 리간도 지친 듯이 말했다. "미스 워너, 당신은 미국 시민이오. 당신은 협조해야할 책임이 있다는 것을 인정하지 않나요?"

예전 같으면 그는 '애국심'이라고 말했을 것이다.

"그가 공교롭게도 러시아인이긴 해도 나는 남자와 외출도 하지 말라는 말입니까?"

그녀가 비웃으면서 말했다.

"프레오브라젠스키는 평범한 러시아인이 아니라 스파이입니다."

"그가 훔쳐낸 것이 무엇입니까?"

'그게 우리가 알고 싶은 것이오.'

톰 리간은 생각했다. 그는 질문 공세를 계속했다.

"그는 자신의 진짜 직업을 말해 주지 않았지요? 그 이외에도 당신에게 이야기하지 않은 것이 더 있을 거요."

"무슨 이야기를 하는 것입니까?"

"아내와 아이가 있다는 것을 이야기하지 않았지요?"

"그들은 모스크바에 있습니다."

"두세 달 후에는 모스크바로 돌아간다고 하던가요?"

그 말이 과녁을 꿰뚫었다. 엘레인은 허탈해 보였다. 그리고 말했다.

"차 세우세요."

리간이 주위를 둘러보았다. 그곳은 다리의 끝단 브루클린이 가까운 음침한 수변지역이었다.

"미스 워너, 이 주위를 걷기에는 썩 좋은 밤이 아니오."

"제발, 나를 놓아줘요."

차는 속력을 줄여 멈추었지만 리간은 그녀의 팔을 꽉 잡았다.

"그에게 물어봐요. 그도 돌아가고 싶지 않을 거요. 아마 탈출구를 찾고 있을지도 모릅니다. 만일 그렇다면 어디로 찾아와야 하는지 알겠지요?"

리간이 뒷면에 전화번호를 갈겨 쓴 명함을 건네주었다.

"우리는 좀 더 많은 이야기를 하게 될 것입니다." 그가 약속했다. "사무실보다는 집이 더 좋겠지요."

협박은 그 말의 이면에 있었다, 그녀가 해고될 수도 있다는 뜻이었다. 물에 빠진 생쥐가 창고의 쉴만한 곳을 찾아 달리듯이 거리를 종종걸음으로 걸으면서 그녀가 생각하는 것은 그러나 그게 아니었다. 사샤가 떠나는 것은 그녀의 인생을 위해서는 더 좋을 수도 있는 일이었다. 더구나 그가 자기에게 이야기조차 하지 않았다는 사실을 감안하면 말이다.

*

엘레인이 자기 방으로 돌아왔을 때는 늦은 시각이었고 뼛속까지 젖은 듯 했다. 그녀는 오랫동안 더운 목욕을 하면서 자기가 없는 동안 사샤가 전화를 했을까 생각했다. 그에게 경고를 해야 한다는 것을 깨달았다.

우체국에 가서 '미스터 그린' 앞으로 엽서를 보내는 것도 생각해 보았다. 그러나 그에게 자기가 FBI의 신문을 받았다는 사실을 이야기하면 그와는 멀어지고 결국 전부를 잃을지도 모른다는 두려움이 앞섰다.

엘레인은 그날 저녁, 김이 오르는 긴 목욕을 마치고는 따스한 수건을 두르고 TV를 보면서 스낵 과자와 다이어트 콜라를 마시며 일상적인 것으로 휴식을 가졌다. 그렇게 함으로써 자신과 사샤가 살고 있는 세상의 두려움 사이에 생긴 얇은 벽이 허물어지는 것을 피하고 싶었다.

*

루크 글래든이 리간에게 말했다.

"그를 보내주게."

"그런데 머피가."

"머피를 설득해봐. 우리가 조사한 것들을 생각해 보자고. 그 여자는 아주 심각하게 마음을 빼앗겼네."

리간은 반론을 제기하지 않았다.

"게다가 그녀는 러시아에 불이 붙었어. 뉴 스쿨의 러시아어 반이 증명하잖나?"

"루크, 자네가 하고 싶은 말이 무언가?"

"그녀가 포기하리라는 소리로 들리지 않는단 말일세. 그녀가 그를 따라갈 수도 있단 말이야."

"모스크바로 간다는 말인가?"

"그렇지 않을까?"

"도박이 될 수도 있네만 루크, 일단 그 러시아 놈이 미국을 떠나면 그는 자네의 새가 되지 않나. 자네가 설마 그것을 잊은 것은 아니겠지?"

루크 글래든은 파이프에 담배를 다져넣었다. 담배 파이프는 곤란한 질문이 나올 적에는 아주 유용한 물건이었다. 담배 파이프를 깨끗이 후벼 파내고, 담배를 다져넣고, 그리고 라이터를 찾아 불을 붙일 때쯤이면 질문한 사람은 기다리다 지쳐서 다른 화제로 옮기는 경우가 자주 있게 마련이었다.

"다른 틈을 찾아보기로 하지." 톰 리간이 말했다. "우린 여기서 그 자를 전향자로 만들 수도 있을 테니까."

"그에게 직접 덤비지 않기를 바라네." 글래든이 충고했다. "그렇게 하면 그 여자의 이용가치를 상실할 수도 있다는 말이야. 사랑 때문에 전향한 소련 스파이가 있기는 했지."

"아가베코프, 일급 정보요원이었다가 전향한 자 말일세. 그런데 그는 이스탄불에서부터 곁눈질을 해오던 아르메니아 사람이었어. 나는 그와 같은 전철을 밟게 될까봐 걱정하는 걸세."

8.

모스크바로 돌아가기 전의 몇 주일은 화살처럼 지나갔다. 마치 조금밖에 남지 않은 일력에서 하루하루 페이지를 뜯어내는 것 같았다.

엘레인과 마지막 만남이 되리라는 것을 아는 그는 그녀를 대면하기가 무척 힘들었다. 그녀는 그에게 아무것도 요구하지 않았다. 심지어 거짓 약속조차 바라지 않았던 것이다. 그는 자기를 잃게 되는 그녀의 두려움이 어떤 것일지 알고 있었고 그것이 그를 괴롭혔다. 그래서 그는 어두움을 두려워하는 아이가 숲속에서 숨 쉴 곳을 찾아가듯이 조심스럽게 그 이야기로 접근해 갔다.

"당신과 함께 있을 때에만 살아 있는 것 같았어요."

그녀의 말이었다. 그리고는 평소와 같이 일상적인 일을 하려고 살짝 빠져 나갔기 때문에 사샤가 대답해야 할 의무감 같은 것은 없었다. 그녀는 지난 몇 개월 동안 자기를 엄숙하게 만들고는 자리를 피하는 일이 자주 있었다. 이는 마치 페티야가 조가비나 크레용 그림을 가져다주고는 그것을 어떻게 생각하는지는 아랑곳 않고 가버리는 것과 같았다.

'그녀가 내게 다시 사랑을 할 수 있게 해주었다.'

그가 중얼거렸다. 엘레인이 인용해 들려준 로버트 프러스트의 시에 나오는 구절이었다. 그녀는 자신이 사샤의 것이라고 상기시키려고 한 것이었을까?

'나는 단련되는 쇠붙이처럼 시련을 받고 있다.'

그렇다, 그는 차갑고 깨끗한 칼날을 얻기 위해 단단해졌다 부드러워졌다 하는 것이었다. 그러나 그 과정에서 자신과 주위 사람들이 겪은 희생을 결코 잊은 적은 없었다.

엘레인과 마지막 만남이 있기 전날 밤 그는 거의 잠을 이루지 못했고, 일어나보니 시트가 꼬이고 엉켜 있었다. 숙소인 소브프렉스에서 공관까지 출퇴근시키는 회색 통근버스에 오르자 이미 모스크바에 돌아와 있는 듯한 느낌이었다.

그는 후임자가 필요로 하지 않을 것들을 없애고, 서류철을 정리하면서 오전을 보냈다. 푸른색 노트북 한 페이지에는 이브라힘의 생일과 결혼기념일이 적혀 있었다. 어떤 사람과 유대를 결속시키려면 먼저 그 사람의 생일과 결혼기념일을 기억해야 한다는 것을 배우게 되었던 것이다. 정보 수

집을 하는 첩자란 매우 외로운 사람들이었다.

사샤는 그 페이지에 줄을 긋고 서명을 했다. 이렇게 하면 다른 것들과 함께 암호해독실 레프렌튜라에 있는 특수난로로 보내져 소각 처리된다. 이런 기계적인 일들이 그를 진정시키는 데에 상당한 도움이 되었다.

점심시간에는 걸어서 공관에서 두어 블록 떨어진 아일랜드 살롱에 들렀다. 니콜스키가 자주 가던 곳이었다. 크고 주름진 얼굴의 사나이가 바의 저편에 자리 잡고 앉아 자신의 맥주잔 너머로 사샤를 힐끔거렸다. 흰 셔츠에 짧게 깎은 머리가 자기는 FBI 요원이라는 광고를 온몸에 붙이고 있었다.

사샤가 고개를 돌려 계산대 위의 액자를 쳐다보니, 그곳에는 영국에서 사형선고를 받고도 살아남아 이곳 신세계로 건너와 공화국의 영웅이 된 인물들의 명단이 기록되어 있었다. 사샤가 자기 칵테일을 비우기도 전에 요청하지도 않은 두 번째 잔이 그의 팔꿈치에 놓였다.

"무엇인가?"

바텐더에게 물었다.

"저쪽 신사 양반이 한 잔 사드리고 싶다고 합니다."

"다음에!"

사샤가 거절하고 문 쪽으로 걸어가자 톰 리간이 말했다.

"안전한 여행을!"

사샤는 멈추지 않았다. 그게 FBI의 방식이라는 것을 잘 알고 있었다.

그들은 정면에서 도전하는 것을 좋아했다. 당신 속셈을 알고 있다는 것을 느끼게 해주고, 전향할 생각이 있다면 어디에서 돌아서야 한다는 것을 알려주고 있었던 것이다.

'전향?'

그것은 어떠한 언어로 표현해도 씁쓰레한 단어라고 사샤는 생각했다.

그는 파크 애비뉴를 돌기 전에 서쪽으로 향했다. 그곳에는 교회 표시가 있고, '아담과 타락한 남자'라는 주제의 설교가 스피커로 흘러나오고 있었다.

그는 그 거리의 넓은 공간을 쳐다보았다. 지붕 위의 물탱크에 로코코식 건축물, 그런 것들이 엘레인이 살고 있는 이 도시의 다양함과 신비함의 일부를 이루고 있었다. 그러자 도마뱀의 혓바닥 같은 생각이 날름거렸다.

'이곳이 나의 도시도 될 수 있을까?'

어린이들이 주방위군 병기고의 계단을 건너 뛰어오자 페티야가 생각났다. 그런 다음 순간적으로 향수의 심연에 빠져들었다. 러시아의 영상들이 스쳐 지나갔다. 숲과 초원 위에 끝없이 펼쳐진 하늘과 거대하게 굽이치는 강물. 그는 전나무 가지에서 떨어지는 눈송이를 보았고, 은빛 숲속의 적막을 뚫고 울리는 권총소리에 하얀 눈가루가 날리는 것도 보았다. 리바디아 장미정원의 냄새도 느껴졌고, 결실의 태양 아래 익어가는 크리미아의 포도원과 살구나무 과수원 풍경도 나타났다. 그리고 아버지를 살해하고, 자신에게 스스로 임무를 부여하게 한 장본인 토프치를 생각했다.

자기는 자신만의 것이 아니었다.

그는 개인적인 복수를 넘어 이미 스스로 희미하게 모습을 갖추어가고 있는 어떤 목적의 하수인이었다. 그의 인생 전부는 그 목적을 이루기 위한 진행기간일 뿐이었다. 그는 뉴욕에서 도움이 될 만한 것들을 배웠다. 쿠데타에 정통한 아프리카인 조지 아피그보에 관한 것만이 아니었다. 무엇보다 좋은 것은 전혀 예상치 않았던 KGB에서 친구를 얻은 것이었다. 그러나 어떠한 개인적인 친분도 그의 사명에 장애가 되어서는 안 된다는 자신의 원칙을 고수하고 있었다. 그것이 굳건하고 바르게 설정되어 있어야 했던 것이다.

그날 저녁 사샤는 자신의 무릎에 엘레인의 머리를 눕히고, 자기의 어린 시절과 역사학 교수, 본 적도 없는 아버지 이야기를 들려주었다.

"우리나라에서는 살아간다는 것 자체가 신기한 일이오." 그녀에게 말했다. "듣고 있는 것의 90퍼센트가 거짓인데, 그 거짓이 진실보다 더 익숙해요. 그리하여 진실이 오히려 믿을 수 없게 된다는 거요. 보는 것과 듣는 것에는 영원한 모순이 있고, 사람들은 자신이 눈으로 보고 있는 것을 부정함으로써 살아갈 수가 있단 말이오. 사람들은 모두 질식할 지경이어서 숨을 쉴 수 있는 사람은 고위층에 있는 소수뿐이오."

"그런데 왜 돌아가려 하나요?"

그녀가 부드럽게 물었다. 사샤가 엘레인을 날카롭게 쳐다보았다.

"어떻게 알았소?"

그녀는 FBI의 신문에 대해 이야기해 주어야 할 시점에 있었지만 참았다. 만일 그가 알게 된다면, 서로를 위해 그들의 관계를 끊을까봐 두려웠다. 그가 그 사실을 모른 채 떠난다면, 그녀가 그를 다시 만나게 될 최소한의 희망은 남아 있게 될 것이기 때문이었다.

"당신이 말하는 태도에서 느낄 수 있었어요. 작별인사처럼 들렸으니까."

그는 이 말을 그대로 믿는 듯 했다. 그가 계속했기 때문이다.

"일찍 말해줄 수가 없었소."

이제 그들은 나란히 앉아 사샤가 그녀의 두 손을 감싸 쥐었다.

"당신은 나에게 내 생명과 같은 의미를 가진 사람이오. 그러나 내 생명보다 더 중요한 일이 러시아에서 나를 기다리고 있소."

"무엇인지 이야기해줘요."

"당신이 억압당한 상태에서 살고 있다고 생각해봐요. 그것이 당신에게서 가장 가까운 사람들의 생명을 빼앗아가고, 같은 세대들을 냉소적인 주정뱅이로 전락시키는 것을 보고 있다고 생각해 봐요. 그와 싸우지 않을 수 있겠소?"

"나는 그렇게는 살 수 없어요. 다른 곳으로 가야지요."

그녀가 수긍하면서 대답했다.

"나는 러시아 사람이고, 나의 미래는 오직 그곳에만 있을 뿐이오. 이해해 주리라 믿어요."

그가 격하게 말했다.

"노력해 볼게요."

그녀는 대답하면서 터지려는 울음을 참았다.

"사샤, 다시 만날 날이 있겠지요, 그렇죠?"

"아무것도 약속할 수가 없구려. 나를 잊도록 노력하는 게 가장 좋을 것이오."

"당신은 그렇게 할 수 있나요, 나를 잊을 수 있냐고요?"

"아니오, 잊을 수 없소."

그가 대답했다.

"자신에게 그렇게 묻기 전에는 나에게도 그렇게 말하지 말아요."

사샤가 떠날 때, 엘레인은 아파트에서 내려와 계단에 서 있었다.

그는 뒤를 돌아보지 않았다.

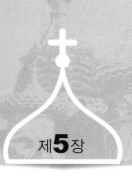

제**5**장

늑대들과 함께 살기

'늑대들과 함께 살려면 그들처럼 길게 울어야 한다.'

— 러시아 격언

1.

남쪽으로 날아가는 기러기 떼에 조토프 원수는 한 발 그리고 또 한 발을 쏘았다. 기러기 떼 중에서 한 마리가 수직으로 떨어져 갈대밭으로 사라졌다. 그는 불가리아 호위병들에게 기러기를 찾아오게 했다. 얼굴과 복장은 화려하지만 성격은 좋아 보이지 않는 호위병 하나가 겨우 찾아가지고 와서 원수의 사격술에 감탄하는 말을 늘어놓았다. 그들은 불가리아 국방성 소유인 바르나 호숫가에서 사냥을 즐기고 있었다. 소련군 총참모부 제1참모차장에게는 전체 바르샤바 조약국들이 개인적인 사냥터가 될 수 있었다.

저녁식사 후, 불가리아 당국에서 제공한 숙소에서 야외 불꽃놀이가 있었는데, 그곳에서 그들 둘만 나란히 있을 때 원수가 사샤에게 말했다.

"그래, 자네가 화약 냄새를 맡고 싶단 말이지?"

사샤는 소련군 야전부대 한 곳에서 근무하고 싶다고 장인에게 말했던 것이다.

"루진이 뉴욕에서 보내온 보고서에 의하면, 자네는 아주 훌륭했다고 한다. 루진은 GRU나 총참모부에서 자네 앞날이 매우 기대된다고 하더라. 리디아로부터 도망가려는 것은 아닌가?"

물론 그는 리디아로부터 도망가고 싶었고, 엘레인에 대한 기억으로부터도 도망가고 싶었다. 그러나 그런 사실을 장인에게 모두 말할 수는 없었다. 그가 군인의 의무와 전통에 대한 통속적인 말을 몇 마디 하자 조토프는 그대로 받아들였다.

"내가 자네 나이라면 이란 말이나 아프가니스탄 말을 배우겠다. 아프가니스탄에 커다란 폭동이 일어날 것이다. 금년 말이 되기 전에 우리는 전쟁에 휘말리게 될 거야."

"우리가 직접 개입한다는 말씀이신가요?"

"불가피하게 되었다. 이미 작전계획을 수립하라는 명령을 받았다. 아프가니스탄에 대해 자네는 얼마나 알고 있나?"

"그렇게 많이 알지 못합니다."

사샤가 인정했다. 그러나 사실 그는 그곳에 파견되었던 사람들을 포함해 대부분의 러시아인들보다 아프가니스탄에 대해 더 많이 알고 있었다. 지난 수년간 계속 서방국가의 신문을 샅샅이 읽어왔고, 니콜스키와 GRU 기관원들로부터 들은 지식이 많았다.

"우리 편에 서서 카불의 상황을 이끌어갈 믿을만한 자를 찾기가 어려워 보입니다. 마치 미국이 베트남에서 응 오딘

지엠을 제거한 후에 겪었던 상황과 같습니다."

"무슨 소리야? 베트남처럼 되지는 않아."

"제 뜻은 그게 아니고…….."

"그만해. 자네 말도 일리가 있다는 것은 인정한다. 아프가니스탄은 우리나라의 항문과 같은 나라다. 우리와 국경을 같이 하는 이 형제 같은 사회주의국가에서 우리와 함께할 지도자를 아직도 찾지 못하다니. 지금 중국과 미국이 좀 벌레처럼 아프가니스탄에서 스멀거리고 있다. 우리가 빨리 조치를 취하지 않으면 이 당나귀 같은 놈들이 돌아서서 우리를 걷어차 버릴 것이야. 국방위원회에서 긴급회의를 가졌다."

그때 어떤 불가리아 사람이 방으로 들어오려고 문을 열자 원수가 쫓아버렸다.

"우리는 남쪽 변방에 언제나 한 가지 문제를 가지고 있다." 조토프는 계속했다. "과학적인 전선을 구축하는 문제다. 역사책을 찾아 안넨코프 장군에 관한 내용을 읽어보고, 소벨레프 장군에 대해서도 알아봐라."

두 장군은 지금은 소비에트연방공화국이 된 우즈베키스탄과 타지키스탄의 용감한 부족들을 정복하려고 출전했던 제정 러시아의 유명한 장군들이었다.

"이들 투르크족은 러시아에 대해 호감을 가진 부족들이
아니다. 그리고 아프간은 언제나 다루기 어려운 민족이다.
그놈들이 영국에 한 짓을 보라."

"그렇다면 우리가 다우드 칸과 가졌던 문제들을 기억하시
겠군요."

"아주 선명하게 기억하지."

모하마드 다우드 칸은 믿을만한 소련 쪽 인물이었는데,
1978년 초에 아프간의 공산당 지도자들을 모두 감옥에 잡아
넣기로 결정해 버렸다.

소련 정치국은 진보적인 정권들과 좋은 관계를 유지하기
위해, 그 나라 공산당의 억압에는 눈을 감아준 적이 종종 있
었다. 이것은 이슬람권 국가들과의 관계에서는 어쩔 수 없
는 일이었다. 아사드 치하의 시리아와 사다트가 소련 보좌
관들을 쫓아내기 이전의 이집트가 이를 증명했다. 그러나
아프가니스탄의 경우에는 이란과 서방으로부터 아낌없는
현금 지원 유혹에 넘어간 다우드 칸이 모스크바와 긴밀했던
관계를 끊을 준비가 되었다는 경고였고, 공산당원의 체포는
그 첫 단계였을 뿐이다.

마침내 정치국으로부터 다우드 칸을 제거하라는 지령이
내려졌다. 아프간 공산당 지도자들은 체포되어 수감되어 있

던 자들과 공모해, 감방 안에서 상세한 쿠데타 지침을 만들었다. 거사는 군부의 동조자들, 특히 오랫동안 당 세력의 요새였던 공군의 지원으로 실행되었다.

다우드 칸이 패하고 교전 중에 살해되자 아프간 공산당 지도자들은 감옥에서 대통령궁까지 헤드라이트를 켜고 경적을 울리며, 군의 호위를 받아 의기양양하게 입성했다. 그러나 소련은 아직도 다우드 칸을 대신할 자를 찾지 못했다.

그런데 복잡한 문제가 발생했다. 아프간 공산당이 두 계파로 갈라져 대화는 물론, 원수 같은 사이가 된 것이다. 하나는 대중파라는 '칼크'이고, 다른 하나는 깃발파라는 '파르참'이었다. 대중파는 정통적인 공산당 조직체로 모든 흐름과 움직임에 모스크바의 지시를 잘 따르고 있었다. 반면 깃발파는 마오쩌둥이나 트로츠키 사상의 온상이 아닌가 하는 의심을 받았고, 그래서 KGB는 그 내부에 첩자를 심었다.

이 깃발파 내부의 첩자 하나가 확고하게 KGB의 신뢰를 받고 있었는데, 그 자의 이름이 바브락 카말이었다. 이 자가 바로 다우드 칸이 처형된 후, 새로운 아프간 대통령으로 KGB가 추천한 인물이었다.

"나는 일단은 그 KGB 친구들이 옳았다고 인정하지 않을 수 없다."

조토프는 이런 일련의 사태를 설명한 후에 덧붙였다.

"그러나 아주 당연하게, 중앙위원회는 이 바브락 카말을 받아들일 수가 없었지. 미하일 수슬로프와 이념주의자들은 카말이 반대파인 깃발파에 소속되어 있고, 깃발파 놈들은 믿을 수 없다고 했다. 그들 중 한 녀석이 위장한 마오쩌둥의 추종자였다는 것이다."

"그래서 아프간 인민민주당이 맨 처음에 타라키를 내세웠군요."

사샤가 물었다.

"바로 그렇다. 누르 모하메드 타라키, 이 바퀴벌레 같은 놈."

'타라칸'이라는 말은 아프간 대통령 이름으로도 쓰이고 있었다.

"그런데 이놈은 수슬로프보다도 마르크스에 더 정통하다는 것이다. 이놈의 문제는 마르크스의 모든 말을 무조건 신봉한다는 것이지."

처음에 타라키는 소련이 기대한 것처럼 잘해나가는 것 같았다. 카불의 중요 부서를 감독하는 데에 러시아인을 초빙하고 비밀경찰도 운영했다. 그는 라이벌인 깃발파 간부들을 그의 방식으로 잘라내 버렸다. 깃발파 지도자들 중에 바브락 카말처럼 운이 좋은 자들은 외국 대사로 보내졌고, 대부분의 다른 자들은 투옥되거나 처형되었다.

그런데 타라키는 수슬로프의 기대를 앞서갔다. 이론에 철저한 마르크스−레닌주의자답게 사회주의는 종교의 뿌리와 가치를 전부 파괴해야 한다고 믿었다. 그래서 회교사원 공격을 이끌었고, 회교 율법학자들을 도륙하기 위해 당 열성분자들을 모집했다. 또 사회주의는 사유재산제도를 철폐해야 한다고 믿고 농민들의 농지를 몰수해 집단농장을 설립했다.

"그는 소비에트의 훌륭한 집단농장 콜호즈를 그대로 따랐던 것이다. 수슬로프는 모스크바에 앉아서 타라키는 영웅이고 충성의 모범이라고 생각했지. 그런데 현지에 파견된 우리 고문단은 그렇게 보지 않았다. 아프간 국민은 자기들의 땅과 종교를 짓밟는 자들에게는 그렇게 호의적이지 않았거든. 우리는 내란에 대한 경고를 받기 시작했다. 모슬렘 반도들이 지하드 즉 성전에 대해 이야기했고, 타라키는 그 나라의 변두리에서 통제력을 상실해갔다. 우리 고문단은 그에게 속도를 늦추라고 충고했으나 그는 고문단에게 마르크스−레닌에 대해 더욱 열변을 토했지. 다시 말하면 꺼지라고 한 거야. 마침내 정치국은 심각하게 주의를 기울이게 되었고, 새로운 동지 하피줄라 아민을 투입하게 되었다. 이 아민이라는 자는 자네의 그 웃기는 짝패 아스키에로프를 연상케 했는데, 정말로 미꾸라지 같은 놈이지. 이 자는 어디선가 갑자기 나타나 타라키에게는 없어서는 안 될 참모가 되었다. 타라키가 이 자를 모스크바로 데리고 왔는데 브레즈네프를 비롯해 모든 사람들에게 호감을 샀다는 거야. 그런데 우리는 바브락 카말 만큼이나 아민에 대해서도 아는 게 없었지. KGB도 그에 대해 캄캄했어. 결국 당의 신임은 아무것도 아니었지."

"아민이 미국에 유학했다는 사실을 아무도 몰랐다는 말씀입니까?"

그런 일까지 간과했다는 사실에 놀라면서 사샤가 물었다. 뉴욕에 있을 때 니콜스키는 아민의 미국 체류에 대해 조사하라는 명령을 지국장한테 받았다고 했다.

"당시에는 아민에 대해 깊이 생각한 사람이 없었지. 아민은 당의 승인을 받은 것으로 기억한다. 그런데 대통령 타라키의 머리가 어찌되었다는 것은 심지어 수술로프에게도 명백해졌다. 그는 브레즈네프와 직접 대면하겠다고 주장하면서 우리 대사의 면접을 며칠씩이나 거절하기도 했다. 마침내 정치국은 약간의 실수가 있었음을 인정하고 결정을 내렸다. 타라키를 모스크바로 급히 불러들였지. 모스크바에서 그는 전처럼 아주 융숭한 대접을 받았는데, 카불로 돌아가자 자신이 직위에서 해제되었다는 사실을 알게 되었다. 하피줄라 아민이 우리의 축복으로 정권을 인수한 거야. 타라키는 곧바로 지구상에서 얼굴이 사라지고 말았지."

사샤가 서구의 신문에서 읽은 기사에 의하면 아민의 지시로 총살당한 후, 타라키의 시신은 여러 개의 작은 조각으로 흩어졌다는 것이다.

"그런 사건이 우리를 아민과 함께하게 만들었군요."

그는 원수를 따라서 천천히 걸었다.

"그들이 아민을 선택한 것은, 그는 융통성이 있을 것이라고 생각했던 거야. 그는 반군의 저항을 분산시킬 수 있다고 기대했지. 그런데 아민은 우리의 기대 이상으로 유연하다는 사실이 판명되었다. 그는 아프간 부족장들을 모아 회의를 열고 우리 측에 보고하지 않은 조건들을 제안했다는 거야. 지난주에 있었던 보고다. 사샤, 이건 아주 민감한 사안이니까 자네만 알고 있어야 한다. 다른 사람에게 전해서는 안 돼. KGB 친구들이 보고서를 하나 제출했는데, 그게 경악할 내용이었다."

보고서는 조토프가 최근에 참석한 국방위원회에서 논의된 것으로, 카불 주재 KGB 지국장이 보내온 내용에 의하면 대통령 아민이 반군들에게 권력이양을 제안했다는 것이다.

"그는 가장 반항적인 부족들과 동맹을 맺으려 하고 있으며, 그런 다음 미국과 파키스탄에 군사원조를 요청하려 한다는 것이다."

아민이 CIA와 연결되어 있다는 사실은 가능성이 아주 높고, 실제로 CIA 공작원으로 신원이 밝혀진 자와 비밀리에 회동했다는 것이다.

"그래서 아민은 미국에 유학할 때 포섭되어, 그 이후 계속 CIA 요원이었을 가능성이 있다는 것이군요."

사샤가 말했다.

"그것이 KGB의 견해였고, 정치국도 수용했다. 그래서 아민을 제거해야 하는데 문제는 그를 대신할 후임자를 찾는 것이다. 자네는 누구를 세우면 좋겠다고 생각하나?"

"바브락 카말입니까?"

원수는 고개를 끄덕였다.

"안드로포프 쪽 사람들에게는 세 번째 행운이지."

"물론, 그것으로 내전이 끝나지는 않을 것입니다."

사샤가 말했다.

"총참모부의 견해는, 정치국도 수용한 것으로, 아프가니스탄에 소련군을 투입하지 않고는 우리의 지위를 유지할 수 없다는 것이다. 규모는 적어도 4-5개의 사단병력이다. 그래서 자네는 아주 흥미로운 시기에 돌아왔다고 할 수 있다. 한번 도전해 보지 않겠나? 아프가니스탄으로 가라. 그곳에 가서 다시 내 눈과 귀가 되어달란 말이다."

"저도 사령부 언저리에 앉아 있고 싶지는 않았습니다. 만일 우리가 전쟁에 돌입한다면, 저도 제 몫의 위험을 감수하겠습니다."

"자네는 화약 냄새에 목말라 있구나! 좋다, 그러면 됐어. 스페츠나츠의 동료들에게 가라. 그들이 어떤 역할을 줄 것이다."

"아프간 작전은 얼마나 오래 걸릴 것으로 생각하십니까?"

"누가 알겠나? 상황은 우리가 손을 떼어도 되는지에 달렸다. KGB의 평가로는 매우 부정적이다. 그런데 사샤, 나는 그곳에 아주 좋은 기회가 있다고 본다. 생각해 보라, 아프가니스탄은 페르시아 만과 인도양으로 진출하는 우리의 통로가 될 수 있다. 그러면 중동에서 나가는 원유 수송을 통제하는 데에 한 발짝 더 가까워진다는 것이고, 이란을 침공하기 위한 완벽한 교두보가 된다는 뜻이다. 우리는 언젠가는 그곳으로 가게 될 것이고, 가서는 그 빌어먹을 회교 율법학자들을 가려내야할 필요가 있다는 말이다. 우리는 또한 파키스탄의 그 찌꺼기 같은 놈들에게도 유의해야 한다. 그 놈들이 용병을 보내, 아랍세계에서 우리에게 적대적인 정권을 받쳐주는 것을 중단시켜야 한다. 안넨코브 장군의 선택이 옳았다. 이곳은 우리의 역사적인 진출선이 되는 것이야."

그는 사샤에게 묻기 전에 잠시 말을 끊었다.

"미국이 어떻게 나올 것이라고 생각하는가?"

사샤가 대답했다.

"전에도 말씀드렸습니다만 민주주의는 건망증이 심합니다."

"아, 그런가," 조토프 원수는 편안하게 다리를 뻗으면서 조그만 잔에 브랜디를 자작했다. "하마터면 꼭 이야기해야 할 것을 잊을 뻔했구나, 와칸 통로 말이다."

사샤는 그곳을 지도 위에 그려 놓았다. 아프간 북동쪽 코너에 돌출해 나온 좁은 땅으로, 중국으로 가는 길목이었다.

"이 세상에서 가장 좋은 사냥터다." 원수가 격한 음성으로 말했다. "내 별장에 그 마르코 폴로 양떼의 뿔을 가져다 놓고 싶다. 그 짐승의 뿔을 본 적 있나? 참으로 장관이다. 크게 휘어진 뿔로 된 나팔이지. 그것을 세우면 어깨까지 닿는 5피트 정도나 된다. 프랑스 어떤 부호 하나가 와칸에서 사냥을 하고 있다는 말을 들었다. 내년에는 우리 차례가 될 것이다. 자네, 지금 뭐라고 했는가?"

"주무시라고 했습니다."

사샤는 자신의 잔을 가득 채우면서 말했다.

*

모스크바로 돌아오자 리디아가 사샤의 짐을 꾸리는데, 군인의 딸답게 능숙하게 챙겼다. 모든 것을 면도날처럼 각을 잡고 깔끔하게 정돈하는 것이 사샤가 장교 훈련을 통과하려면 반드시 숙달해야 하는 과정과 같았다.

"우리 두 사람은 군대와 결혼했군요."

야전 전투복 위로 어깨 벨트를 조이는 그를 바라보면서 리디아가 원망스럽다는 듯이 말했다.

"군에서 내가 할 일이 기다리고 있으니 어쩌겠소? 그게 그리 나쁜 것만은 아니오, 리도츠카. 너무 힘들게 생각하지 말아요. 내가 군용 텐트에 있는 동안 당신은 여기 모스크바에서 친구들과 어울리고, 이 모든 것들이 있지 않소?"

그는 으리으리한 아파트를 가리키며 말했다.

"그런데 당신은 무엇 때문에 지원했죠?"

"아버님이 내 나이 때 하셨던 거요. 우리 국경이 위협받고 있는데, 그것을 지키는 것이 내 임무잖소."

자기를 가장 미치게 하는 말이 바로 그것이라고 리디아는 생각했다. 그가 가족을 포기하는 것에 대해 정당한 불평을 할 때마다 왜 기다려야만 하는지에 대해 어쩔 수 없는 이유를 들고 나오는 것이었다.

'미안하오, GRU 장교는 하루 24시간이 근무시간이오. 더군다나 아프간에서 전쟁이 일어날 것이오.'

"편지를 보내줘요, 사샤. 그래야 페티야도 자라면 그게 무엇이었는지 알게 되겠지요."

사샤는 전선에서 보낸 자기 아버지의 편지를 떠올리고 끔찍한 글귀를 기억했다.

'우리는 우리 자신의 적이 되어가고 있다.'

그러자 자신이 아프가니스탄에 가야한다고 설정했던 논리에 대해 갑자기 불안함을 느꼈다. 그는 짧게 대답했다.

"편지를 보내겠소."

*

2주일에 걸친 혹독한 육체 훈련이 끝나자 뉴욕의 식당에서 얻은 기름 찌꺼기가 말끔히 사라졌다. 다시 2주일은 아프가니스탄 회화 과정을 포함한 브리핑 교육으로, 속성으로 현지 생활을 익혔다. 사샤는 타슈켄트에서 집결한 스페츠나츠 부대에 합류했다.

그곳에서 옛 친구 표도르 자이체프도 만났는데 육군 중령으로 진급해 있었다. 자이체프는 작전사령관이었고 사샤는 참모장에 보임되었다. 전통적으로 GRU에서 전속되어 오는 장교가 맡는 자리였다.

타슈켄트는 지저분하고 정리가 안 된 도시라는 것을 알게 되었다. 동양적인 아름다움을 간직해온 그 도시는 1966년 대지진 때 거의 모두 파괴되어 버렸다. 그들은 하즈라티 이맘 사원과 이슬람 신학교 쿠켈타치 마드라사를 방문했다. 관광을 할 수 있는 시간은 오직 그날 오후뿐이었다.

아프간 북쪽 국경지대 기지에서 중앙아시아 출신 병사들로 구성된 소련군 2개 사단이 이동명령을 기다리고 있었다. 그들은 모두 아프간 병사들의 복장으로 위장하고 있었다. 자이체프는 이들의 전투능력에 대해 매우 회의적이었다. 이렇게 징집된 병력은 건설공사에나 투입하고 소련 정예부대의 잡역부로나 종사하게 하는 것이 마땅하다는 것이었다.

"이놈들은 아프간 병사와 똑같은 녀석들이야."

원수의 충고에 따라 지난 세기 중앙아시아 정복에 관한 안넨코프 장군의 전황 보고서를 읽은 사샤는 원주민 출신 병사들에게 의존하지 말라는 제정러시아 사령관의 권고를 상기했다. 영국군이 허약하게 된 원인은 인도 출신 병사들에게 의지했기 때문이라고 안넨코프가 경고했는데, 이는 인도출신 병사들의 항명사태로 충실히 증명되었다.

사샤는 아프간 국민의 비참한 처지는 친구든 적이든 크게 다를 바 없다고 생각했다. 자이체프나 조토프 원수의 견해와 같이 이번 군사작전은 조국의 국경을 방어하기 위해 계획된 침략이라는 데에 동의했다. 국경 방어는 군의 통상적인 임무였던 것이다.

그가 바라는 것은 자신이 가족이나 당의 배경을 바탕으로 해서가 아니라 군인으로서 평가 받고 싶다는 것이었다. 러시아 군대가 히틀러를 패배시킨 이후, 처음으로 맞이하는 실전에서 자신을 증명해 보이고 싶었다. 전쟁터에서 전공을 세우면 승진은 더 빨라질 것이고, 그런 승진은 자신의 비밀스러운 사명을 수행하는 데에 도움이 될 것이기 때문이었다.

그러나 무엇보다 중요한 것은 배신하지 않고, 도망가지 않는 사람을 찾아내는 곳이 전쟁터라는 점이었다. 그는 자신처럼 믿고 의지할 수 있는 동지들이 필요했다. 그는 이미 한 사람, 표도르 자이체프라는 동지를 찾았다고 생각하는데, 아프가니스탄에서 더 많은 동지들을 만나고 싶었다.

스페츠나츠는 특수임무를 부여받았다. KGB 팀을 지원해 카불로 날아가 대통령궁을 장악하고, 하피줄라 아민을 무력화시키는 것이었다.

사샤의 비행기가 이륙하기 전에 그 중앙아시아 사단들은 남쪽을 향해 아프가니스탄으로 진격하라는 명령을 받았다.

2.

육중한 안토노프 수송기가 카불 국제공항에 착륙하고 화물칸이 열리자 사샤의 팀이 지프와 장갑차를 타고 램프를 내려왔다.

이 계획도 없는 착륙에 관제탑은 아무 항의도 하지 않았다. 관제탑은 그 이전에 이미 민간인 복장을 한 스페츠나츠 대원들에게 접수되어 있었던 것이다. 이들은 정규 항공편인 에어로 플로트로 미리 카불로 날아가 있었다.

아프간 군복을 입은 금발의 사나이가 공항의 포장도로를 횡단해 달려왔다.

"프레오브라젠스키?"

지프 앞자리에 타고 있던 사샤가 거수경례를 했다. 그는 대령 바예레노프를 알고 있었다. 몇 주 전까지 그는 KGB 군사훈련학교 교장이었다.

"귀관의 부대 병력 절반을 공항 외곽 경비에 투입하라." KGB 대령이 명령했다. "나머지 병력은 나를 따르게 하라.

내가 선봉에 선다. 귀관은 맡은 임무를 알고 있겠지? 뒤에 따라오면서 아프간의 반격이 있을 경우 엄호하라."

"예, 대령 동지!"

바예레노프가 이끄는 부대는 이상한 병력이었다. 그들 중 몇이 언덕을 올려다보는데 50대로 보였고, 아무리 적게 보아도 40대 후반 이상으로 보여, 이 작전을 위해 기동성 있게 움직이는 데에는 적당치 못할 것 같았다. 검정 피부의 중앙아시아 사람들도 섞여 있는데, 아프간 군대의 장비에 대해 대령보다 더 못마땅한 표정들이었다. 그들은 아프가니스탄 말이나 이란 말을 지껄이고 있었다.

그렇다, 바예레노프와 그의 상급자들은 그들의 작업을 잘 알고 있을 것이다. KGB는 궂은일에는 전문가들이라고 알려지지 않았던가? 그것은 아주 추악한 임무라고 사샤는 생각했다. 그들이 그 짓을 하도록 내버려두자.

바예레노프는 몇 대의 탱크와 열두어 대 정도의 군용트럭을 집결시켰는데, 그것은 의심할 여지없이 소련이 세계 적화의 야망에 따라 아프가니스탄에 공급했던 장비차량들을 징발한 것이었다. 그 탱크들이 시내로 진입하는 대열의 선두를 맡고, 그 뒤로 병력을 실은 트럭들이 서서히 전진해 갔다.

공항 외곽 검문소에 서있던 아프간 장교 하나가 탱크들이 검문소를 부수고 지나가는 것을 보고 고함을 지르자 뒤따르는 지프에 타고 있던 중위가 그의 이마를 쏘아 관통시켰다. 아프간 장교가 사격장의 조준목표나 되는 듯이 쏘아버린 것이다.

시내는 섬뜩하도록 조용했다. 그 큰 샤헤누 시장도 일찍 끝나 셔터가 내려져 있었다. 거리는 적막했으나 마침내 소련군 대열이 대통령궁 가까이 접근하자, 충성스러운 아프간 정부군 병사들이 도로를 차단하려고 했다.

바예레노프의 부하 병사들이 트럭 뒤쪽에 있는 덮개를 끌어내리고 DSK 중기관총을 발사했다. 몇 분이 지나자 아프간 병사들은 뿔뿔이 흩어져 도망쳐 버렸다. 사샤가 들은 바로는 이들은 아프간 전투병들이 아니었다.

소련군은 대통령궁으로 들어가는 3개의 출입문을 에워싸고 부채꼴로 산개했다. 출입구에는 무거운 철문이 있어서, 바예레노프는 철문을 부수는데 탱크를 사용했다. 탱크가 으르렁대며 전진하자 대통령궁 경비대로부터 강력한 자동화기 공격이 가해졌다. 사샤가 대기하고 있는 곳에서는 그 소음이 이상하리만큼 조용하더니 이윽고 성냥개비에 불이 붙듯이 터졌다.

'진짜 저항이 시작되는구나.'

아민의 경호원들은 그의 부족에서 특별히 선발되었고, 죽음으로써 자기들의 지도자를 경호하겠다고 선서한 자들이라고 들었다. 그러나 그들은 기관총 이외의 다른 중무장은 하지 않은 것 같았다.

철판이 깨지는 요란한 소리와 함께 바예레노프의 탱크 두 대가 부서졌고, 다른 한 대는 철문의 빗장에 걸려 오도가도 못 하게 되었다. 운전병이 시동을 걸려고 필사적이었지만 엔진은 신음소리만 낼 뿐 살아나지 않았다. 바예레노프의 대원들은 다른 두 문을 관통해 들어가면서 사격을 개시했다. 그들은 아프간 군대와 똑같은 복장을 하고 있었는데, 어둠과 전투의 혼란 중에 아민의 군대와 식별하는 유일한 수단으로 하얀 천으로 된 완장을 착용하도록 대령이 지시했다. 완장은 흰색 천 조각으로 급하게 만들어진 것이었다.

바예레노프의 작전명령서는 아주 상세하게 기술되어 있었고, 정치국에서 확인된 것이었다. 정치국만이 아프간 고위층 암살에 대한 결정권을 가지고 있었다. 어떤 상황에서도 누구든 대통령궁으로부터 빠져나가는 것이 허용되지 않았다. 소련 정치국은 대통령 아민이 어떻게 살해되었는지 세상에 불어대는 어떠한 증인도 원치 않았다.

바예레노프의 부하들은 도살장을 준비하고 있었다. 그들은 칼라시니코프 자동화기의 탄창 여분을 쌓아두었다. 어떤 자는 탄창 두 개를 테이프로 묶었는데, 그렇게 하면 더 빨리 갈아 끼울 수 있었다.

"좋다, 전진하라!"

사샤가 부하들에게 신호했다. 그는 부하들을 이끌고 중앙 정문을 통과해 들어가며 곡물자루처럼 아무렇게나 던져져 있는 시체들을 뛰어넘었다. 아민의 경호원들이 아직도 정원 왼편의 모래주머니로 쌓은 기관총좌에 포진해 있었다.

"나를 엄호하라."

사샤가 동행한 하사에게 소리쳤다. 하사는 거구의 에스토니안으로, 얼굴이 찢어진 것을 수없이 꿰매어 시커먼 턱수염으로도 흉한 몰골이 다 가려지지 않았다. 더구나 언제나 얼굴을 찌푸리고 있어서 꼭 악몽에 나오는 유령 같았고, 머리 꼭대기까지 면도날로 밀어 완전한 민머리였다.

그는 혼란 속에서 자기 뒤에 아무도 없는 것이 더 좋았다. 사샤가 아프간 진지를 향해 벽을 따라 지그재그로 달려가는 동안, 하사가 뛰쳐나와 죽은 시체 뒤에 몸을 숨겼다 일어섰다 하면서 그들의 사격을 유도했다.

사샤는 진지로 가까이 접근하자마자 재빨리 벨트에서 마

그네슘 수류탄을 뽑아 던졌다. 번쩍하는 섬광에 눈이 캄캄해진 아프간 병사는 비명을 지르며 손으로 눈을 가렸다. 벙커에서 굴러 나오는 병사는 군복이 화염에 쌓여 있었다. 그한 번의 공격으로 그들은 더 이상 저항을 하지 못했다.

그 1차 공격의 충격이 대통령궁 외곽을 방어하는 아프간 군으로 퍼져나갔다. 한 KGB 소령이 소수의 생존자들에게 이란어로 무기를 버리고 나오라고 고함을 질렀다.

"너희들 배를 깔고!"

소련군 차량을 향해 기어 나오라는 것이었다.

그러자 서너 명이 손을 들고 비틀거리며 걸어 나왔다. 그중 하나는 오른쪽 눈에 입은 상처로 굉장히 많은 피를 흘리고 있었다. KGB 소령은 항복하는 병사들을 영접하려는 듯이 앞으로 나가더니 등을 구부리고 모두 사살해 버렸다. 그가 살을 도려내는 실탄을 사용해 아프간 병사들의 시신은 걸레처럼 찢어졌다.

그는 주위를 둘러보다가 사샤가 자기를 쳐다보고 있는 것을 보고는 변명했다.

"명령이었습니다." 자신에게도 무엇인가 변명할 필요가 있다는 듯이 덧붙였다. "이 검둥이 놈들이 우리 병사들을 더 잘 대해줄 것으로 기대할 수 있겠습니까?"

사샤는 아무 대꾸도 않고 그 소령의 땀에 젖은 얼굴을 쳐다보면서 자기 아버지를 죽인 자도 이 도살자처럼 보였을까 생각했다.

자욱한 매연이 대통령궁의 정문을 감싸고 있었다. 그 안에서는 아직도 전투가 치열했다. 아민의 경호원들이 대통령 집무실로 올라가는 계단에서 저항하고 있었다. 사샤는 연달아 터지는 수류탄의 폭발음을 들었다.

아프간 군복을 입은 자가 매연을 헤치고 나와 무어라고 소리를 질렀으나 전투의 시끄러움에 묻혀 알아들을 수 없었다. 그의 얼굴은 얼룩이 지고 식별하지 못할 만큼 시커멓게 되었지만, 사샤는 그의 키와 체구로 보아 누구인지 바로 알아볼 수 있었다. 사샤는 러시아 병사들 몇이 자기들에게 손을 흔드는 그를 향해 경기관총을 겨누는 것을 보았다. 죽이는 데에 열이 오른 그들의 반사작용은 두 번 쳐다보는 것을 허락하지 않을 만큼 빨랐다.

"중지! 대령이다!"

사샤가 고함을 질렀지만 그의 첫 마디가 입술을 나가기도 전에 바예레노프 대령의 가슴은 양쪽에서 날아오는 기관총탄으로 벌집이 되었다. 누가 살인자인가를 가려내는 것은 불가능했다.

바예레노프의 몸은 대통령궁 계단 뒤쪽으로 넘어졌고, 그의 머리는 불가능한 각도로 꺾였으며, 그의 턱은 필사적인 호소를 하듯이 넓게 열려 있었다. 그러나 대령 때문에 머뭇거리는 자는 아무도 없었다.

"나를 따르라!"

사샤가 으르렁거리며 대통령궁으로 2차 공격을 이끌었다. 사샤가 제일 위층에 있는 대통령 집무실로 올라가면서 싸우고 있는 그 시각에 바예레노프가 선발한 킬러들은 이미 자신들의 위치에 포진해 있었다.

해피졸라 아민은 비단과 섬세한 융단이 깔린 대접견실 저편의 소파에 앉아 있었다. 그의 뒤로는 천국에 대한 회교 이념과는 어울리지 않는 모습이 보였다. 흰색 재킷을 입은 웨이터와 번쩍이는 양주병들이 즐비한 서구식 바가 있었던 것이다.

술을 싫어하는 국민의 예민한 감정을 알고 그는 항상 독한 술에 과일주스를 섞어 마셨다. 그러나 오늘 밤은 커다란 크리스털 유리잔에 스카치위스키를 마시고 있었다. 방탄조끼를 입고 그 위에 야회복을 걸쳤으나 그의 손은 커피테이블에 놓인 자동소총이 아니라 술잔을 잡고 있었다. 그때 KGB 공격조가 들이닥쳤다.

"소비에트여, 영원하라!"

그가 풍자적인 어조로 인사를 건넸다. 그의 조용한 사임은 바텐더와 그의 옆에 앉아 있던 젊은 여자 때문에 이루어지지 않았다. 바텐더는 카운터 뒤쪽으로 몸을 던져 숨으려 했고, 옆자리의 여자는 아민의 손을 뿌리치고 침실로 향하는 통로로 달아났다.

그때 사샤가 대통령 집무실로 뛰어 들어가서 먼저 와있는 젊은 KGB 장교를 보았다. 공항에서 만났던 중위인데 칼라시니코프 기관총으로 아프간 대통령의 목을 반이나 잘라 놓았다. 사샤는 아주 매혹적인 여자가 도망치는 것을 얼핏 보았다. 그녀는 사샤에게 검정색 푸들 때문에 니콜스키와 사랑에 빠졌던 마야 에스키에로바를 생각나게 했다. 에스토니안 하사가 그녀를 붙들었다. 그는 실탄을 낭비하지 않고 그녀를 뒤로 잡아채 목뼈 부러지는 소리가 들릴 때까지 머리를 비틀었다.

중위가 바텐더에게 성큼성큼 걸어가자 궁지에 몰린 바텐더가 네 발로 기어 나왔다. 그는 벌떡 일어서더니 손을 들고 무어라고 외쳤다. 그는 아프간 사람처럼 보였지만 사샤는 갑자기 그의 외침이 러시아 말이라는 것을 깨달았다.

"쏘지 마시오! 러시아인이오!"

그가 소리를 질렀다. 철모를 귀까지 내려 쓴 중위는 못 들은 것 같기도 하고, 듣고 싶지 않은 것 같기도 했다. 바예레노프 대령을 사살한 놈들처럼 그도 죽이는 데에 미쳐 있었다. 사샤가 중위의 팔을 움켜잡자 그의 사격이 빗나가 바 뒤에 진열된 술병들을 산산 조각냈다. 중위가 돌아서서 사샤를 바라보는데 눈이 붉은 유리알 같았다. 그는 사샤의 검정색 스페츠나츠 군복을 보았지만 살아 숨 쉬는 것은 누구든지 쏘아죽일 태세였다. 사샤가 재빨리 가라데 춉을 날리자 중위는 바닥에 뒹굴었고, 사샤가 그의 무기를 회수했다.

그러는 틈에 바텐더는 달아날 기회를 잡고, 원추형 계단 아래로 몸을 던진 것 같았다. 후에 소탕을 계속하면서 사샤가 지상의 그늘 속에 움츠리고 있는 그를 발견했다.

"너는 누구냐?"

그의 목을 잡고 끌어내면서 사샤가 물었다.

"탈레보프, KGB 중령입니다."

사샤는 미심쩍은 시선으로 그를 응시하면서 스콜피온 자동권총의 방아쇠에 손가락을 걸었다.

"부대장은 나에 관해 알고 있으리라 확신합니다."

그가 중얼거렸다. 그의 재킷은 이제 정육점 주인의 앞치마처럼 보였다.

"나는 약속 받았습니다."

"부대장은 전사했다."

사샤가 퉁명스럽게 말했다. 바예레노프의 부관 하나가 다가오는데, 언덕 위에서 보았던 자들 중의 하나였다. 그가 사샤에게 상기시켰다.

"명령을 알고 있지요? 포로는 없다는 것 말이오."

"이 자는 아프간 사람이 아니오. 당신들 KGB 요원이라고 주장하고 있소."

사샤가 대꾸했다. 미하일 탈레보프 중령은 운이 좋은 자였다. 아민의 수행원들 중에서 대통령궁을 살아나온 유일한 인물이었던 것이다. 그의 말은 즉시 카불주재 KGB 지국장에 의해 확인이 되었다. 탈레보프는 아민의 사저에 침투하라고 밀파된 지하요원이었다. 그는 동양어에 천부적인 재질을 가진 순수한 아제르바이잔 출신이었다.

*

전차부대가 우즈베키스탄의 소련군 기지에서 남쪽으로 내려오고 있었고, 병력을 실은 수송기가 카불 공항에 우르릉거리며 연이어 착륙했다. 소련은 아프간 군대의 저항을 거의 받지 않고 아민과 핵심 추종자들을 제거해 버렸다. 이의 없이 명령을 따를 것으로 믿었던 아프간 장교단에는 공산주의 핵심 분자들과 소련 첩자들이 들어가 있었다. 그날 밤이 지나기 전에 대부분의 아민 추종자들은 숙청되었고, KGB가 이끄는 수색조가 집집마다 색출을 계속했다.

이번 공격의 작전계획에는 방송국도 빠지지 않았다. 하피줄라 아민은 더 이상 아프간 정치권에서 요인이 아니라는 방송이 나가자마자 라디오 카불은 바브락 카말의 특별성명을 발표하면서 간간이 애국가를 끼워 넣었다.

바브락 카말은 자신이 아프간 민주공화국의 합법적인 대통령임을 밝히면서, 제국주의자들의 음모와 CIA의 은밀한 개입으로 위태로워지고 있는 조국의 방위와 혁명과업을 수행하기 위해 맹방 소련의 도움을 요청했다고 말했다. 이 방송은 타슈켄트의 호화 저택에서 카말이 미리 녹음해둔 것이었다.

이 새로운 민주공화국의 지도자는 일주일이 지나도록 카불에 모습을 나타내지 않았다. KGB가 전임자를 제거하자마자 그가 곧바로 국민들 앞에 나타날 경우, 어떤 불안한 충격이 있지 않을까 하는 염려 때문이었다.

3.

니콜스키는 이상한 꿈에 무섭게 시달리다 일찍 잠에서 깨어났다. 그는 굉장한 리셉션 파티에 참석했는데, 대리석이 깔린 거대한 홀이 있었고, 끝없이 이어지는 계단과 발코니, 흐르는 샘물이 있었다.

그곳은 거대한 하나의 마을과 같았다. 그는 어깨와 목을 드러내는 드레스를 입은 아름다운 여자들을 차례로 지나 마침내 무도회장의 뒤까지 갔다. 그런데 그곳이 갑자기 변해 체계가 완전치 못한 대평원이 되는 것이었다. 기초들이 제대로 놓인 것이 하나도 없고, 모든 건물의 뒤쪽이 부표처럼 떠서 흔들리며 흘러가는 것 같았다. 뒤쪽으로 2층만큼이나 높은 창문이 있는데 유리가 없는 것이었다. 니콜스키가 움직이는 바닥 위에 자신을 안정시키려고 하는데 더럽고 거대한 물굽이가 기둥 사이로 덮쳐오더니 모든 사람들을 흠뻑 적시는 것이었다. 아니, 모두를 적신 것 같지는 않았다.

크룹첸코라는 아주 명랑하고 얼굴이 동그란 친구가 다가오더니 니콜스키에게 멋진 선물을 주는데, 그것은 거품이 일어나는 영성체 포도주와 몇 상자의 맥주였다.

"영성체 포도주를 먼저 마셔야 합니다. 명심하시오."

그가 주의를 주었다.

펠릭스가 침대에서 나와 화장실로 들어가며 생각해도 그 선물을 기증한 자에 대한 궁금증을 풀지 못했다. 그의 지인들 중에 크룹첸코라는 이름은 없었다.

*

니콜스키는 자기 차를 몰고 쥐굴리의 시골 마을로 달려갔다. 달러와 루블화로 차를 구입했던 것이다. 링 로드를 빠져나와 소나무 숲이 빼곡히 우거진 길을 따라 달리는데, 표지판이 하나 눈에 들어왔다. 청동 표지판에는 '정지'라고 크게 쓴 글씨 아래 '상수원보호구역'이라고 적혀 있었다.

검문소에 이르자 카키색 제복을 입은 경비원이 플래시로 신분증을 확인하더니 표지판이 '과학연구소'로 바뀌는 것이었다. 경비원들은 그를 주차장으로 들어가게 했고, 차에서 내린 그는 말쑥하게 깎은 잔디가 깔린 길을 지나 KGB 제1국의 신청사 본부로 들어갔다. 그 건물은 삼각점 별 모양으로 설계되었는데 외벽은 유리와 알루미늄으로 장식한 아주 화려한 핀란드식 건축이었다.

니콜스키는 그곳이 그리 좋은 곳은 아니라고 생각했다. 가장 고약한 곳은 사람들로 붐비는 매점이었는데, 그리 신선하지도 않은 샌드위치를 사려면 줄을 서서 반시간이나 기다려야 했고, 맥주 같은 것은 아예 팔지도 않았다.

이것은 작업장에서 능률을 올리자는 새로운 운동의 일환이었다. 그는 술 한 잔 마시려면 수 마일이나 나와야 하는 곳에서 근무하고 있었다. 이런 어려움들이 그에게 이전에 제1국이 KGB 종합청사인 루비얀카에 있던 시절에 대한 굉장한 향수를 불러일으켰다.

그는 소련에서 발행되는 신문은 대체로 무시하고 바로 미국 신문을 보았다. 미국 신문은 그의 부서에서 찾을 수 있는데, 읽고 나면 무슨 국가기밀이나 열람한 듯 서명을 해야 했다. 그런데 그날은 아프간 전쟁에 대한 〈프라우다〉의 기사가 그의 관심을 끌었다. 그 기사는 아프간 전역을 기어 다니는 것으로 추정되는 CIA와 중국 공작원들에 관한 것이었다. 이 내용은 오리엔테이션 과정에서 신입들에게 언급했던 것으로, 소련은 미국과 중공을 상대로 싸우기 위해 아프간으로 내려갔다고 했다. 니콜스키는 사샤가 외국인들과의 전투에 휩쓸려들었는지 궁금했다.

그 〈프라우다〉 기사는 데이비드 프릭이라는 미국 특파원의 보고를 인용한 것이었다. 니콜스키는 큰 소리로 욕을 했다. 이 조그마한 쥐새끼가 아직도 휘젓고 다닌다고. 그는 볼펜을 꺼내 프릭의 이름 첫 자를 P로 바꾸었다.

그때 니콜스키의 동료 하나가 손에 경마 예상기사가 적힌 쪽지를 들고 어슬렁거리며 들어왔다. 그는 한 때 샌프란시스코 주재 공관에서 근무한 아르메니아 출신이었다.

"자, 아고피안," 펠릭스가 물었다. "무슨 좋은 정보라도 있나?"

"이번 일요일에 아주 좋은 게 있네, 부릴롬이라고."

"지난번 정보보다는 좋아야 하는데."

장외 경마도박은 당연히 불법이었다. 그렇지만 아고피안은 친구를 위해서는 언제나 몇 루블은 대신 걸어줄 준비가 되어 있었다.

"이번엔 자네가 직접 와서 보지 않겠나?"

니콜스키는 그 제안을 생각해 보았다. 모스크바 경마장 히포드롬은 보스턴 인근의 벨몬트와는 전혀 달랐다. 말은 초라한 품종들이었고, 경기는 매니저가 조작하고 있다는 것을 모두 알고 있었다.

경마장 입구는 베를린의 명소 브란덴버그 게이트와 흡사하게 만들어, 육중하게 버티고 있는 기둥들과 뒷다리로 서 있는 경주마들, 그리고 말의 고삐를 잡고 있는 근육이 팽팽한 기사들의 동상이 아주 웅장했다. 그러나 경마장 내부는 초라하고 쇠락한 모습이었다. 그곳에는 언제나 게으름뱅이들과 경마점쟁이들이 2층으로 된 그랜드스탠드 아래에 들끓었고, 변소처럼 악취가 풍겼다.

그래도 테라스에서는 암거래상의 술을 구입할 수 있었는

데, 그들은 술병을 신문지에 싸서 건네주었다. 그리고 경마장 식당 베가는 이 근처에서는 가장 좋다는 곳 중의 하나였다. 펠릭스가 아르메니아인에게 윙크하며 물었다.

"동행할 여자들도 구할 수 있겠어?"

아고피안은 씩 웃었다.

"이번 일요일에는 안 되겠네, 펠릭스. 그건 자네 스스로 알아보게. 나는 친구를 하나 만나려고 하네, 토프치 대령이라고."

니콜스키는 놀란 표정을 짓지 않으려고 애를 썼다. 토프치는 사샤가 아주 중대한 개인적인 문제로 알아봐 달라고 부탁했던 인물이었다.

"나는 토프치라는 사람을 잘 모르는 것 같은데."

니콜스키는 관심 없는 듯이 말했다.

"그는 제3국에 근무하거든."

니콜스키는 얼굴을 찌푸리고 정색을 했다. 그가 근무하는 제1국의 모든 사람들은 제3국의 군 체키스트들을 저질의 인간쓰레기로 경멸하고 있었다.

"그렇게 기분 나쁘게 생각하지 말라고." 아고피안이 그를 나무랐다. "토프치는 대단한 인물이야."

"자네는 그 자를 어떻게 알게 되었는데?"

KGB의 그 두 기관 사이에는 개인적인 교류가 그리 많지 않았다. 더구나 지금은 니콜스키의 제1국이 이 한적한 산골로 옮겨온 터였다.

"우리는 바쿠에서 같이 근무했지. 그때 알게 된 사람이야."

아르메니아인이 바쿠에서 지내던 즐거운 추억담을 꺼내려 하자 니콜스키가 물었다.

"그 당시 지국장이 누구였지?"

이번에는 아고피안이 놀란 표정이었다.

"자네도 알고 있으리라고 생각했는데, 당시엔 구세인 아스키에로프가 아제르바이잔 지국장이었지. 당 제1서기가 되기 전에 말이야."

"아하, 그랬구먼. 내가 깜박했네." 니콜스키는 거짓말을 했다. "그와 토프치는 어떤 관계였나?"

아르메니아인은 이상한 몸짓을 했다.

"더 이상 가까울 수 없을 만큼 가까웠지."

니콜스키는 주말에 경마장에 가기로 작정했다.

*

토프치의 관심은 다른 곳에 있으면서도 제일 먼저 안내를 받는 것이 매우 흡족한 듯 했다. 그는 레이스 트랙 매니저와 이야기를 하더니 불법 사설 마권업자와 거래를 하려고 계단을 오르내리는데, 그 마권업자는 그랜드스탠드 아래, 냄새 나고 어둠침침한 통로에 자리를 잡고 있었다. 그들은 모두 흘깃 보아도 토프치를 알아보았다.

그는 도박거래를 빨리 끝내려고 지갑 속의 두툼한 루블 뭉치에서 돈을 꺼내 주었고, 마권업자는 종이쪽지에 자기가 예상하는 1등 말 '비사리오노비치'를 휘갈겨 써서 토프치의 주머니에 찔러 주었다. 내기가 빗나가는 경우는 없었다. 여기는 도둑놈들 간에 의리가 빈틈없이 지켜지는 곳이었다.

토프치는 2번 레이스에서 자기가 건 말이 우승할 것을 확신하며 정보원에게 감사했다. 그리고 니콜스키와 아고피안이 부릴롬이라는 말에 돈을 거는 것을 보고 조소를 금치 못했다.

출발하는 문이 열렸는데도 열기는 거의 없었다. 말들은 영양실조에 걸린 듯 했다. 기수들도 헐렁한 복장으로 나타났다. 어떤 기수는 공사장 헬멧을 쓰고 나왔고, 또 다른 녀석은 군인용 철모를 쓰고 나왔다.

토프치는 난간에 기대어 서서 〈이즈베스티야〉 신문지에 싸가지고 들어온 보드카를 한 모금씩 마시면서 간간히 목이 터져라 고함을 질렀는데, 그때까지만 해도 그가 찍은 말이 맨 앞에서 똑바로 골인하고 있었다. 그런데 갑자기 검정색

종마가 외곽에서 빠르게 달려 들어왔다. 부릴롬이었다.

선두를 달리던 기수가 채찍을 격렬하게 휘둘러 부릴롬의 얼굴을 후려치려고 했다. 이런 행동은 모스크바 경마장에서는 일상적인 일이었다. 경마장 매니저는 사전에 약속된 대로만 진행되고 있으면 어떤 조치도 취하지 않았다. 그런데 이번에는 무엇인가 뒤틀리고 있었다. 부릴롬의 기수는 그의 말이 채찍을 맞지 않을 만큼 넓은 간격을 유지하면서 번개처럼 달리더니 한 키 이상이나 앞서 1등으로 골인하는 것이었다.

토프치는 화를 내면서 기분이 크게 상해 이 경기는 조작된 것이라고 투덜거렸다. 그는 정말로 큰돈을 잃었다. 그러나 베가 레스토랑 바에서 니콜스키가 사주는 술을 마시자 기분이 되살아났고, 이어서 아주 근사한 요리로 식사를 했다. 토프치는 이 니콜스키라는 자는 제1국에 있는 대부분의 뻣뻣한 녀석들과는 다르게 꽤 괜찮은 녀석이라고 생각했다.

니콜스키의 재담에 우쭐해진 토프치는 자기와 절친했던 친구 구세인 아스키에로프에 관해 아주 세세하게 들려주었다. 그런 다음 니콜스키는 교통단속 경찰에 걸리지 않게 토프치를 집으로 데려다 주었다. 교통경찰들은 KGB 사람들이 음주운전으로 걸리면 아주 좋아했다. 두 사람이 헤어질 때는 옛 친구처럼 되어 있었고, 자주 연락하자는 약속도 했다.

'사샤를 위해 무엇인가 흥미 있는 건을 건질 것 같다, 만일 이놈을 다시 만나게 된다면.'

4.

사샤는 아프가니스탄에서 하루하루를 보내면서 이 나라가 점점 더 싫어졌다. 카불 주재 군 사령부는 공항 인근 광활한 지역에 설치되었는데, 게릴라의 공격을 저지하기 위해 주위에 철조망과 콘크리트 벽을 두르고 지뢰도 매설했다. 소련군은 자체 발전기를 보유해 야간에만 사용했고, 도시 대부분은 암흑이었다.

수도의 전력은 카불 계곡에서 흘러오는 수력발전에 의존했는데, 수리하기가 무섭게 반군들이 동력선을 잘라버리곤 했다. 그래서 유일한 대체 전력은 냄새도 나고 고장도 잦은 오일발전기 몇 대 뿐이었다.

샤헤누 시장의 일상은 적어도 아침만은 붐비고 정상적으로 보였다. 화폐 거래상들은 바닥에 자리를 깔고 웅크리고 앉아 어떤 화폐라도 교환해 주는데, 그날의 시세가 아주 정확해 그들이 뉴욕이나 런던의 외환시장과 직통 라인을 가진 게 아닌가 싶을 정도였다.

그러나 소련인들은 단체로 경비병들의 호위를 받을 때에만 그 시장을 방문했다. 첫 번째 달에는 호위 병력이 트럭 두 대뿐이었으나 저격과 칼부림 사건이 차츰 늘어나자 칼라시니코프 자동소총으로 무장한 병력이 두 배로 늘었고, 여러 트럭의 호위병이 호송하게 되었다.

아프간 사람은 누구도 믿어서는 안 된다고 사샤는 결론지었다. 모든 정부기관에는 첩자들로 득실거렸다. 아프간 비밀경찰국장은 파키스탄으로 도망쳐 버렸고, 그의 후임은 자신의 부관이 사무실에 설치한 폭탄에 날아갈 뻔 했는데 겨우 목숨을 건졌다.

강제 징병대가 거리를 순회하면서 바브락 카말의 정부군에서 복무할 젊은이들을 끌어 모았다. 이렇게 강제로 모아 구성된 부대는 집단 탈영하는 경우가 많았고, 한번은 부대원 전체가 도망쳐 버리기도 했다. 반군 수감자들도 간수들의 도움을 받아 수백 명이 탈주한 경우가 있었다.

심지어 정부 최고위층 인사들 간에도 대중당과 깃발당 사이의 오랜 불화가 이전보다 훨씬 심해지고 있었다. 깃발당의 지지를 받는 국방장관이 반대당의 지지를 받는 부관에게 얻어맞고 갈비뼈가 여러 개 부러져 병원에 입원했다. 정부군이 반군 소탕작전을 벌일 때마다 반군은 미리 정보를 받고 도망가 버리곤 했다.

어쩔 수가 없어 아프간 사람에게 일을 맡기면 분통 터지게 느려서, 그들이 교묘하게 고의적인 태업을 벌이는 게 아닌가 싶을 정도였다. '반시간 안에'라는 말은 사람을 미치게 만드는 숙어였다. 어떤 일이 얼마나 오래 걸리겠느냐고 물으면 의례 이 대답이 돌아왔다. 그것은 여러 가지 의미가 있어서 몇 시간일 수도 있고, 며칠일 수도 있었다. 그러나 액면 그대로를 의미하는 경우는 매우 드물었다.

그런데 이제는 이보다 더 익숙해진 말이 있었다. 그것은 **'러시아 놈들에게 죽음을!'**이라는 의미였다. 여럿이 모인 군중 속에서도 터져 나오고, 셔터가 내려진 창문에서나 거리에서 놀고 있는 아이들 사이에서도 터져 나왔다. 러시아는 아직 수도도 완전히 장악하지 못한 상태였다. 그들은 단지 그곳에 앉아만 있을 뿐이었는데, 이는 마치 스모 선수 둘이 반대편에 앉아 서로 노려보는 것과 같았다.

아프간 사람들의 적개심에 숨이 막힐 듯 했지만, 그 전쟁이 소련군에 주는 숨 막힘보다는 덜했다. 몇 개월이 지나자 중앙아시아 사단은 철수하고 러시아 정예부대로 대체되었다.

"그래, 내가 뭐라고 했나?"

자이체프가 한탄했다. 그 중앙아시아 부대는 언어와 혈

통, 이슬람 종교로 아프간과 언 .

는 것이었다. 어떤 자는 회교 게릴라 누 .

기도 했다. 사샤는 의심하지 않았다. 이탈하는 숫 ,

나 더 증가할 것이고, 게릴라들이 소련 군복을 입은 자는 ㄹ

지도 않고 죽이는 적개심도 더욱 극렬해질 것이었다.

그 나라는 러시아 사람들을 주눅 들게 하는 효과도 주었다. 반군들은 1차 세계대전 당시의 소총으로만 무장하고 있었지만, 사샤가 경험한 바로는 최고의 전사들이었다. 그들은 확고한 신념이 있고, 싸워야하는 뚜렷한 이유를 지니고 있었다.

소련군은 중국과의 국경분쟁을 제외하면 1945년 이래 전투를 해본 경험이 없었다. 당 지도부는 가능하다면 언제나 충성스러운 쿠바와 같은 대리인을 통해 외국 진출을 추구해 왔다. 아프간에서 소련군은 이내 정지 상태의 방어 위치에 주저앉아, 측정하기도 어려운 산악의 숲속에서 보이지도 않은 적을 향해 어설픈 공습이나 하고 있었다.

두려움 속에 살아가면서 여자도 없었다. 그들이 보는 여자라곤 머리에서 발끝까지 검은 천으로 감은 몸체뿐이었다. 이따금 보드카도 마시기는 하지만 소련군은 대체로 인도산 대마초 하시시에서 위안을 찾고 있었다. 정치국의 방어본능

정학적인 욕심이 소련군을 세계에서 가장
아시시 시장으로 내몰았다. 이곳은 이미 10여 년 전에 히피들의 하시시 밀매 중간 역이었다.

도착하고 얼마 되지 않아 벌써 소련군 병사들은 그 마약을 구하기 위해 그들이 훔친 것을 모두 팔아 버렸는데, 그품목에는 자신의 개인화기도 포함되어 있었다. 하시시는 13세기의 회교 암살단과 이후의 과격한 지하드 전사들의 자금줄이 되었지만, 사샤는 아직 하시시가 아프간 주둔 소련군의 손발을 절단시키는 정도는 아니라고 보았다. 그러나 약에 취해 눈알이 풀린 병사들은 반군의 아주 수월한 표적이되었다.

훔치는 자는 병사들뿐만이 아니었다. 어떤 대령은 에메랄드를 그 나라 밖으로 밀수출하려다 총살되었다. 그 보석은반군들의 요새이자 심장부인 다시티리와트에서 나온 것이었다.

사샤는 총참모부로 통하는 그의 개인 채널로 조토프 원수에게 보낸 첫 보고서에서, 스페츠나츠 특수부대의 전투 방식으로 공세를 취하지 않으면, 이 전쟁은 단순히 소련군 병력과 군수물자만 집어삼키는 것이라고 주장했다. 소련군은적의 땅에서 반군들과 싸우는데, 그들의 소굴에 침투하고 다음 공격을 개시하려면 일일이 길잡이를 이용해야 하며, 산악과 국경에 흩어진 그들의 은신처를 날려버리기 위해 정예부대를 투입해야만 했다. 조토프는 그의 보고에 알았다는 회신을 보내왔다.

사샤는 극도로 반감을 느낀 적이 여러 번 있었다. 그것은 이 전쟁이 아프간 국민들에게 자행하고 있는 행위 때문이 아니라, 소련군 병사들에게 주는 영향 때문이었다. 그가 리디아에게 보낸 다정한 편지에는 이런 내용들은 아무것도 적지 않고, 별로 질이 좋지 않은 음식을 먹으며 지낸다고만 했다.

그의 목적의식을 소생시켜 준 것은 동료들의 용기와 전우애였고, 그에게 용기를 준 것은 그들 모두에게 이 전쟁의 경험이 훗날 결정적인 역할을 할 수 있다는 것이었다.

사샤는 반군 지역으로 침투하는 소탕작전에 스페츠나츠와 함께 참여하면서 동료 부대원들에 관해 많은 것을 알게 되었다. 그들이 화염 속에서 보여주는 행동과 밤의 침상이나 식사 중에 나누는 대화를 통해 사샤는 자기가 생각해오던 평가기준 즉, 전투에서 보여주는 용기가 아니라, 군과 나라에서 요구하는 리더십을 이해하는 정도에 따라 동료 장교들의 등급을 매기고 있음을 깨달았다.

전쟁이 지지부진한 늪에 빠지자 젊은 장교들은 모스크바 지도층의 어리석음에 관한 불만을 솔직하게 털어놓았다. 그들이 보기에는 어떠한 종류의 승리도 불가능한 전쟁터로 자기들을 보냈다는 것이다. 사샤는 이런 대화에서 말하는 쪽보다는 듣는 쪽에 속했다.

이런 불평은 고급 장교들 사이에도 퍼져나갔다. 가즈니 지역의 반군에 대한 공격을 지휘하는 레이부틴이라는 소장이 있었는데, 그는 특히 소련의 절친한 사회주의 동지인 바브락 카말과 그를 그 자리에 앉힌 모스크바 지도부에 아주 신랄한 비난을 했다.

"이것은 고질적인 문제다. 그 사람들은 전문가, 즉 야전 현장에 있는 지휘관들에게 결정권을 주지 않는다. 그들은 목표를 이룰 수도 없고, 우리에게 목표를 달성할 수단도 주지 않는다."

"그것을 민주적 중앙집권제라 한답니다."

오를로프라는 젊은 스페츠나츠 장교가 비꼬는 말을 했다. 사샤가 그를 바라보았다. 그는 자이체프보다는 조금 더 지적인 면이 있었다. 자이체프에게는 전문 킬러의 모습이 어려 있지만 그의 재능이 유용한 것은 목적을 추구하려는 정신이 있기 때문이었다.

"이와 같은 전쟁을 수행하려면 죽은 나무를 치워버려야만 합니다."

자이체프가 합류했다.

"부패한 자들도요."

오를로프가 덧붙였다.

그들 모두가 알고 있는 사실은 가장 가증스러운 약탈자는 하시시를 구하려는 징집된 병사들이 아니라 중앙위원회에 앉아 있는 자들이라는 것이었다.

"경제 관련 범죄도 사형을 시킬 수 있지 않은가?" 레이부틴이 말했다. "그들도 사형에 처해야 하는데."

그는 당 고위 인사의 이름을 들먹였다. 그는 소련제 장비를 구입하는 계약에서 아프간 정부로부터 1퍼센트의 리베이트를 받아 축재를 한 자였다.

"꿈일 뿐입니다." 사샤가 거들었다. "우리 사회에서 그런 자들은 의혹을 초월해 있으니까요."

"그렇다면 언젠가 군이 그들을 깨끗이 청소해 버릴 때가 올 것입니다."

오를로프가 조용히 말했다. 그 말은 모두를 침묵시켰다. 그들은 오를로프가 너무 엄청난 말을 했다는 것을 알고 있었다. 그러나 아무도 그를 탓하지 않았다. 시간이 지나면서 사샤가 깨달은 사실은 이 전쟁에 투입된 군인들에 의해 새로운 유형의 군대가 만들어지고 있다는 것이었다. 정치지도자들이 두려워해야 할 것은 그런 군대였다.

*

아프가니스탄 북쪽에 위치한 반군 본거지 공격에서 사샤는 스페츠나츠 부대와 함께 산길을 행군했다. 그들은 가파른 계곡 위에 걸쳐진 다리에 도달했다. 깊이 100미터가 넘는 계곡 아래로는 담청색 강물이 흐르고 있었다. 다리는 전형적인 아프간 형식인 통나무 두 개를 묶어 걸쳐 놓은 것으로, 넓이는 군화 두 개를 붙인 것보다 넓지 않았고, 두께는 가운데로 가면서 얇아지는 것이었다.

부대원 중에 말레노프라는 중위는 항상 뽐내면서 위험한 상황에 불필요하게 자신을 노출시킨다고 사샤가 주의를 준 적이 있었다. 그가 다리 중앙에서 멈추어 서더니 이쪽저쪽으로 몸을 흔들면서 계곡 바닥을 내려다보았다.

"전진하라!"

다리를 앞서 가던 사샤는 그에게 고함을 치면서 또 다른 허풍이라고 생각했다.

"움직일 수가 없습니다."

말레노프가 울먹였다.

"무슨 일이야?"

사샤는 고함을 지르다가 갑자기 중위가 떨어지려고 하는 것을 알아차렸다. 사샤가 다리를 되돌아가 말레노프에게 손을 내밀었다.

"여기, 내 손을 잡아라."

그는 중위를 한 발짝씩 이끌어 절벽의 안전한 곳으로 나왔다. 말레노프는 사과한다는 투로 중얼거렸다.

"저는 좀 이상한 증세로 고통을 당하고 있습니다. 높은 곳에 가면 현기증은 아닌데 매번 그곳에서 뛰어내리고 싶은 충동을 느낍니다."

"귀관은 수백 번이나 공수 낙하 훈련을 하지 않았나?"

그것은 자신에게는 두려움이 없다는 것을 사람들에게 증명해 보이고 싶어 하는 남자의 한 방식이었다. 그런 정신이 있기에 그들이 반군 캠프에 도착했을 때 공격의 선두에 나선 것은 말레노프였다.

아프간 서부 헤라트 주의 이란 국경선 가까운 신단드 지역에서 있었던 작전에서는 다른 일도 있었다. 사샤의 팀에 소속되어 있는 에스토니안 하사가 어느 날 밤, 온통 검정색 옷을 입고, 얼굴에는 검정색 마스크를 쓰고, 팔아치우려고 가져다 놓은 칼과 권총, 그리고 한 다발의 마그네슘 수류탄을 챙겨 막사를 떠났다.

그날 밤, 사샤는 자이체프와 함께 밤을 새면서 원수에게 제출하려는 작전계획을 다듬고 있었다. 국경 너머 이란 영토에 있는 반군 본거지 소탕 작전의 승인을 기다리는 중이었다. 반군이 안전한 근거지를 확보하고, 수백만 명의 아프간 난민들이 흘러들어간 이란과 파키스탄을 통해 물자를 공급받고 있는 동안은 그들을 결정적으로 소탕할 수 없다는 것이 사샤와 자이체프의 분명한 생각이었다. 사샤의 작전계획은 반군 내부에 침투한 첩자와 정보원의 안내를 받아 스페츠나츠를 투입해 국경을 넘어가서 반군 지도자를 죽이거나 생포해 오는 것이었다.

사샤가 밖으로 나오자 아직 새벽이 되지 않았는데도 희미한 불빛에 사물들이 오래된 은판사진 같은 모습을 드러내고 있었다. 그는 자루 하나를 둘러매고 막사의 철조망을 뛰어넘어 들어오는 에스토니안 하사를 보고 깜짝 놀랐다. 하사는 정수리와 양 볼에 듬성듬성한 털과 함께 평소보다 더 고약한 인상이었다. 그런데도 더욱 의기양양하게 걸어오는 것이었다. 사샤는 문득 이 자가 마을에 가서 강도짓을 했거나, 하시시를 밀매해 온다고 의심해 그를 정지시키고 자루를 열라고 명했다.

"대령, 당신이 열어보시오."

에스토니안 하사는 자루를 땅바닥에 던지면서 퉁명스럽게 말했다. 사샤는 자루를 들고 안에 있는 것을 쏟아냈다. 척 보니 알만했다. 그날 밤, 그는 무자헤딘 반군 몇이 숨은 장소를 알아내고는 산속의 움푹한 개울을 따라 올라가 모두 죽이고 돌아오는 길이었다. 자루 안에 들어있는 것은 그의 전리품으로, 귀와 손가락 같은 인체 조각들이 그가 처치한 반군 숫자를 증명해 주었다. 사샤는 하사에게 아무 말도 하지 않고 고개를 돌렸다. 이 자는 자신과 싸우는 게릴라보다 더욱 야만스럽게 미쳐 있는 짐승이었다.

〈2권에 계속〉